Alejandro Jodorowsky × Mœbius

L'INCAL

印加石

尤杜洛斯基（編劇）× 墨必斯（漫畫）

陳文瑤——譯

VO0034

L'INCAL印加石

原文書名：L'Incal, Intégrale

編　劇／尤杜洛斯基（Alejandro Jodorowsky）
漫　畫／墨必斯（Moebius）
譯　者／陳文瑤

總 編 輯／王秀婷
責任編輯／李　華
版權行政／沈家心
行銷業務／陳紫晴、羅伃伶

發 行 人／凃玉雲
出　版／積木文化
104台北市民生東路二段141號5樓
電　話：(02)2500-7696｜傳真：(02)2500-1953
官方部落格：www.cubepress.com.tw
讀者服務信箱：service_cube@hmg.com.tw
發　行／英屬蓋曼群島商家庭傳媒股份有限公司城邦分公司
台北市民生東路二段141號11樓
讀者服務專線：(02)25007718-9｜24小時傳真專線：(02)25001990-1
服務時間：週一至週五09:30-12:00、13:30-17:00
郵　撥：19863813｜戶名：書虫股份有限公司
網　站：城邦讀書花園｜網址：www.cite.com.tw
香港發行所／城邦（香港）出版集團有限公司
地　址：香港九龍九龍城土瓜灣道86號順聯工業大廈6樓A室
電　話：(852)25086231｜傳　真：(852)25789337
E-MAIL：hkcite@biznetvigator.com
馬新發行所／城邦（馬新）出版集團 Cite (M) Sdn Bhd
41, Jalan Radin Anum, Bandar Baru Sri Petaling, 57000 Kuala Lumpur, Malaysia.
電　話：(603) 90563833｜傳真：(603) 90576622
電子信箱：services@cite.my

封面完稿／PURE
內頁排版／黃雅藍
製版印刷／上晴彩色印刷製版有限公司

【印刷版】
2024年1月9日　初版一刷
售　價／NT$1280
I S B N／978-986-459-558-7
首刷印量 1500本

【電子版】
2024年1月
I S B N／978-986-459-554-9（EPUB）

L'INCAL NOIR

暗之印加石

紅環之夜

LES NUITS DE L'ANNEAU ROUGE

自殺巷經常上演這種戲碼，想看人流血不是高層才有的特權。
殺了他！
說！
救命啊！
唉呦！

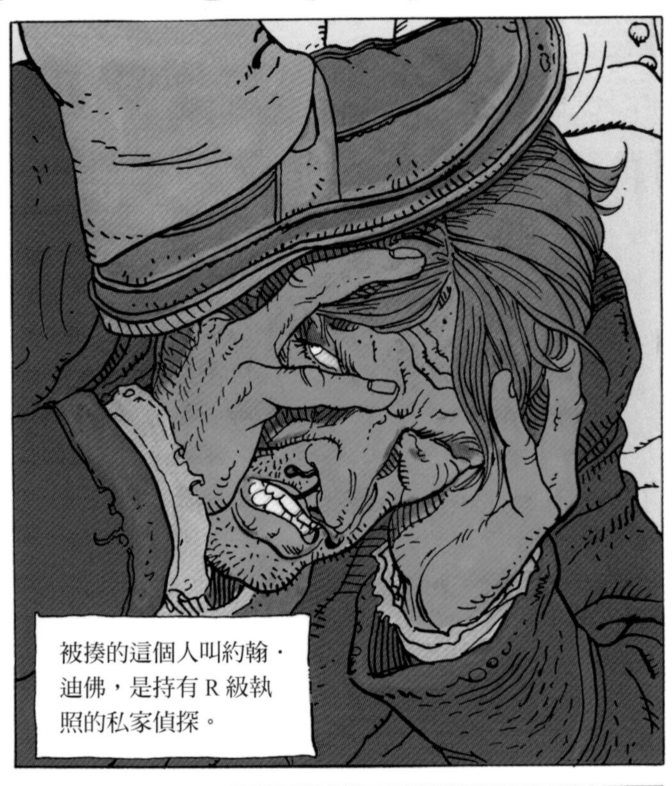

被揍的這個人叫約翰·迪佛，是持有R級執照的私家偵探。

至於揍他的人，全都蒙著面，身分難以辨識。
不要啊！別這樣！

快來看！衝刺啦！

只要從自殺巷掉下去，保證
一路暢行無阻直達大酸湖，
連渣都不剩。
哎呀！
等一下就會
有人跟著跳了！
在那裡！
是自殺者！
好久沒看到了！
42
AARGHHHH
啊啊啊啊啊啊
科斯奇！把我的槍拿
來，這次老子非打中
一個不可！
槍都給我
拿出來！
IBIS

自殺巷的慣例，就是只要有一個人跳，就會有一群人跟。

不是他！這傢伙是普通的自殺者！
那個才是！
PILOO
7CK

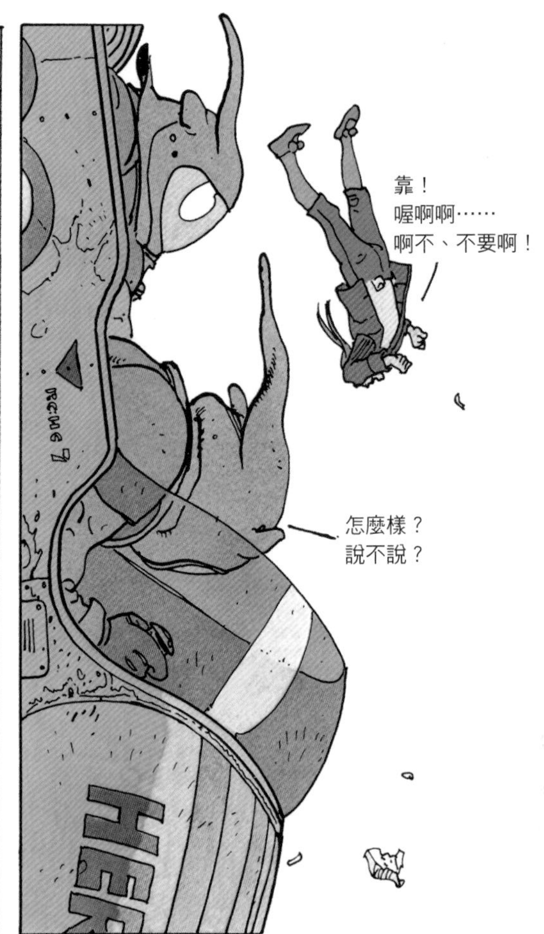
靠！
喔啊啊……
啊不、不要啊！
怎麼樣？
說不說？

30 秒內保證讓你到大酸湖泡澡！
我說！
我什麼都說！

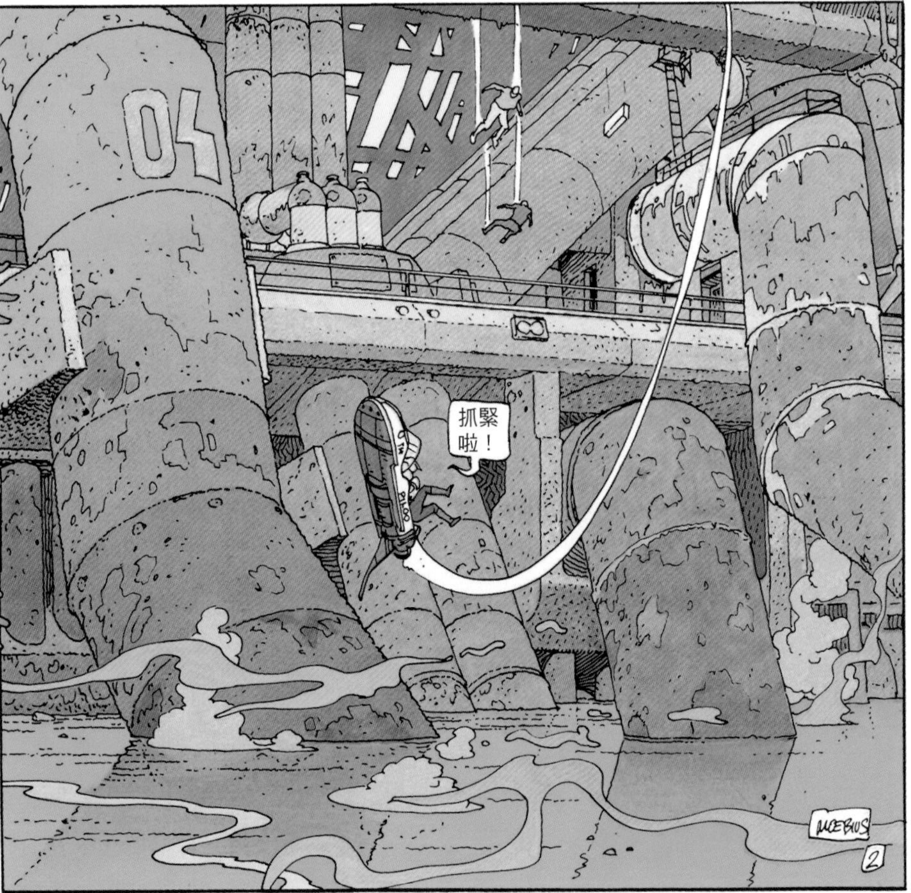
04
抓緊啦！
MOEBIUS

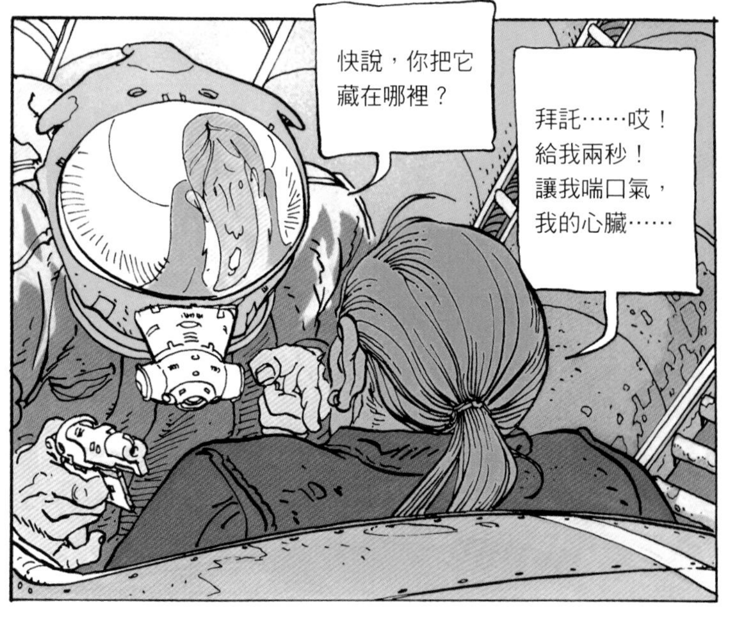
快說，你把它
藏在哪裡？
拜託……哎！
給我兩秒！
讓我喘口氣，
我的心臟……

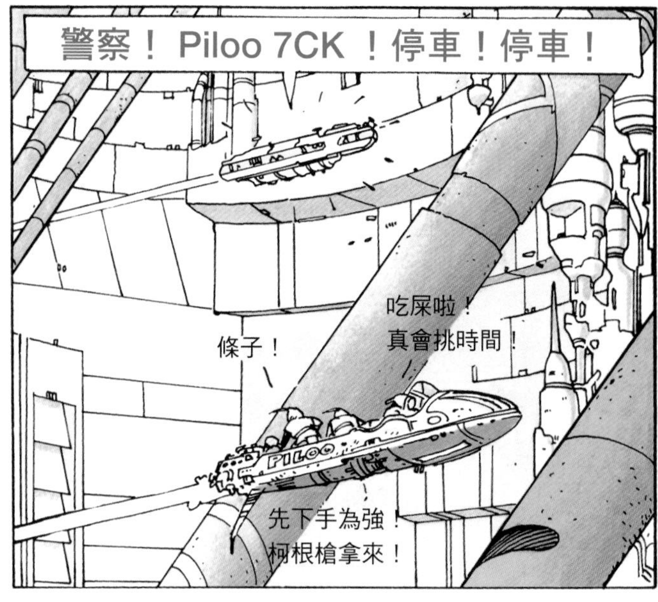
警察！ Piloo 7CK ！停車！停車！
條子！
吃屎啦！
真會挑時間！
PILOO
先下手為強！
柯根槍拿來！

咻
SHOMP

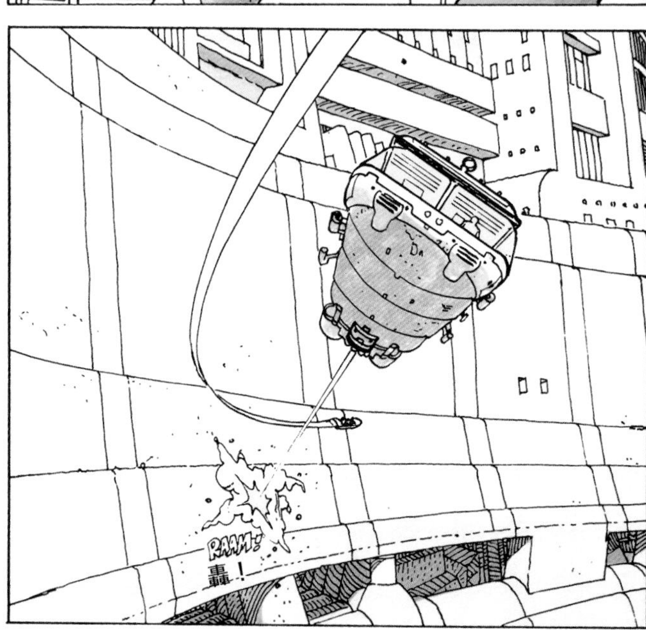
RAAM!
轟！

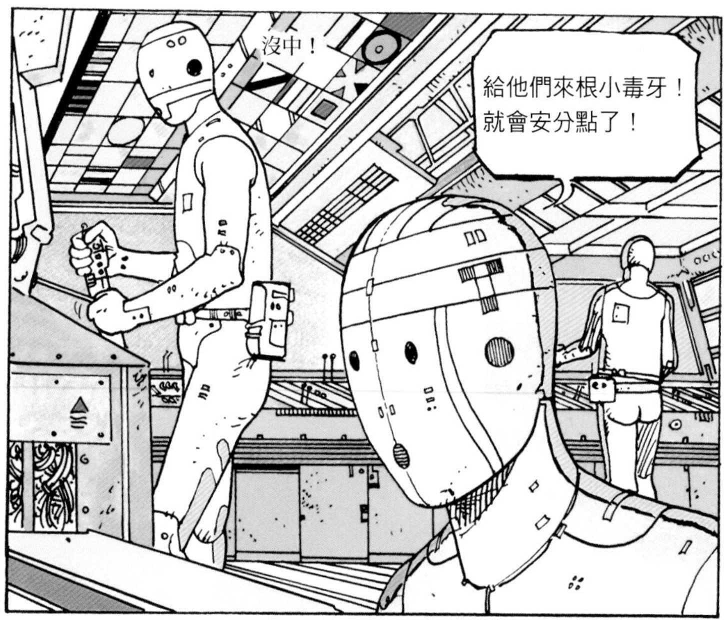
沒中！
給他們來根小毒牙！
就會安分點了！

咻砰！
STORD
MOEBIUS
3

嘟咿咿
TOOÏÏÏ TOOÏÏÏ 嘟咿咿
回收器吱吱叫，他還活著！運氣不錯嘛！
咦，這人我認識啊！
STOC 117
POLICE
約翰．迪佛，R級私家偵探，他的事務所就在西塔羅沙……這傢伙雖然廢柴一個，不過，當線人還挺好用的！
那三個蒙面人就只回收這麼點渣？
身分辨識器遲早會燒壞！
阿皮！屍體解剖磁帶！
放進去吧，我來登記。喲！看看我們這位自殺巷的倖存者，竟然醒過來了，真賞臉。你好啊，約翰！
媽的！哪個混帳往我身上扔導彈？
喀嚓
我承認那根小毒牙確實有點猛，不過你那幾個朋友，他們拿的可是柯根45啊！
是啦！我看到了！那群狗娘養的！
你在等我跟你報告是吧？
巨大的地底城一片祥和……
那是一個美好的五月早晨……
馬上抵達總部了，到我辦公室再說吧！
STOC 117
警政總部
POLICE CENTRAL
MOEBIUS

……盛大的政治慶典……
因為距離總統的克隆儀式只剩一天，我們……
STOC 117 總部人多嘴雜，想讓頭腦清醒點都沒辦法……
一切要從昨天晚上說起。
面對這群沒膽識的機器警察……
當時，我正悠閒地把仿波本威士忌淋到牛排上，然後……
嘎！
CROTT!
安靜，迪波！
DONG
叮咚
約翰．迪佛嗎？
一小時內來我這裡，有件重要的事需要您協助處理，唔……
地點是艙寓 771643
第 28 區，麗景環……完畢！

她頭上的光環、說話的口音……很顯然是住在頂層錐體的貴族。這委託案聞起來滿滿是新鮮鈔票的味道啊！至於她聞起來又是另一回事了……不過，當時我應該是鼻塞了吧……
根據地址看來，這位委託人應該是朗貝雅．超．岡珂女士！
完全正確。頂多十分鐘吧，我人就站在一棟豪宅的地毯上了。
呃，我是約翰迪佛，R 級私家偵探，也就是您……
我知道。裡面請。

我是朗貝雅．超．岡珂。今晚需要一名嚮導兼保鑣陪我到紅環一趟，我想您可以勝任這份工作……
合約已經準備好了，您也可以拒絕……
嘎！
紅環？
可是……
50 庫布拉耶！這麼一大筆酬勞，要我帶她去地獄也行！
午夜整點，否則您一毛都拿不到。
50 庫布拉！
條件是必須在午夜整點帶您回到這裡？
MOEBIUS
5

於是，我帶她去了紅環。
越下越深，深還要更深！
那女人還真是慾求不滿……
老實說，尋歡作樂這檔事啊，
她還真是讓我開眼界了……
總之，一切本來還算順利，
直到她進了「夜魔」，
打算替那個夜晚畫下完美句點！
結果偏偏跟狗頭殺搞上了。

狗頭殺很少遇到這種層級的貴族，他還真是卯起來幹！
狼狼！
女王！
噢！小殺殺，你的黑鼻子讓人家玫瑰花瓣都開了啦！嘻嘻嘻！
只剩十分鐘！

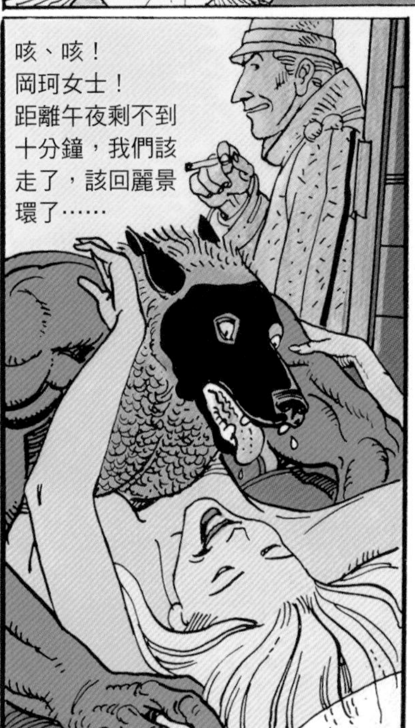
咳、咳！
岡珂女士！
距離午夜剩不到十分鐘，我們該走了，該回麗景環了……

靠，真要命！這瘋女人再搞下去，我就得跟 50 庫布拉說拜拜了……
媽的！我得想想辦法！
OOUUUUUU
嗷嗚嗚嗚嗚嗚
狗頭殺沒別的優點，就是精力旺盛，我看要搞一整晚都不成問題……

只能放大絕了！

這一發可要分毫不差！不然到午夜我就玩完了！
乖乖，別動得這麼厲害嘛！
STONN!
砰！
靠！這白痴把我耳朵打了個洞！
狗頭殺，聽我解釋！我跟這小妮子簽了約，然後……
壞蛋！大壞蛋！竟然在老娘總算要高潮的時候給我搞這齣！小殺殺！我的狼狼！把他的皮給剝了！這個壞蛋！
MŒBIUS
6

小殺殺！
弄死他！
剝了他的皮！
我要……啊啊!!
咯！咳咳咳！
嗷──
女……那女孩！
那女孩怎樣？
靠！
哇！
OUCH

原來朗貝雅・超・岡珂是個老太婆，
她的全息仿妝一到午夜就會失效。
你們男人全都是混蛋雜種下流胚！
狗頭殺撩起的激情愛慾，讓這個乾巴巴的灰姑娘昏了頭。

然後呢？我看不出這件事和自殺巷的意外有什麼關聯。
然後，狗頭殺就抓狂啦！他一口咬定是我害朗貝雅變身……從夜魔一路追殺我。
他到處叫囂，說要咬掉我的耳朵，再餵我吃下去！

幸好後來我鑽進通風管，成功甩掉他。
因為狗頭殺體型太大，沒辦法跟過來。

一個小時後，我完全迷路了……

突然，惡臭瀰漫的管道裡，
傳來一陣陣急促吵雜的跑步聲。
狗頭殺？
MOEBIUS
7

來的不是狗頭殺，但感覺更不妙！
這是什麼鬼？

眼前的怪物不要說看過，我連聽都沒聽說過……他砰砰砰像推土機一樣衝過來，不過眼神卻很友善！

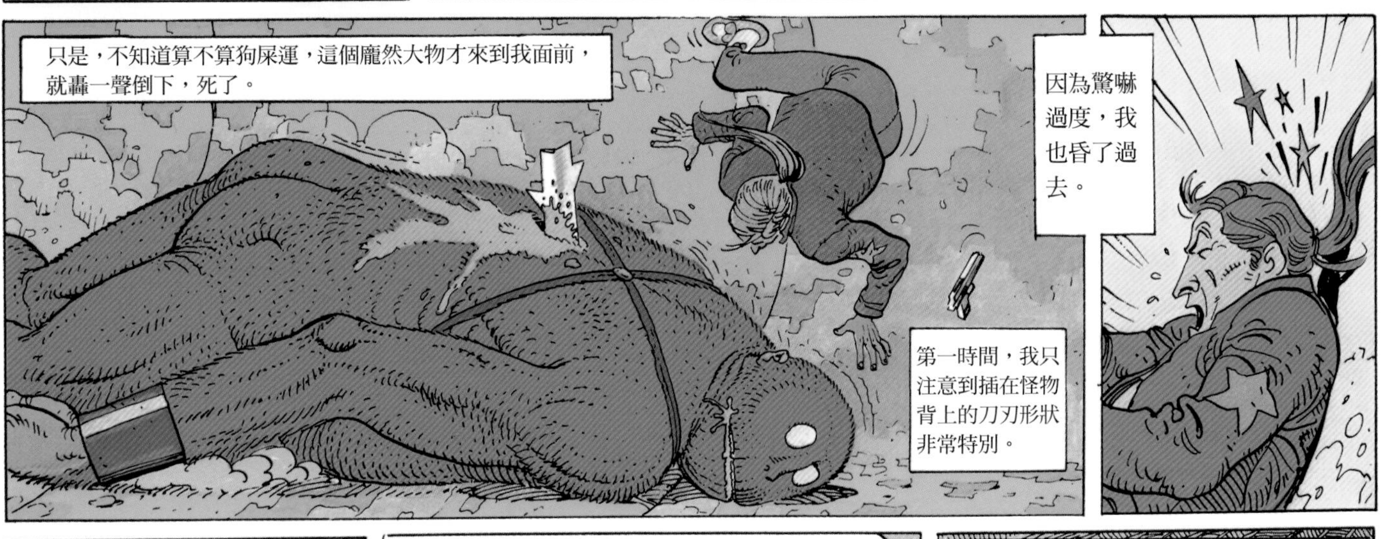
只是，不知道算不算狗屎運，這個龐然大物才來到我面前，就轟一聲倒下，死了。
第一時間，我只注意到插在怪物背上的刀刃形狀非常特別。
因為驚嚇過度，我也昏了過去。

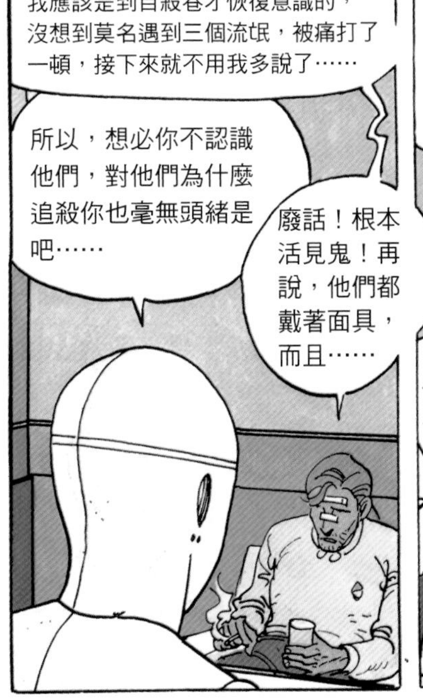
我應該是到自殺巷才恢復意識的，沒想到莫名遇到三個流氓，被痛打了一頓，接下來就不用我多說了……
所以，想必你不認識他們，對他們為什麼追殺你也毫無頭緒是吧……
廢話！根本活見鬼！再說，他們都戴著面具，而且……

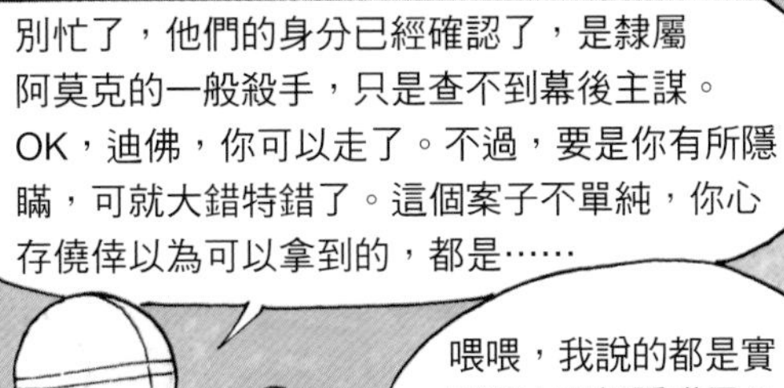
別忙了，他們的身分已經確認了，是隸屬阿莫克的一般殺手，只是查不到幕後主謀。OK，迪佛，你可以走了。不過，要是你有所隱瞞，可就大錯特錯了。這個案子不單純，你心存僥倖以為可以拿到的，都是……

喂喂，我說的都是實話啊！哪裡隱瞞了？要的話你可以去查：老太婆啦、狗頭殺、怪物的屍體，等等……
就是你這個「等等」讓我感覺很差，迪佛！

媽的，阿皮直覺有夠準！算了……現在最要緊的是好好泡個澡、來根菸、喝點小酒，順便找個漂亮溫柔又夠騷的妞！
沒多久，在法國區的歡快百貨。
嘿！這才對嘛！好個應有盡有。
8
MOEBIUS

印加石舞會

LE BAL DE L'INCAL

「巴黎區性愛銀行」，
這種「體面的機構」
可不就是我現在需要的嘛……
先生，請進。
性愛銀行很榮
幸為您服務。

CREDIT CART

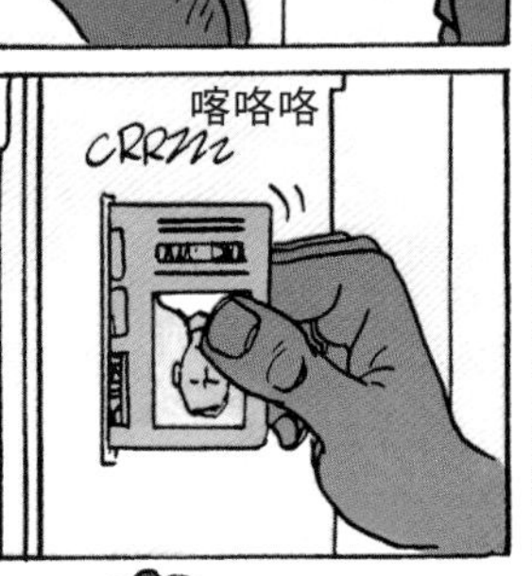

CRRRR
喀咯咯

讓我來挑個高級
貨！媽的，口水
都要滴下來了，
今天老子要好好
爽一下！

片刻後……
唔，一瓶歪士忌、一盒
SVP*、雪茄、熱水澡……
夫復何求啊？

＊ SVP 為常見的輕型迷幻劑

咕嘰咕嘰
親愛的……

呀呼！
就差美人啦！

不過這一天，仿生妓女的甜
言蜜語顯然發揮不了作用，
迪佛整個人思緒亂糟糟，
靜不下來……
幹！

一堆畫面在他腦
海中飛快輪播，
那些他瞞著機器
警察的事……
這頭怪物到底是
什麼來歷？
一動也不動，
像隻蝴蝶標
本！
靠！
莫名其妙！
咚
VDAM

哇嘶噠！
見鬼了……我做夢也沒想到，他媽的城市通風管裡面竟然這麼熱鬧！
我敢打賭，一定是這些傢伙笑咪咪地從背後捅了他。

哇嘶噠噠噠
OUTSTAAAAAA
噢！真是迷人的小動物，每隻至少都有八百磅……

TOMPPP!!
不用叫這麼大聲啦！
幸好，只要把毒蛇警槍調整為反暴動特殊麻痺掃射模式，連瞄準都省了……一招就能讓他們閉嘴！

這樣應該可以讓他們躺個一小時吧，就算醒過來也會像宿醉一樣暈。
醜成這樣的生物，我還真沒見過！是新的變種人？
是沒被登錄編目的外星物種？這年頭真是無奇不有！
噫咯！
噫噫咯！

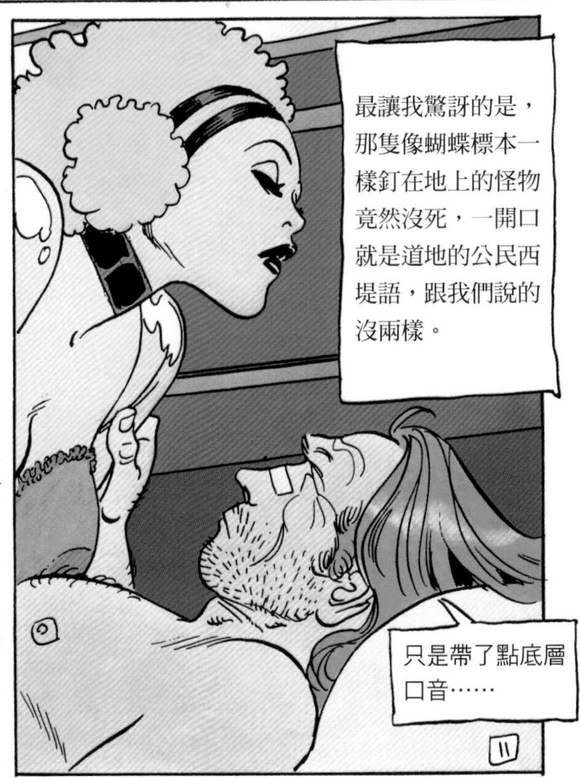
最讓我驚訝的是，那隻像蝴蝶標本一樣釘在地上的怪物竟然沒死，一開口就是道地的公民西堤語，跟我們說的沒兩樣。
只是帶了點底層口音……
11

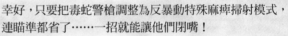

約翰．迪佛，噫咯……聽我說！等、等一下！我有一個東西要給你！
?
啊，是喔！呃，欸！是說，你怎麼會知道我的名字？

拿去！約……約翰．迪佛！這很重要。
唔……這個東西知道我的名字？還真是好棒棒，拍拍手！
快！

收著！把它收好！這個東西不只關係到這個星球的命運，也關係到宇宙的命運！
宇宙？
變種人沒撐多久就進入「融化狀態」。但我腦袋超載，什麼也沒注意到……
那是個小盒子，看起來沒什麼特別的。但我的掌心出現某種奇異的感受……

這盒子裡裝了什麼？
印加石？那……這個機械裝置又是什麼？
印……印加石！呃啊……
有了！應該可以從這裡打開。

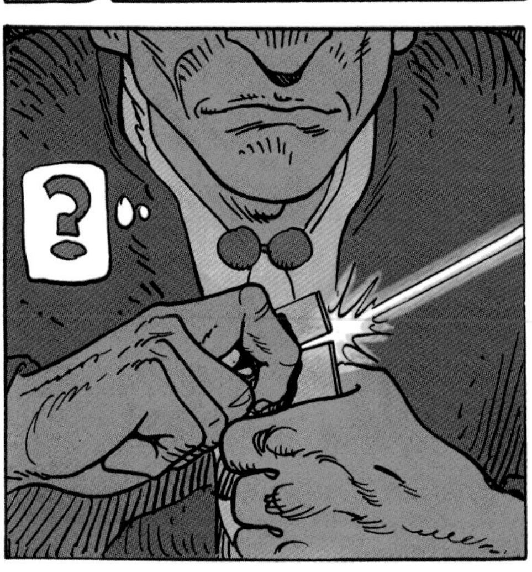
?

12

我這輩子活到現在，還真沒有過那麼糟的感覺！那道光芒一吋一吋刺穿我的腦袋！不只如此，在那同時，眼前的怪物竟然高速解體了！
咕嘰咕嘰，你很沒意思耶……從剛才到現在都心不在焉！
我在想那個怪物體內的東西……

當我回過神……
靠！是人工擬身！

而且，這個正在解體的人工擬身裡面藏著一個……
鸚格人！

倒大楣了我！幹麼蹚這場渾水，去碰這種宇宙級的大麻煩……

總算，折騰了兩小時以後……
啊哈！看到出口了！

這麼多年來，那些太空探測器反覆在我們耳邊碎碎唸，講述著所謂的「鸚格帝國」，一個據說在天鵝座噴發之後形成的帝國，目標是殲滅我們，讓我們從星圖上消失！而剛才，我親眼目睹的畫面，比至今任何衛星拍到的模糊照片都來得有說服力！

也就是說，這不是政治宣傳刻意捏造的假消息，那些要命的鸚格人真的存在！

怎麼會……
寶貝你棒呆了呀！
我爽歪歪啊！
咕嘰！
哼！

回公寓的路上，沒出什麼事。
嘎嘎！
CROOTT!
嘿，迪波！
回家真好！
家就是避風港啊！
總算安全了！
避風港……安全了？
大概維持了12秒左右吧。

咚咚
開門！
這玩意該怎麼處理？
要怎麼拿它大撈一筆？
幹！
這次又是誰？

得馬上找個完美的地方
把它藏起來……
咕嚕！
CROOOU!
SDOOM
SDOM
咚
咚

砰嚓！
ROCHT!

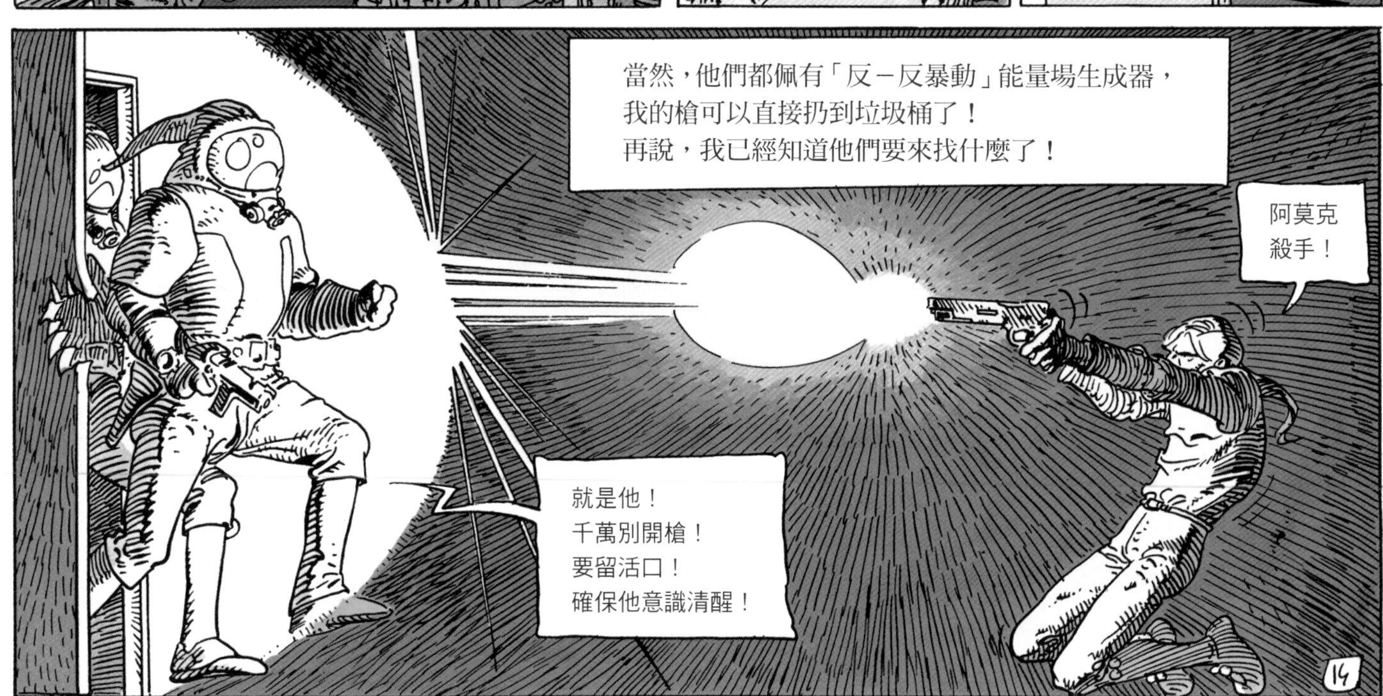
當然，他們都佩有「反－反暴動」能量場生成器，
我的槍可以直接扔到垃圾桶了！
再說，我已經知道他們要來找什麼了！
阿莫克
殺手！
就是他！
千萬別開槍！
要留活口！
確保他意識清醒！
14

給我搜！整個公寓都給我搜一遍！
東西藏在哪裡？說！
我……我不知道您……您在說……什麼……
很奇怪，好幾次我都差點要招了，但每一次，那些話到嘴邊，就卡住說不出口……
總而言之，那群混蛋什麼也沒找到，只能祭出自殺巷這一招。
嘿嘿！不得不說我挑的藏寶處還不錯嘛！
迪佛擺闊支付了5庫布拉給仿生妓女，現在得搭接駁車回到他的平民圈了，大眾運輸又髒又臭，吵得要死，但是經濟實惠。
現在最麻煩的，是我一定得回公寓一趟！
BBN
確實，現在大家最關注的，就是第九任總統的克隆儀式……
幹！我覺得我被跟蹤了！是警察？還是殺手？
還是別的？
靠，要是這麼多人都在打那個東西的主意……
表示一定可以用它撈到數不清的庫布拉。
印加石……
這是個簡單的道理，千年一遇啊！
幹！見鬼，今天的雪茄都中了邪嗎！
咕！
172
亂七八糟的又怎麼了，這群蠢蛋堵在我家門口幹麼？
後面不要推！
前面有病人啊！
我們這邊看不到啦！

讓我過去……
嘿！借過啊！
這是我家欸！
聽說裡面有一隻鳥在講道。
從今天早上開始，牠就站在高高的櫃子上，
已經好多人被牠治癒了，一個比一個還神！
唔，您看起來沒搞清楚
狀況……
這一層的老弱傷殘都
來了，人潮沒斷過。
聖鳥！
鬼扯的吧！
什麼也
看不到啊！
但是我
信耶！
你們看，
我被治癒了！
神蹟！
換我了！
幹！
可以請你
講人話嗎？
奮鬥了半小時之後……
讓路啦，
幹！
給我通通
滾出我家！
我也想被治癒啊！
讓開一點啦，
你們這群蠢蛋！
不要擠，
臭老頭！
牠宛如
一隻鷹，
如此挺拔
俊美！
是天使啊！
懺悔吧！
不會吧！
我在做夢嗎？
因此，只有真誠的悔改與徹底的
淨化，方能確保你們能夠擁有一
份真正的……
先知鳥
萬歲！
治癒我吧！
牠像
貴族般
耀眼！
迪波？
一份真正的救贖，因為，朋友們，
時候到了，大天使將會前來毀滅
這座畸形可怕的城市！
鳥兒啊！
聖鳥啊！
我很痛苦！
還有我！我
已經便秘三
個月了啊！
……大天使將會把這個
醜惡骯髒的世界化為灰燼；
大天使將會……
嘿！
迪波！
是我，
迪佛啊！
我被治癒了！
奇蹟！
是奇蹟啊！
喂喂！
那個傢伙靠
在衣櫃那邊
做什麼？
迪佛，別管我！到後面去！
我還沒把該傳達的神諭和啟示說完！
迪波！
停止你這些
狗屎布道好嗎！
我們得閃了！
阻止他！
16

等等！
這些人有權利知道他們居住的城邦即將發生什麼事！
迪波，我想到辦法了！
褻瀆者！
阻止他！那傢伙瘋了！
你現在就給我吐出來……他媽的畜生！
火、火……啊！
混蛋！放開聖鳥！
啊……等等！
嘔！
啊！這就對啦！
?
?
?
CROOOK
CROOT CRRT!
宰了他！
兄弟，交給我們處理！
必須死!!
弄死他
聖鳥被褻瀆了！
放開我！一群瘋子！
我的眼睛！我又看不到了！
突然……
STAC STAAK STAAK
呃啊！
?
?
咦？
阿卡拉！
它在那裡！我看見從他指縫中發出的光芒！
哪裡來的怪物？
噫啊啊啊啊——打死人啦！
鸚……鸚格人！
靠！哪來的鸚格突擊隊！竟然直接用雷射切開牆壁！
是鸚格人！
可是不
我
有
怎麼可能！
他們是衝著印加石來的！
這些鸚格人
隊長，現在該怎麼辦？人這麼多，根本抓不到他！
輪不到你們操心，跟我來！
17

嘎——

呀啊啊啊啊啊喀！呀喀喀！
進攻！
CROOT
CROT
ROTT
CROOT!
嘎！
啊啊啊！
我是在做夢吧！
幫幫忙！
救命啊！
不……

突然，一道刺眼的光芒……
他逃不掉的！我……

找出印加石！
先把鸚格突擊隊殲滅再說！
這些又是什麼怪物？
變種人！

廁所！那裡是唯一的機會了！
LA

警察也加入戰局。
戰況激烈！請立刻派遣三支反暴動特警隊前來「210 丘陵區」支援！
POLICE 724
POLICE STOCK 724
救命啊！
轟
BOOM
TANG
條子又來了！
各位全息電視前的視聽朋友！目前現場可說是達到前所未有的混亂！
當地電視臺的記者也來了。
18

此時，城邦底部突然冒出一隻外型古怪的機械獸，第四位主角登場啦！

CCRASH

喀磅！

KBANG

STOMP!

扯爆了！

請離開！

哇！
是格鬥機器人……

親愛的視癮朋友！記者現在看到的是一場貨真價實的戰鬥，悲劇正在 210 丘陵區上演。根據目擊者指出，有一支鸚格突襲隊……是的，我必須再重複一次：有一支鸚格突襲隊……噢！為您更新最新狀況，現場出現一隻格鬥機器人，不確定是從哪裡冒出來的……

太好了，
這邊可以過！

總統的駝……
駝子軍！
你們……
為什麼要抓
……
閉嘴，
別多話。
上車！
快！
我們從
這邊離
開！

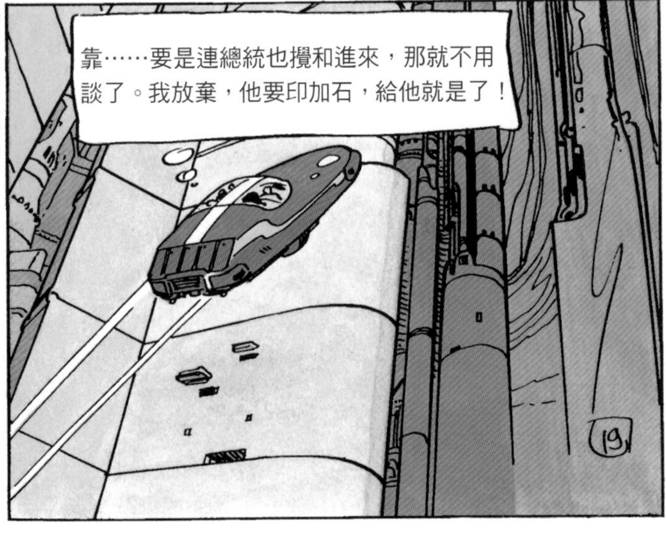

靠……要是連總統也攪和進來，那就不用談了。我放棄，他要印加石，給他就是了！
19

至高無上的奧虺迪殿下

SON OPHIDITÉ MAJEURE

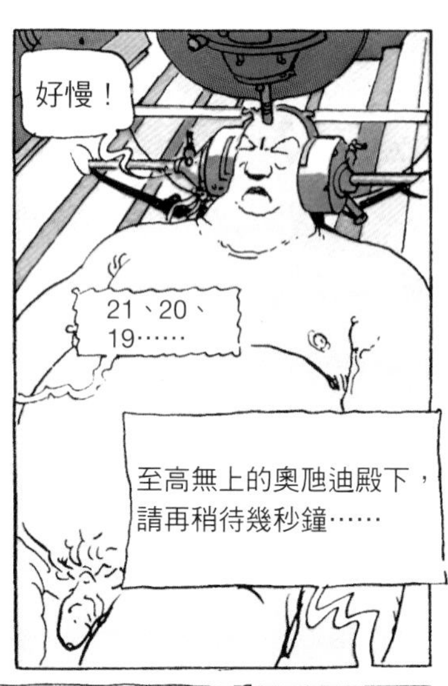

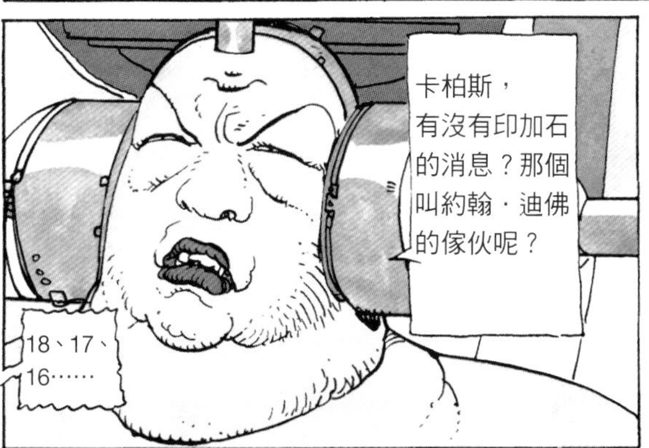

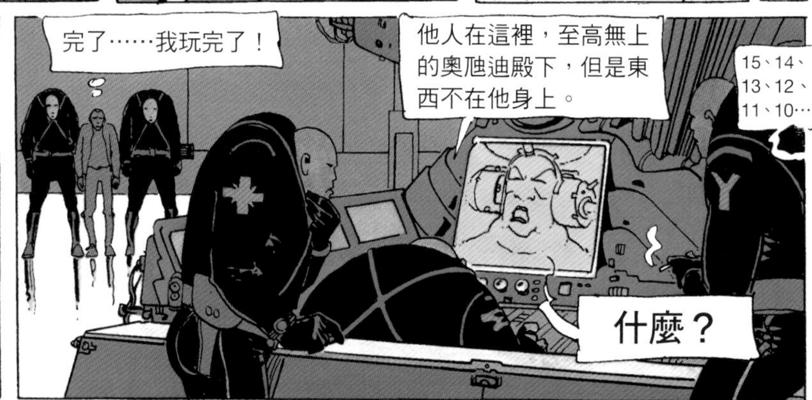

等等！卡柏斯！
我有個好主意……
我要親自處理。
3、2、1、0……電擊！

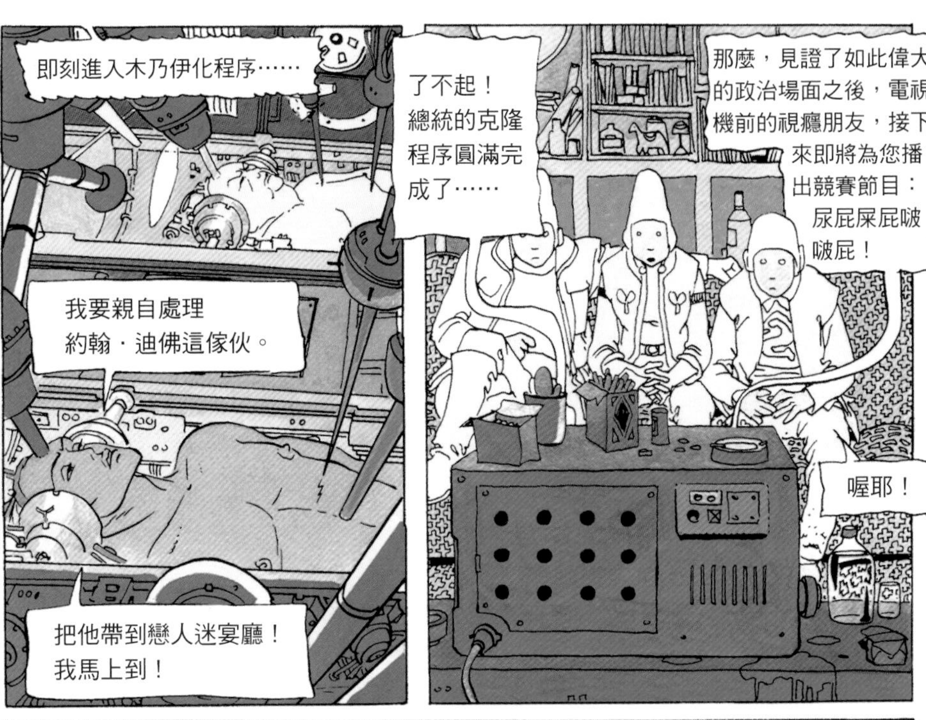
即刻進入木乃伊化程序……
我要親自處理
約翰·迪佛這傢伙。
把他帶到戀人迷宴廳！
我馬上到！
了不起！
總統的克隆
程序圓滿完
成了……
那麼，見證了如此偉大的政治場面之後，電視機前的視癮朋友，接下來即將為您播出競賽節目：尿屁屎屁啵啵屁！
喔耶！

了不起！我們至高無上的奧虱迪殿下，擁有超乎常人的勇氣，能面對如此挑戰與危險……
奧虱迪殿下萬歲！
這是科技發展的奇蹟！
看看我們至高無上的奧虱迪殿下，此刻擁有的這副完美身軀！
讓我們一起為科技喝采！

奧朏迪殿下，
慢一點！
拜託！
我等不及要見見約翰．迪佛了！至少，他臉蛋長得好看吧？
呃……至高無上的奧朏迪殿下，這個不好說！
為什麼不乾脆把這骯髒禍害的印加石送給他們算了，反正它帶給我的盡是……盡是……
是，長官
算你識相！
別忘了，總統的尊稱是：至高無上的奧朏迪殿下！懂了沒？
呵呵呵！就是你？約翰．迪佛？
盡是麻煩事！
是啊……約翰．迪佛就是我！
「至高無上的奧朏迪殿下」，蠢蛋！
哎呀！
AÏÏE!
嘎！
CROO
好了好了，駝子軍，今天約翰．迪佛是貴賓，我們要溫柔、親切、寬宏大量嘛！
片刻後，他們慵懶地躺在光軟墊上。
咳咳！這雪茄還真嗆啊！呃，我手上是不是有某樣東西？我不明白您指的是什麼，至高無上的奧朏迪殿下……
看！那道微光。
哇喔！
約翰．迪佛，我的耐心……
是有限的。
咕嘟
CROO CROO
至高無上的奧朏迪殿下，您看！有一道光暈圍繞在這個男人身旁！
他又不是貴族！這違法啊！
奇恥大辱！
22

真的……我在發光！
像個亮晶晶的招牌！
不只如此！
好奇怪的感覺，
彷彿有股力量
把我往上提……
不可思議！
奇觀！
我……
飛起來了！
他
飄浮了！
？
嘎
CROT
我……啊啊啊！
我燒起來了！
全部燒起來了！
飛行宮被火吞噬了！
而你！掌權者！
我看見了……
你在泥濘裡爬
行！我……啊！
以帝國之名，
叫他閉嘴!!
22BIS

……那杯酒！
我……我覺得反胃！嗯！
快把駝子軍找來！

噢?!
嘔
DDDGLLARG

至高無上的奧虺迪殿下！
SON OPHIDITE MAJEURE!
好可怕！
真恐怖……
印加石！

快去拿香水！
還有衣服！
印加石！印加石！
原來被他吞了！
動作快！抓住他！
欸欸!?
這傢伙逃不掉的！
封鎖所有出口！

走廊通通給我搜！
哪裡？
那邊！我看到他了！
那裡！
他從那邊跑了！

讚啦，這就是我需要的！
23

在那裡！
終於
抓到了！
這個鬼東西
要怎麼操作？
這次他插翅
也難飛了！
是他
沒錯！
他動不了的！那可是至高無
上奧虺迪殿下的私人飛艇，
唯有他的腦波才能操控！
只能亂按了！
我覺得……
有機會！
突然，在一陣低沉的
呼嘯聲中，飛艇衝向
閘門出口……
可以耶！
ZZZUUFFFFFFFFFFFFFFFFFFFF
嘶嘶嘶──
什麼！
哪來的神蹟！
匪夷所思！
快趴下！
小心！
不管用什麼方法都給我攔下來！不
必留活口，但小心不要傷到印加石！
還有，所有人提高警戒！他的新陳
代謝已經改變了，生命力也因為身
上的印加石暴增！他已經不是剛才
那個普通的男人了！
飛艇已鎖定，
至高無上的
殿下！
是空獵者中隊！
還真是火力全開。
好吧，至高無上的
奧虺迪殿下……
我不會再任人宰割
了。
24

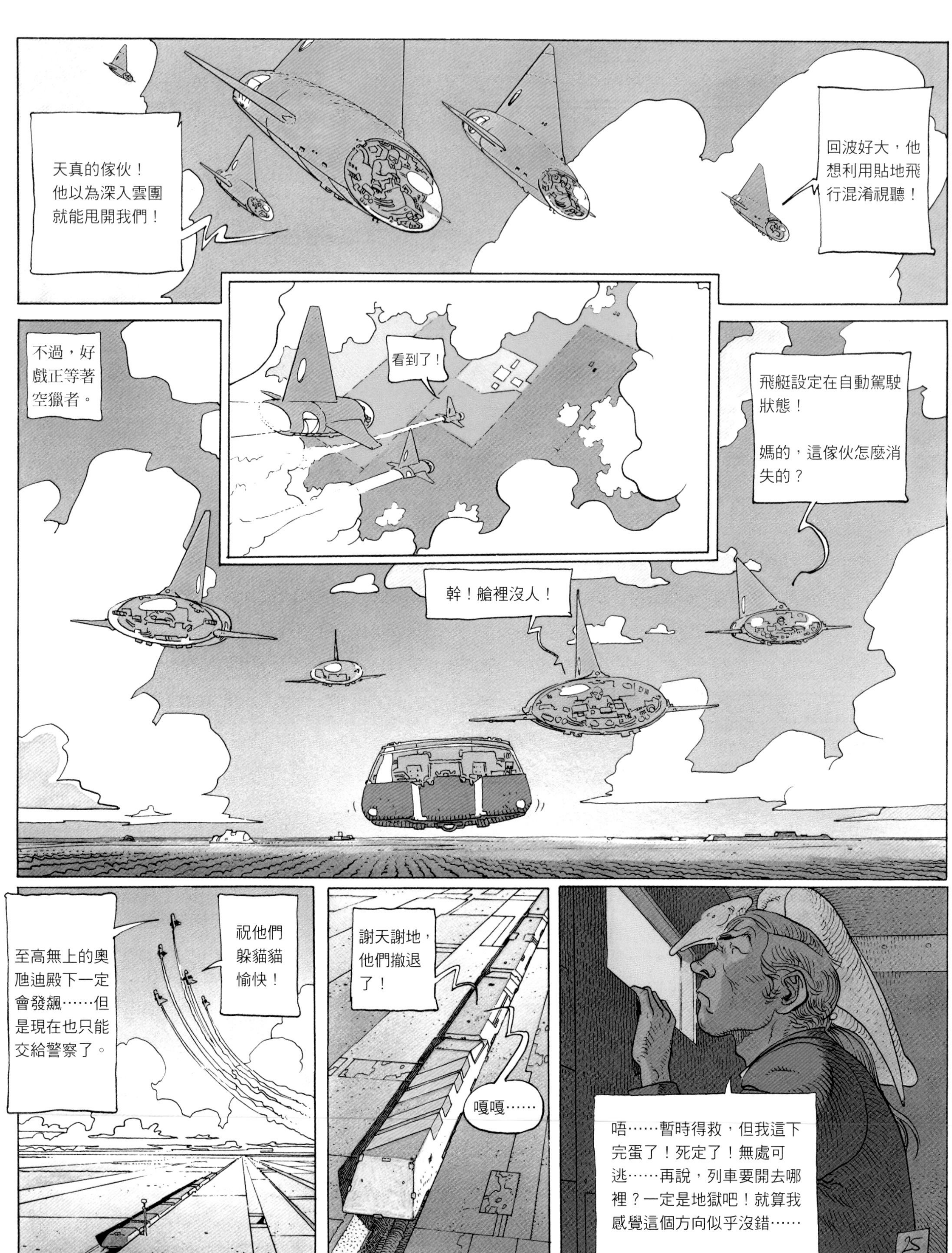
天真的傢伙！
他以為深入雲團
就能甩開我們！
回波好大，他
想利用貼地飛
行混淆視聽！
不過，好
戲正等著
空獵者。
看到了！
飛艇設定在自動駕駛
狀態！
媽的，這傢伙怎麼消
失的？
幹！艙裡沒人！
至高無上的奧
虺迪殿下一定
會發飆……但
是現在也只能
交給警察了。
祝他們
躲貓貓
愉快！
謝天謝地，
他們撤退
了！
嘎嘎……
唔……暫時得救，但我這下
完蛋了！死定了！無處可
逃……再說，列車要開去哪
裡？一定是地獄吧！就算我
感覺這個方向似乎沒錯……
25

讓我們好好來瞧瞧這寶貝吧！
嘖，現在倒是沒那麼亮了！

不過就是個造型單純的迷你水晶金字塔嘛！除了這道光芒之外，根本沒什麼特殊之處……
但是……
但是，自從把它放在身上以後，我覺得自己好像……好像……

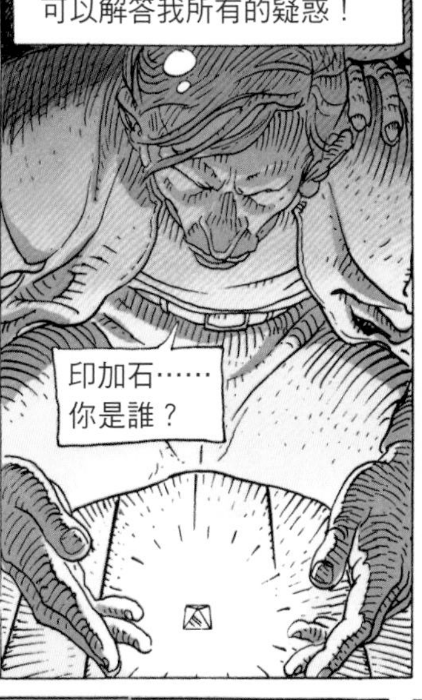
我敢說這亮晶晶的小玩意，可以解答我所有的疑惑！
印加石……
你是誰？

噢噢噢！

我是印加石。

?!
你總算問了！
我的設定就是從不先開口……話說，我們時間有限！
我倆要忙的事可多了。

太酷了！一臺微型光子電腦……現在，我全都明白了！

你錯了，約翰·迪佛！你根本什麼都不懂！我不是電腦，我是活的！就跟你一樣！我們因命運的力場線產生連結，為了實現正義！

噢！喂喂！搞清楚！我呢，只是個擁有R級執照的偵探，正義干我什麼事！
而且，我屁股後面還跟著總統的駝子軍！更別說是機器警察啦，還有通風管裡面的變種人！

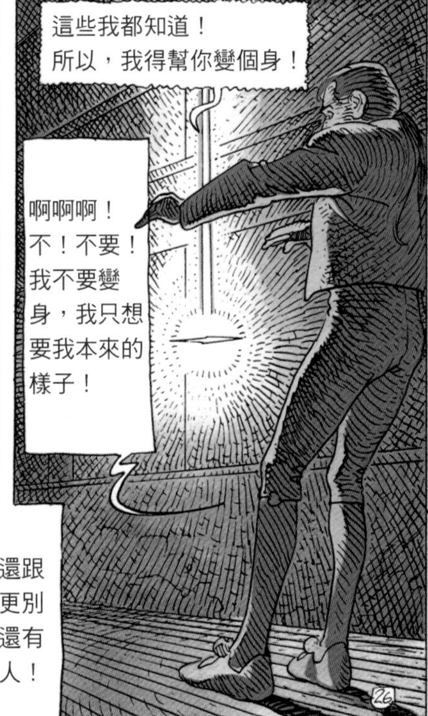
這些我都知道！
所以，我得幫你變個身！
啊啊啊！
不！不要！
我不要變身，我只想要我本來的樣子！

廢話少說，你根本不曉得自己是誰。
好啊，你那麼懂，那你告訴我要怎麼擺脫總統和其他人？你從哪裡來？還有列車要去哪裡？說啊！你說啊！
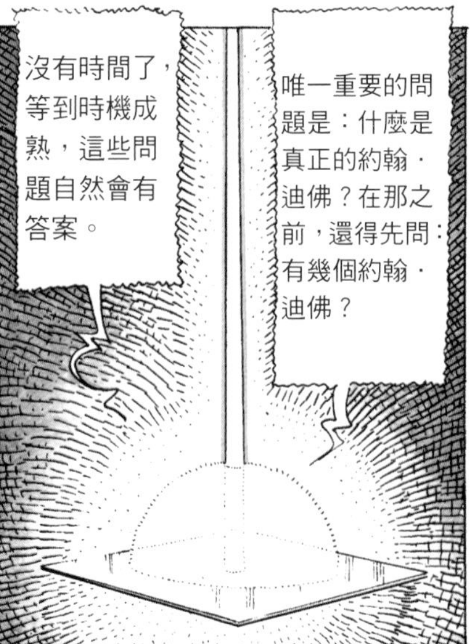
沒有時間了，等到時機成熟，這些問題自然會有答案。
唯一重要的問題是：什麼是真正的約翰．迪佛？在那之前，還得先問：有幾個約翰．迪佛？

從來沒人問過我這麼白痴的問題！
別急，聽我說明，再下判斷。我來為你……
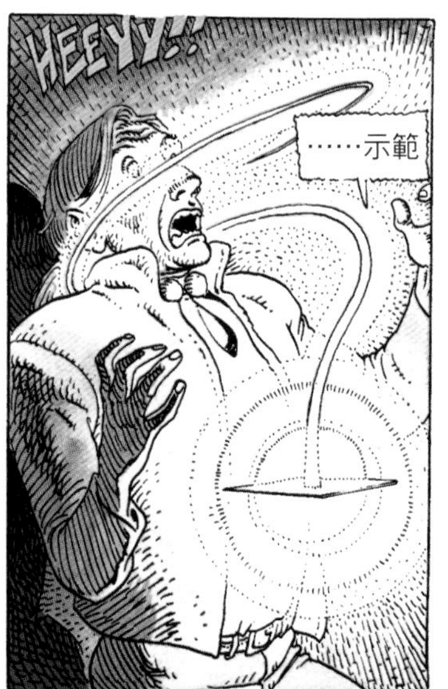
喂！
HEEYY!!
……示範

呃啊！
ERKK!

天哪！

好了，這就是其中一個答案！
看吧！我的問題不蠢！現在有兩個迪佛了！

……然後，三個迪佛，
腿再算一份，四個迪佛！

就目前的狀況來看，我們再問一次：
約翰．迪佛是誰？

是我！
是我！
是我！
是我！
27

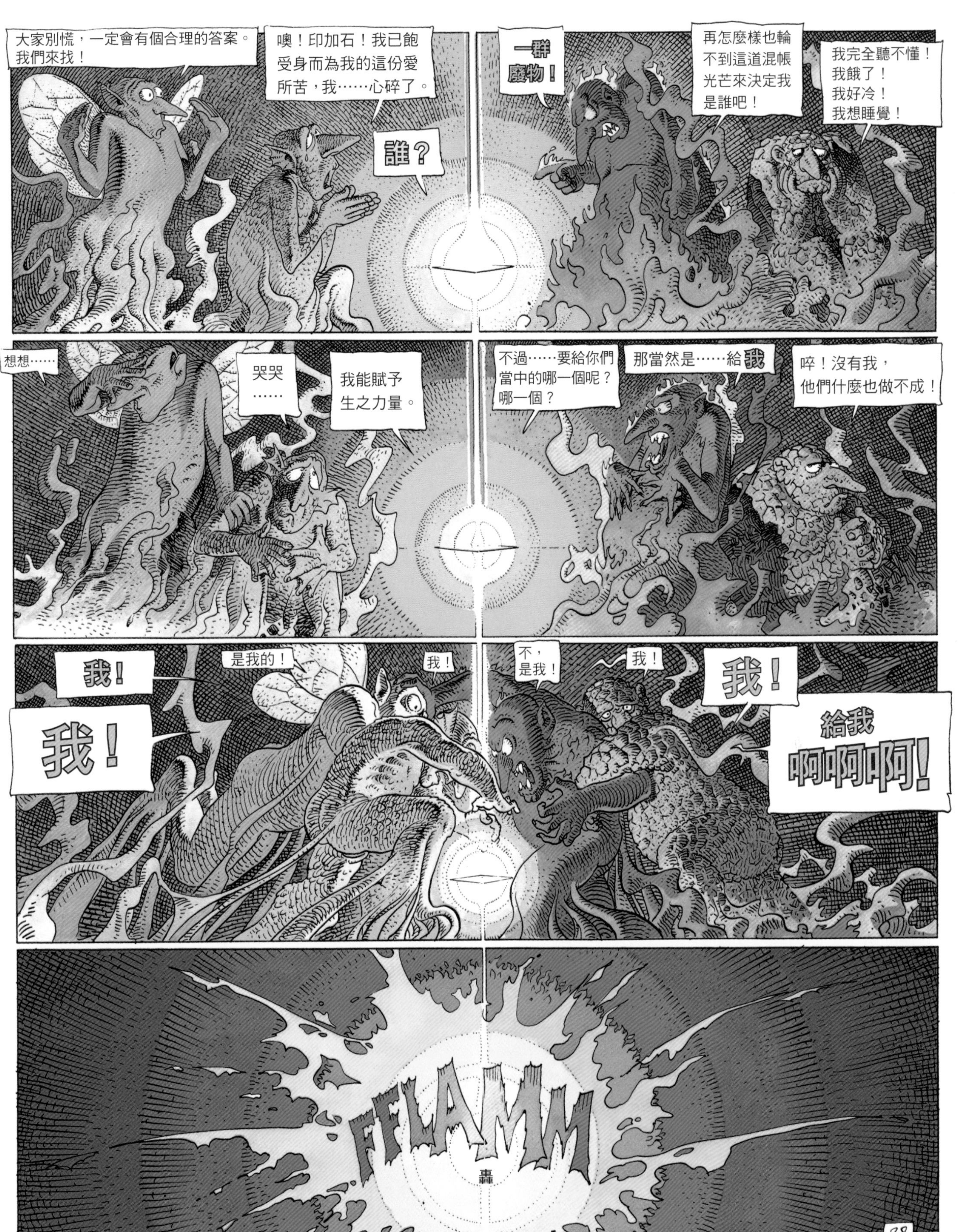

大家別慌，一定會有個合理的答案。我們來找！
噢！印加石！我已飽受身而為我的這份愛所苦，我……心碎了。
誰？
一群廢物！
再怎麼樣也輪不到這道混帳光芒來決定我是誰吧！
我完全聽不懂！我餓了！我好冷！我想睡覺！
想想……
哭哭……
我能賦予生之力量。
不過……要給你們當中的哪一個呢？哪一個？
那當然是……給我
啐！沒有我，他們什麼也做不成！
我！
我！
是我的！
我！
不，是我！
我！
我！
給我啊啊啊！
FFLAMM
轟
28

時間一分一秒流逝，約翰．迪佛慢慢醒了過來……
哎……我昏迷了多久？

是夢嗎？我……不！我的頭！印加石！

我……
我的頭！
我的腿！總算還我完整的身體了！
嘎。
迪波！看來你被嚇壞了！別怕，沒事了！是我！約翰．迪佛啊！
嘎，
齁咳咳……
CROOOT ROOOTKKK…

我？約翰．迪佛！我的天！怎麼突然有種奇異的感受……彷彿……我內心正閃耀、閃耀著……
嘎！
是印加石！

?
我懂你的感受！
不久之前他還在我的肚子裡呢！

可是……迪波，**你會講話！**
咦？哎喲！真的，我會講話！我就這樣會了！快告訴我！我們在哪？要往哪去？
我哪知……我……啊！不對，我知道！

我們坐的其實是一列靈車，它正朝著泰克諾科技城前進！嘿嘿嘿！
泰克諾科技城啊！
就連總統也進不去！
嘿唷！真是不得了！

我們去那個陰陽怪氣的地方做什麼？
我也正在想，迪波……我唯一能說的是，我看這東西很不順眼……啊！我想起來了！印加石……
暗之印加石！
JODO-MOEBIUS
MOEBIUS 29

泰克諾科技

TECHNIQUES TECHNOS

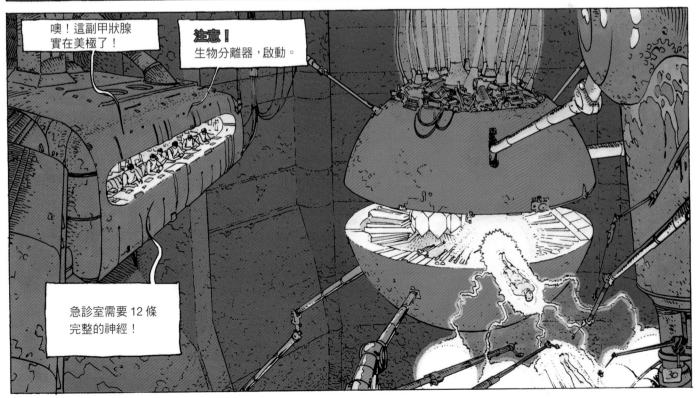

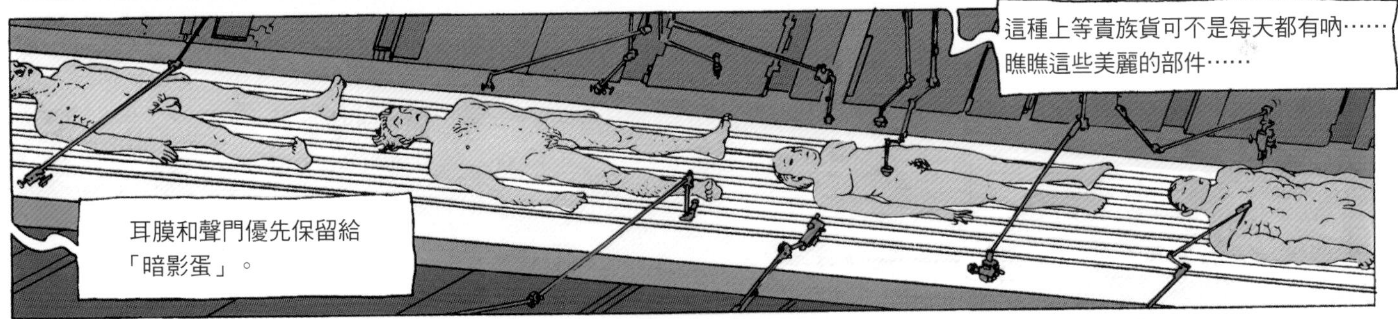

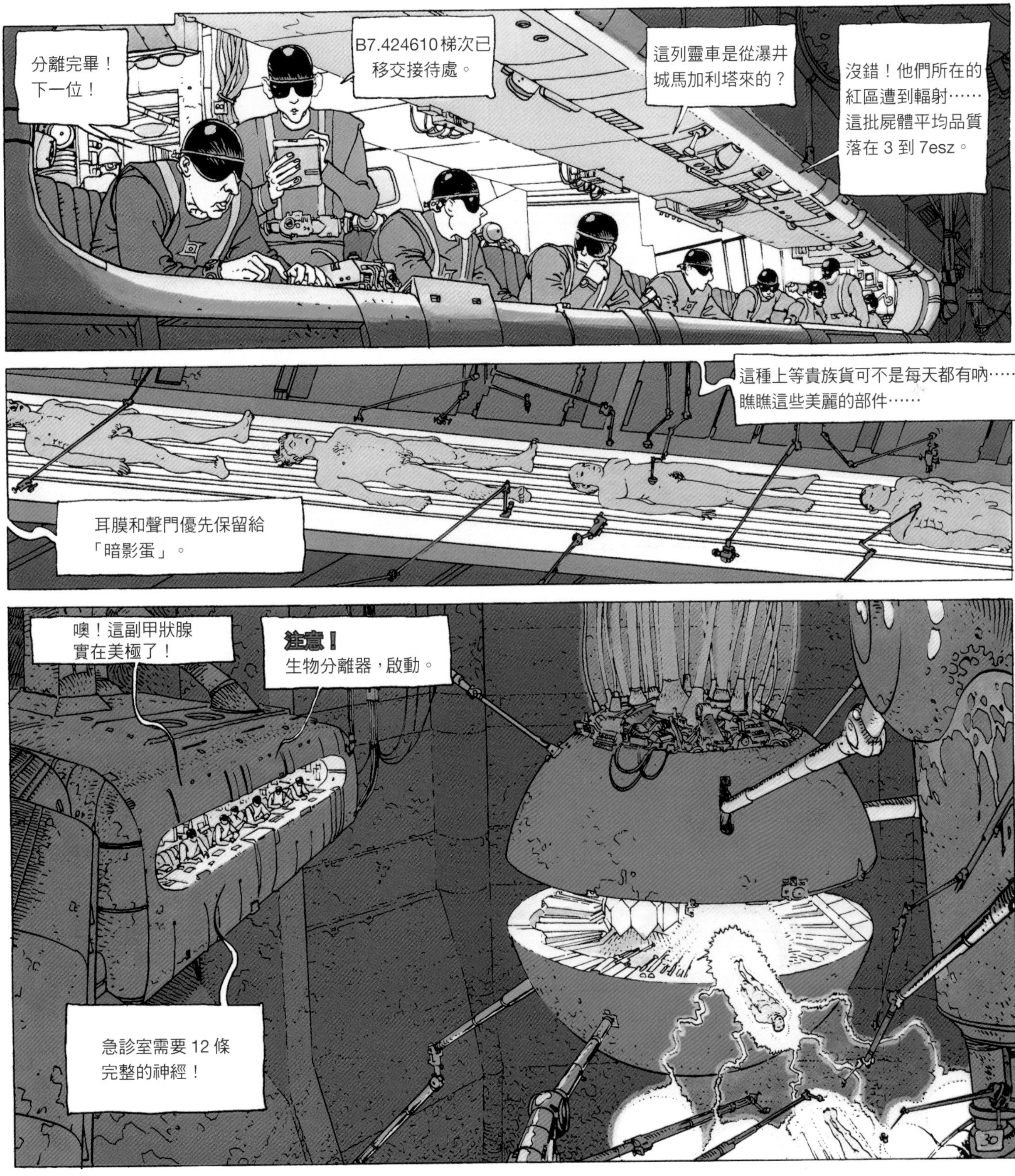

噢！這副甲狀腺
實在美極了！

注意！
生物分離器，啟動。

急診室需要 12 條
完整的神經！

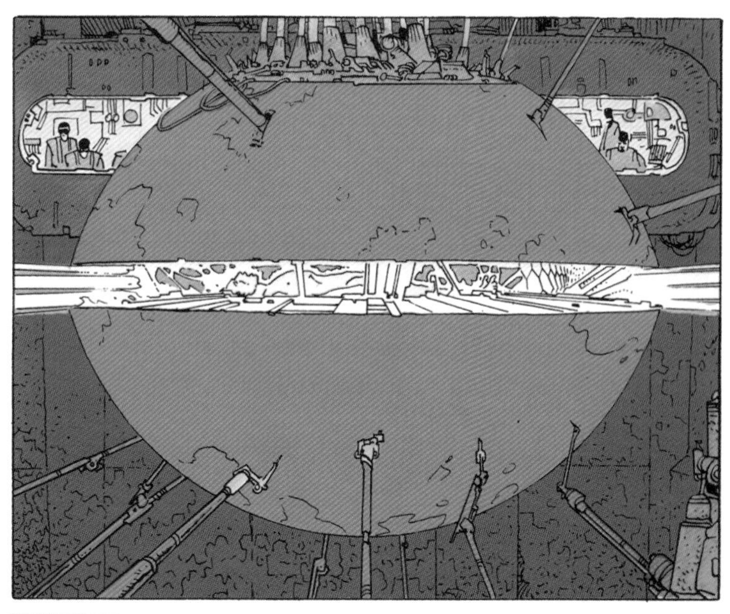
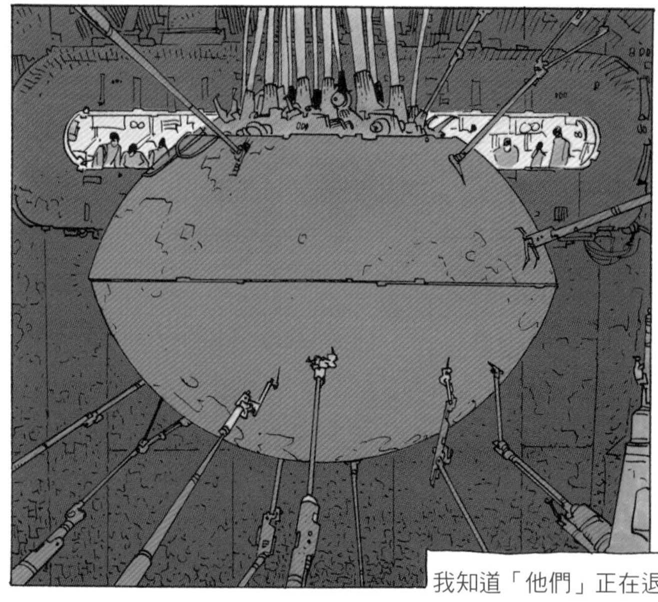
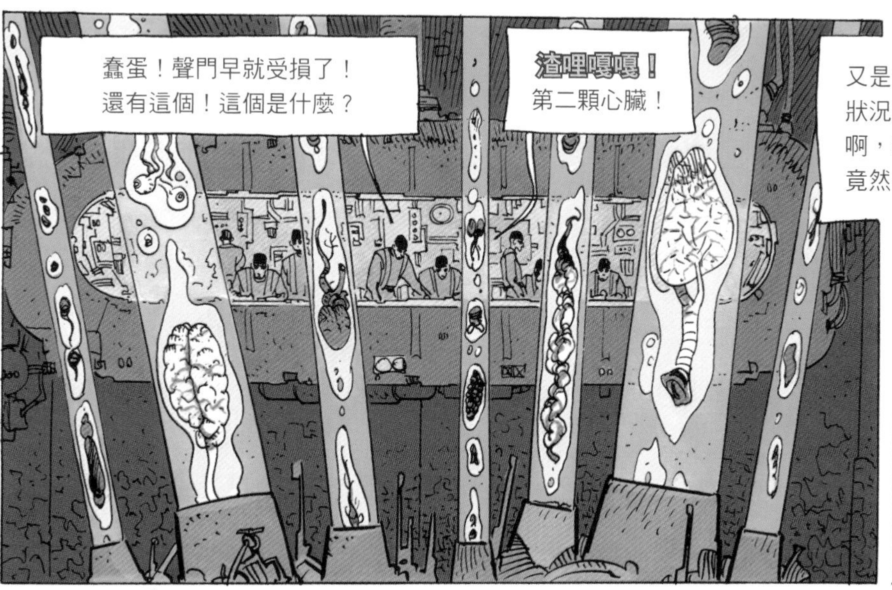
蠢蛋！聲門早就受損了！
還有這個！這個是什麼？
渣哩嘎嘎！
第二顆心臟！

又是個非法的變種人！這狀況越來越頻繁了！昨天啊，我還收到一個女的，竟然有兩條脊椎！
我知道「他們」正在退化崩壞！這批你繼續處理！我得去核對另一批新進的屍體。

片刻後……
如何？有足夠的部件完成暗影蛋嗎？
勉強可以吧，技術長。很多屍體部件無法回收！不過遭到輻射後的狀況差不多都這樣。
這批貨裡面竟然有一隻鳥！
你們知道吧？
就是他們所謂「水泥鸚鵡」的一種！
31

約翰·迪佛……
頭不要抬起來啦！
我們會被發現！
我就想知道這輸送帶
會把我們送到哪裡去啊！
印加石應
該知道吧。
這倒是！印加石！你有答案嗎？

有信心點！不要亂動！
重點是離暗之印加石越
近越好！
是嗎？暗之印加石!?
但你沒有回答關於輸
送帶的問題啊！

根據我的猜測，它會把你們
送到某個球形機械附近，那
個儀器的作用是把身體器官
一個個分離出來……
什麼!?

怎麼了？
這輸送帶正
把我們送往
屠宰場！

約翰·迪佛！
等一下！
你別慌啊！
我……
要回家
了！

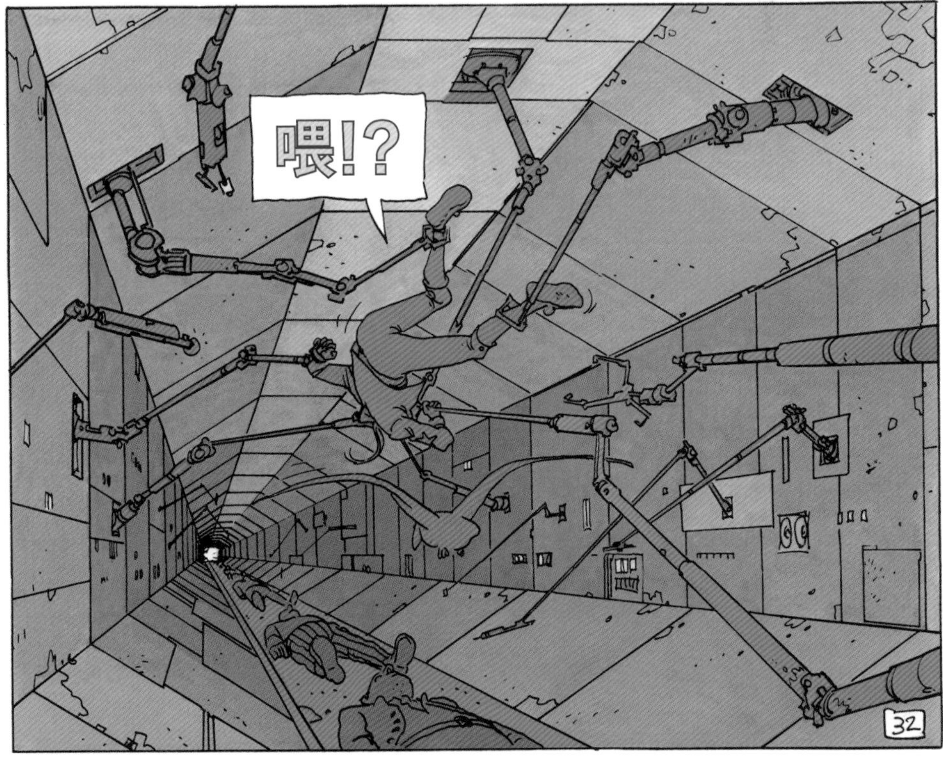
喂!?
32

工程部門已鎖定他的位置！
C473 廊道 X9 區段。
這傢伙跟著瀑井城馬加利塔
那批屍體混進來的！
放開我！
太詭異了！
偵測器竟然這
麼慢才反應，
立刻回報技術
高層。

笨蛋！隨隨便
便就讓恐懼蒙
蔽了你！
我倒想看
看你會怎
麼反應。
每次只要你失去信念……
四個迪佛的其中一個就會
跳出來控制你！印加石早
說過了！

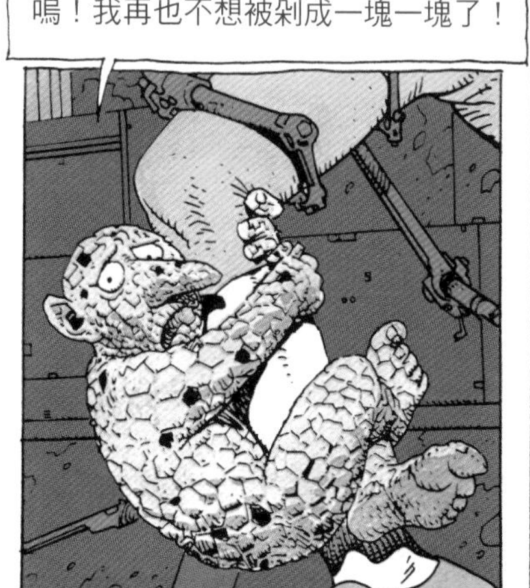
嗚！我再也不想被剁成一塊一塊了！

從體貌特徵看來相當吻
合，敬愛的泰克諾教皇！
想必就是他了……大闇母的力量無比巨大，操
縱著宿命之線，吸引無意識的犧牲者走向她布
下的天羅地網。我親愛的赫克特，我敢打賭，
光之印加石離我們也不遠了……哈哈哈！
片刻之後……
明確偵測到振動氣流，
根據肯茲量表，應該高
達 14 級！

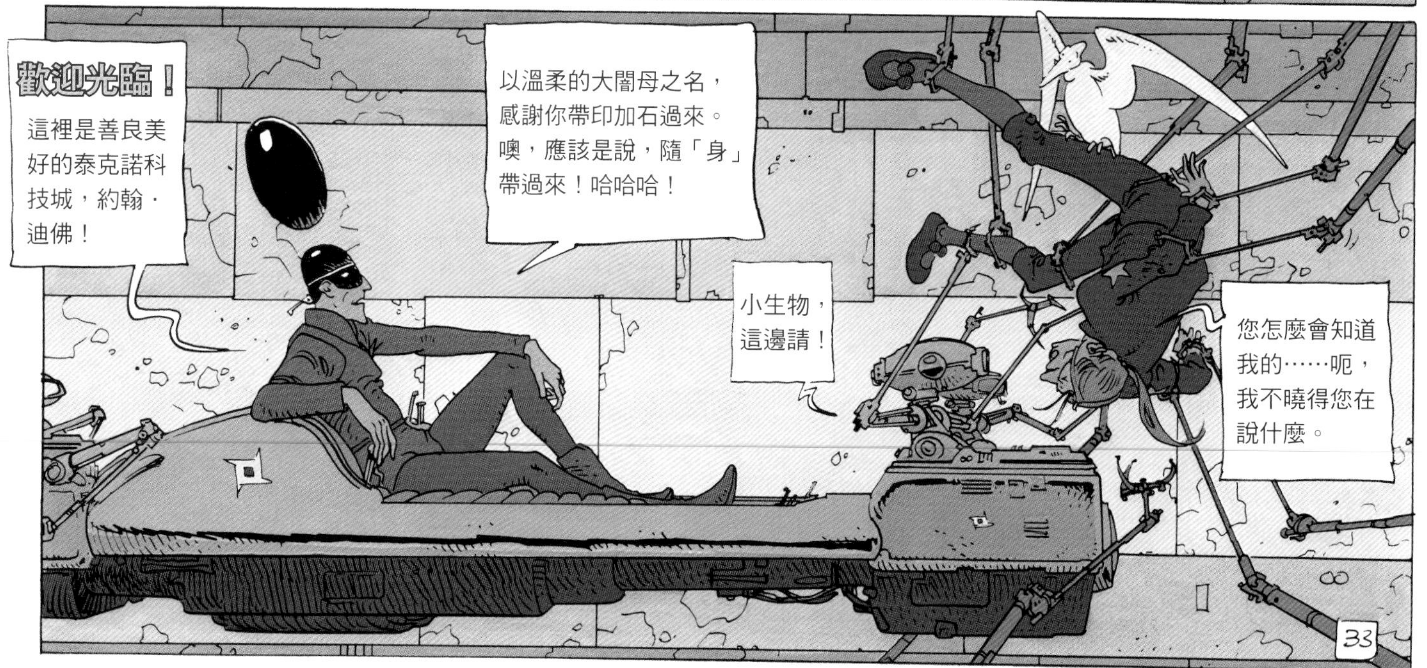
歡迎光臨！
這裡是善良美
好的泰克諾科
技城，約翰·
迪佛！
以溫柔的大闇母之名，
感謝你帶印加石過來。
噢，應該是說，隨「身」
帶過來！哈哈哈！
小生物，
這邊請！
您怎麼會知道
我的……呃，
我不曉得您在
說什麼。
33

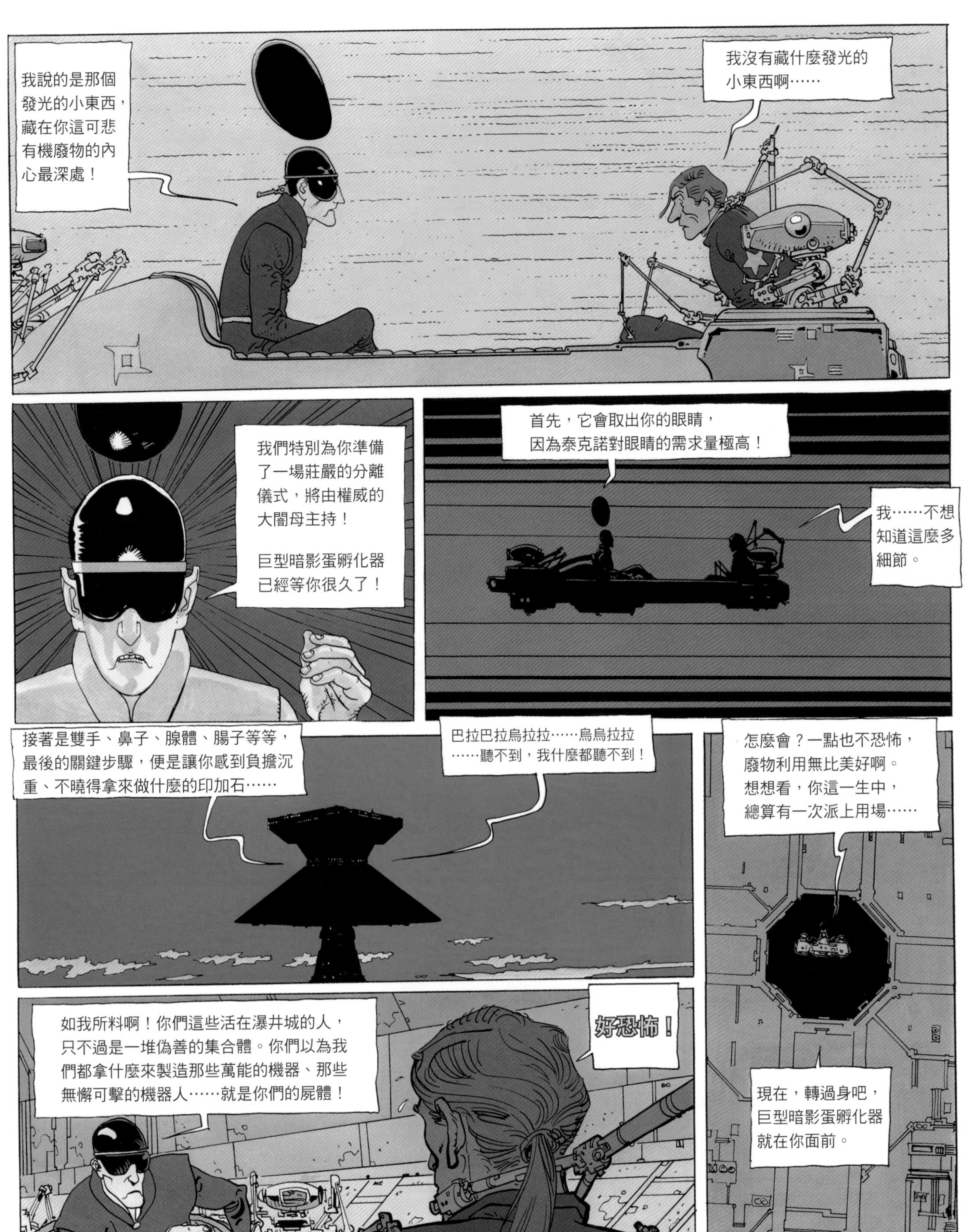
我說的是那個發光的小東西，藏在你這可悲有機廢物的內心最深處！
我沒有藏什麼發光的小東西啊……
我們特別為你準備了一場莊嚴的分離儀式，將由權威的大闇母主持！
巨型暗影蛋孵化器已經等你很久了！
首先，它會取出你的眼睛，因為泰克諾對眼睛的需求量極高！
我……不想知道這麼多細節。
接著是雙手、鼻子、腺體、腸子等等，最後的關鍵步驟，便是讓你感到負擔沉重、不曉得拿來做什麼的印加石……
巴拉巴拉烏拉拉……烏烏拉拉……聽不到，我什麼都聽不到！
怎麼會？一點也不恐怖，廢物利用無比美好啊。想想看，你這一生中，總算有一次派上用場……
如我所料啊！你們這些活在瀑井城的人，只不過是一堆偽善的集合體。你們以為我們都拿什麼來製造那些萬能的機器、那些無懈可擊的機器人……就是你們的屍體！
好恐怖！
現在，轉過身吧，巨型暗影蛋孵化器就在你面前。
34

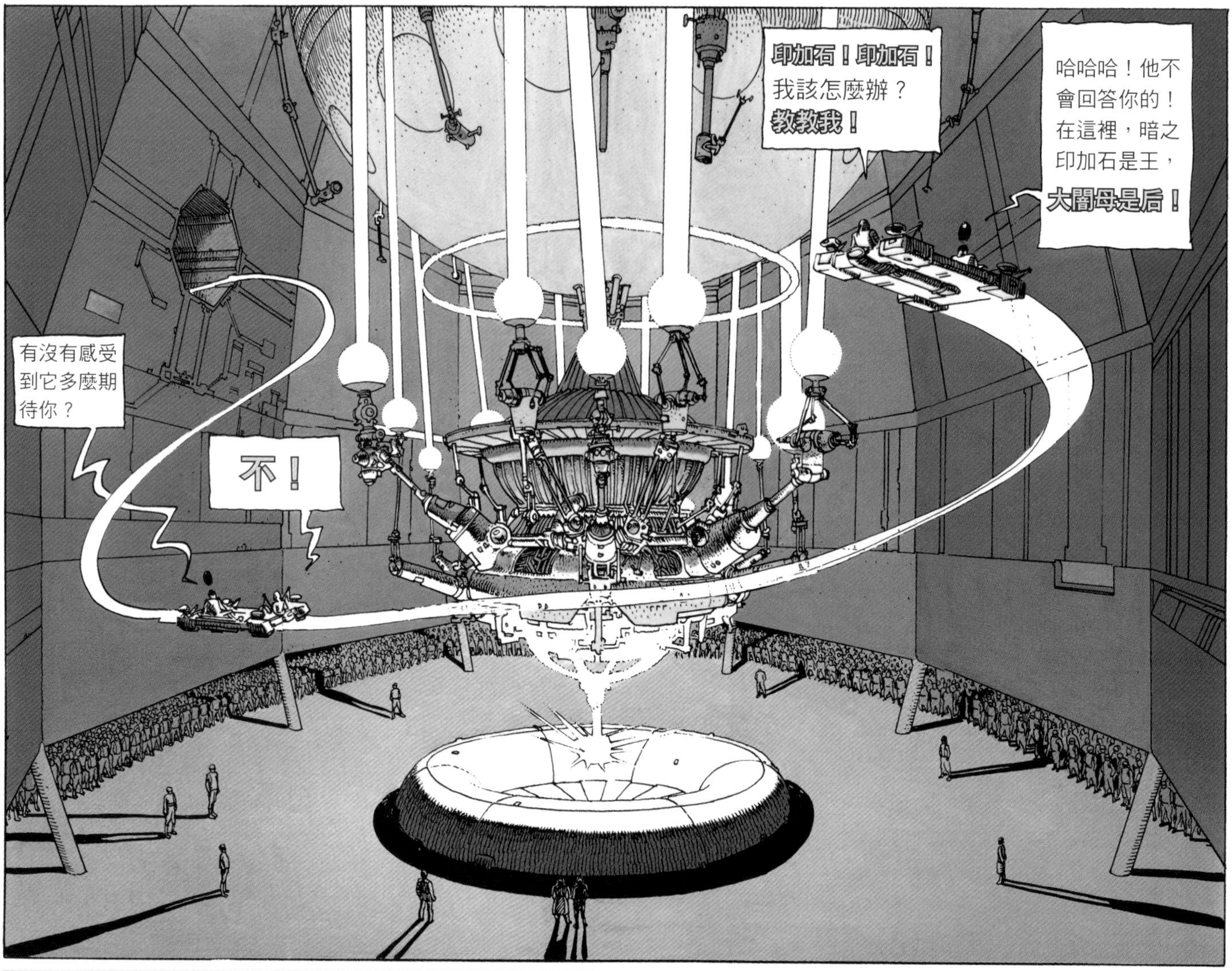

有沒有感受到它多麼期待你？
不！
印加石！印加石！我該怎麼辦？教教我！
哈哈哈！他不會回答你的！在這裡，暗之印加石是王，大闇母是后！

合金男爵

MÉTA-BARON

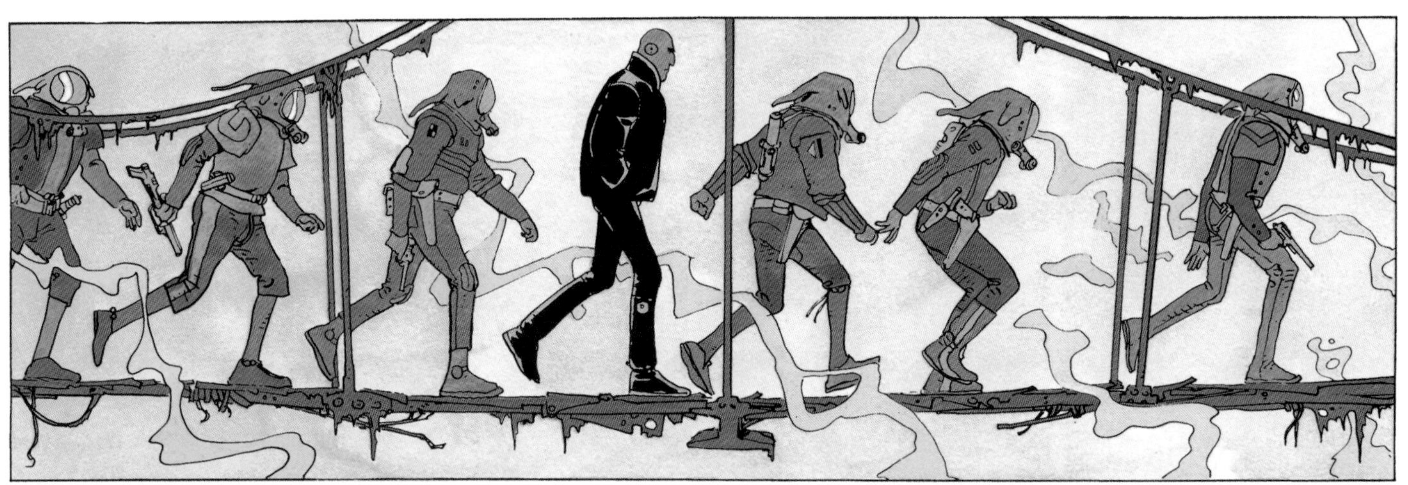

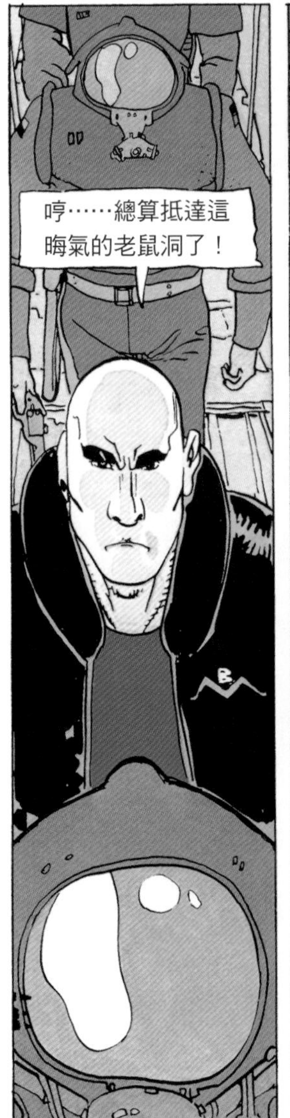

哼……總算抵達這
晦氣的老鼠洞了！

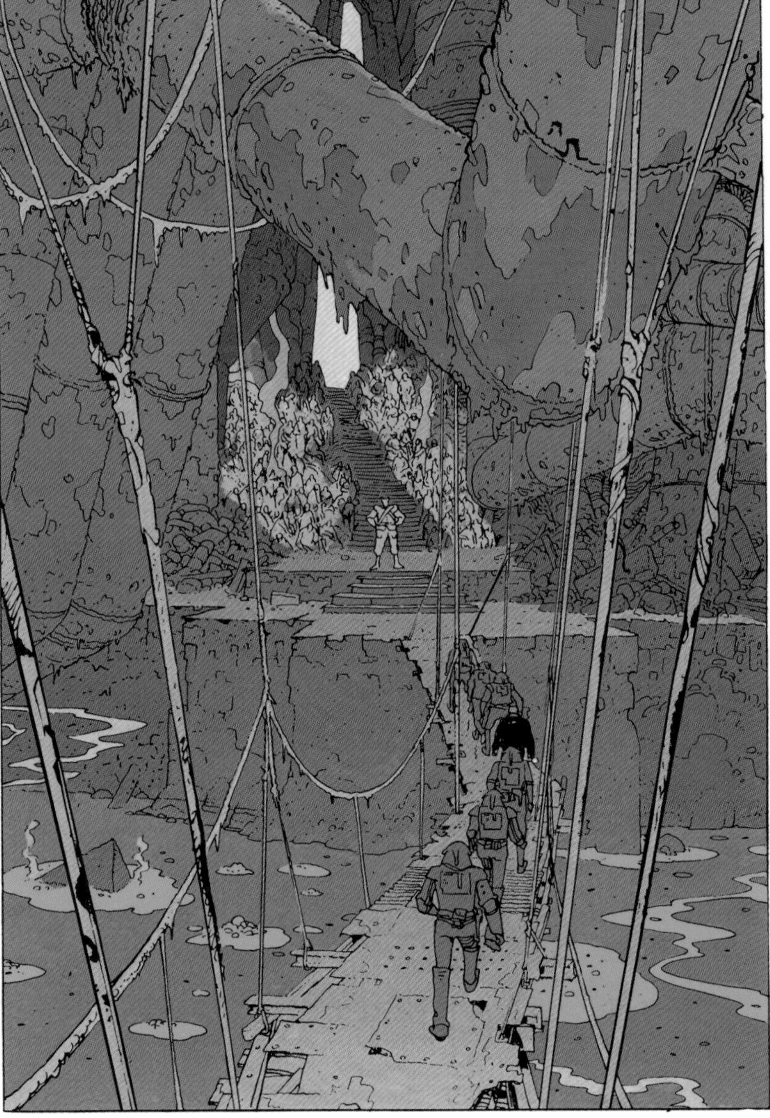

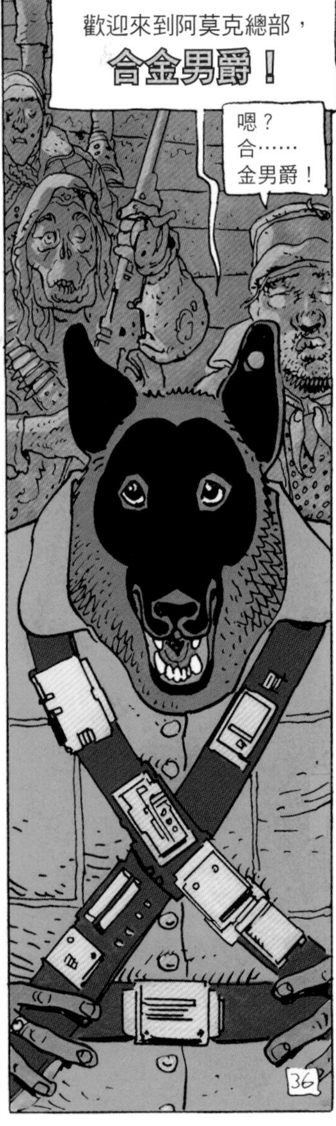

歡迎來到阿莫克總部，
合金男爵！
嗯？
合……
金男爵！
36

合金男爵！
放開他！
少給我裝腔作勢，我兒子在哪裡……是否安然無恙？
嘻嘻！
狗頭殺怕了！
請您冷靜，合金男爵！您心愛的兒子還活著，正由我們敬愛的教母細心看顧呢，我跟您保證！
這位就是合金男爵？
嘿啊！
就是他！
超級屠夫！
星系裡最紅的獵頭殺手！
快！
阿莫克女王在等你！
這傢伙看起來挺和善嘛！
總算從他的合金堡探出頭啦！
聽說之前某一天，他一次幹掉七個！
穿過鑿開岩石而建成的潮濕通道之後，很快地……
我們到了！請向我們的教母致意，最偉大的孵化者，底層的女主人，阿莫克的女王！
37

想必你就是阿莫克女王？上層有許多關於你的傳說，詭譎、陰森……
這裡的人也會談論你的輝煌事蹟啊。隨他們怎麼說囉，再不久，他們就真的有理由怕我了！
靠近點，我們聊聊！你都金盆洗手十年了，我可是費了好大一番功夫，才把你請出來。很遺憾我得這麼做……

教母……噢教母……叫他一定要抓活的回來！抓活的給我！
不要在我耳邊鬼吼鬼叫，狗頭殺！好了，趴下！
這是狗頭殺復仇的吶喊！

你聲稱我兒子在你手上！他在哪裡？他是不是還……

活著？那當然，親愛的合金男爵……否則，我哪有辦法對你施壓呢？
把布幕拉開！得讓他親自看一眼才行！
38

爸爸，救我！
看到了吧！你心愛的兒子在我這裡，就跟胎兒在母親的肚子裡一樣安全……
當然了，我魚缸裡的這些朋友，不見得都是天使……不過他們可都是優秀的守護者哪！哈哈哈！

突然，合金男爵像貓一般敏捷躍起，撲向離他最近的守衛。
?

哈哈哈，你以為能打穿玻璃，實際上頂多震出一點灰……
而我，自然有力場保護。
SHARKSS!
咻滋！

傻瓜！這只不過是全息投影，你當我們是白痴嗎？
你兒子離這裡遠得很！我那些騷動不安的朋友隨時都可以把他給吞了。
除非……
39

除非？
這是約翰·迪佛的資料檔案！
24 小時內把這個男人給我帶來，死活都無所謂！
狗頭殺！
把資料拿給合金男爵！
約翰·迪佛！我似乎在哪裡見過這張臉！
沒錯！就是那個瘸腳偵探，整座城的機器警察都在通緝他。目前城裡進入緊急狀態，到處都有暴動，要抓他可不容易。
這倒不成問題，他現在人不在城裡。
他在北方，泰克諾科技城。
給我抓活的……我有筆帳要跟他算，這男人把我耳朵打了個洞！
安靜，狗頭殺！
泰克諾，哼，那也不是什麼好地方。
擠滿蝨子臭蟲的巢穴……我明白你為什麼拿我兒子當人質了。
原本不管報酬再高我都不會接這份委託……但現在我毫無選擇，要我妥協，可以！不過……
給我小心點！
要是梭玥出了什麼事，我保證把你們通通殺了，一個都不留！
MOEBIUS

幾個小時之後……
這不是普通的城市暴動……這完全是戰爭了，跟老電影裡演的一模一樣！
對啊！而且一定不是電視上說的那樣，我就不信憑那隻聖鳥或是鸚格突擊隊那些離奇傳聞，能引發這一連串狗屁倒灶。感覺是策畫已久的密謀行動……
RRRRRMMMM
隆隆
他們都抓狂了。
我受夠了！我要通報漂浮宮，得讓他們知道才行。
喂！那些混帳拿大口徑砲管轟炸我們。
PARK
PARK POLICER
冷靜，機器警察！情勢完全在我們掌握之中。這不是第一次，也不會是最後一次城市暴動……
朝目標接近中！在距離截止閥 300 英尺處，切換為半封鎖狀態
情勢在掌握之中！對啦他們最會！
41

不會吧，你看……
又有一個新都市計畫者試圖越過封鎖線！
他自找的！
咔碰
KABBOOO
啊！總算！
這傢伙能精準控制他的身體，巧妙地利用爆炸引起的氣流，分毫不差地把自己送進預先選定的位置。
打開艙門，南邊、南邊！
飛船準備好了嗎？
已就位，合金男爵！
嘿，銅豆！
狀況如何？
看樣子，你要出去恐怕有難度！總統宮目前進入封鎖狀態！
這麼快？唔……不對！他們應該會先採取半封鎖狀態，確保貴族階層的安全。我擔心的是那些震盪效應，合金堡撐不了太久。
我懂了！不同階層之間的混戰，害我們像三明治被夾在中間！這次暴動真是史無前例。在我看來，你們人類啊，完全……
怎麼？
完全怎麼樣？
嗶嗶！呃……恐怕我的詞彙庫無法提供確切的用語！
42

嘟嚕嚕嚕
BROOOOOOOOO
一艘私人飛船企圖衝破封鎖！
送它幾根小毒牙，瞄準一點！
終於出來了！好幾次我都以為被那群瘋子擊中了！
算了！白費力氣。還是省著點用，說不定之後還有防衛需要。
哦，有人不是太樂觀啊，親愛的卡柏斯！
合金號疾速迴轉後往北飛去，隨即消失在無垠天際……
哈！要是至高無上的奧馳迪殿下願意親自上陣就好了！
可惜啊！
所以，就是這男人……他就是我的獵物！
JOHN DIFFOOL
約翰．迪佛
約翰．迪佛R級偵探……哼，廢物一個
就為了這個廢物，我得打破自己的誓言……
這傢伙呆滯的眼神背後，到底藏著什麼，讓阿莫克這麼感興趣？

約翰．迪佛身上重重的命運糾葛究竟得以鬆脫釐清，抑或將被牽連織入更錯綜複雜的故事？這一切，將會在下一集揭曉：

L'INCAL LUMIÈRE

光之印加石

MOEBIUS 8

L'INCAL LUMIÈRE
光之印加石

黑暗之卵

OVE TENEBRAE

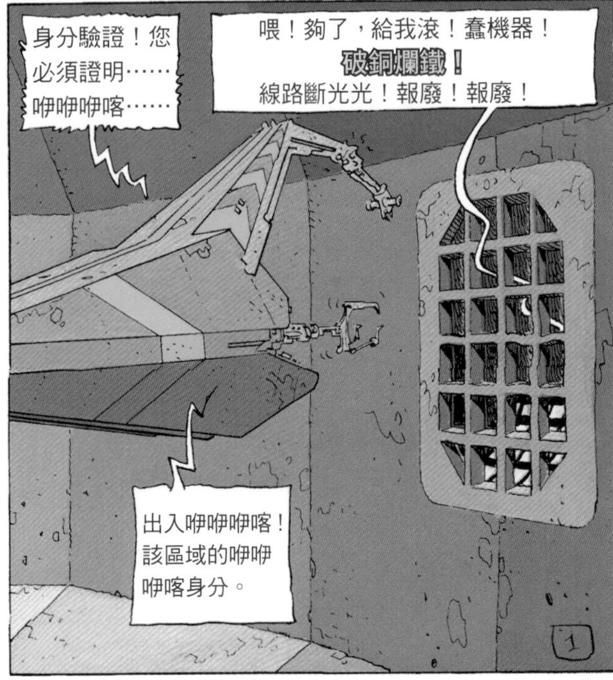

喀啦！

KRASK
嘎嘎嘎!?

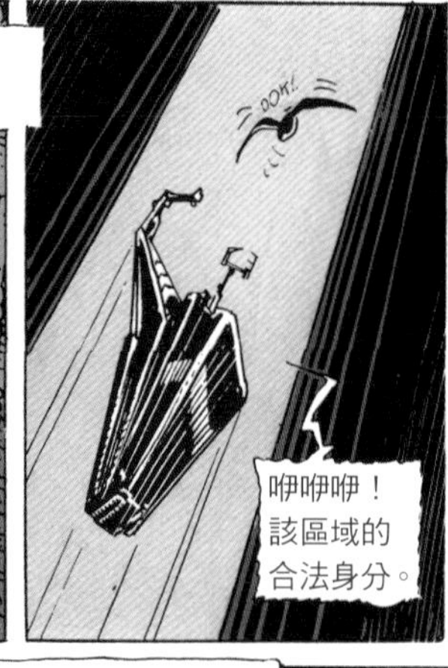
咿咿咿！
該區域的
合法身分。

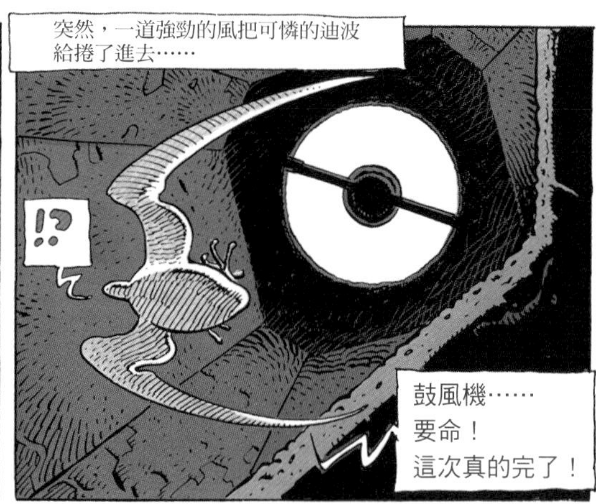
突然，一道強勁的風把可憐的迪波
給捲了進去……
!?
鼓風機……
要命！
這次真的完了！

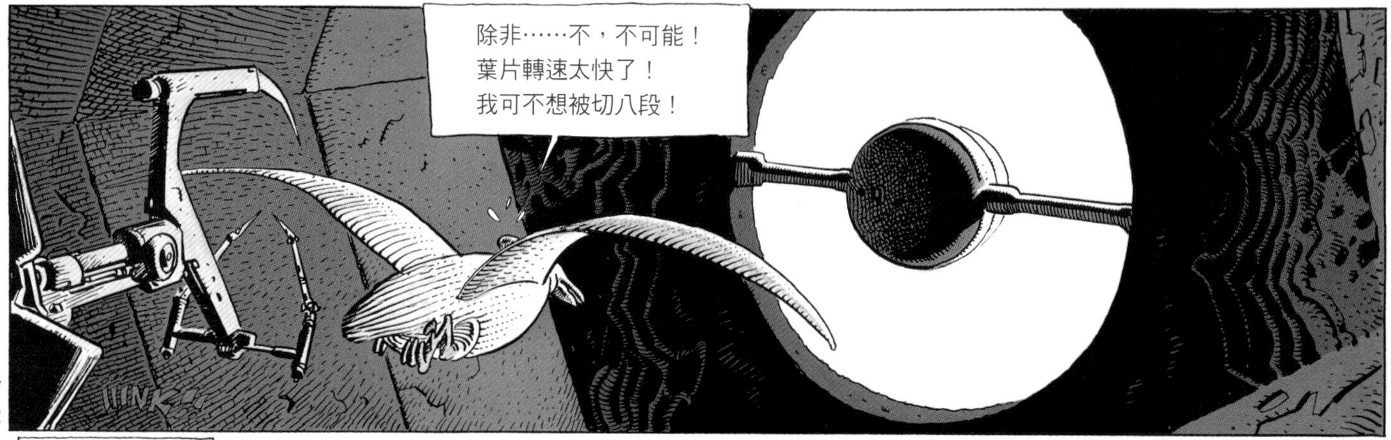
除非……不，不可能！
葉片轉速太快了！
我可不想被切八段！

咿咿
咿喀

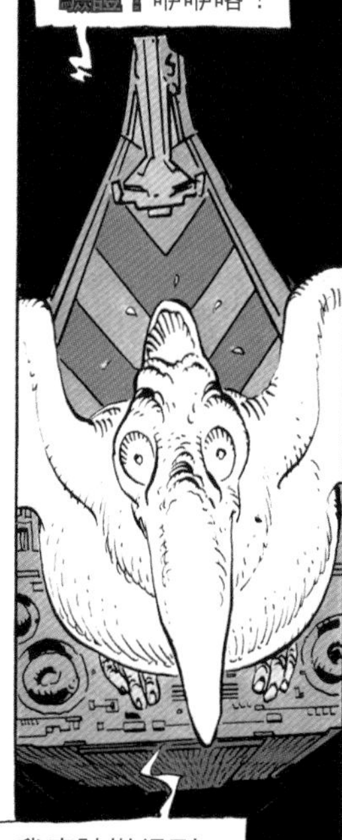
驗證！咿咿喀！
我應該辦得到！
幾年前，我跟直
升機場的鳥群混
過一陣子，這遊
戲我最拿手了！
穿過旋轉中的葉
片……

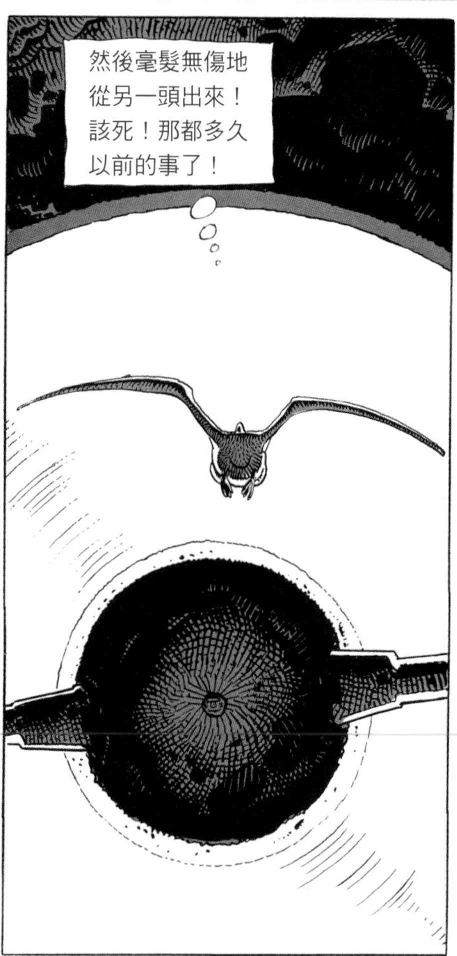
然後毫髮無傷地
從另一頭出來！
該死！那都多久
以前的事了！

哎唷！

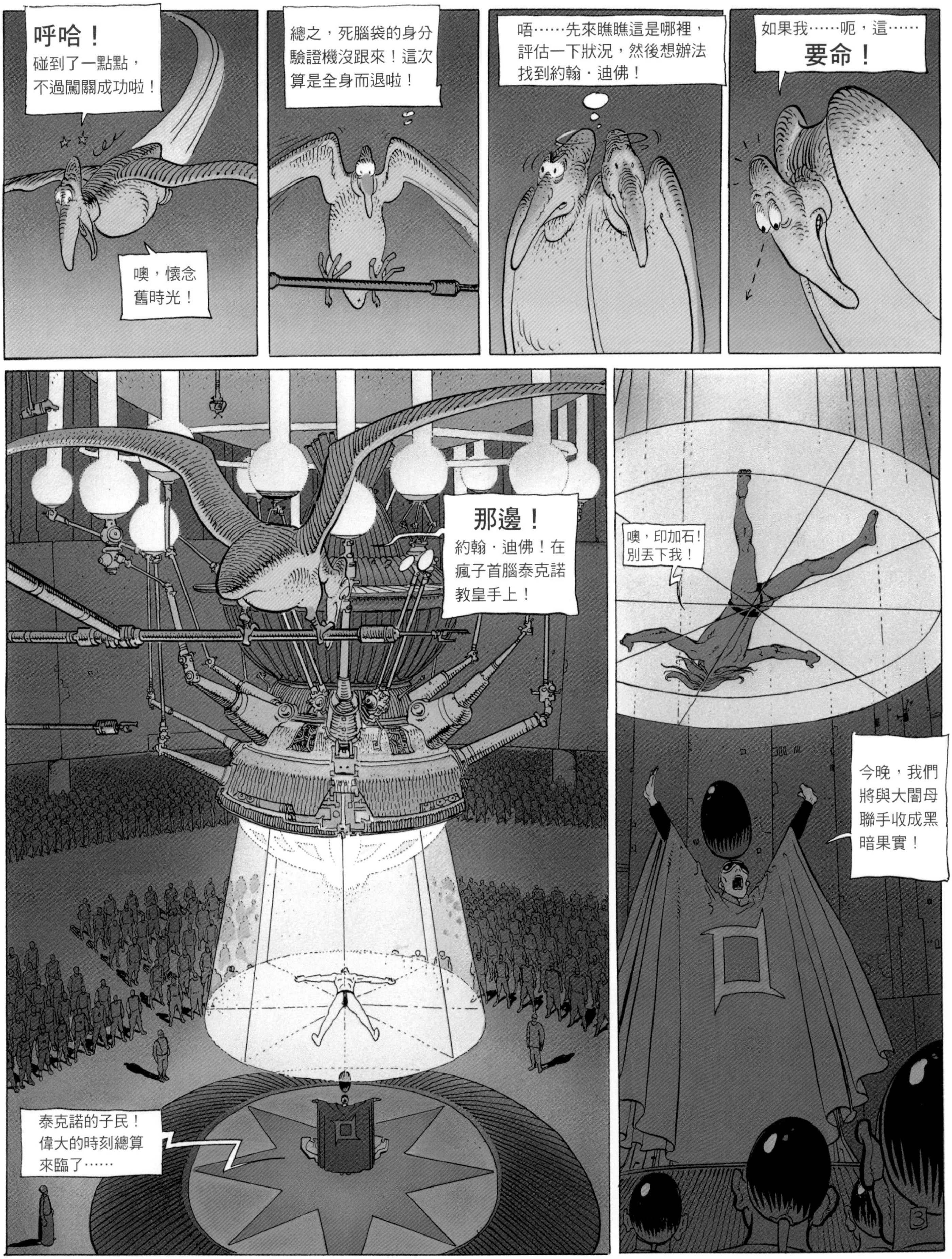

呼哈！
碰到了一點點，
不過闖關成功啦！
噢，懷念
舊時光！

總之，死腦袋的身分
驗證機沒跟來！這次
算是全身而退啦！

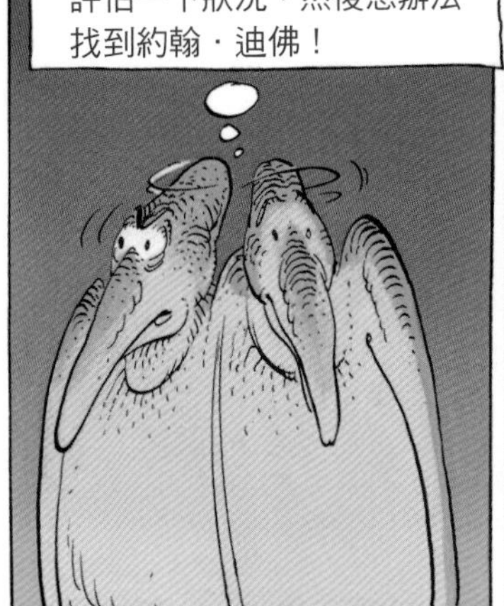

唔……先來瞧瞧這是哪裡，
評估一下狀況，然後想辦法
找到約翰·迪佛！

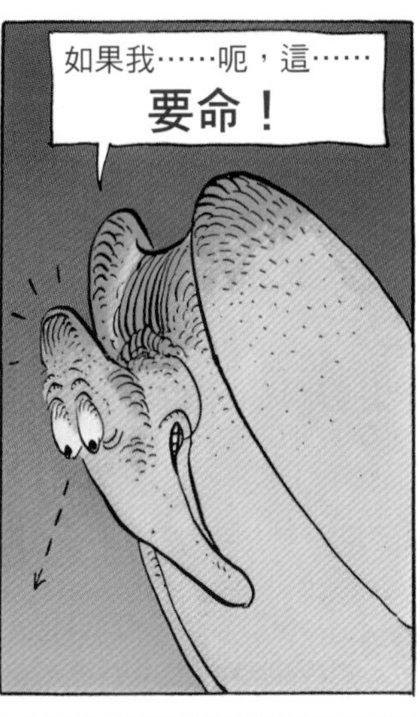

那邊！
約翰·迪佛！在
瘋子首腦泰克諾
教皇手上！

泰克諾的子民！
偉大的時刻總算
來臨了……

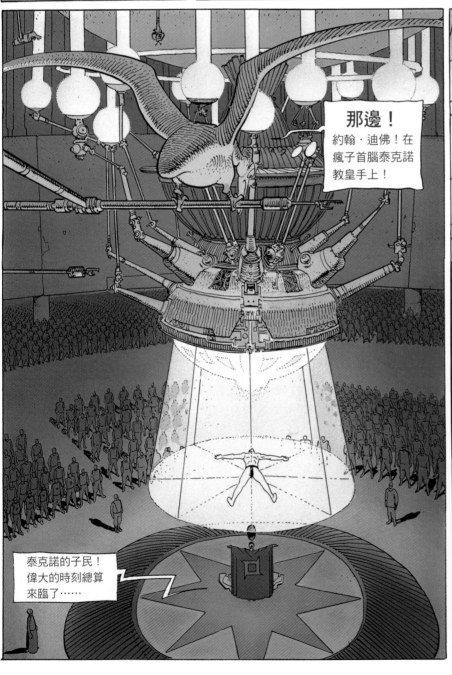

噢，印加石！
別丟下我！
今晚，我們
將與大闇母
聯手收成黑
暗果實！

蛋！
蛋！
蛋！
手臂高舉，發自內心的合唱，狂熱的泰克諾子民！
OVÉ!
OVÉ!
OVÉ!
OVÉ!
蛋！
OVÉ!
蛋！

這是勝利與恩寵的一天！我們的敵人：光之印加石，自以為會帶來光明，實際上，是讓我們
瞎了眼……
蛋！
OVÉ!
OVÉ!
蛋！
OVÉ!
OVÉ!
蛋！
OVÉ!
蛋！

以水泥之名，泰克諾教皇和科技子民都失心瘋了……
他那遭到詛咒的光芒會弄瞎我們……現在，這個敵人就在這裡！
不堪一擊！
OVÉ!

是那具愚蠢、受限的有機體的
俘虜！

為了逮到他，我們派出格鬥機器人直搗城邦核心，沒想到，這個蠢貨偏要自己送上門來！
印加石！你這麼機靈，把我們送回過去吧！
回到那不問世事的老地方，一瓶上等的歪士忌，
還有不會背叛你的高級 SVP！噢，印加石！

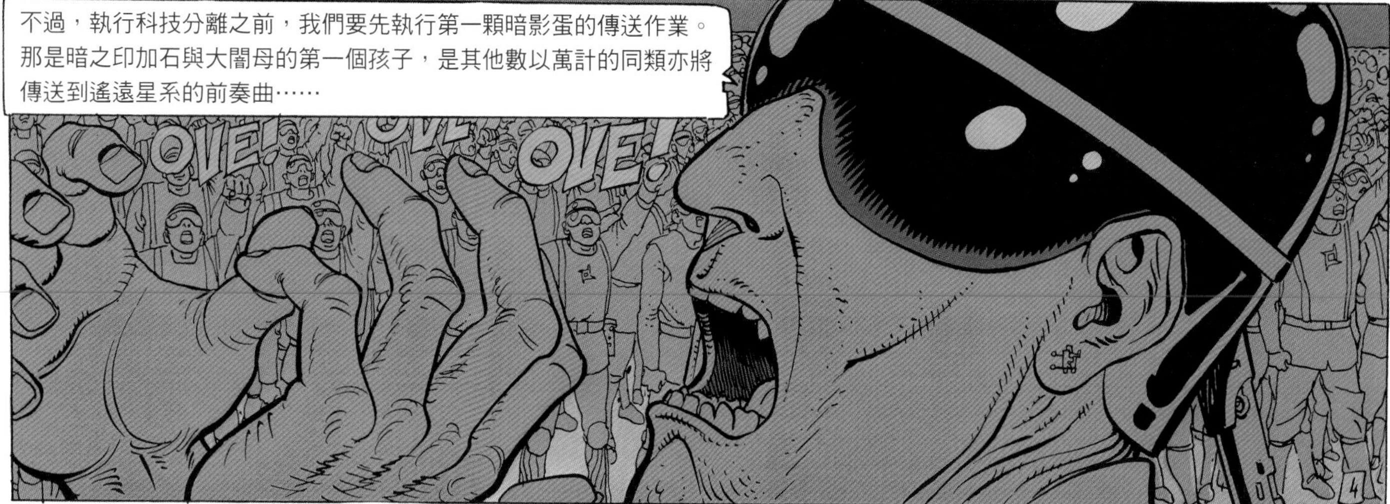

不過，執行科技分離之前，我們要先執行第一顆暗影蛋的傳送作業。
那是暗之印加石與大闇母的第一個孩子，是其他數以萬計的同類亦將
傳送到遙遠星系的前奏曲……
OVÉ!
OVÉ!

在那裡，他們將吞噬太陽的光芒，連最後一粒光子都不放過……讓宇宙擁抱純粹無瑕的黑暗……最終回歸大闇母的主宰！
OVE TENEBRAE!
暗影蛋！

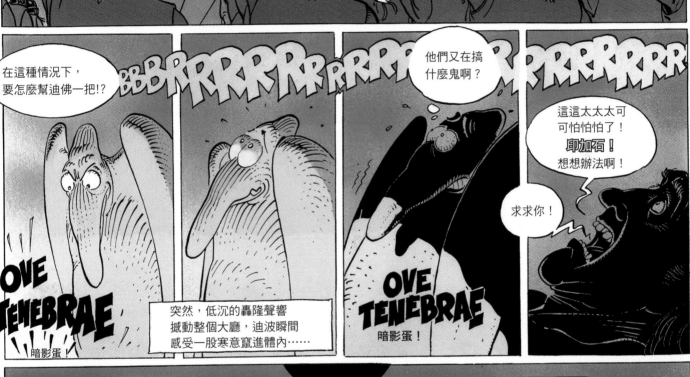

在這種情況下，要怎麼幫迪佛一把!?

BBBRRRRRRRRRRRRRRRRRRRRR

OVE TENEBRAE

暗影蛋！

突然，低沉的轟隆聲響撼動整個大廳，迪波瞬間感受一股寒意竄進體內……

他們又在搞什麼鬼啊？

OVE TENEBRAE

暗影蛋！

這這太太太可可怕怕怕了！**卯加石！**想想辦法啊！

求求你！

去吧！暗影蛋！
在宇宙中散播你的黑暗！

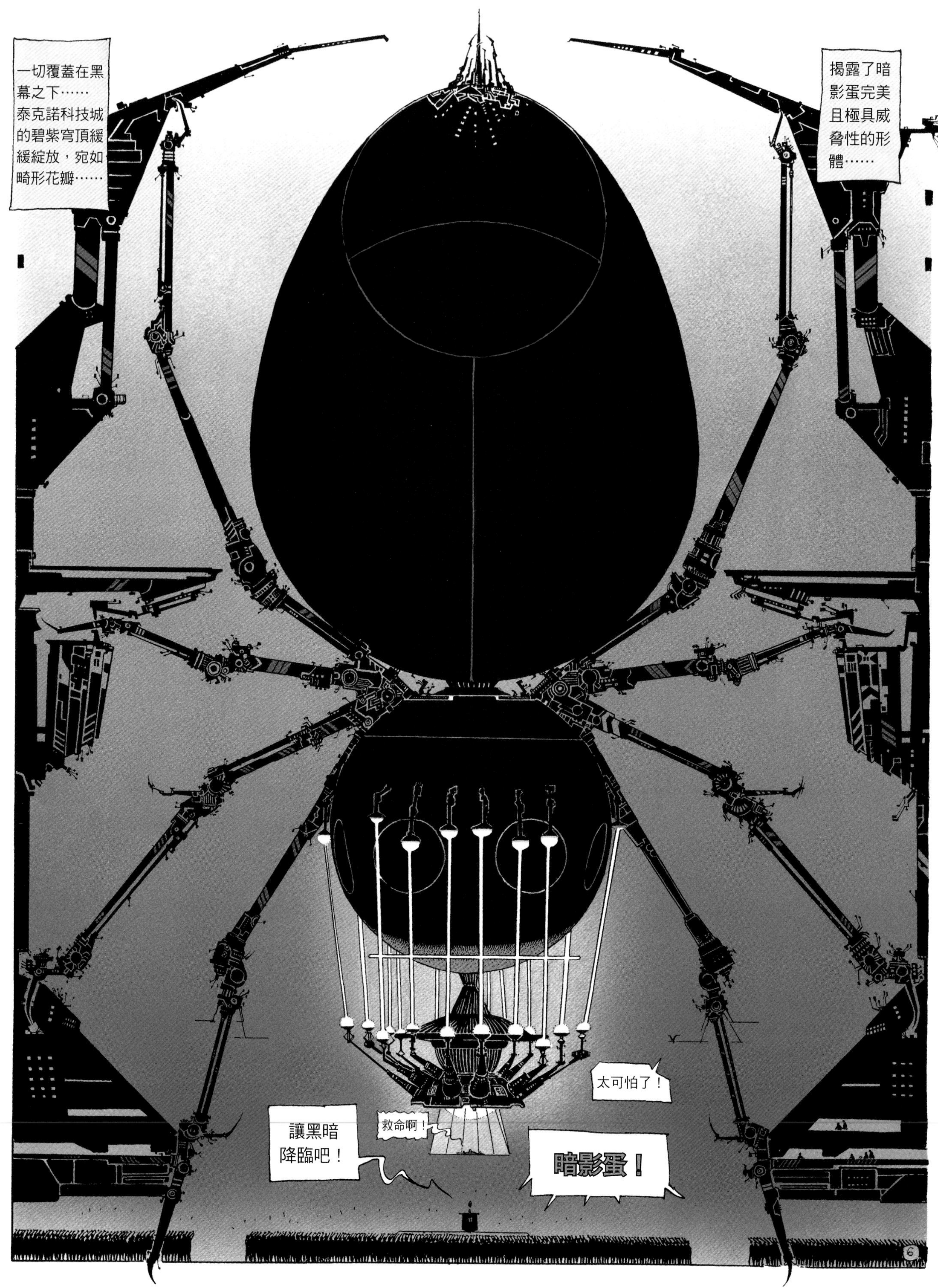
一切覆蓋在黑幕之下……泰克諾科技城的碧紫穹頂緩緩綻放，宛如畸形花瓣……
揭露了暗影蛋完美且極具威脅性的形體……
太可怕了！
讓黑暗降臨吧！
救命啊！
暗影蛋！
6

RRRRRRRRRROOOOOOOOORRRRRrr...
呼——

7

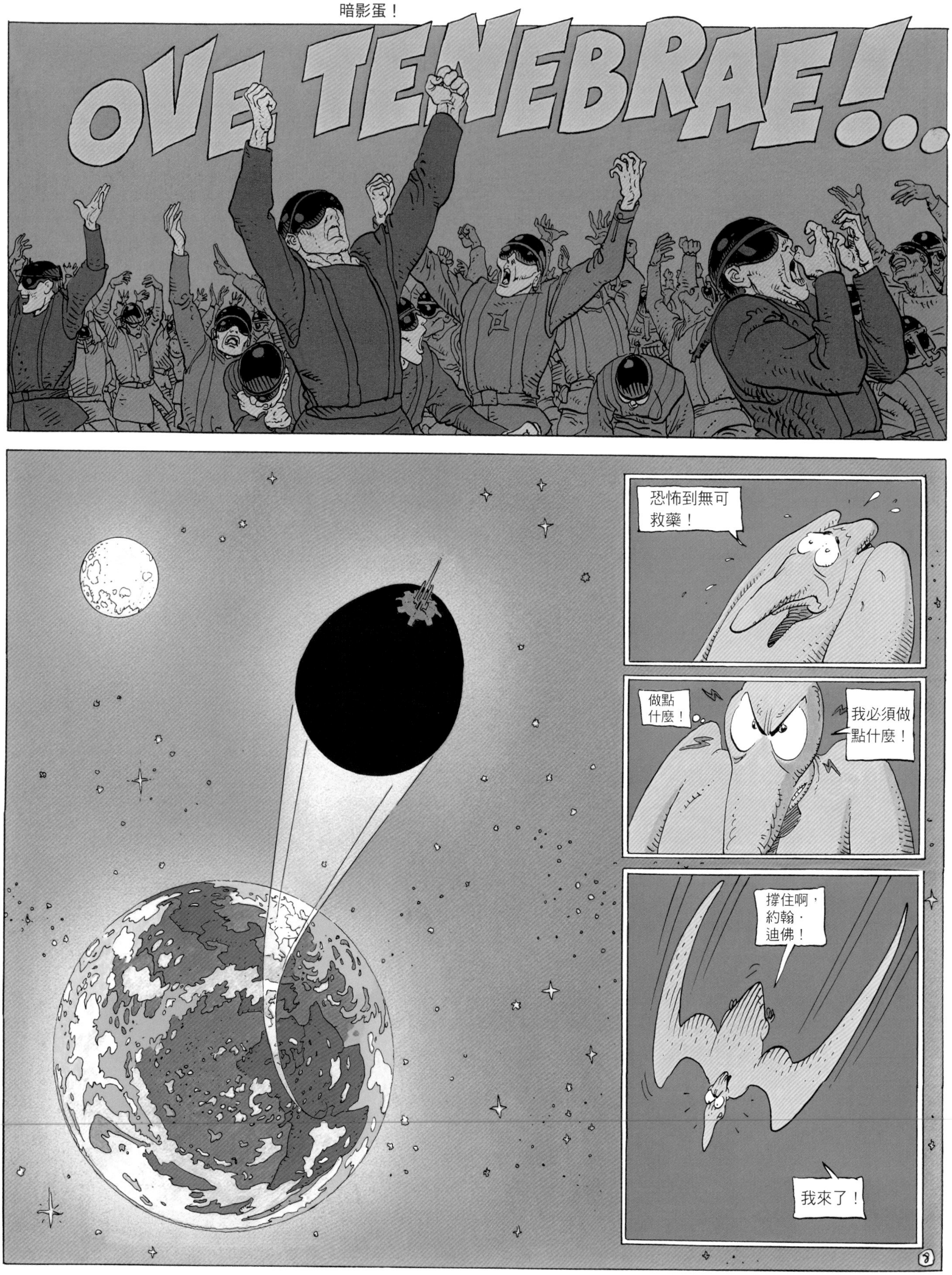

暗影蛋！

恐怖到無可救藥！

做點什麼！

我必須做點什麼！

撐住啊，約翰·迪佛！

我來了！

恐慌就在外之內在
PANIQUE SUR L'EXTÉRIEUR INTERNE

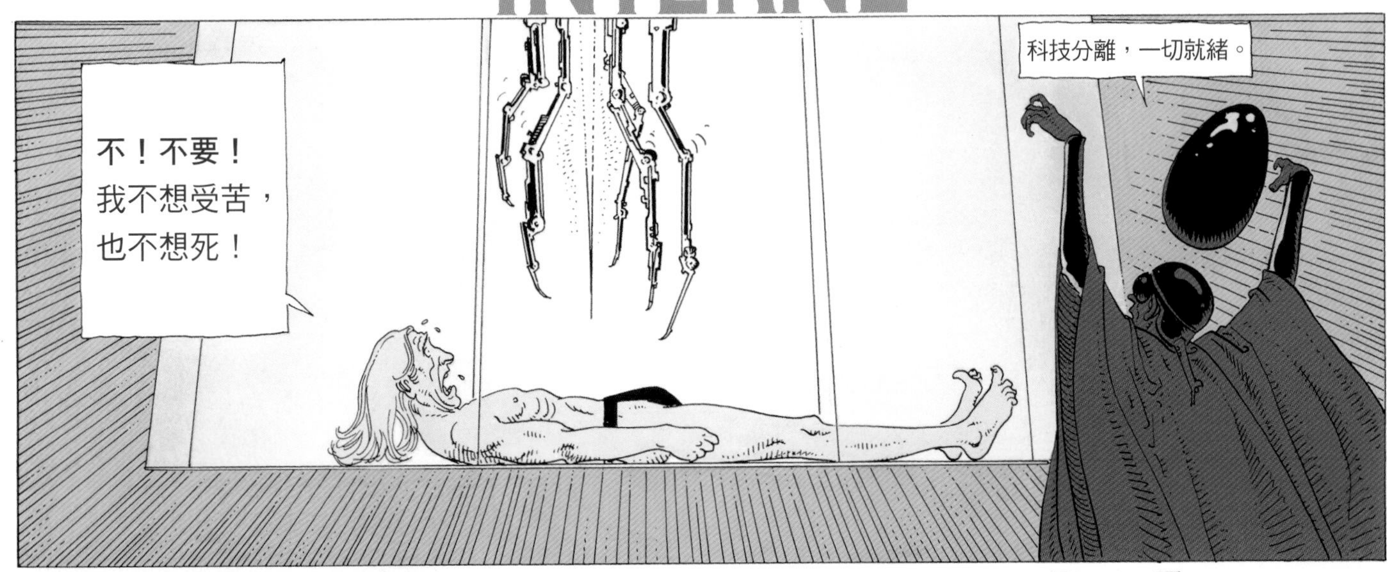

不！不要！
我不想受苦，
也不想死！
科技分離，一切就緒。

不要啊！
NNON!
啊啊啊！就是現在！
救救自己！
救救我們！
辦不到！
我被黏在這
個該死的板
子上！
衝啊！

如同夜裡的一陣窸窣，
迪波劈開了泰克諾教皇
的暗影頭飾……
!?
水泥攪拌機
保佑！
正中紅心！
迪佛！
換你上場了！
?!

泰克諾教皇的「靈腹」炸裂，如千萬顆迷你彈珠閃耀，四處亂竄，讓他失去絕大部分的控制……
GARGGH
迪佛！趁現在用精神控制透明板！
這是褻瀆！
大不敬！
?!
我的頭飾！
這是詛咒嗎!?
大闇母！
救救我！
我看不見了！
把那隻鳥打下來！
印加石！
我自由了！你呢？你也是嗎？能不能再跟我說說話？
只有幾秒的時間！迪佛！靈腹馬上會恢復原狀！你必須立即採取行動，一秒都不能浪費！
迪佛！
快！
上面！
行動!?
這……這話是什麼意思？
10

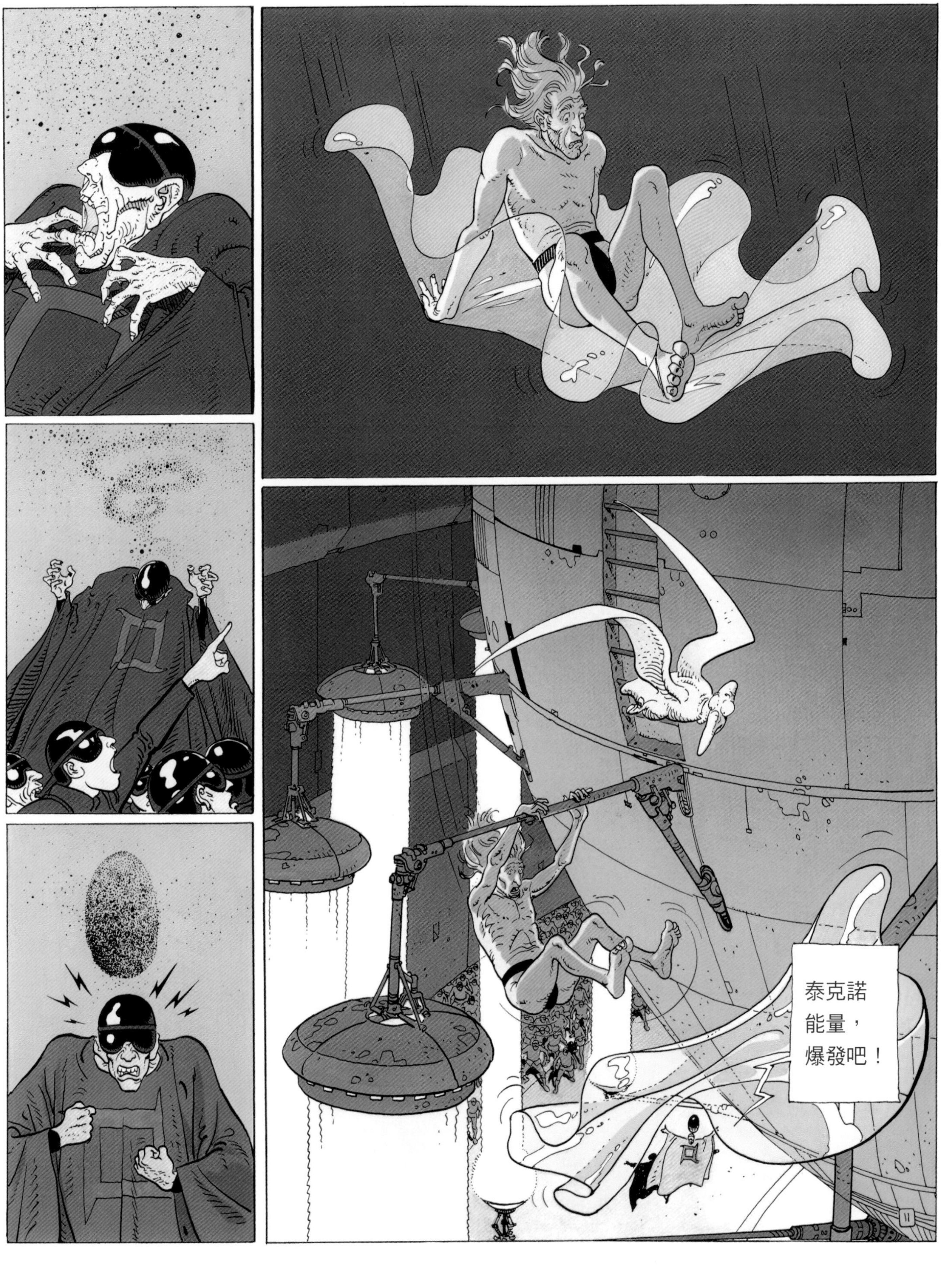

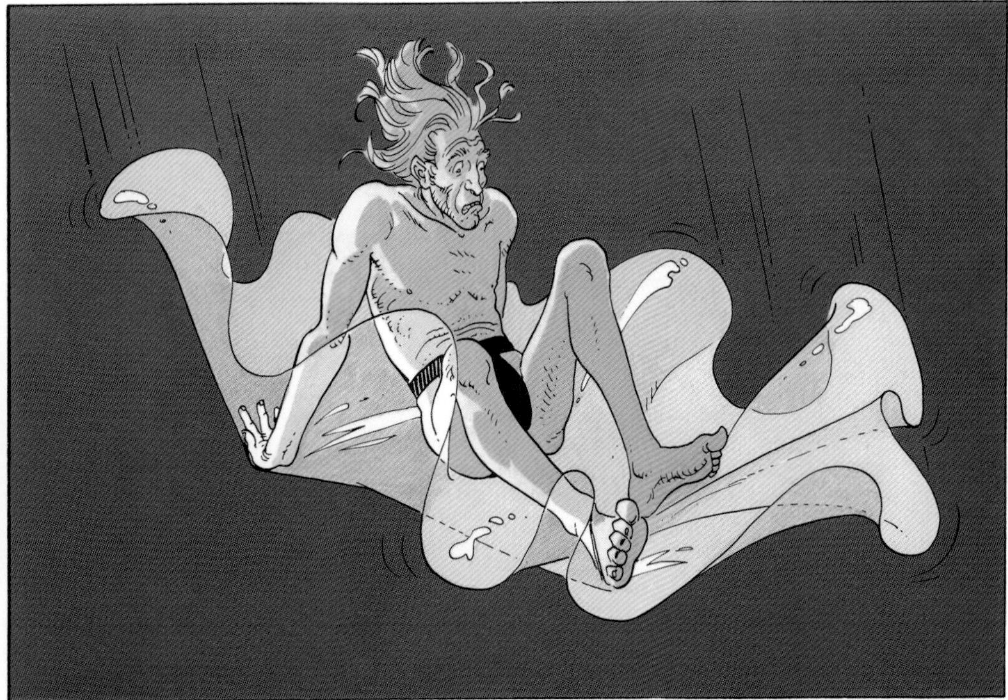

泰克諾
能量，
爆發吧！

上面！球體的頂端！那邊有一個機關！
了不起！確定是機關不是陷阱？
他們逃走了！

轡加斯！出動轡加斯！

快！

我們在地獄相會吧！
你再不快點把機關蓋起來，會比下地獄更慘！

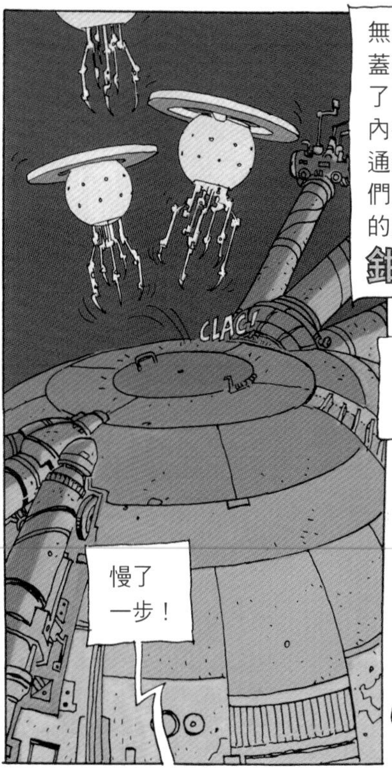
CLAC!
慢了一步！

無所謂，他們把機關蓋上的同時，也封住了自己的活路！外之內在沒有任何回來的通道！在那裡等著他們的，是暗之印加石的至高聖靈護法！鉗心者！
鉗心者！
鉗……鉗心者！
12

此時，在距離這裡
不遠的地方……

探測針的指向很明確啊！
我們要找的東西就在那座
建築裡……
呃……隊長，
那看起來就像
一座堡壘……
我方已經損失慘
重了，隊長……

你們這群軟弱的傢伙！想想，皇帝正透過宇
宙錄像親自注視我們這支突擊隊！那座山丘
正好可當作絕佳的觀測點……

拿出鸚格英雄該
有的態勢，幹！
罵也沒有用
啦，隊長。

停！安靜！
全體不動！
怎麼了，
隊長？

是個原
生種！
單獨出
現?!
怎麼
辦？
他會引發
警報！

只能把他幹掉了！
射擊預備，等我的暗號……注意！
13

見鬼了！
剛剛還在這裡，
瞬間就不見人影……
隊長，
有詐！
隊長，
這是陷阱！

跟我來！
他不會走太遠
隊長，我們
已經元氣大
傷了……

ZIPP
茲

鸚格人！
他們還真的存在啊！
偶然嗎？還是巧合？
他們怎麼會出現在這裡？

無論如何，我沒時間等他們醒來告
訴我了……冰風暴即將來臨，而我
的首要任務是找到約翰·迪佛……
14

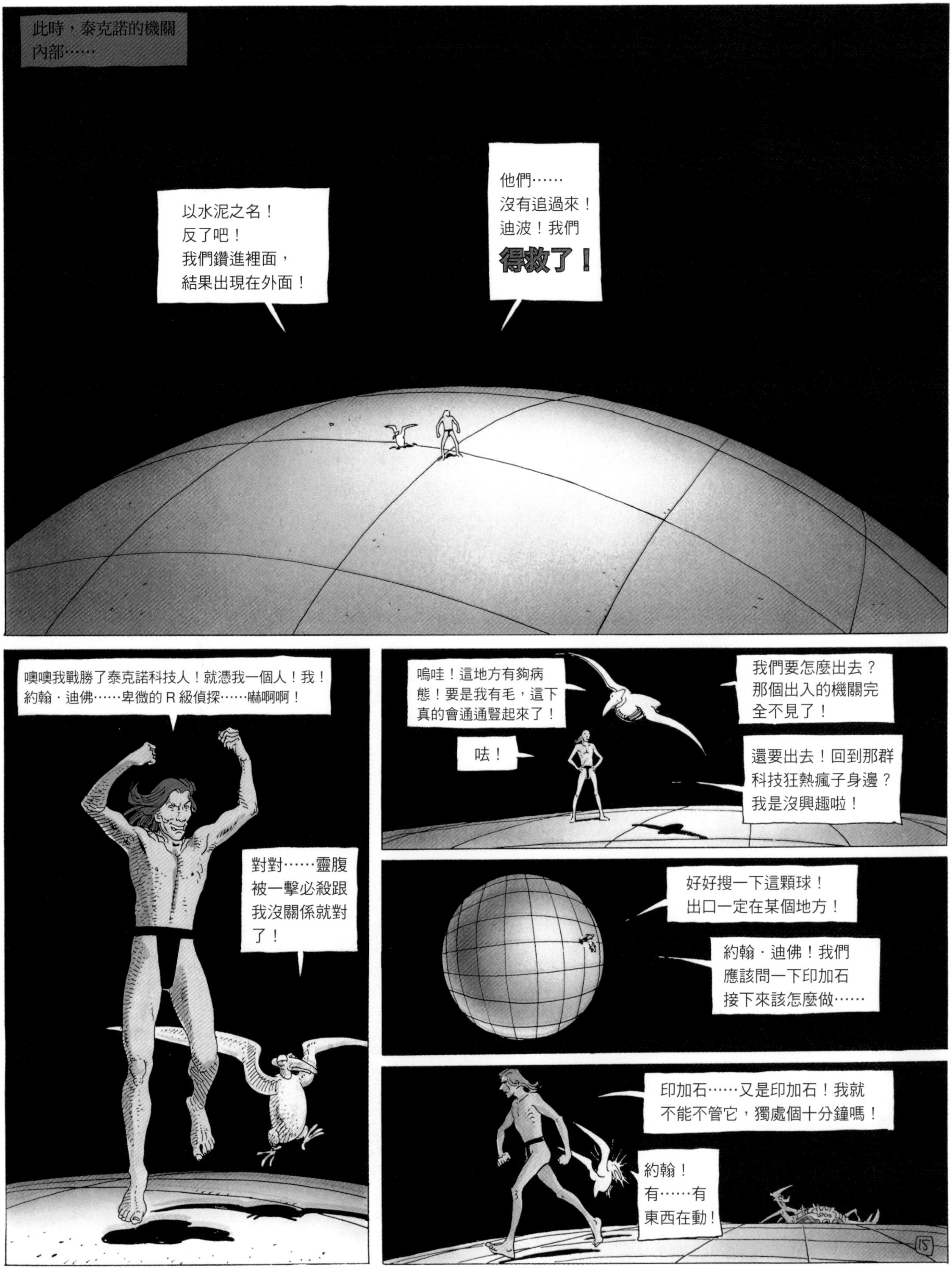

此時，泰克諾的機關內部……

以水泥之名！
反了吧！
我們鑽進裡面，
結果出現在外面！

他們……
沒有追過來！
迪波！我們
得救了！

噢噢我戰勝了泰克諾科技人！就憑我一個人！我！
約翰・迪佛……卑微的 R 級偵探……嚇啊啊！

對對……靈腹
被一擊必殺跟
我沒關係就對
了！

嗚哇！這地方有夠病
態！要是我有毛，這下
真的會通通豎起來了！

我們要怎麼出去？
那個出入的機關完
全不見了！

呿！

還要出去！回到那群
科技狂熱瘋子身邊？
我是沒興趣啦！

好好搜一下這顆球！
出口一定在某個地方！

約翰・迪佛！我們
應該問一下印加石
接下來該怎麼做……

印加石……又是印加石！我就
不能不管它，獨處個十分鐘嗎！

約翰！
有……有
東西在動！

手無寸鐵，要怎麼跟這隻怪物打？
啊！這一定又是邪惡的幻科技，只要你輕輕一啄，馬上就漏氣了！

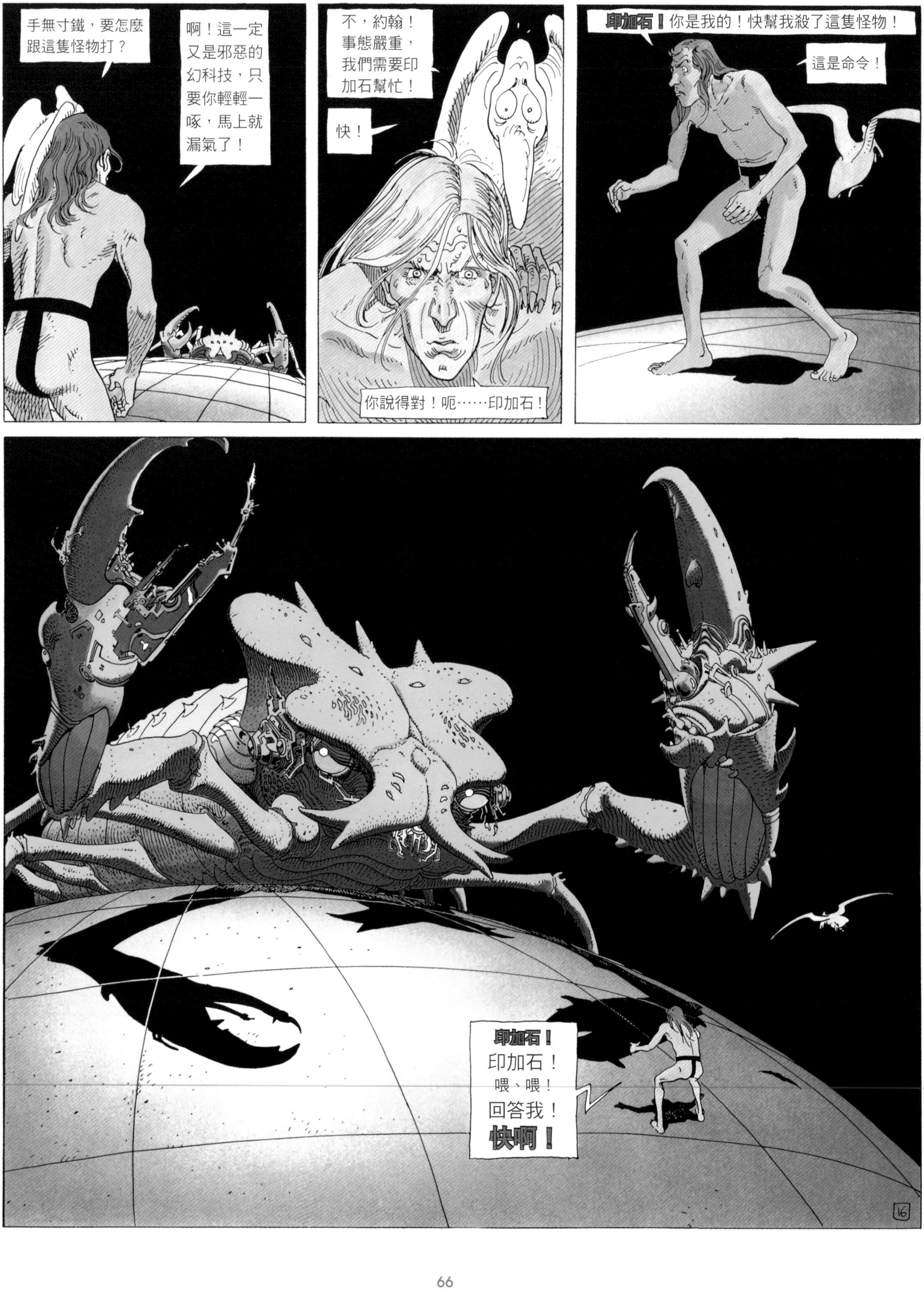

不，約翰！事態嚴重，我們需要印加石幫忙！
快！
你說得對！呃……印加石！

印加石！你是我的！快幫我殺了這隻怪物！
這是命令！

印加石！
印加石！
喂、喂！
回答我！
快啊！

16

阿尼瑪！
ANIMAH！

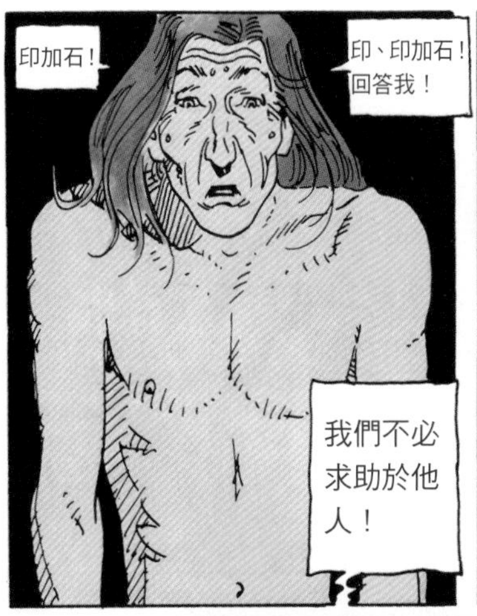

印加石！
印、印加石！回答我！
我們不必求助於他人！

我們早就戰勝了！印加石在我們身上引發的蛻變是不可逆的！
去吧！迎戰這隻噁爛怪，把牠碎屍萬段！我們可是擁有超能力啊！

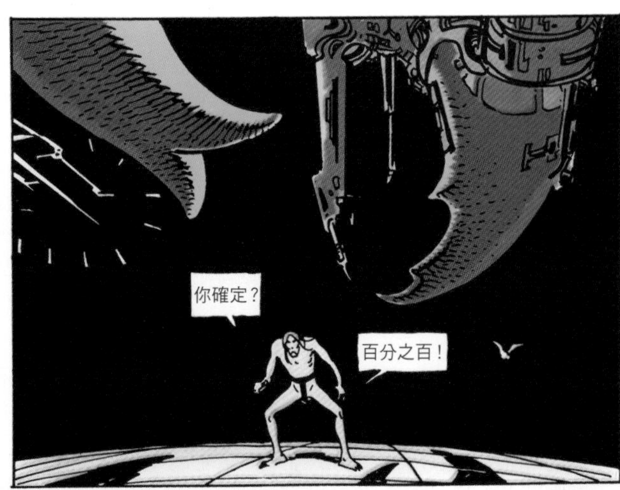

你確定？
百分之百！

一股殺戮的狂熱占據了約翰．迪佛，他凌空一躍，朝著怪物頭部撲過去。

YAAARRRRRRRRRRRR

去你的幻科技！看我斃了你！

咦？

欸！這些線超黏，我根本動不了！

不要啊！

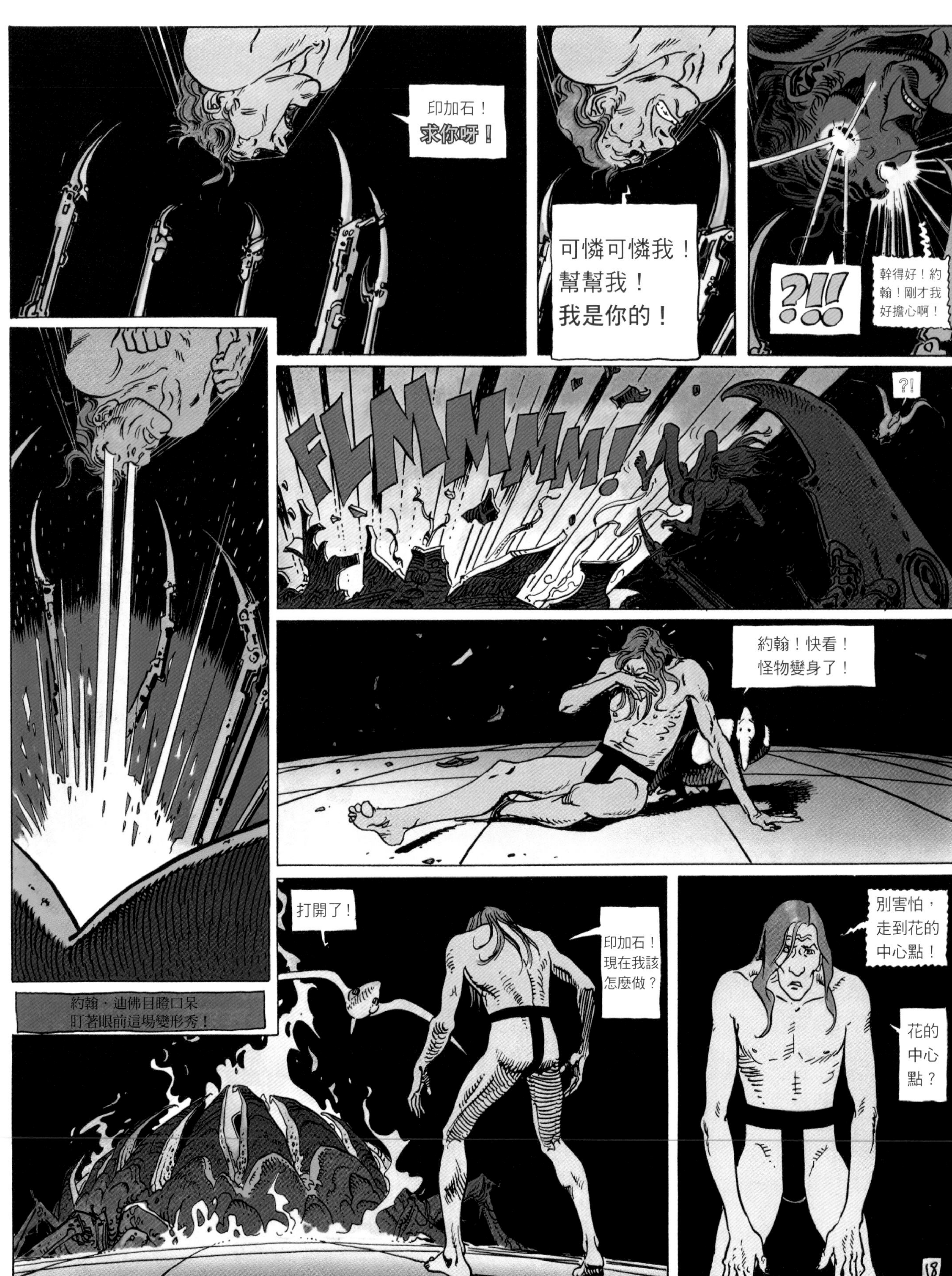
印加石！
求你呀！
可憐可憐我！
幫幫我！
我是你的！
?!!
幹得好！約翰！剛才我好擔心啊！
FLMMMMM!
?!
約翰！快看！
怪物變身了！
約翰．迪佛目瞪口呆
盯著眼前這場變形秀！
打開了！
印加石！
現在我該怎麼做？
別害怕，
走到花的中心點！
花的中心點？
18

殘骸慢慢地
自我吞噬，
巨型花嘶嘶
作響，一陣
劈啪聲後，
盛開至頂點
……

暗之印加石
就在那裡！
拿走吧！

嗚哇！
好臭！

暗之印加石！
就在花心！

幾秒後，
在雄偉的泰
克諾宮殿裡
……
咻
大闇母！
怎麼可能！
鉗心者失守了！

讓開！
別擋路！

至高無上的奧虺迪殿下！慘劇發生！泰克諾科技城灰飛煙滅了！
找我有什麼好事啊，卡柏斯？

唉呦，豈有此理！狗屁倒灶的事接二連三，叫人怎麼爽得起來！
街頭暴動！陰謀算計！鸚格突擊隊！背叛倒戈！還有劈哩啪啦爆掉的科技城！

而約翰．迪佛這傢伙還在外面逍遙！看來我得採取行動，免得我的青春美貌一點一滴流失！可是，要怎麼做？要做什麼？
至高無上的殿下，我……

BROOOMMMMMM
轟隆隆

祈請大帝吧，至高無上的殿下，召喚這位造物的完美存在，人類帝國的雌雄大帝！
召喚這位?!

此時……
遠方，在任由暴風雪席捲，荒僻孤獨的冰原裡……
20

成功明明就在眼前……
征服星球！掌控太陽、星系！
整個宇宙！我們與黑暗的聯姻！
大闇母！
痛……

咦？

是那個傢伙！
竟然還活著……
厄運的
使者！

你的錯誤導致這一切
的滅亡！受死吧！

哇嘶噠噠噠！
OOUSSTAAA!!
泰克諾教皇！

約翰．
迪佛！

?!

21

這……怎麼可能！
我等你一萬年了，
我夢過你千萬次！

22

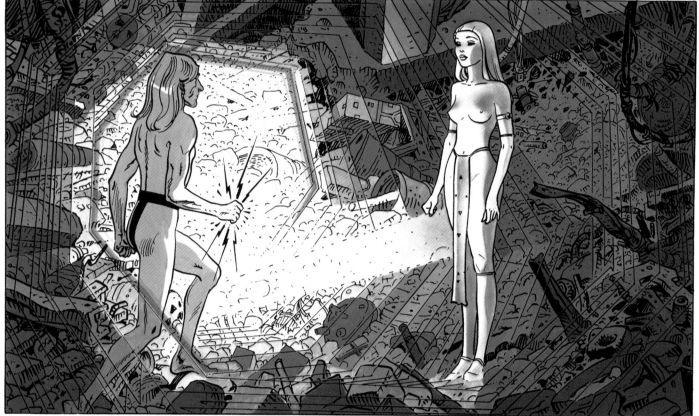

你叫
什麼
名字？

阿尼瑪！

什麼時候
可以再見
到你？

喲，你這蠢蛋！不
會有那一天的！你
就這樣把暗之印加
石給了她！那麼珍
貴、差點害我們
丟掉小命的東西！
沒良心的傢
伙……竟然
讓阿尼瑪給
溜了！現在
我們只能捧
著破碎的心
哭到死了
……

賤人！把暗之印加石
還給我！
愛人哪！
回來啊——
別丟下我在
這裡迷失！

回來啊！

喂喂喂！

!?
哇啊啊啊！
23

不會吧！
我可憐的
老迪波！
你剛剛
在這？
嘎嘎……
嘿啊！
我在這！

約翰．迪佛……
以小水泥之名!!
我們再度死裡逃
生啦！

讓我抱你到裡面去避一
避……你沒受傷吧？沒
撞斷哪裡吧？
沒事、沒事！只是
需要把身上這些難
看的黑泥洗一洗。

我們被那個……
給救了……
約翰！

後面！
?!

這傢伙又
是誰？

在下合金男爵，
奉命前來取約
翰．迪佛的性
命！
待續……
24

神經衰弱階級鬥爭
NEURAZTENIK CLASS STRUGGLE

各位全息電視前面的視癮朋友，今天，記者將帶您目睹一場華美絕倫的殺戮……超過一百萬名示威者，爭先恐後衝往飛行宮側翼巨大的缺口，那是夢幻核羅彈的傑作！
為什麼不讓我們往高處避難？
沒辦法……很多穩定器都被該死的核羅彈炸壞了！

為了藍領居民的信念，
前進吧！

離子縱隊，跟我來！

教母！一切順利進行！
別讓他們有喘息的空間。

爆炸那邊來個特寫！
加幾滴眼淚！
別忘了傷口妝！

親愛的視癮朋友！你們是多麼幸運啊，窩在自家沙發裡，透過全息電視就能目睹這場城市騷動，規模之大，前所未見！

但是，在這裡，許多人為了他們的自由、他們的權利而戰……不管是為了更靠近表層區、享受免費輕型 SVP 迷幻劑，或只是單純地，為了擁有暴動的權利！
接著，讓我們現場直擊企圖占領總統宮殿的示威者！當然，直播過程會不時穿插幾則快閃廣告。
26

MŒBIUS 86

貴族萬歲！
惡棍！
下三濫！
流氓！
HOUU HOUU! 吁 吁！
隊長，我們要拿這些貴族俘虜怎麼辦啊？
怎麼辦都好，把他們的頭給砍了！
安德赫伯，如果我們派另一批人從這邊攻擊，你怎麼看？
唔……不建議。這邊有阿莫克的領地！最好從孵化醫院那一帶進攻。

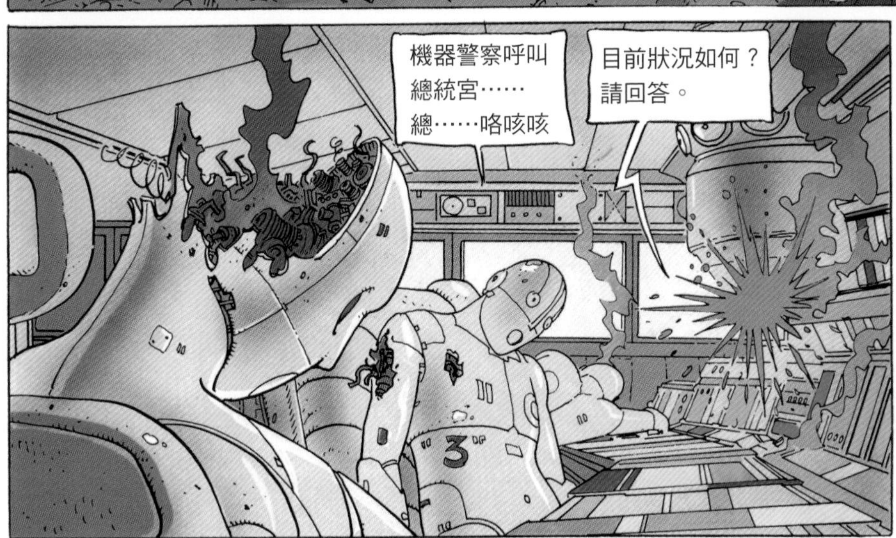
機器警察呼叫總統宮……總……咯咳咳
目前狀況如何？請回答。

完了！機器警察短路了！
以駝子軍團之名，你看！所有控制面板的紅色警示燈全亮了！

宇宙萬能之主啊！這群鼠輩破壞了防護盾跟雷射電池，從裂縫底下竄進來了！
發射吸盤掛鉤！
27

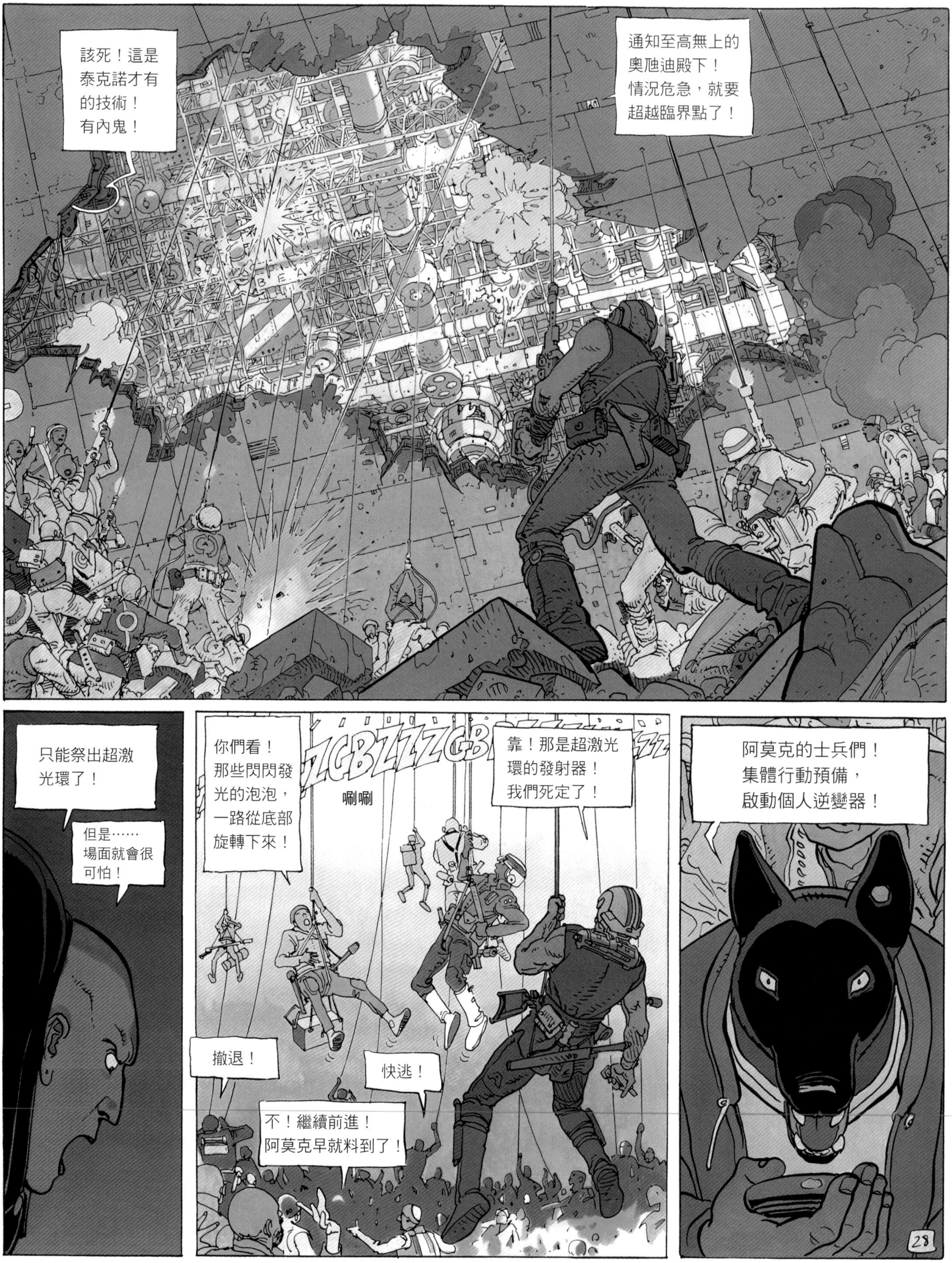

該死！這是泰克諾才有的技術！有內鬼！
通知至高無上的奧虺迪殿下！情況危急，就要超越臨界點了！

生成器就位了嗎？
是的，狗頭殺！科技城那玩意已設置完畢。

靠！我的逆變器！

救我！
?
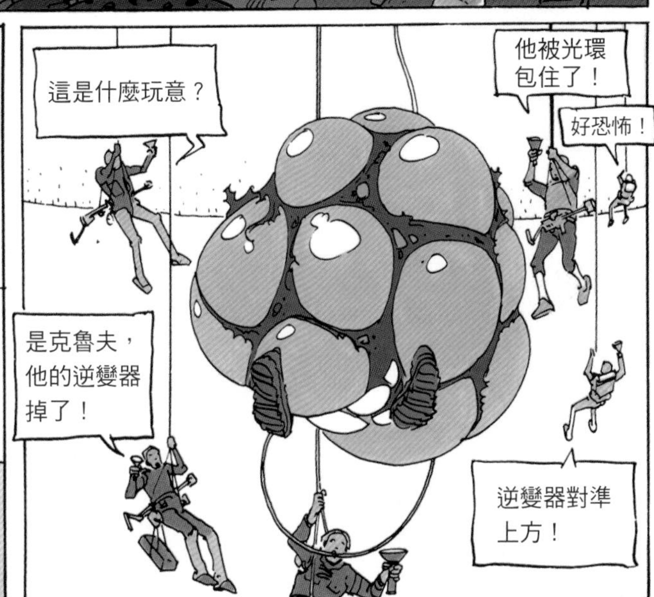
這是什麼玩意？
是克魯夫，他的逆變器掉了！
他被光環包住了！
好恐怖！
逆變器對準上方！
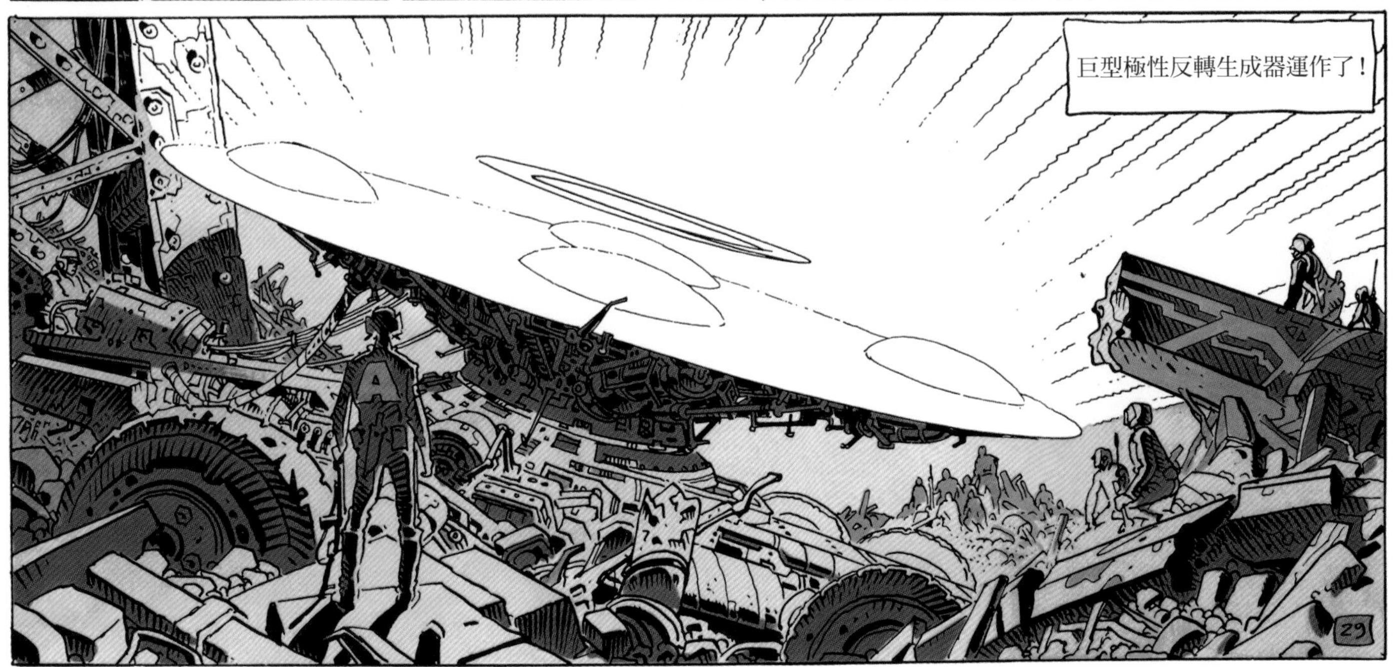
巨型極性反轉生成器運作了！
29

然而，
在飛行宮
頂層……
哈哈哈！
嘻嘻！
你搔我癢！
喝嘛！哈
哈哈！再
喝一杯！
抽抽看這
草本菸！
你聞聞這櫻粉！

噢！這道蜻蜓舒
芙蕾太細緻了！
入口即化！
呵呵！現在全息
電視正在直播大
屠殺，好刺激，
好痛快啊！

城市騷動要是不存在，
就得想法子創造幾個！

殿……至高無上的
……

?
至……至高無上的
奧砲迪殿下！

那……那些暴民竟然
成功反制超激光環！
蠢蛋……
誰允許你打擾我
的下午茶時間!?
30

你這個豬頭！給我動起來，去通知雌雄……
噢噢！大不敬！

大帝……
咕嚕
他扔了個東西到桌上！
光環病變！
!?!

啊啊！噢！

AAAH! OOOH!
放肆的駝子飛起來啦！
哎喲！太好玩啦！
?

該死！
帝國超級發射器的代碼！

一百萬個該死！雌雄大帝召喚我……要我去見他！

在這個時候……
!!!

這次暴動夠嗆……他們真的用核羅彈襲擊總統宮，舊時代過去了。
唔……要進到裡面可沒那麼容易，不過，我得把這兩個傢伙送到阿莫克那個瘋婆子那裡去。
31

看看雷達感應器
偵測到什麼……

那邊有一道裂縫！
勉強可以通過。

往這裡，至高無上的
奧虺迪殿下，到氣閘
艙之後就安全了！
沒道理呀！那些暴民怎麼
可能占領宮殿這個區域！

誰曉得裝甲氣閘能擋多久！
GASP
TING
CLAC
奧虺迪殿
下，動作
快！超級
彈射艙往
這裡走！

還有
雷射槍！
處死這個克
隆大混蛋！
我們去搬
炸藥！
那個卑鄙的混帳
躲起來了！
他逃走了！
JODO–MŒBIUS

雌雄大帝
IMPÉRORATRIZ

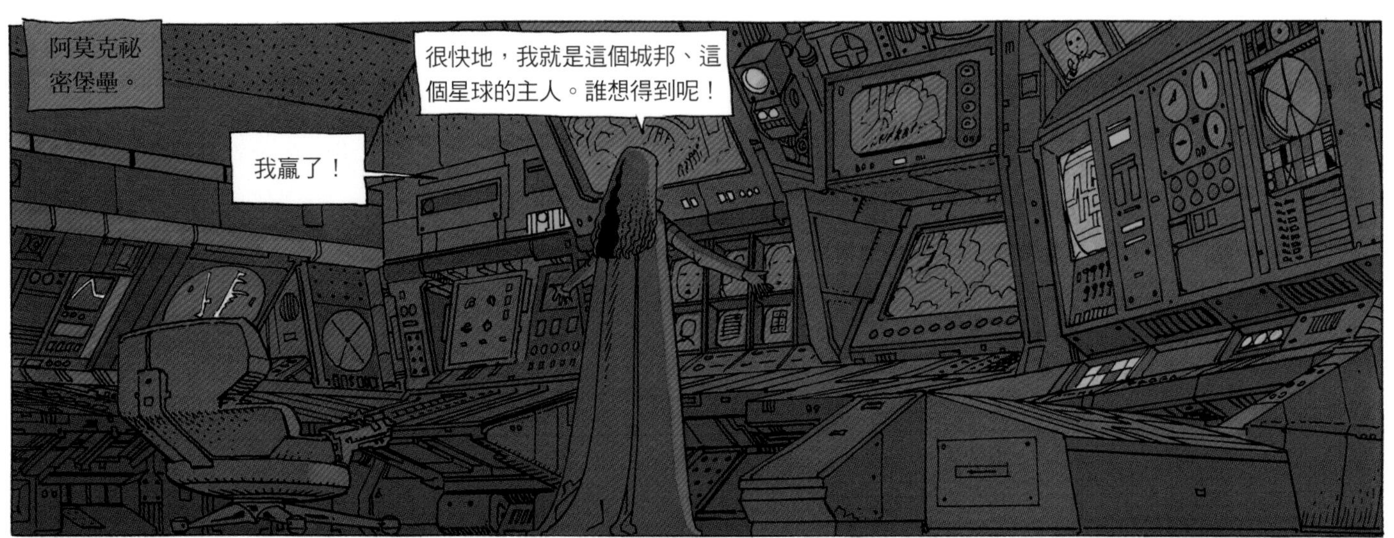

阿莫克祕密堡壘。
很快地，我就是這個城邦、這個星球的主人。誰想得到呢！
我贏了！

傀儡總統被困在飛行宮頂層，已經無能為力了，那些隨便煽動就跟著起舞的暴民，很快會被我踩在腳下……

現在，光之印加石的力量掌握在我手裡……只要連結愚蠢的泰克諾教皇自以為屬於他的暗之印加石……

我的力量將無遠弗屆……

腦波圖完全沒有起伏，主人。
這男人確實死了，教母！
可惜！狗頭殺無法達成復仇的心願了。
立刻剖開他的身體！
33

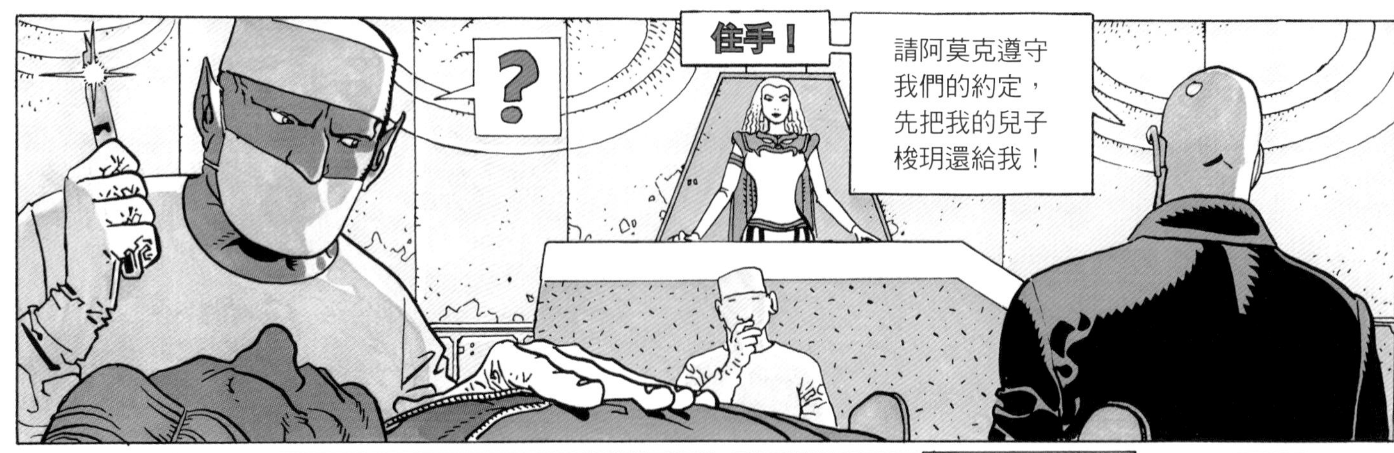
?
住手！
請阿莫克遵守
我們的約定，
先把我的兒子
梭玥還給我！

怎麼……
這個破銅爛鐵
還是打不穿？
這是帝國合金，
我們動不了！

金屬越來越熱，
不過還擋得住！
他們遲早會有辦法！
還好至高無上的奧虺
迪殿下跟雌雄大帝聯
絡上了……總算！

白痴！

蠢蛋！
這個星系裡最貧困的區域，
向來是帝國之恥！
現在，就因為你這個豬頭，
你的疏失……

它成了缺口！
大剌剌的方便
之門……
等著那些黑色恐怖，
那些腐敗、干擾、
破壞性的次宇宙力量
侵入！
你要怎麼處理？
呃……
34

讓開，讓超聲波火箭筒
終結這片破銅爛鐵！

哇喔喔喔！
火箭筒耶！

我錯了，我
全都認了！
大帝至尊無
上，您的判
斷無比正確，
但是，沒時
間啦！

在暴民把我碎
屍萬段之前、
在他們把這道
小圓門打破之
前，我、我該
怎麼辦啊！

無能的蠕蟲！你給我徹徹
底底聽清楚！沒錯，你必
須有所行動，但是在這之
前，想想你那沒有下限的
愚蠢行徑引發的災難！

首先，鸚格軍團已展開對帝國的進攻，
我們在超空間飛行極限區偵測到他們的
行蹤，進入正常空間幾乎是可以確定的
了，也就是跟你的太陽系距離三分之一
光年！最好這只是巧合！

我們記錄了你那座科技城的毀滅！
叛亂者一步步推進！但這還不是最糟的！
環繞太陽的日冕出現嚴重擾動，爆出許多
電漿斑點與異常猛烈的噴發現象……

我們認為，這要歸咎於
恰巧落在太陽軌道上的
這個裝置。

怎麼會？為什麼？

是誰發射了這
個裝置？要如
何將它摧毀？
這些都是你
應該去了解
的……不必
擔心！你會
獲得相應的
支援。

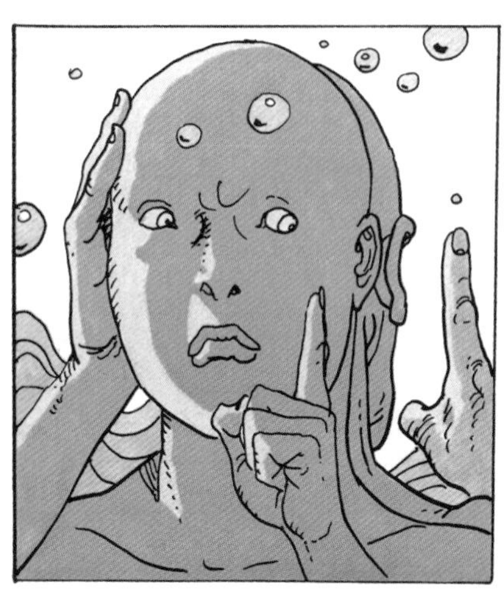

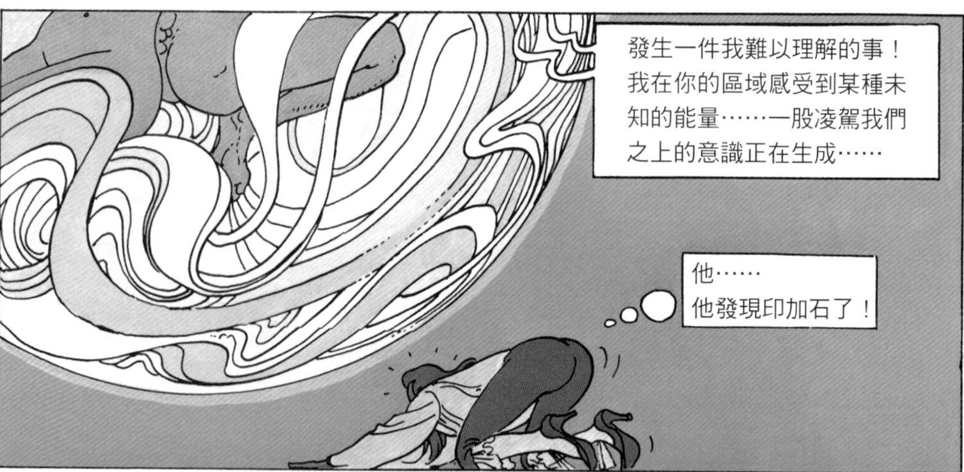
發生一件我難以理解的事！
我在你的區域感受到某種未知的能量……一股淩駕我們之上的意識正在生成……
他……
他發現印加石了！

此時，
在公寓裡。
吼，又是叛亂現場轉播！煩不煩啊……
超聲波火箭筒起不了作用，把反物質水雷搬過來！
狗頭殺這個傢伙好有喜感！
哪會！這超嗨的……你看，
現在他們打算轟掉總統！

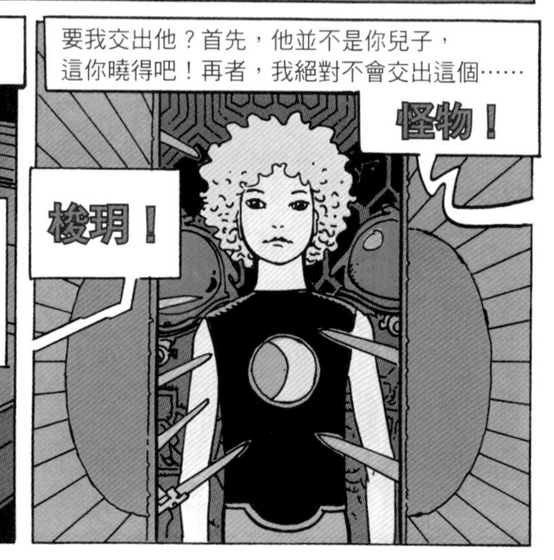
要我交出他？首先，他並不是你兒子，這你曉得吧！再者，我絕對不會交出這個……
怪物！
梭玥！

要是他的心智力量這樣發展下去，遲早都會成為我的絆腳石……
所以，你懂了吧，
我沒有其他選擇……
只能斬草除根！
護衛隊！

殺掉合金男爵！
殺掉梭玥！
把那具屍體給我剖開！
36

STOFFFF 嘶噠
嘶噠 STFFFFF
STOOTF 嘶噠

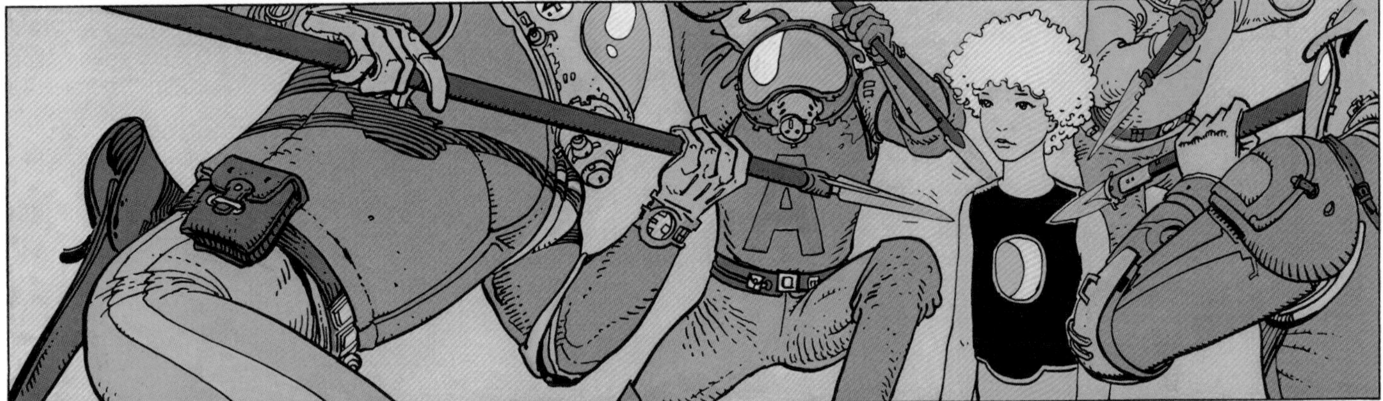

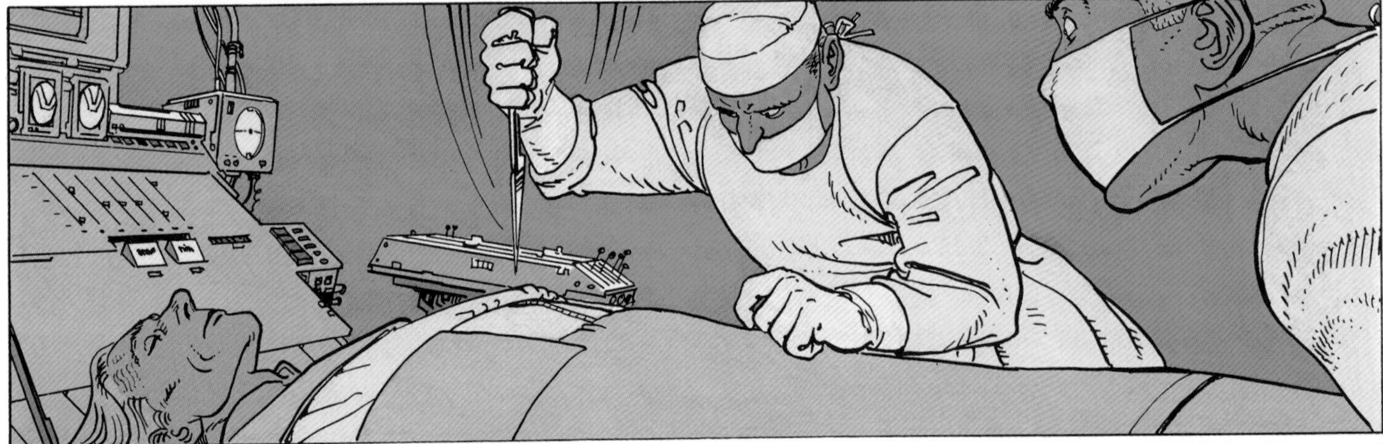

帝國艦隊出發了，準備殲滅鸝格人，摧毀那顆漆黑神祕的蛋。
宇宙長久以來的和平走到了尾聲，我們進入第一次跨星系大戰……

現在，聽好了，這就是你接下來要做的……
37

很快地……
BMM
磅

進攻！
小心駝子軍團！
去死吧！
啊啊啊啊！

往這邊走
他只能躲在這裡了！

總統！
死了！
把他碎屍萬段！
混帳東西！他不讓我們動手，自己先了結了。

所有人給我安靜！
這裡，有某種令我討厭的東西！

各位視癮朋友！想必你們正舒舒服服像小雞窩成一團！不過，這是個懸疑的時刻！狗頭殺的鼻子到處嗅啊嗅……他似乎聞到某種陷阱的氣味！

突然……
CLCLCRR..
喀喀喀
終於等到了！
你們這群臭蟲！
哈哈哈!!
必須剷除的臭蟲！
是陷阱！
快逃啊！
死……靈探針！傳說中的殺戮機器人！殘忍無比，所向無敵！這就是我們的終極克隆總統！親愛的視癮朋友，如果想保住你們的小命，就乖乖在家躲好！
此時，在城市底層深處……
啊！
ARGH!
這……這屍體！
啊！
?!
騙局！
約翰·迪佛還活著！
不可思議！
?!!
被他躲過了！
STOOTF!!
嘶噠
嘶噠
STOTF
ROOMMM
轟
欸欸！那個小鬼頭呢？
他明明就在我槍口下……
在那邊！
?!
39

殲滅他們！
所有出口都封鎖了！他們休想逃！
約翰．迪佛，是時候確認印加石有沒有真的改變你的生物系統了……
老爸，我們哪有辦法對付這麼一大群人啊？
哼，我們戰鬥，說不定會打贏哩……
說不定……
此時
我殺！我殺！
已經幹掉超過十萬人了！過不了多久，大概只會剩下小貓兩三隻！哇哈哈！接著再來處理印加石，噢，我感覺到它的跳動，就在城市深處。哇哈哈！這副新的身體，該有的情慾感知一樣不缺啊！
教母！教母！
40

教母！一切都毀了……他們祭出死靈探針！
死靈探針!?
!!?

死靈探針！
他們竟敢放出這禍害，在這個世界打開恐怖紀元！我……我必須意識到自己的失敗！

阿莫克的護衛隊怎麼了？
他們遇到了三個戰士！

不過，我們還有一張超級王牌，就是你，約翰・迪佛。理論上，你擁有兩顆印加石，接下來我們要做的就是……

沒用的……暗之印加石不在我身上。

?
什麼？
不然在哪裡？

我把它給了一個女人。
「給了一個女人」？
?
?
?

?
她說她叫
阿尼瑪
是她！
我就知道！
高招！
那麼，下一步沒什麼好選了。
阿尼瑪！
是媽咪
……終於！
阿尼瑪！
靈鼠之后！

好吧！
少了暗之印加石，你的光之印加石是無法與死靈探針抗衡的。如果各位想活下來，那麼只剩一條路：
團結起來
逃吧！
跟我來！
41

喂喂……我們離表層越來越遠了
救贖要從底下尋找！
噫！地在晃啊！

可是……底下就是大酸湖！沒別的了！
所有人都這麼想沒錯……
小心落石！

實際上，星球中心的浩瀚世界就藏在大酸湖裡……巨大的水晶巖穴、金字島、阿尼瑪跟我都來自那個祕密世界……
你們該不會是姐妹吧？

真聰明！沒錯！我們原本是兩顆印加石的守護者，但是大闇母找上我，為我指出另外一條路！於是我偷了暗之印加石，浮上表層，打算獨攬大權！

我用暗之印加石換取了泰克諾科技城！原本也想奪取光之印加石，但是半路殺出約翰．迪佛，造成致命的暴動，引發浩劫……

阿莫克的祕密堡壘。
我以為自己成功了，到頭來只是一場空！現在，我必須回到底層……無論要付出什麼代價……

必須將兩顆印加石結合！
看，死靈探針！光是這個機器人，就摧毀了我們所有軍隊！
42

CRRRK
我忠貞的信徒！你們在嗎？

來者是誰？
是我，塔娜達！
教母，小心！

SCCROOMM!
?
通、通道崩塌了！
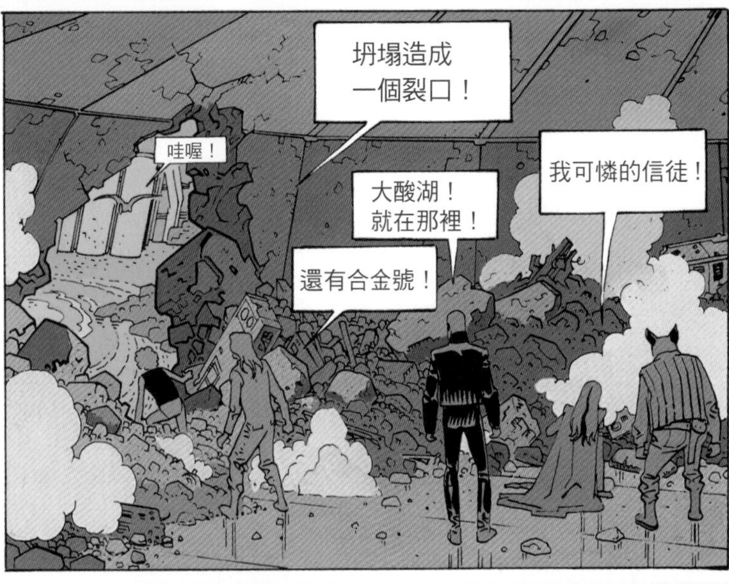
坍塌造成一個裂口！
哇喔！
大酸湖！就在那裡！
還有合金號！
我可憐的信徒！

還有機會！前往底層的其他入口，就在大酸湖另一側！
約翰·迪佛！我都等得不耐煩啦！
唷呼，迪波！

一堆石塊轟隆轟隆砸在合金號上，震得我頭昏腦脹……
該死！引擎毀了！
43

跟我一起推！
引擎
沒了。

等一下把磁性抓鉤拋射到上方，
就能拖行前進了！

沒多久……

動了！不用十分鐘，
我們就可以抵達湖的
另一側了！
時間還算
夠！只是，
死靈探針隨
時可能會冒
出來。

快點！
要命！強酸正在腐蝕
合金號的金屬。

不只這樣，我覺得我們
被一股水流帶著走。
不可能！大酸湖
怎麼會……
那裡，
你們看！
44

旋……旋渦！
根本擋不了！
這一次……
沒辦法！
水流太強勁！
這次是
真的完
蛋了！
嘎嘎！
好恐怖啊啊！
印加石！
45

第二部完結。但是約翰·迪佛跟著〈底層世界〉，繼續高潮迭起的冒險旅程。

CE QUI EST EN BAS
底層世界

靈鼠
LES PSYCHORATS

印加石拋棄
我了，這次
我們完蛋了！
漩渦總會帶我們到
某個地方吧！

希望合金號的外殼能撐得住強酸！

巨大的地底伏流！

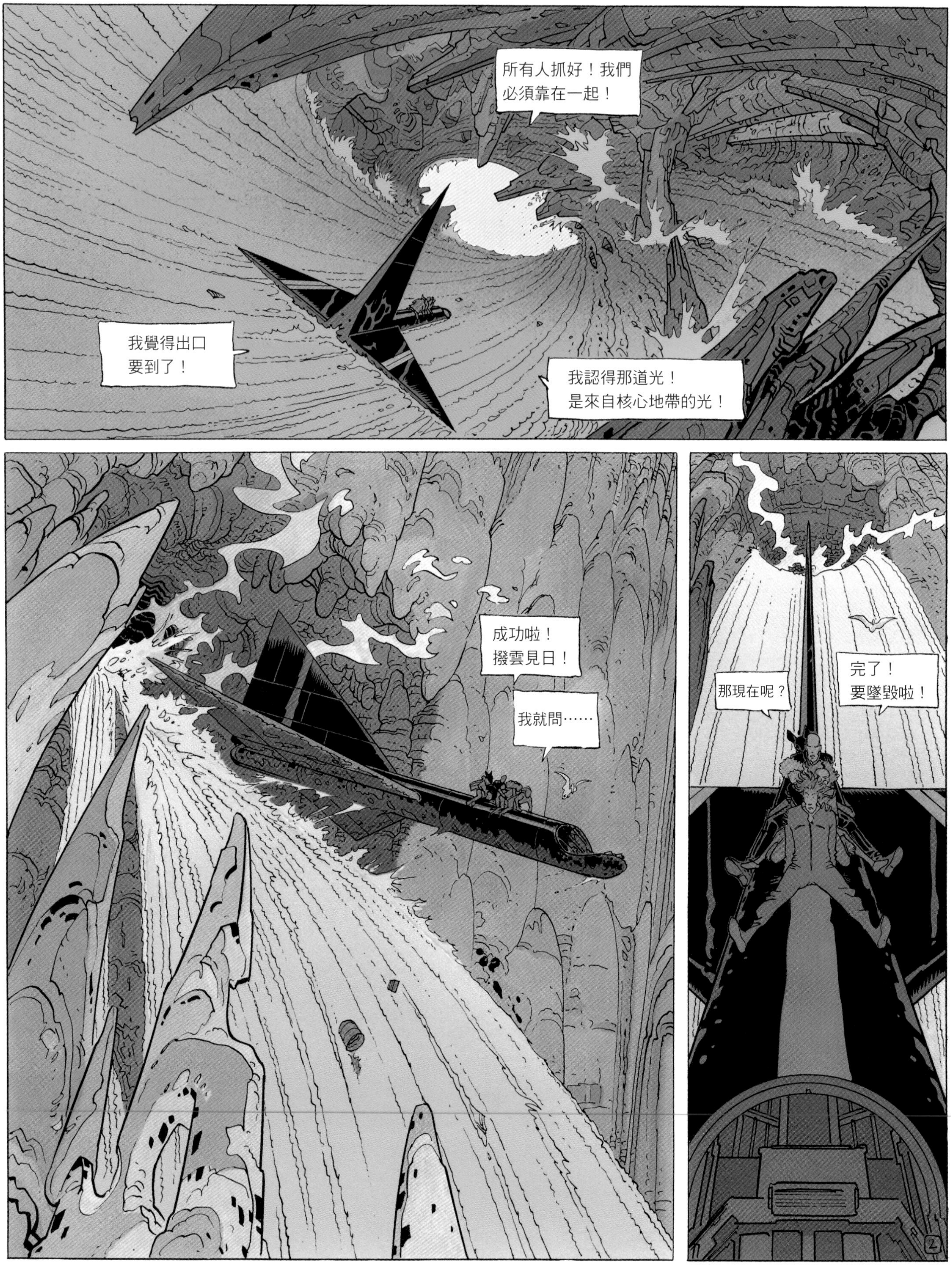

成功啦！
撥雲見日！

我就問……

那現在呢？

完了！
要墜毀啦！

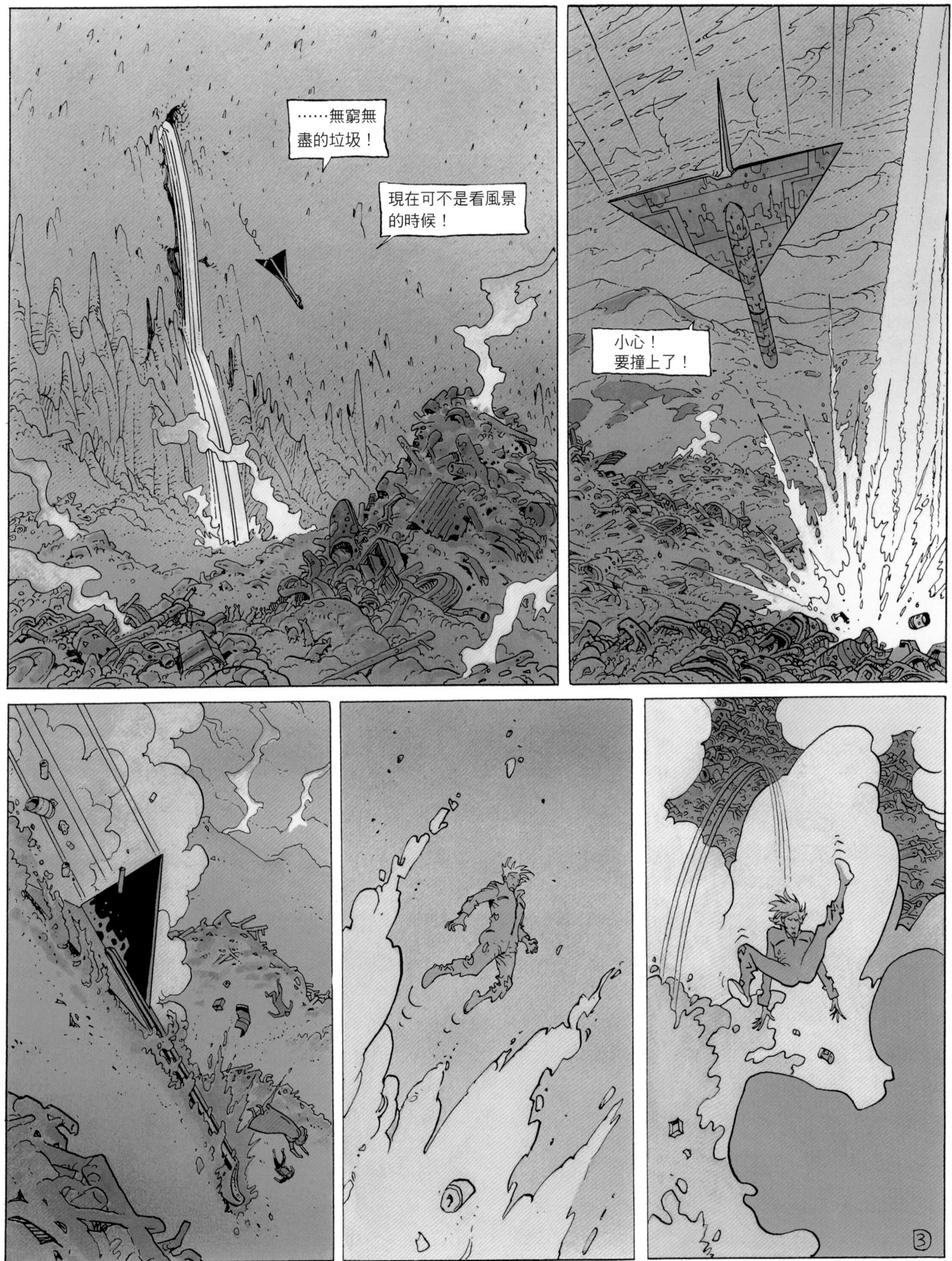
……無窮無
盡的垃圾！
現在可不是看風景
的時候！
小心！
要撞上了！
3

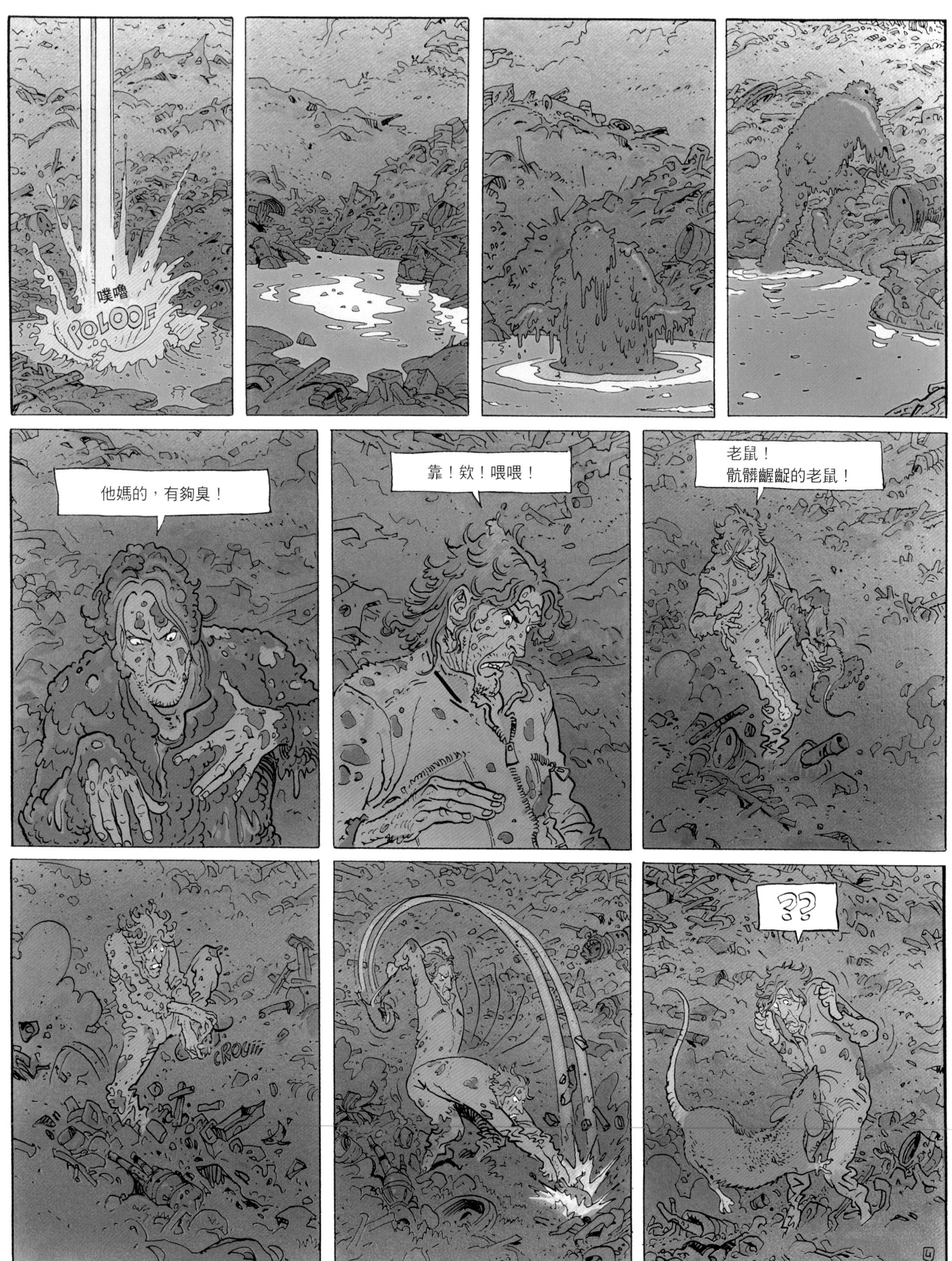
噗嚕
POLOOF
他媽的，有夠臭！
靠！欸！喂喂！
老鼠！
骯髒齷齪的老鼠！
CROUiii
??

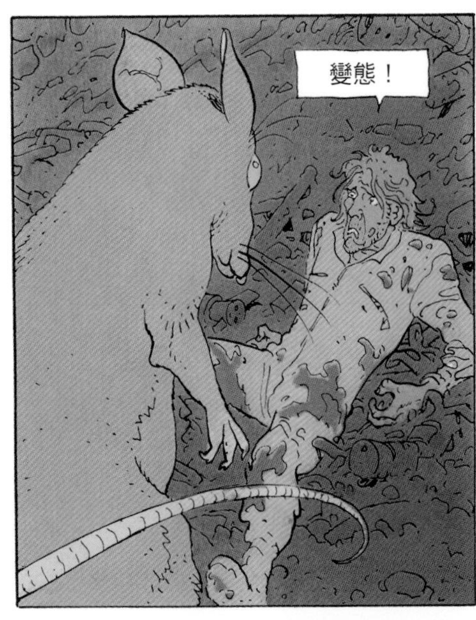
變態！

嗅嗅不不不！
好噁！

哪裡可以躲啊？
到處都是垃圾！

來吧！你們
這群鼠輩！
不，約翰！
我們完全沒有
勝算！應該要
召喚印加石！

印加石！
印加石！
印加石！
印加石！
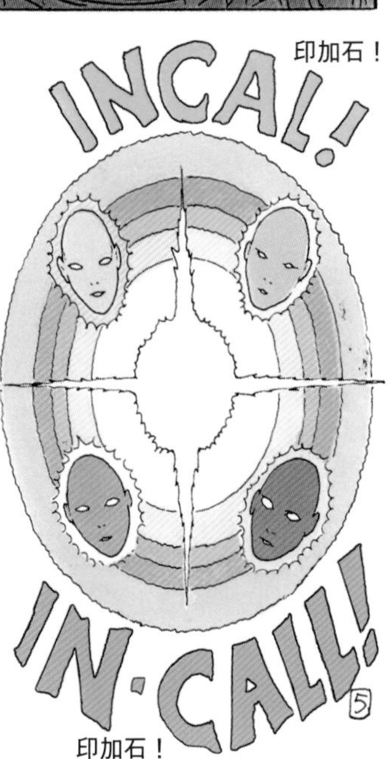
印加石！
INCAL!
IN-CALL!
印加石！

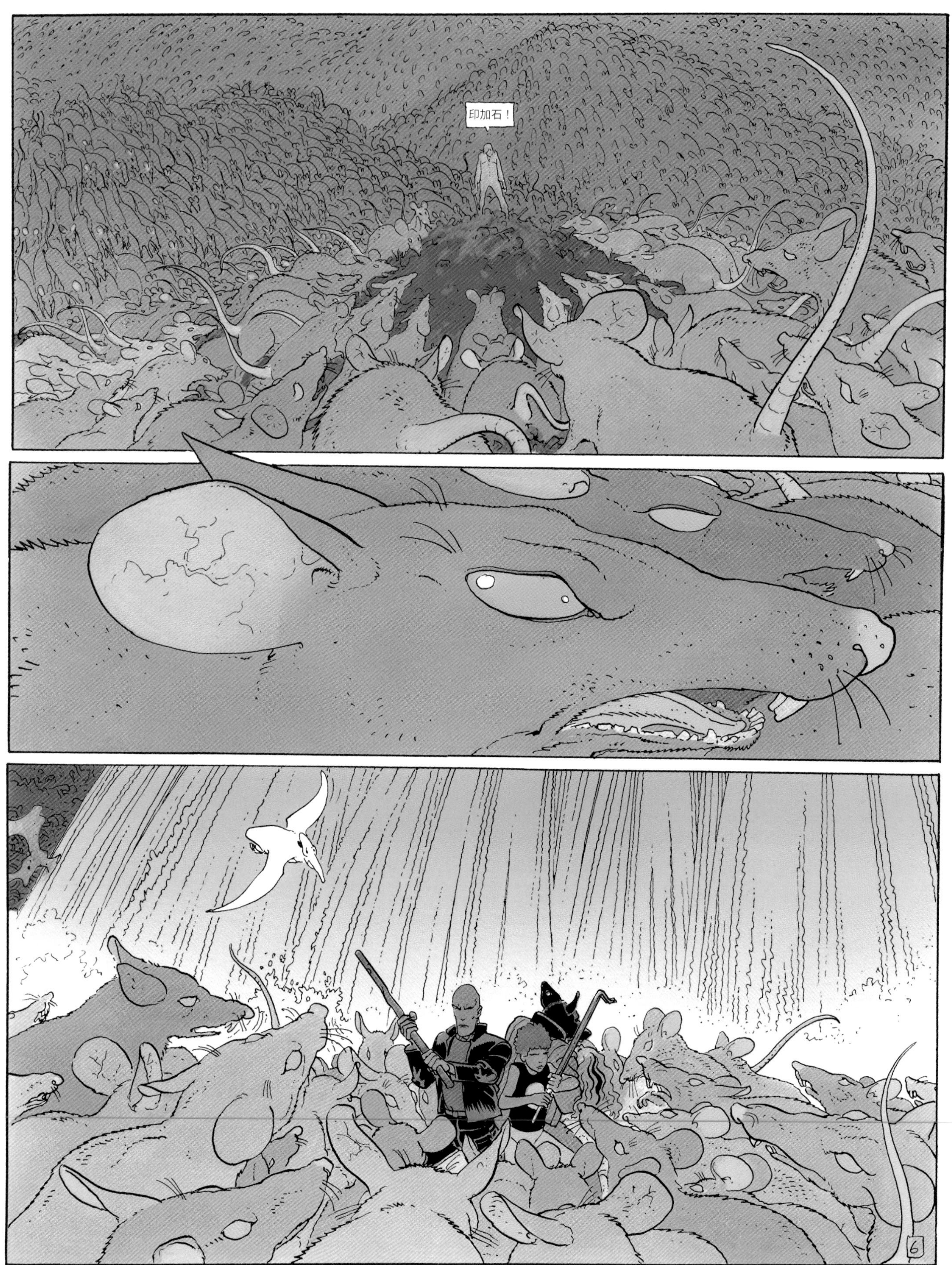
印加石！

牠們的數量似乎
沒有再增加了！
這麼多老鼠，
牠們在等什麼？
吼！休想動教
母一根寒毛！

那邊！有道牆似乎打開了!?

讓出通道，
我的子民們！
我是阿尼瑪！
靈鼠之后！

阿尼瑪！你來了！
既然你能控制這些
怪物，救救我們吧！
牠……牠們
後退了！
醒醒啊，
睜開眼睛！

牠們都是靈鼠！你們越害怕受傷，
牠們就會以倍數成長、茁壯。

控制你們自身吧！趕走恐懼
與暴力！讓腦袋放空！
就是她！我從沒
見過的媽咪！
腦袋放空！那有
什麼問題……

……
狗頭殺，別再鬼吼鬼叫！
吼……貓跟老鼠都令我抓狂！

讓你的腦袋跟你耳朵上的洞一樣，空空如也！

……到時這個約翰．迪佛，我會親手殺了他！

以水泥之名！約翰．迪佛大概凶多吉少！

除非……在那邊！是他！

約翰．迪佛！
迪波！印加石跟我講了靈鼠的祕密！

阿尼瑪！終於又見到你了！
動作快！現在是危險關頭，快坐上來！
約翰．迪佛還活著！
8

我可以讓這三隻靈鼠穩定下來！
載我們穿越這一片垃圾荒原……
她看都不看我一眼。
教母！教母！
醒醒啊！
這場面！
一望無際的垃圾！
然而，這是抵達星球
真正核心的唯一道路！
探針指向不會錯，他們在
那裡！在強酸漩渦底下！
哈哈哈！看你們怎麼
逃出我的手掌心！
9

穿越垃圾荒原
À TRAVERS LA DÉCHARGE

臭死了！城市的垃圾大概數千年以來都堆在這裡吧！
人類搞爛了星球的心臟！
是啊！久遠以前，這裡本來跟天堂沒兩樣啊！

有泡泡！小心！這都是地底發酵物！

喂!?

是會飛的螞蟥！
快逃！

保持警戒！這片噁爛的區域由垃食人掌管！他們的首領薩爾髒溝羅是我的宿敵。
阿尼瑪！地核之光似乎來自那顆閃閃發亮的球……
那就是我們要去的地方：日輪之心！
10

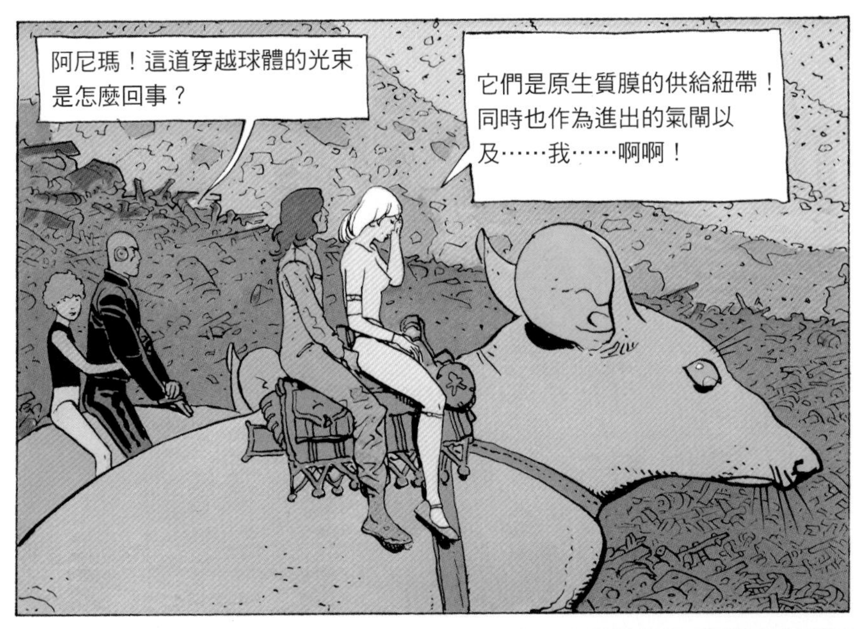
阿尼瑪！這道穿越球體的光束
是怎麼回事？
它們是原生質膜的供給紐帶！
同時也作為進出的氣閘以
及……我……啊啊！

阿尼瑪！
你怎麼了？
訊……訊號！

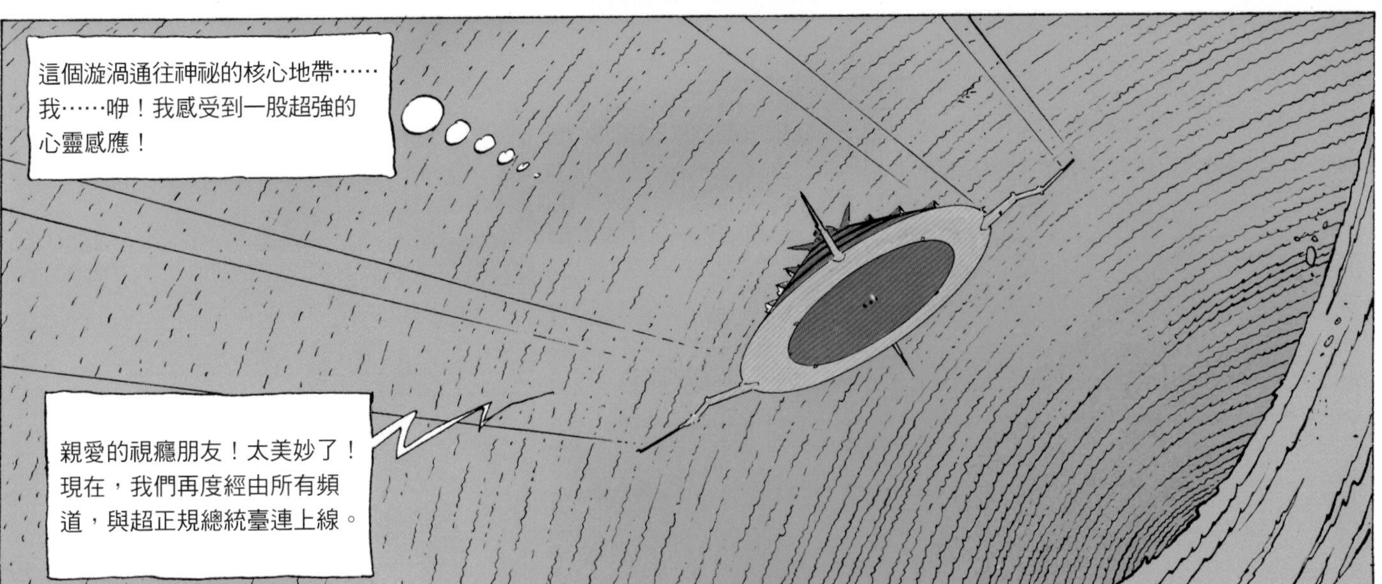
這個漩渦通往神祕的核心地帶……
我……咿！我感受到一股超強的
心靈感應！
親愛的視癮朋友！太美妙了！
現在，我們再度經由所有頻
道，與超正規總統臺連上線。

是死靈探針……
他中計了！
約翰．
迪佛，
過來我
這邊！

教母的意識
仍然沒有恢
復，我們得
想想辦法！
再等等，狗頭殺，
現在我們還處在
險境，死靈探針
已經追過來了！
你沒看到那兩個
人正在處理了嗎？

兩顆印加石聯合起來的力
量，可以封印飛入強酸漩渦
的死靈探針，就算他擁有精
神抗力也抵擋不了……
了解！讓我們集中精神，
召喚印加石吧！

啊靠！誰毀了我的力場！
漩渦重新關閉了！

強酸正在侵蝕我的護盾！看來是回不去了！
那麼，唯一的出口就是：底層！

阿尼瑪！

我在！怎……
怎麼了？
快把意識拉回荒原現場！
風暴要來了……我很擔心！
我們摧毀死靈探針了！

不，約翰！不是摧毀！只是延遲而已！動作快！
合金男爵說的沒錯，我們掀起的能量引發了一場渣風暴……
快過來！那邊有避難的地方！
我已經差遣
水泥鳥去找
了，哪怕是
又髒又臭的
老鼠洞也行！
他回來了！
迪波一定找
到了什麼。

那邊有座古老的貨櫃
墳場，就在山丘後面！

這裡可以！

哎！狂風吹
得到處都是
金屬粒子。
這裡實在不怎麼樣，
但避難綽綽有餘！
靈鼠就不用管了，
牠們最愛渣風暴。

時間一分一秒過去……渣風暴大肆咆哮，廢料雲撞擊著金屬隔板……
臭死了！
而且有夠吵！
要是留在外面，
我們會窒息而死！
還會被撕成碎片……

所以，我們必須進入日輪
內部？但是……
那裡是這個世界
的靈魂之核，祕
密飛船……
你們快
來啊！

教母睜開眼睛了！

她試著要講話！
但是失敗了！
難道沒有辦法
拯救教母嗎？

你們擁有
力量啊！
拜託！
等一等！我在
她的頸部感應
到生命之流遭
到阻礙……

頸椎受
傷了！
阿尼瑪！聯合我們兩顆
印加石的力量吧！我們
不能拋下她……

我會負責她右半邊，將麻痺毒素引出……
你負責左半邊，帶入重建的新能量！
13

這段時間裡……
在你們的
公寓裡，

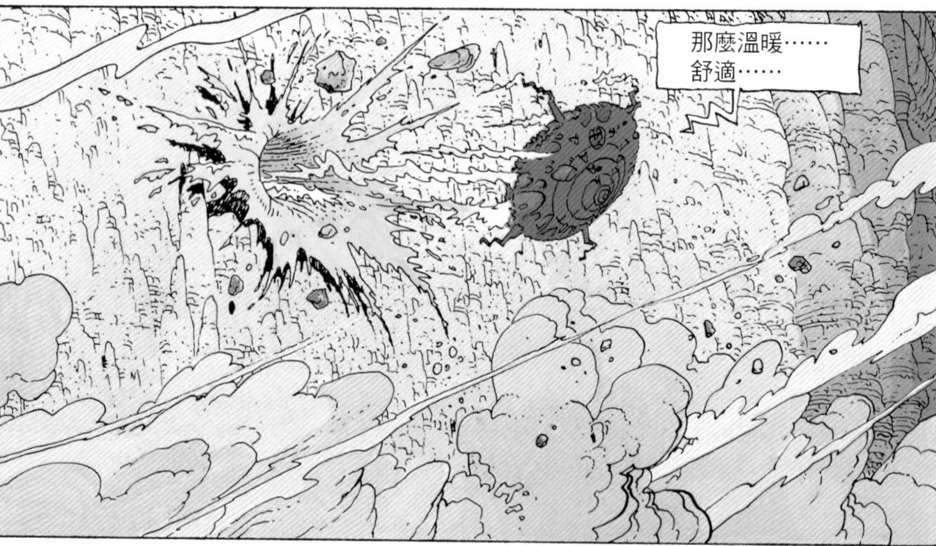
那麼溫暖……
舒適……

經由超正規
……

總統電臺的連線直播……

你們可以親眼目睹，穿越地核的
神祕區域！

見證正規死靈機器人逮捕、
殲滅……

最後的反叛者，
著名的六人幫……
神祕……冒險！
重建至高無上的
正義，如同……

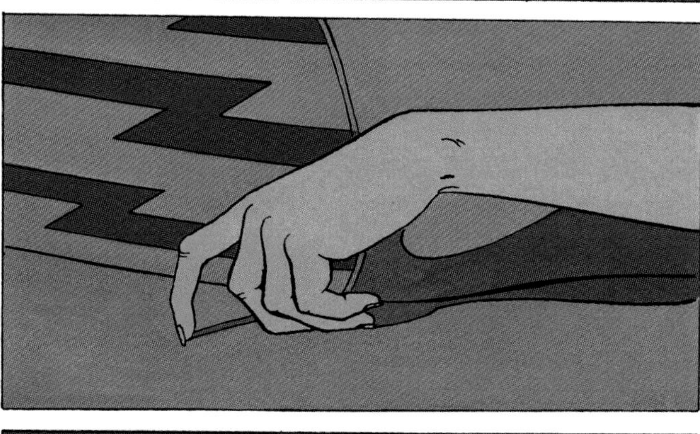

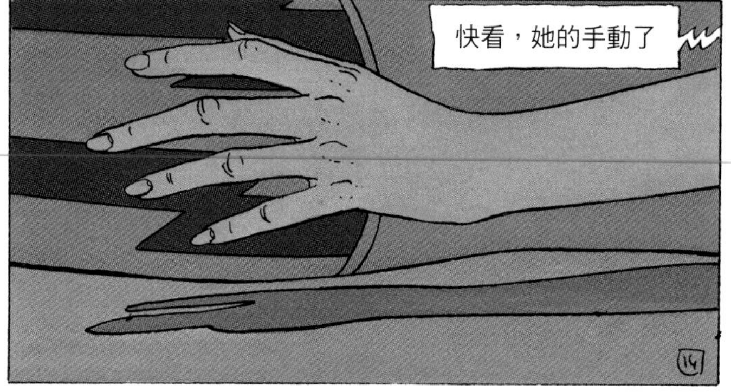
快看，她的手動了
14

教母！
我並沒有要求誰來治癒我……不要管我！
忘恩負義！
阿尼瑪！我早就不是印加石守護者了，你拿我沒轍，這你知道吧！
大家休息吧！貨櫃墳場是薩爾髒溝羅的地盤，我們很快會有一場大戰，那很耗體力的。

好幾個小時過去了！風暴捲起的廢料雲無邊無際。
誰也無法阻擋我！

視癮朋友們！就在渣風暴這麼扣人心弦的畫面裡，我們將進行下一個餘興節目：處決叛亂者！
啊！畫面上是漩渦耶！
我們是垃圾製造冠軍耶！
3D
神祕的地核地帶，誰相信啊？

我睡多久了？

風暴過去了！梭玥！梭玥在哪裡？

梭玥！是你在那邊嗎？
對啊，老爸！

該來的還是來了！在你這短短人生裡，這是第一次看到你哭……
而且我知道是為了什麼！尤其知道是為了「誰」。
她連看都沒看我一眼！

她是我媽！你是我爸……結果呢，這算什麼！為什麼她要拋棄我們？
不是這樣的，她看顧著我們！大酸湖的漩渦就是她開啟的！

她對我們沒有愛！
梭玥，我們面臨極大的危險，她必須以戰士的身分行動！

我又
不怕死！

我要的是真相！
你的意思是？

老爸！我是從你的意識而生的兒子，但是我……我覺得自己像個影子！像個禍害！
我知道……但敵人弓已拉滿！箭在弦上！聽我指令，準備跳進貨櫃！

垃食人攻過來了！
快！快通知其他人！

薩爾髒溝羅！
進攻！
16

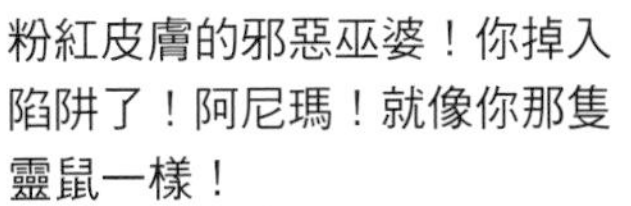
粉紅皮膚的邪惡巫婆！你掉入陷阱了！阿尼瑪！就像你那隻靈鼠一樣！

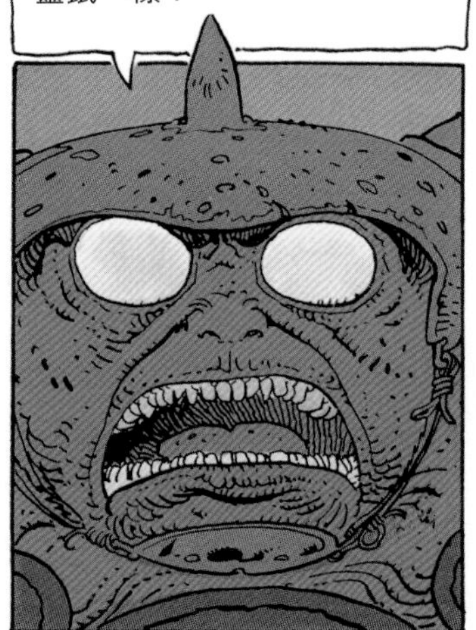

黏液帶全上！
貨櫃在動！
惡婆娘！她又想用巫術脫困！

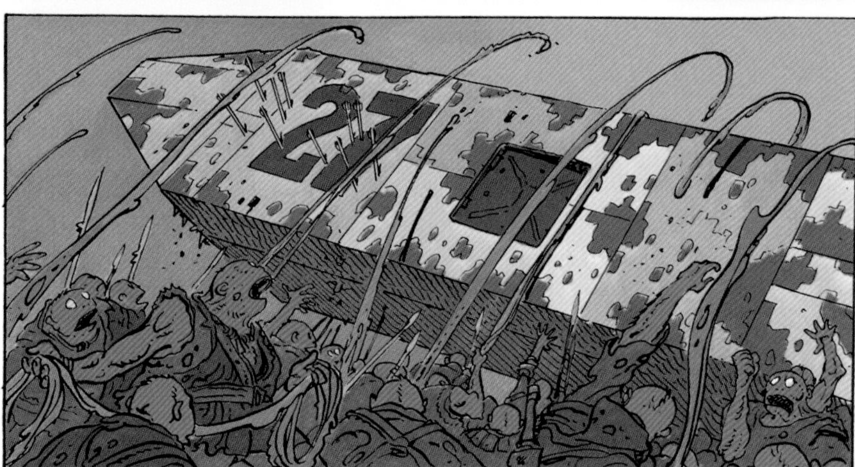

綁好了！
不！這貨櫃還在動。

抓緊！下錨！

來不及了！
黏液帶斷了！
那就開槍啊！一群沒用的蠢蛋！

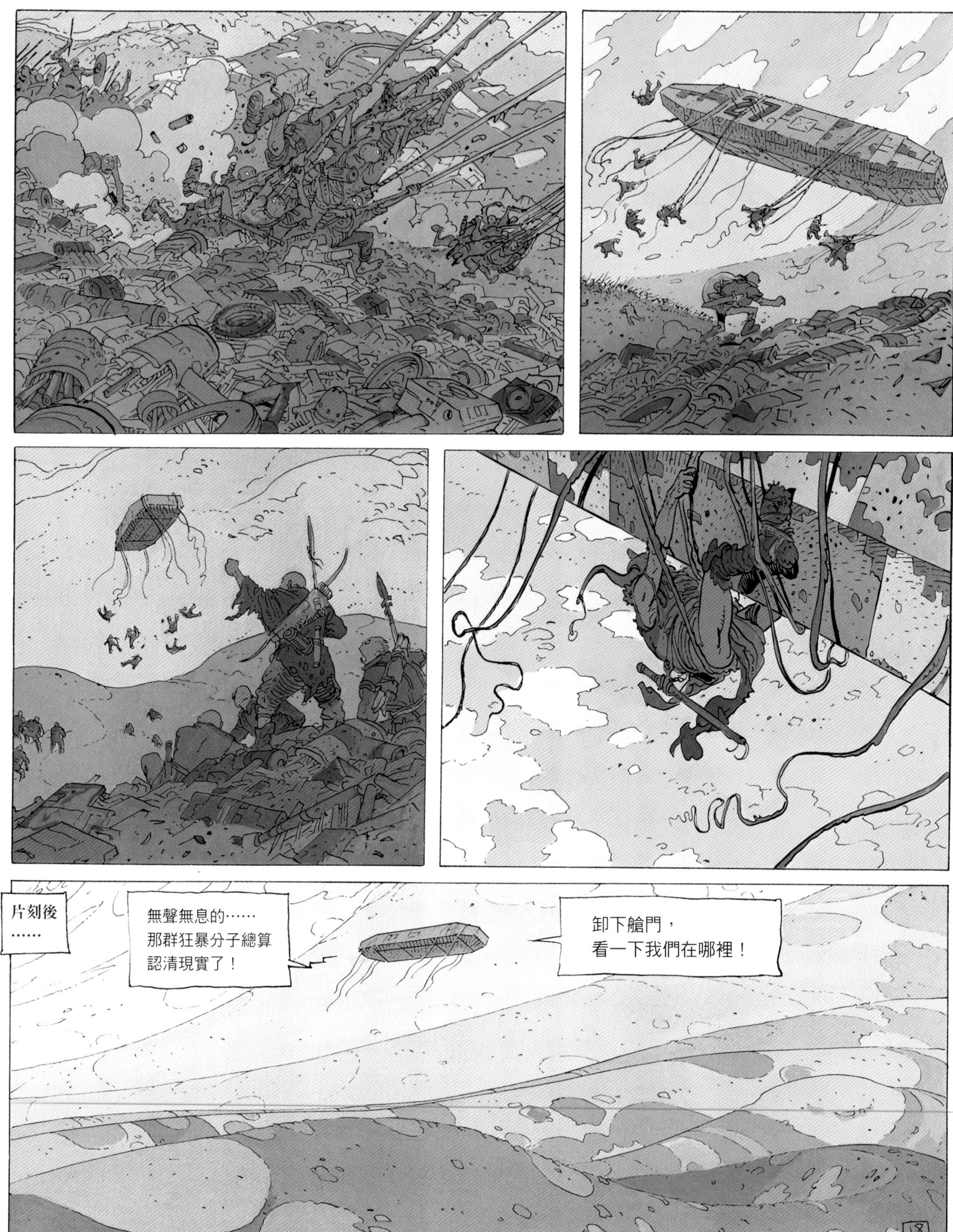

片刻後……
無聲無息的……
那群狂暴分子總算
認清現實了！
卸下艙門，
看一下我們在哪裡！
18

唔！那我們現在要做什麼？
安靜！狗頭殺！你又不是不知道他們兩個需要專心一致，才能讓我們飄浮在空中。
噢！這是……
唉唷！晃來晃去我好暈！

光束基地！是一座塔！

日……日輪之心是真的，就像一道脈衝！

我們正朝著光束之塔前進！
去死吧！

鬧夠了沒！
TOCK
噹

粉紅皮膚的卑鄙混蛋幫！

親愛的視癮朋友，多麼驚人的場景！這座塔！如此奇特的日輪！
?!!??

這些神祕的區域……
歸我了！
19

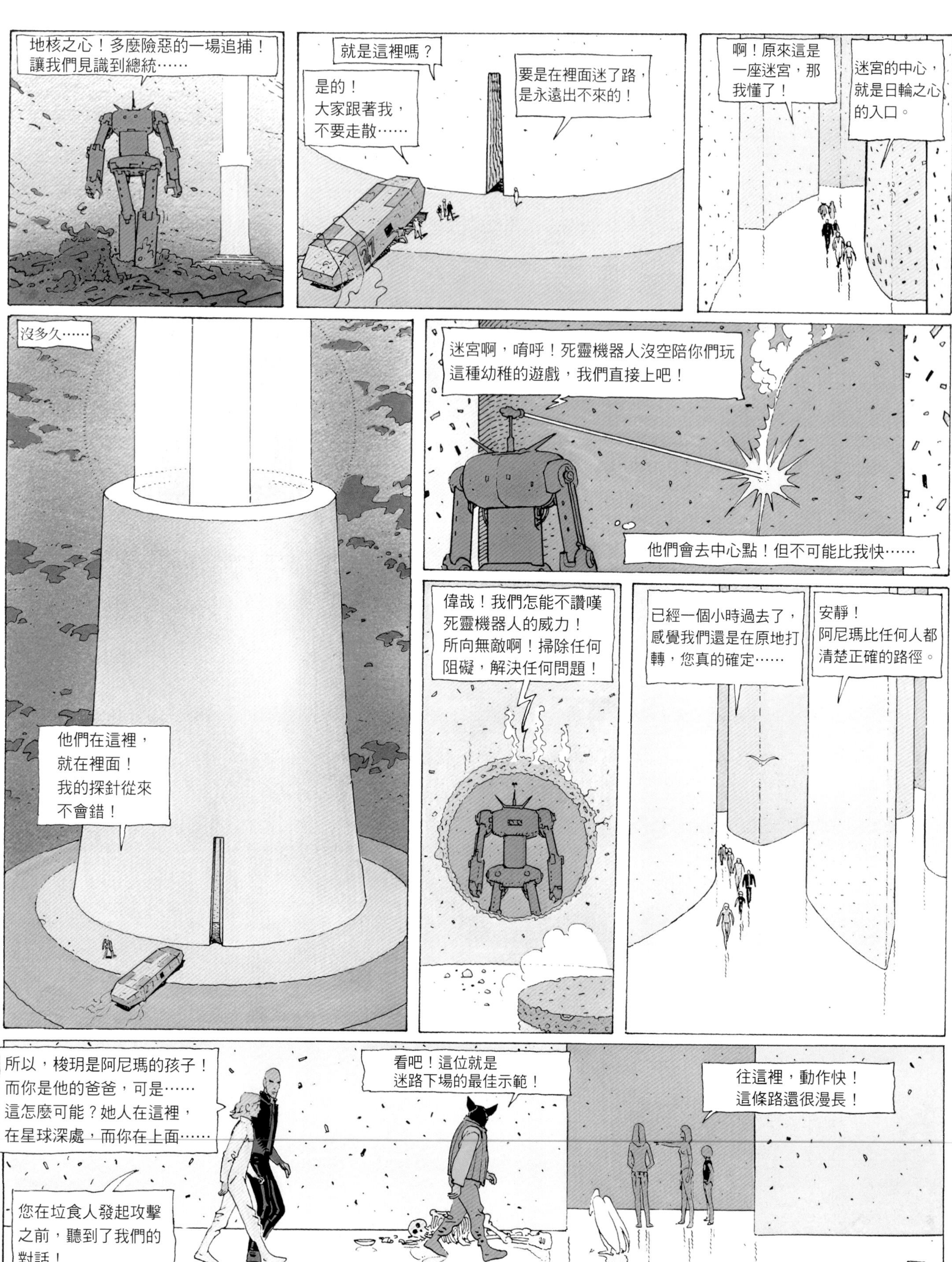
地核之心！多麼險惡的一場追捕！
讓我們見識到總統……
就是這裡嗎？
是的！
大家跟著我，
不要走散……
要是在裡面迷了路，
是永遠出不來的！
啊！原來這是
一座迷宮，那
我懂了！
迷宮的中心，
就是日輪之心
的入口。
沒多久……
他們在這裡，
就在裡面！
我的探針從來
不會錯！
迷宮啊，唷呼！死靈機器人沒空陪你們玩
這種幼稚的遊戲，我們直接上吧！
他們會去中心點！但不可能比我快……
偉哉！我們怎能不讚嘆
死靈機器人的威力！
所向無敵啊！掃除任何
阻礙，解決任何問題！
已經一個小時過去了，
感覺我們還是在原地打
轉，您真的確定……
安靜！
阿尼瑪比任何人都
清楚正確的路徑。
所以，梭玥是阿尼瑪的孩子！
而你是他的爸爸，可是……
這怎麼可能？她人在這裡，
在星球深處，而你在上面……
您在垃食人發起攻擊
之前，聽到了我們的
對話！
看吧！這位就是
迷路下場的最佳示範！
往這裡，動作快！
這條路還很漫長！
20

我猜印加石也提升了
您的聽覺……
確實如此，
我真的不是故意要偷聽
你們的祕密……
「原本」是祕密沒錯。
阿尼瑪從來就不是我
的妻子，而梭玥也不
是我的兒子！
至少從基因來說他不是。
不過我把他當自己的孩子
來疼愛！這要追溯到十年
前，因為一次奇遇……
有一天晚上，一
個女人突然出現
在我的合金堡，
她就是阿尼瑪。
當時我馬上感受
到，很久很久以
前，我就已經認
識她了……
帶走這個孩子，成為他的
守護者、他的導師、他的
父親吧！他的名字叫做梭
玥，他擁有陰陽能量完美
融合的心靈，將會成為一
名戰士！
我原本是帶來死亡的人，今後將成為
生命守護者！阿尼瑪！我們願意等待，
但是，要回來，記得回來，不要拋棄
我們！不要丟下我！阿尼瑪！
我這麼冷酷無情的殺手，
瞬間化身為熱血的年輕騎
士，向他深愛的公主祈
求。她接著就消失了，如
同她出現時那樣不可思
議，再也沒有任何消息
……
看來，是你的出現
引發了這一切……
我也是這麼想……整件事
一直長出分支，彷彿沒有
極限！
我們抵達中
心大廳了。
這就是入口！
通往日輪之心的光束源頭！
所有人圍成一圈，
守門人將會與我連結！
守門人指示，
欲開啟日輪之心大門，取決於所有人內心凝聚的和平。
21

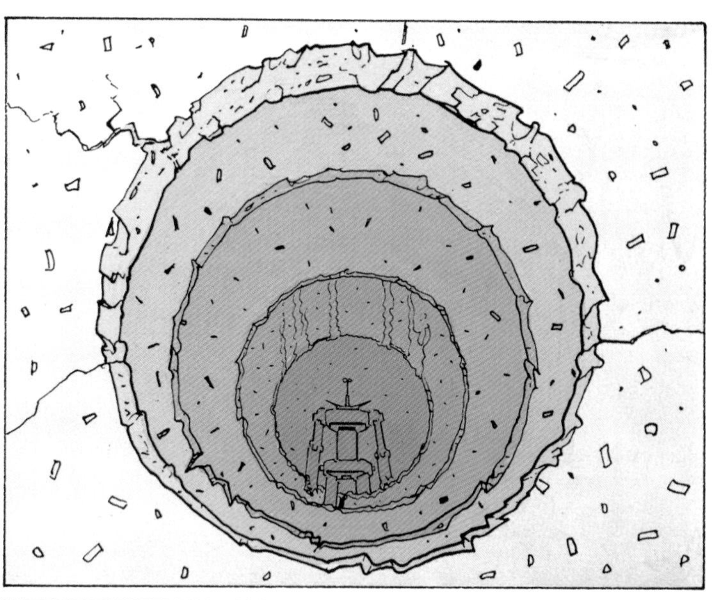

守門人指示：
傳送已取消，
心靈的凝聚出現斷裂！

咚咚……
DOOMMM
這……
這是什麼
聲音？
死靈機器人
接近中，
時間緊迫！
DROMM
咚轟……
我們必須聽阿尼瑪的話，
凝聚和平啊！快！

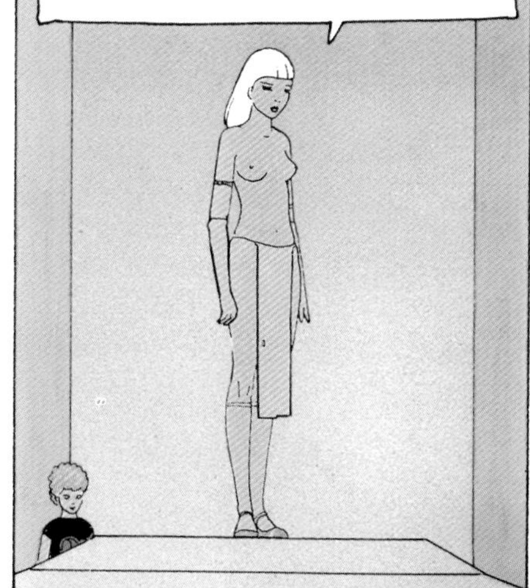

守門人指示：梭玥必須與阿尼瑪和解！
塔娜達必須與阿尼瑪和解……狗頭殺
必須與約翰．迪佛和解。

我對權力瘋狂的追求只給人類帶來了不幸……
現在，我可以選擇與大闇母聯手，或者透過和解，
讓自己重新取得平衡，阿尼瑪！我選擇和解！

媽咪，我的心原本很
苦澀……眼淚都快流
下來了，我……我……

梭玥，我心愛的兒子，
別再折磨自己，我清楚
讀到你的心，儘管你不
知道，但是那裡充滿信
任與體諒！不需要請求
和解……
你就是和平！

這是最後一道牆了！我已經感覺到他
們！所有人都在……在這道牆後面！

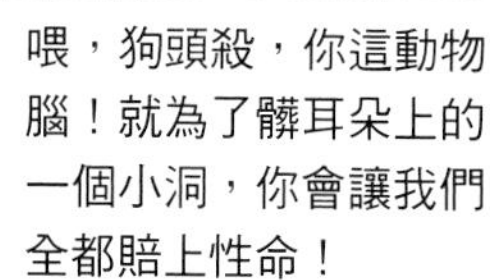

喂，狗頭殺，你這動物
腦！就為了髒耳朵上的
一個小洞，你會讓我們
全都賠上性命！

吼！該死的R級偵探，
嗷嗷嗷！竟然要我和解，
要我跟這種……這種……

可恨啊！瘟神中的瘟神！
我要把他開膛剖肚！
我要把他……
22

啊啊，不可以！

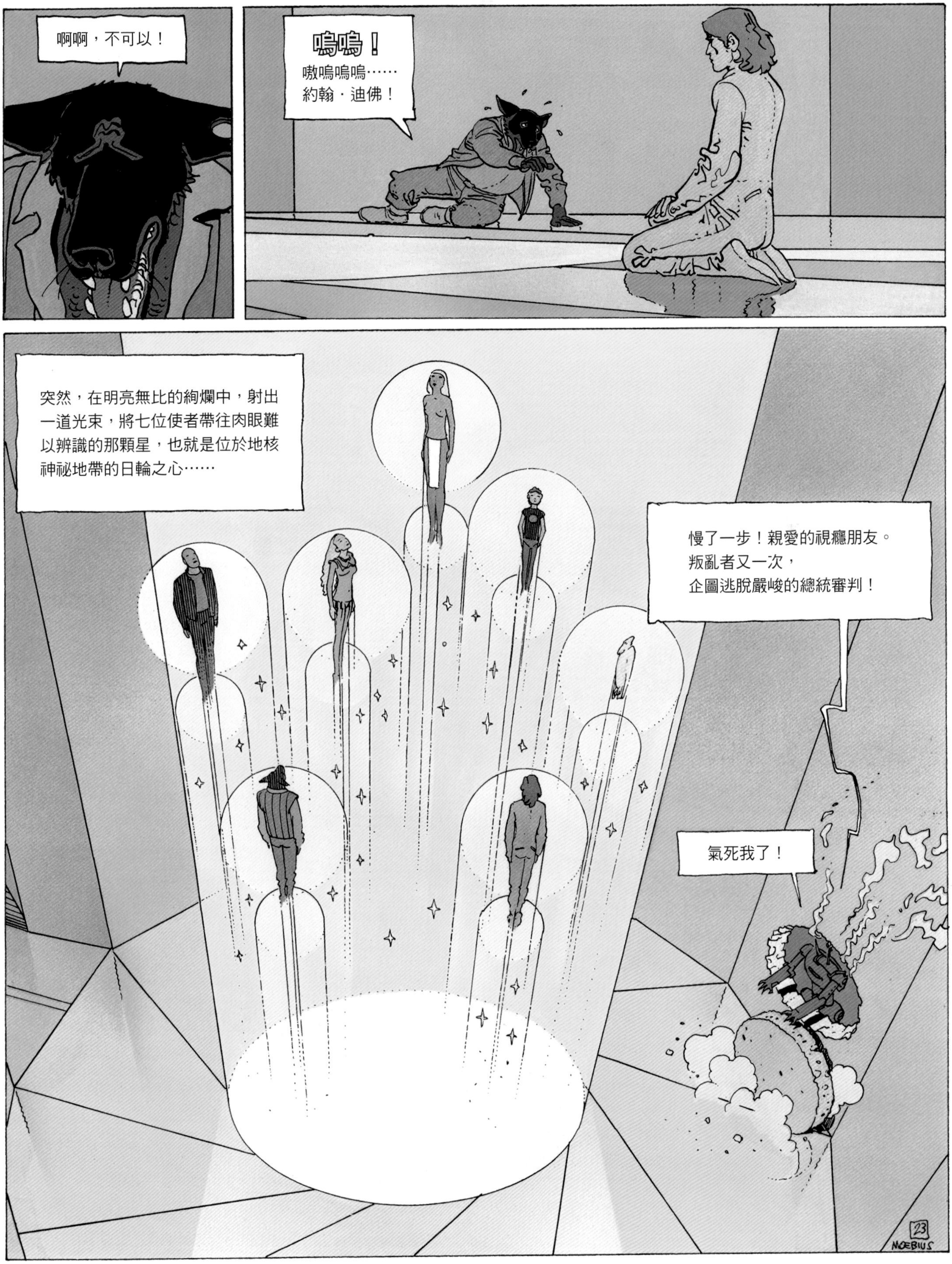

嗚嗚！
嗷嗚嗚嗚……
約翰・迪佛！

突然，在明亮無比的絢爛中，射出一道光束，將七位使者帶往肉眼難以辨識的那顆星，也就是位於地核神祕地帶的日輪之心……

慢了一步！親愛的視癮朋友。
叛亂者又一次，
企圖逃脫嚴峻的總統審判！

氣死我了！

23
MOEBIUS

黃金星球

LA PLANÈTE D'OR

然而，就在同一時間，距離星河輪中心很遠的地方，希望號越過了亞空間。
我們進入了帝國VZ 175X揚升區……
準備現身。注意，進入偽解體程序……
啟動三度空間推進器！
灰田，那條電波毒蛇應該會……
用他獨有的方式歡迎我們，大家提高警覺。
我已經算準進入帝國議會的時機了……
這樣能確保我們的安全。
注意！進入偽解體階段！
每次都搞得那麼累！不過這次很值得來一趟，這個「東西」呀……
將會揭露馬加納─以曼．歐羅的背叛行為！
動作快一點，這「東西」散發的邪惡之氣充滿我的迴路……
母親，快看，螢幕上出現帝國星球了！
24

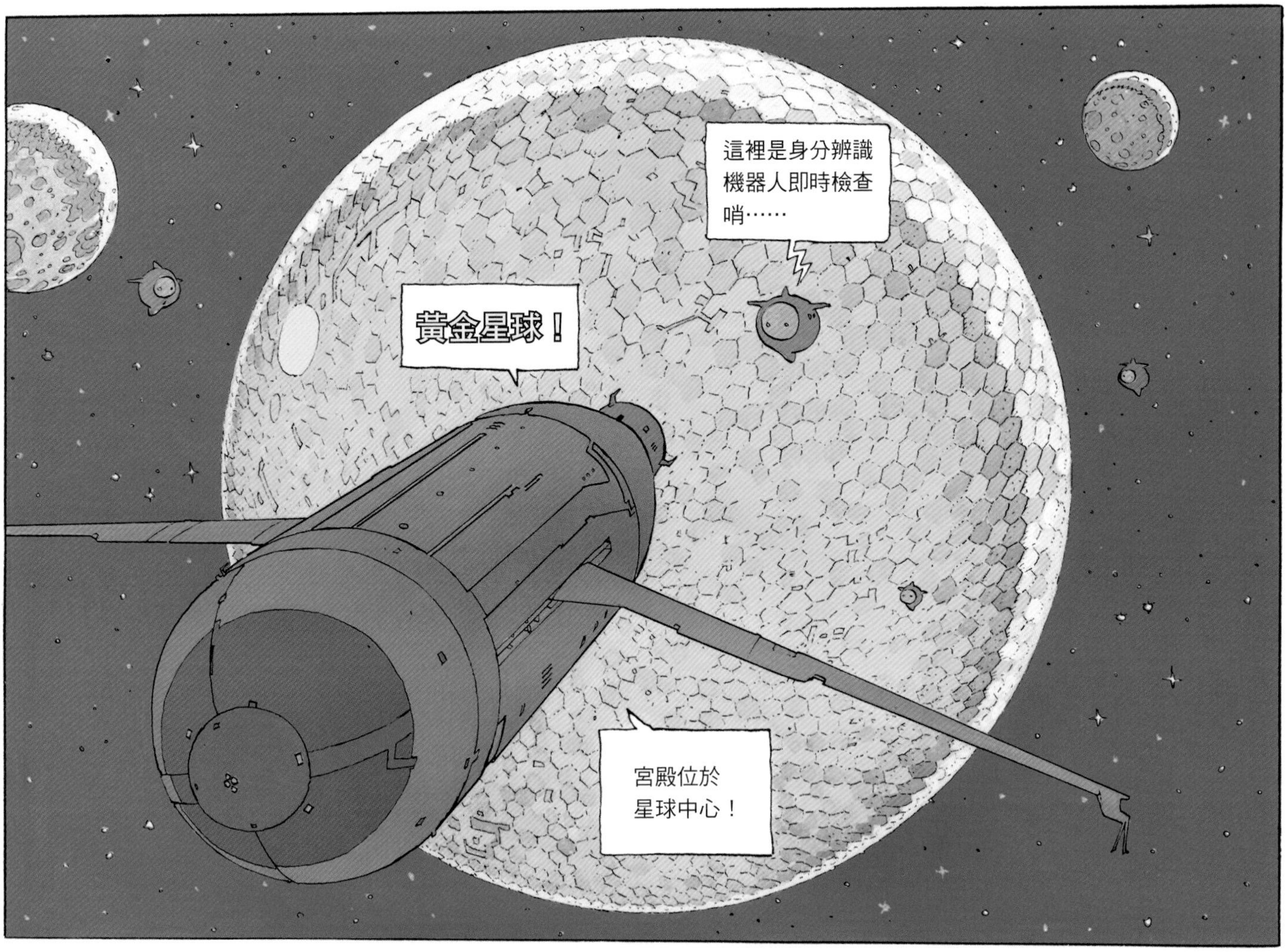

這裡是身分辨識機器人即時檢查哨……
黃金星球！
宮殿位於星球中心！ 
人類帝國的狀態不妙！帝國通訊緊急等級為 B7！他們遭到來自乙若 669 區 TER21 地球化星球的暴力攻擊，我們身為完美的雌雄同體，已經察覺到強大未知力量的侵入。TER21 的泰克諾科技城因不明原因遭到摧毀，而四座赤道城裡就有三座飽受摧殘，都是由第二層引起的未定論暴動……
總統不得不採取終極克隆手段，附身死靈探針。然而最糟的是，這些由暴動而來的各種事件，因不明原因傳輸到橫跨帝國兩萬兩千顆主要行星的全息電視網路，直播一出去，從第五層到第二層的城市就爆發了災難性的動亂！
25

詭異的巧合是，鸚格帝國趁著一片混亂攻擊我們的星系，鸚格皇族親自指揮數目龐大的侵略艦隊，目前已造成二十一個系統的崩解……

死亡人數已經超過數十億！短短的時間裡，我們星系所能承受的痛苦指數瀕臨極限！

讓我們把人類從
天空圖畫掉吧！

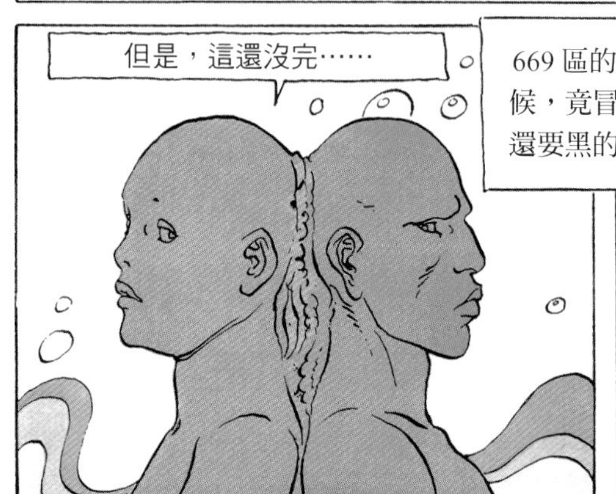

但是，這還沒完……

669 區的人類艦隊試圖截斷鸚格的侵略，就在那個時候，竟冒出了令人難以置信的可憎之物：一顆比太空還要黑的巨蛋，突然從神祕瀕死的太陽星後方現身！

僅僅幾奈秒的時間，從恐怖的漆黑中，射出邪惡的闇光，將我們的艦隊化為四散的原子微粒……

這起黑蛋事件充滿濃厚的政治操作意味，有人別有居心將所有事情混為一談，把我們珍貴無比的靈腹形象也扯進去，企圖將災難的責任栽贓到泰克諾科技城頭上！然而，該負責的是跟孑孓一樣泡在蛋裡面的雙生胎……

目前情勢亟需擁有元科學能力的人才，很明顯地，作為治理者，雌雄大帝不夠格！
說得好！
財科諾瑪全力支持泰克諾科技城，我們要求進行罷免投票！

叛徒！在這樣的危急存亡時刻，你們不但不思團結，還侮辱雌雄大帝……放尊重點！為了支撐你們的權力運作，付出昂貴代價的，是我們這些殖民星球！

26

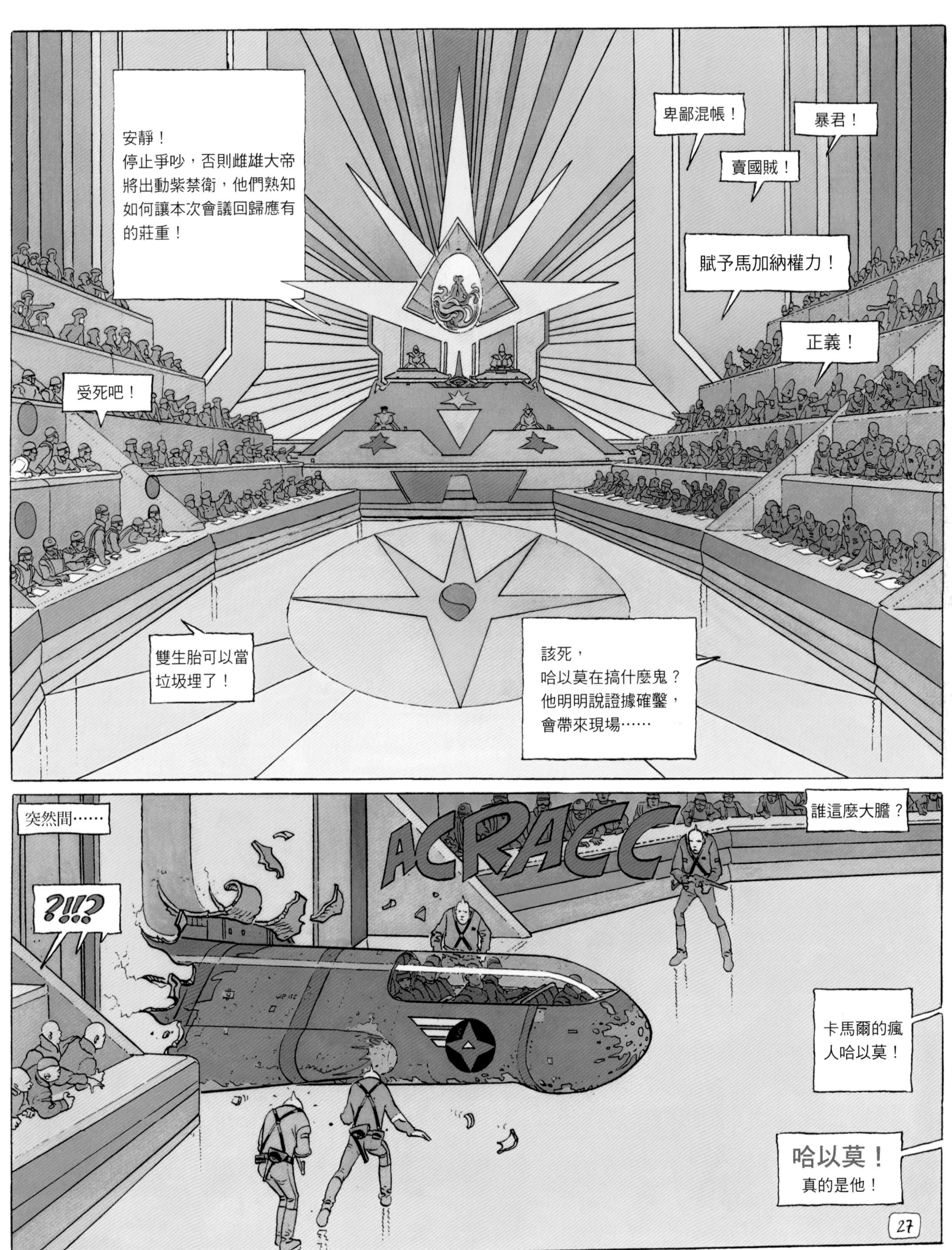
安靜！
停止爭吵，否則雌雄大帝將出動紫禁衛，他們熟知如何讓本次會議回歸應有的莊重！
卑鄙混帳！
暴君！
賣國賊！
賦予馬加納權力！
正義！
受死吧！
雙生胎可以當垃圾埋了！
該死，
哈以莫在搞什麼鬼？
他明明說證據確鑿，
會帶來現場……
突然間……
誰這麼大膽？
ACRACC
?!!?
卡馬爾的瘋人哈以莫！
哈以莫！
真的是他！
27

冷靜！
所有人聽我說！
噢！泰克諾教皇，這個衰神哈以莫，會不會壞了我們的計畫？
唔……他確實有兩下子，但是我們的盟友更強大，耐心點。
安靜！聽聽殖民星球的發言人，卡馬爾的哈以莫怎麼說！
巨大的沉默籠罩半圓議會廳，氣氛僵持不下……
至高無上的大帝！我是否該派出紫禁衛驅逐擅自闖入者？
慢點，灰田，哈以莫向來忠心耿耿，先聽他怎麼說。
各位星系代表！你們都是我的同胞、我的卡馬哈……今天我來到這裡，是為了揭發有史以來最殘酷最泯滅人性的陰謀。此刻，就在這塊布幕之下，你們將看到自大狂妄的人類所打造的恐怖之物……
28

睜大你們的雙眼，強忍住苦澀的眼淚！

?!!?
?!!?..
?!

這是什麼
鬼東西？
你在嘲弄
我們嗎？
故弄玄虛！這是殖民者與其他穴居左派共同
搞出來的新花招，侮辱了帝國大會的尊嚴。
不就是一團
煤炭渣……

雙生胎還等什麼， 還不快把這個
可悲的煤炭工給趕出去？
HAHAHA!..
HAHAH
哈哈！
HAHA!
HAHA
哈
HAHAH
HAHA!
哈哈！

你們聽好，所有人聽清楚！
你們口中的一團煤炭渣……
是一顆太陽遭到暗影蛋
吞噬之後僅剩的殘渣！

這顆碳化的心臟，代表著一整個
太陽系的滅亡，包括兩個生物世
界，塔羅拉和希瑞斯……此刻，
這些了無生機的死寂世界在冰冷
的太空與無盡的黑暗中飄浮，環
繞著黑色的篡位者：
暗影蛋！

唔……這……

呃……
25

慘無人道！
如此殘酷的暴行
必須接受懲罰！
必須加以阻止！
誰幹的好事？
喪盡天良！
是誰如此
大膽？

是誰如此
大膽？
就讓我來
回答……

帝國的子民啊，
睜大你們的眼睛

嘩！是財科
諾瑪的代表！
以曼歐羅的駝子軍！
!!!
!?
這些被逮個正著的傢伙，正在麥格斯馬區
打造另一顆暗影蛋……看看他們都是誰！
泰克諾科技城的技師！
!??!

這根本是圈套！
叛徒！
煤炭工！
HOUUUU
OUUUUU
HOOUUU

了不起，哈以莫。
告訴我們該
怎麼辦？
把這些罪犯
關起來！

情勢對我
們來說大
大不妙啊
……
別慌呀，我的胖胖！
讓氣氛繼續嗨到破表吧，嘻嘻嘻！
30

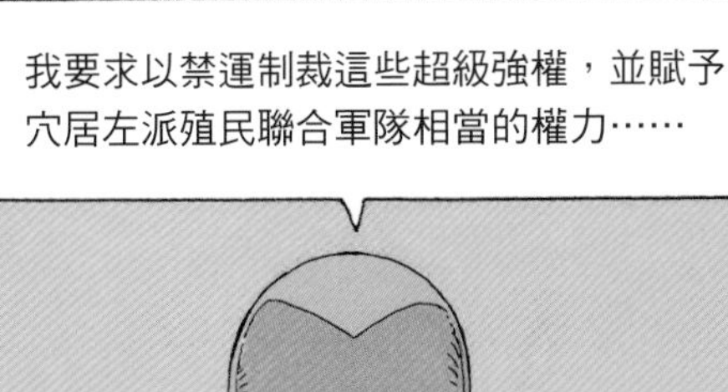
我要求以禁運制裁這些超級強權，並賦予穴居左派殖民聯合軍隊相當的權力……

嚇！
這是政變！
造反了！

重新建立整個星系的公平正義！
至高無上的大帝，他的行為太過魯莽！我是否該派出紫禁衛？

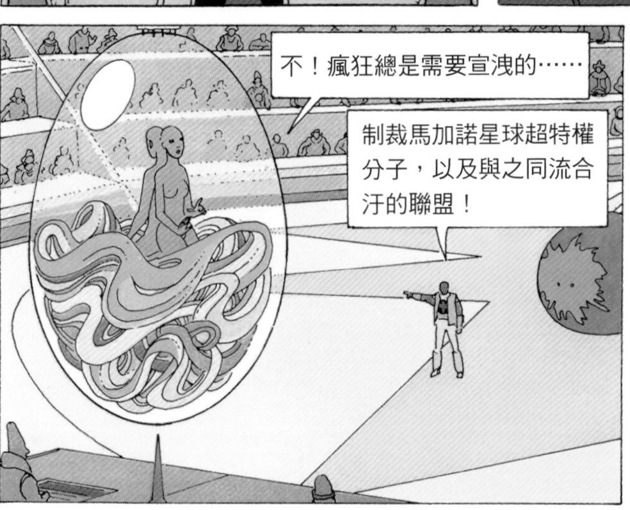
不！瘋狂總是需要宣洩的……
制裁馬加諾星球超特權分子，以及與之同流合汙的聯盟！

他們有勢，我們有人……
這是我們的權利！

我們是正義的一方……我們擁有雌雄大帝的庇護，神聖的雌雄同體！

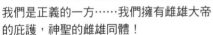

雌雄大帝萬歲！
泰克諾人受死吧！
以曼滾出去！
檢核財科諾瑪！

你們在等什麼？還不快執行 R 計畫？
情勢大大不妙啊
我們廠裡還有一萬顆暗影蛋，我們不能任由……
沉住氣，時候未到！
31

至高無上的大帝，是時候派出紫禁衛了吧？請他們將罪犯通通逮捕，驅逐到帝國監獄水蠢窟。面對如此卑劣的行徑，這才是正義得以彰顯的唯一解決之道，不是嗎？

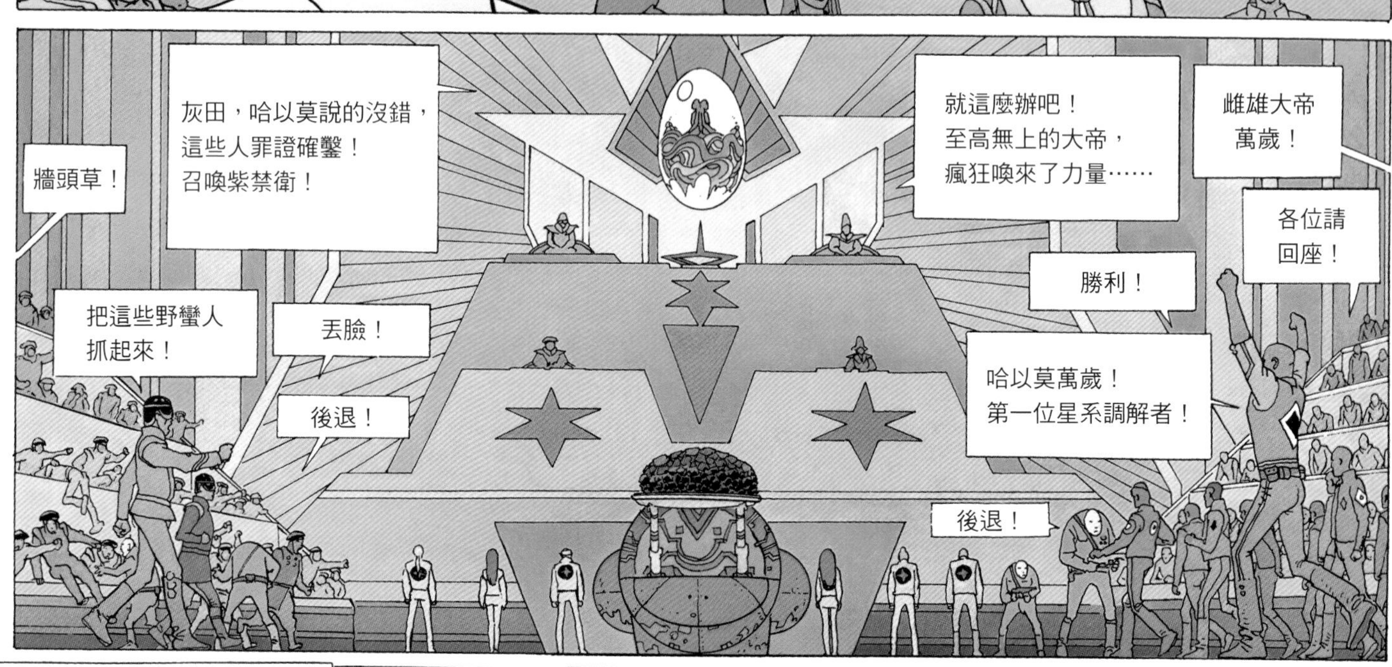
牆頭草！
灰田，哈以莫說的沒錯，這些人罪證確鑿！召喚紫禁衛！
把這些野蠻人抓起來！
丟臉！
後退！
就這麼辦吧！至高無上的大帝，瘋狂喚來了力量……
雌雄大帝萬歲！
各位請回座！
勝利！
哈以莫萬歲！第一位星系調解者！
後退！

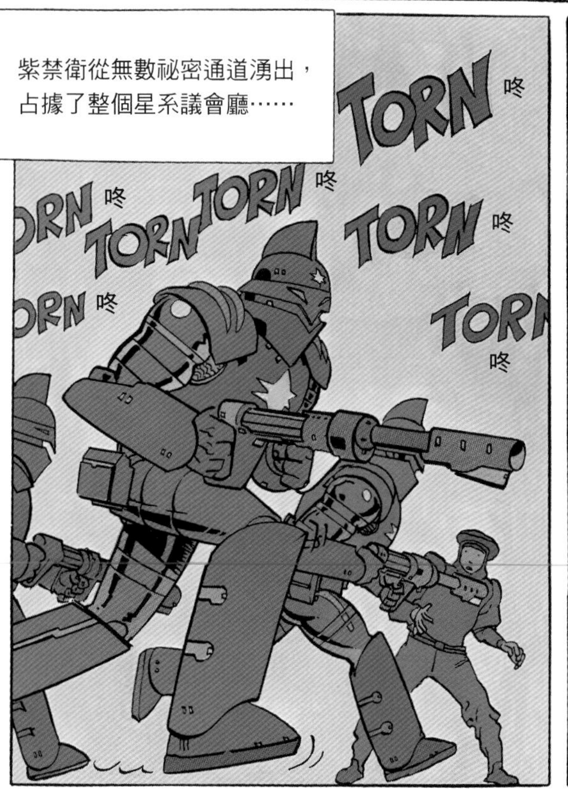
紫禁衛從無數祕密通道湧出，占據了整個星系議會廳……
TORN 咚
TORN 咚
TORN 咚
TORN 咚
TORN 咚
TORN 咚

幹得好，灰田！我錯了，不該懷疑你的忠誠！

哈以莫，你不管怎麼做都會是錯的。紫禁衛！執行命令！
32

突然……
喂！他們這是幹什麼？
叛徒！
天哪！

叛徒露出真面目了！

住手！你們瘋了……
誰對你們下這樣的命令……

哈以莫！
你們這些叛徒！
後退，寄生蟲！
呃啊！
開槍、開槍！

哇哈哈！腐爛的蛋總算爆了！
雙生胎大勢已去！哈哈哈！
停止開槍！
雌雄大帝中槍了！
大不幸啊！可恥啊！他們竟然殺了雌雄大帝。
總算！
33

瞧這血流的……噢，好噁心哪。
不錯嘛，灰田，處理得相當俐落

雌雄大帝早就不適合主導議會，
該是輪到我以曼歐羅了，
儘管這職位不是什麼爽缺……

各位穴居左派大人！
誰拍手拍得不夠用力，
我們就當場斃了誰！
了不起！
啪啪！
嚇呀！
啪啪！

CLAP CLAP
CLAP 啪啪！ CLAP CLAP
CLAPP 啪啪！ CLAP
CLAP 啪啪！ CLAP
CLAP CLAP
CLAP 啪啪！ CLAP
CLAP CLAP
CLAP CLAP
CLAPP CLAP CLAP CLAP
CLAP CLAP
CLAP CLAP

你和我，新的神聖雌雄同體就讓我們倆來當吧，哈哈哈，嘻嘻！
完美！那這些人我們怎麼處置？賜死？

賜死？不用麻煩了，我有個好主意……原本要留給我們的星球監獄水晝窟，就讓他們去吧！一秒鐘都別浪費……
34

此時，數千光年之外，約翰·迪佛以及其他人……

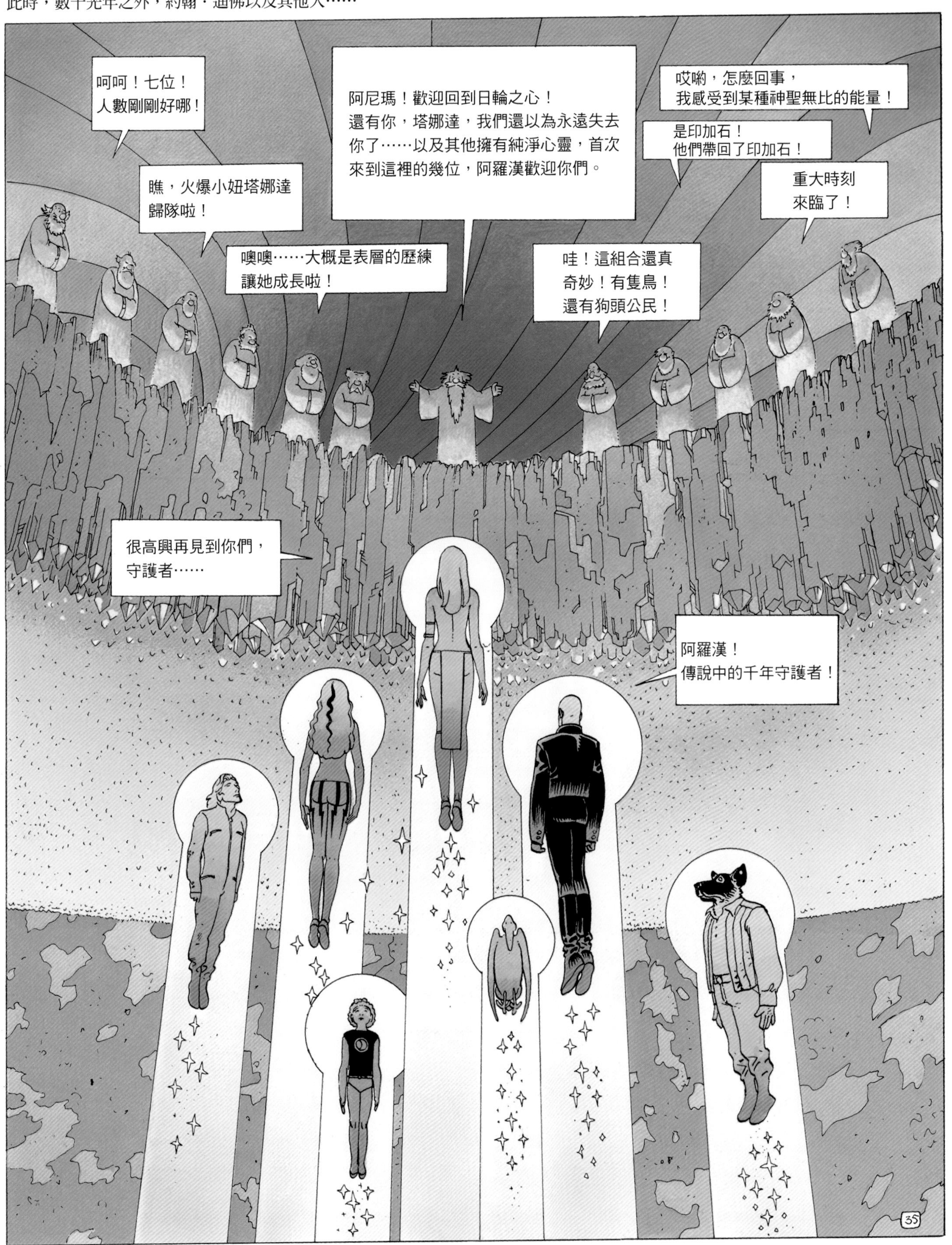

水晶森林

FORÊT DE CRISAL

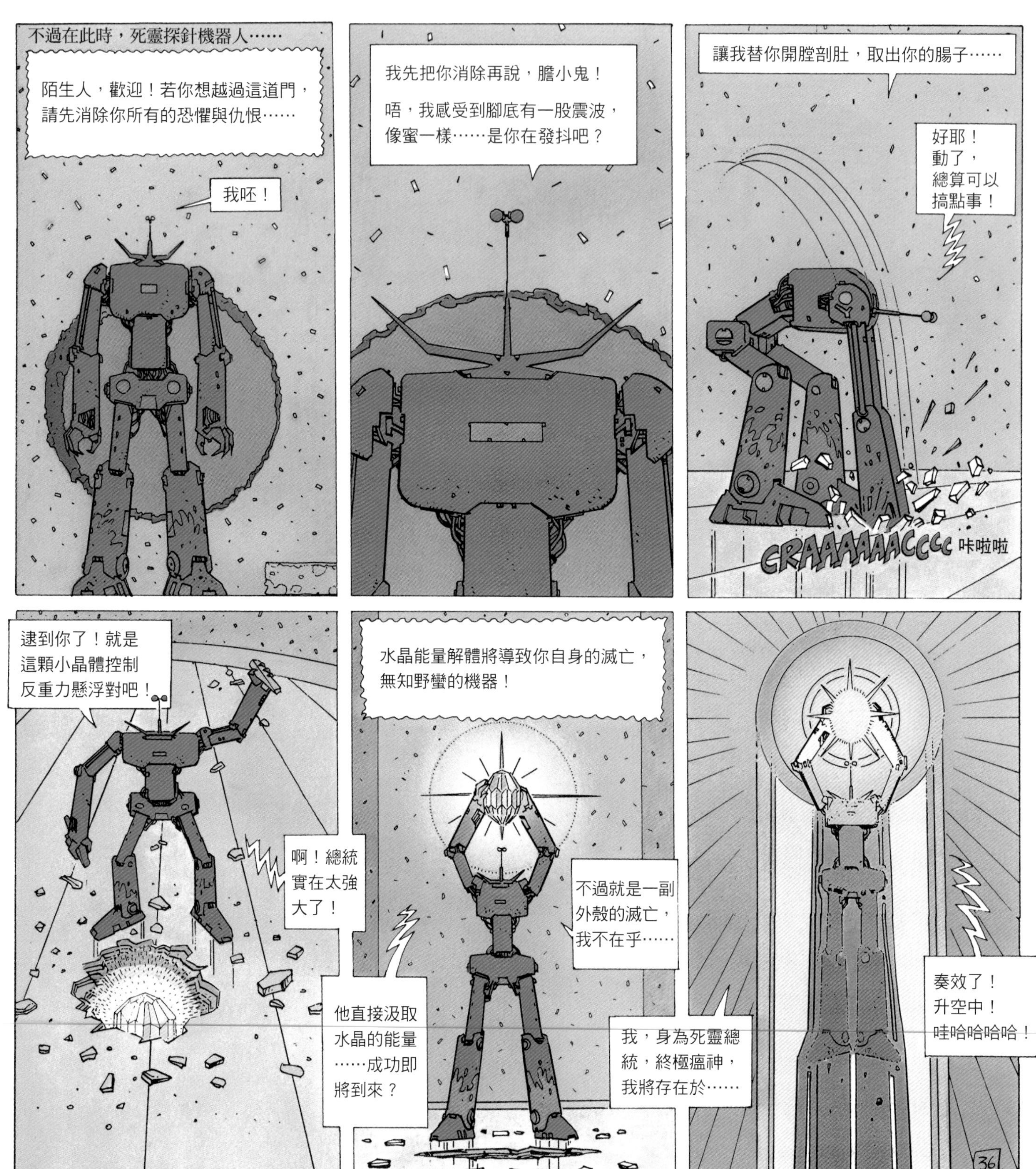

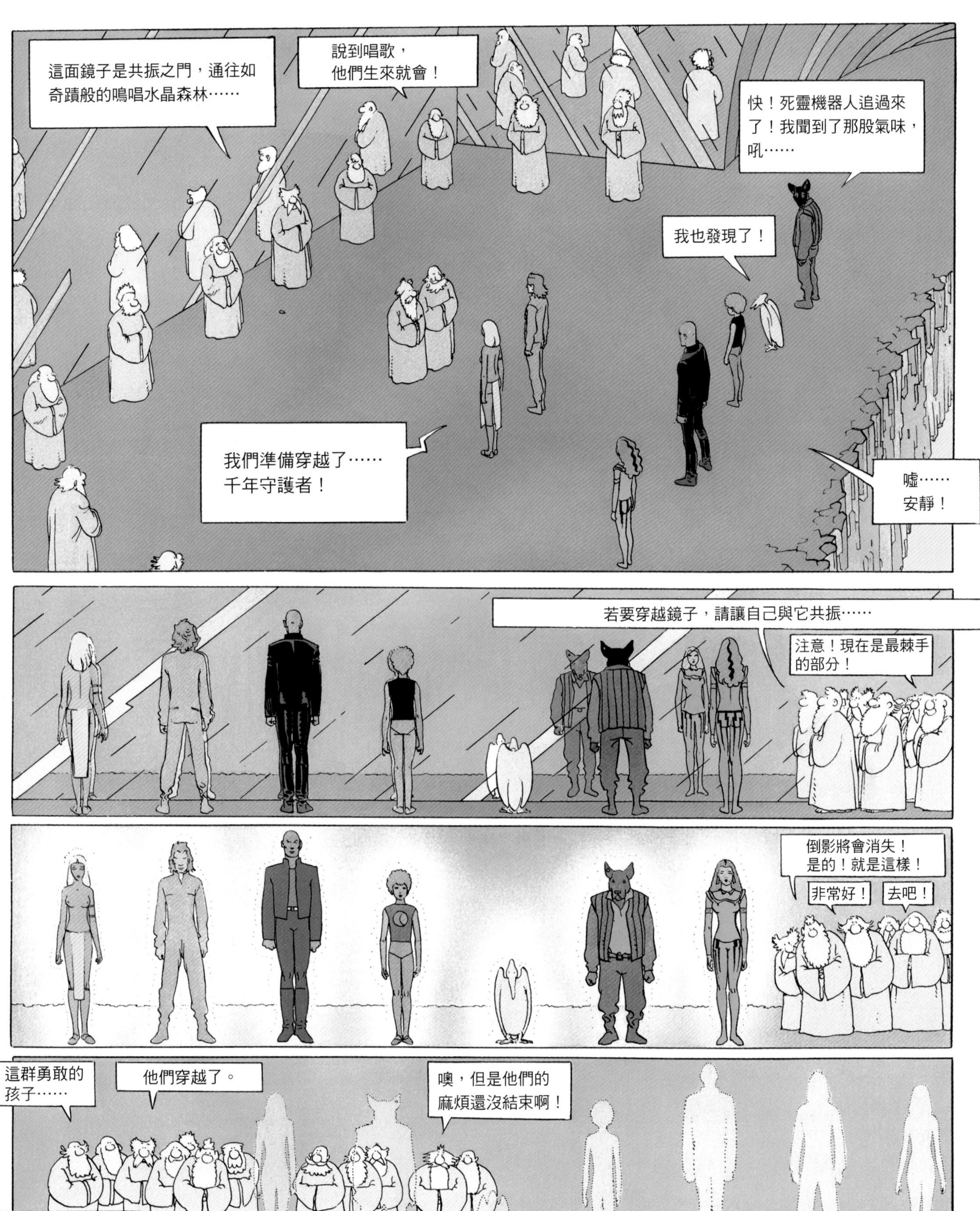
這面鏡子是共振之門，通往如奇蹟般的鳴唱水晶森林……
說到唱歌，他們生來就會！
快！死靈機器人追過來了！我聞到了那股氣味，吼……
我也發現了！
我們準備穿越了……千年守護者！
噓……安靜！
若要穿越鏡子，請讓自己與它共振……
注意！現在是最棘手的部分！
倒影將會消失！是的！就是這樣！
非常好！
去吧！
這群勇敢的孩子……
他們穿越了。
噢，但是他們的麻煩還沒結束啊！
比刻，他們進入了森林……
37

水晶森林！小心！動作輕一點，
只要碰到一棵樹，共鳴就會傳遞
到整座森林……
然……然後呢？
水晶音樂會讓森林裡的
生物像嬰兒一樣睡著。
你們覺得死靈機器人
能追到這裡來嗎？
我可不想被他堵到……
若是他真的追過來，
那就是世界末日。
這裡沒什麼重力，
跑起來好輕鬆啊！
真是不可思議，垃圾堆裡竟然有這種美景……
我敢說，只是用
我最邊邊、最細
最細的羽尖碰它
一下，應該不至
於讓整座森林都
唱起歌吧……
DDZZIIIIIIIIIIIIIINNNNGG
叮～鈴～
38

一道催眠般的旋律瞬間侵入所有旅者的腦袋，將他們凍結在原地！
你們聽……
是誰吵醒了森林？
大家千萬不能睡著啊！
……
難以抵擋的睡意襲來，再怎麼努力保持清醒也沒有用。
ZZZZ
而在星系某處，紫禁衛飛船將流放者推向悲慘的命運……
下地獄吧！旅途愉快，叛亂分子！
這是什麼恐怖世界！
大家抓緊啊！
好冷！
39

卡馬爾的哈以莫和
他的黨人成了囚犯，
進入最殘酷的帝國
監獄：水盡窟！
卡瑟拉爾監獄星球
……
一個淹沒在雨中，沒有陸地的水世界。
對不起，
我失敗了，
是我的錯！
遭受永無止境的颶風、暴風
雨、冰雹、雷電的痛毆……
打起精神來！
最重要的是，
我們還活著！
但是能撐多久？
應該到了吧，我這身機器人
外殼已經不行了……
陌生人，歡迎。
這面鏡子是共振之門，通往奇蹟般的鳴唱水晶森林……
哐啷
CLANG
TONNK
咚
?
現在，換上
死靈坦克吧！
讓自己與它共振……
?
40

為了消除你的
倒影……
這個老番顛
是誰？

砰隆
BOLOM
哪來的爆炸聲？怎麼回事？
你的倒
影……
好像是鸚格艦隊
在攻擊星球。
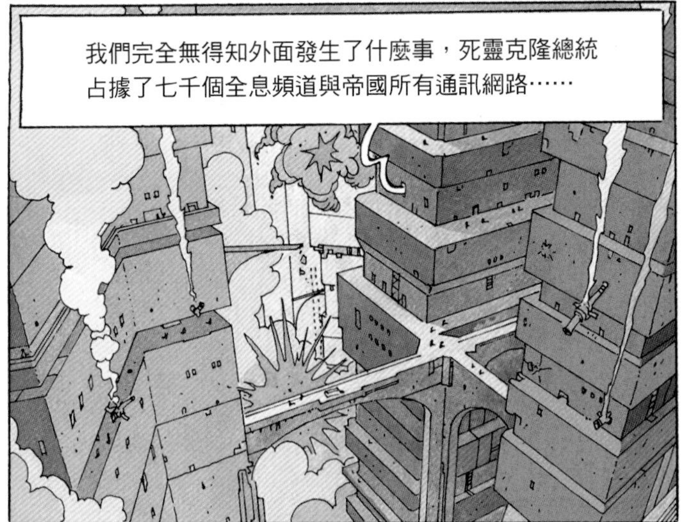
我們完全無得知外面發生了什麼事，死靈克隆總統
占據了七千個全息頻道與帝國所有通訊網路……

快來看總統最新的變身造型！
親愛的視癮朋友……窩在
沙發上的小雞們，來看看
我們怎麼消除倒影吧……
等等！
停！
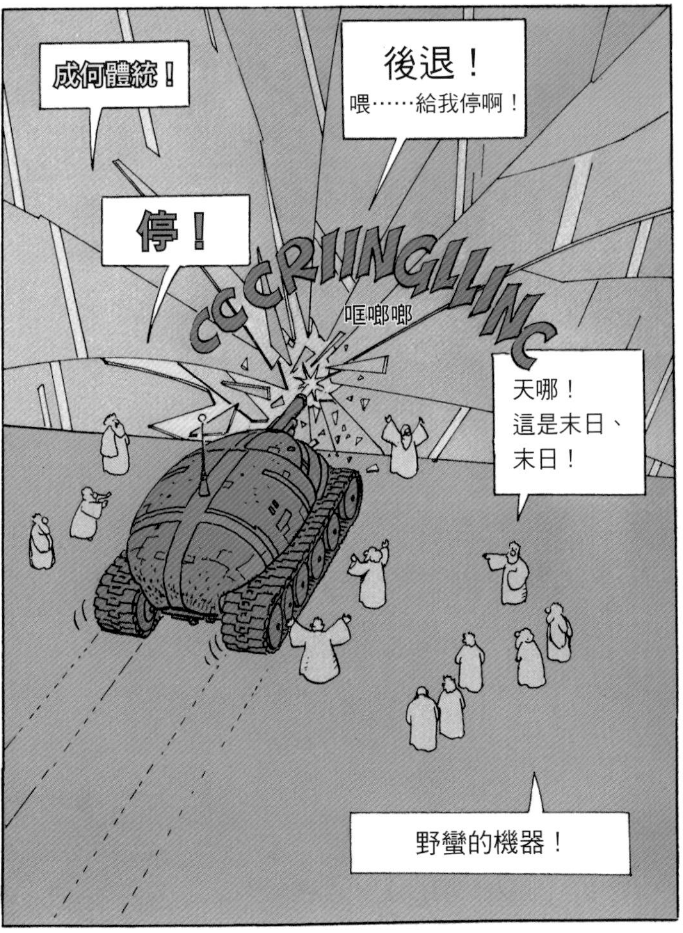
成何體統！
後退！
喂……給我停啊！
停！
CCCRIIINGLLINC
哐啷啷
天哪！
這是末日、
末日！
野蠻的機器！

死靈機器人蛻下舊殼，換上
正義新裝扮：死靈坦克！
注意！接下來的場面會很嗆，
宇宙無敵嗆！
電漿逸出！
41

鏗鈴鈴鈴

KLIIILLNNGG

……從來……從來沒人想像過這等美妙的情景！還有這種碗碟碎裂的天籟！哈哈哈！

醜不啦嘰的碎玻璃……

鏗啷

AKLANG

怎麼回事？

嚎！

一定是死靈機器人！他毀了共振門！這個瘋子！

他瘋狂的唯一貢獻就是把我們從催眠狀態拉出來！快！我們快逃！

欸咿！迪波！醒醒啊！

唔！呃啊……我醒、醒了！呼，夢到一隻水泥鷗……

沒多久……
快！死靈機器人要追上了！
這就是我們的目的地：水晶塔！變形之門就在塔的頂端……
42

一行人七位同伴，
在螺旋坡道上狂奔。
好可怕的噪音，森林不唱歌了……她在怒吼，埋怨悲嘆……
是死靈機器人！他正在大肆破壞，但他這是自掘墳墓……快快快！趁著重力這麼低！
靠近點……不必害怕！沿著巨型階梯走就可以抵達日輪之心。
走到頂點。
還要往下！我們到底要走到哪裡去？
走到底層的底層，我已經跟你們說過了，那裡才是出口。
簡直是無底洞。
來吧！要有信心！
43

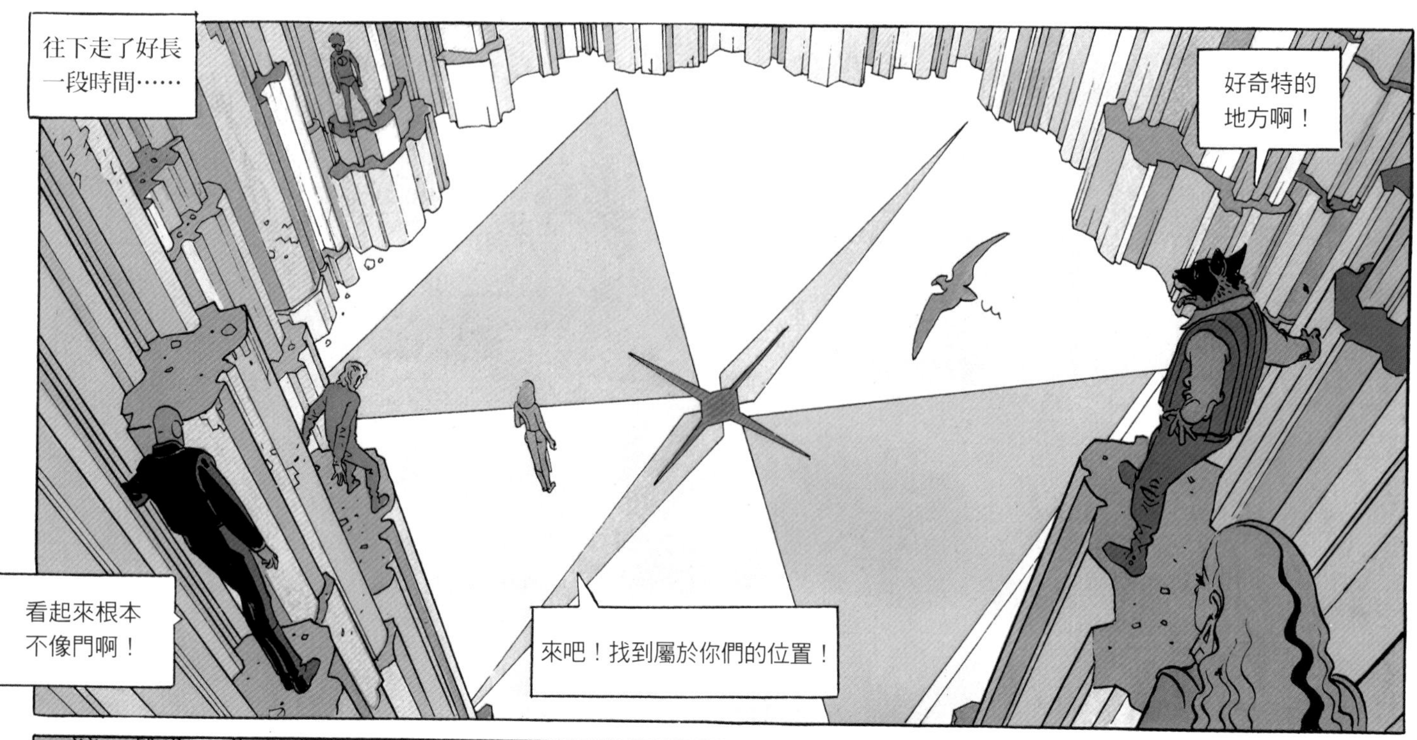
往下走了好長
一段時間……
好奇特的
地方啊！
看起來根本
不像門啊！
來吧！找到屬於你們的位置！

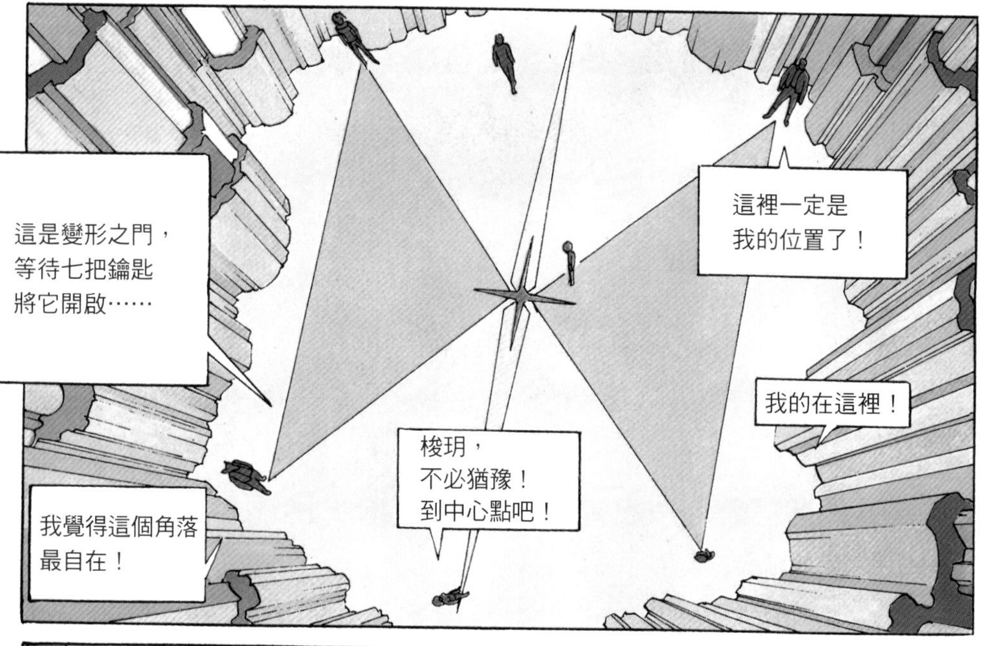
這是變形之門，
等待七把鑰匙
將它開啟……
這裡一定是
我的位置了！
我的在這裡！
梭玥，
不必猶豫！
到中心點吧！
我覺得這個角落
最自在！

我們就是七把鑰匙。
而要轉動鎖門，
必須回歸無牽無掛的赤裸狀態。

好喔，
脫！

小殺，不要鬧！
所有人準備好，
讓變形之門的光
芒卸下你們的自
我意識……

媽媽，我……我
好害怕！為什麼
我要站在中間？
我只不過是個
……
44

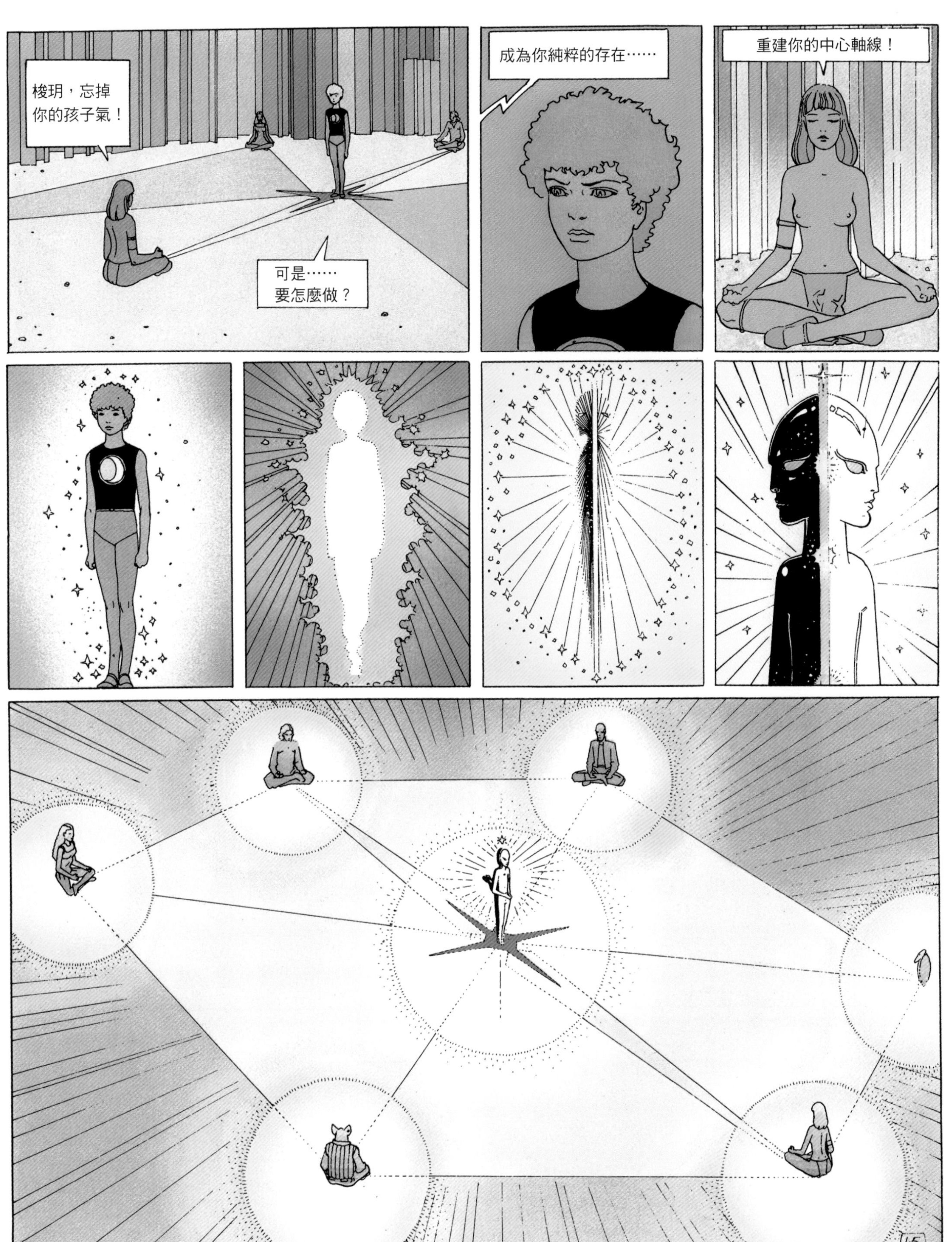
梭玥，忘掉
你的孩子氣！
可是……
要怎麼做？
成為你純粹的存在……
重建你的中心軸線！
45

變形之門

LA PORTE DE LA TRANSFIGURATION

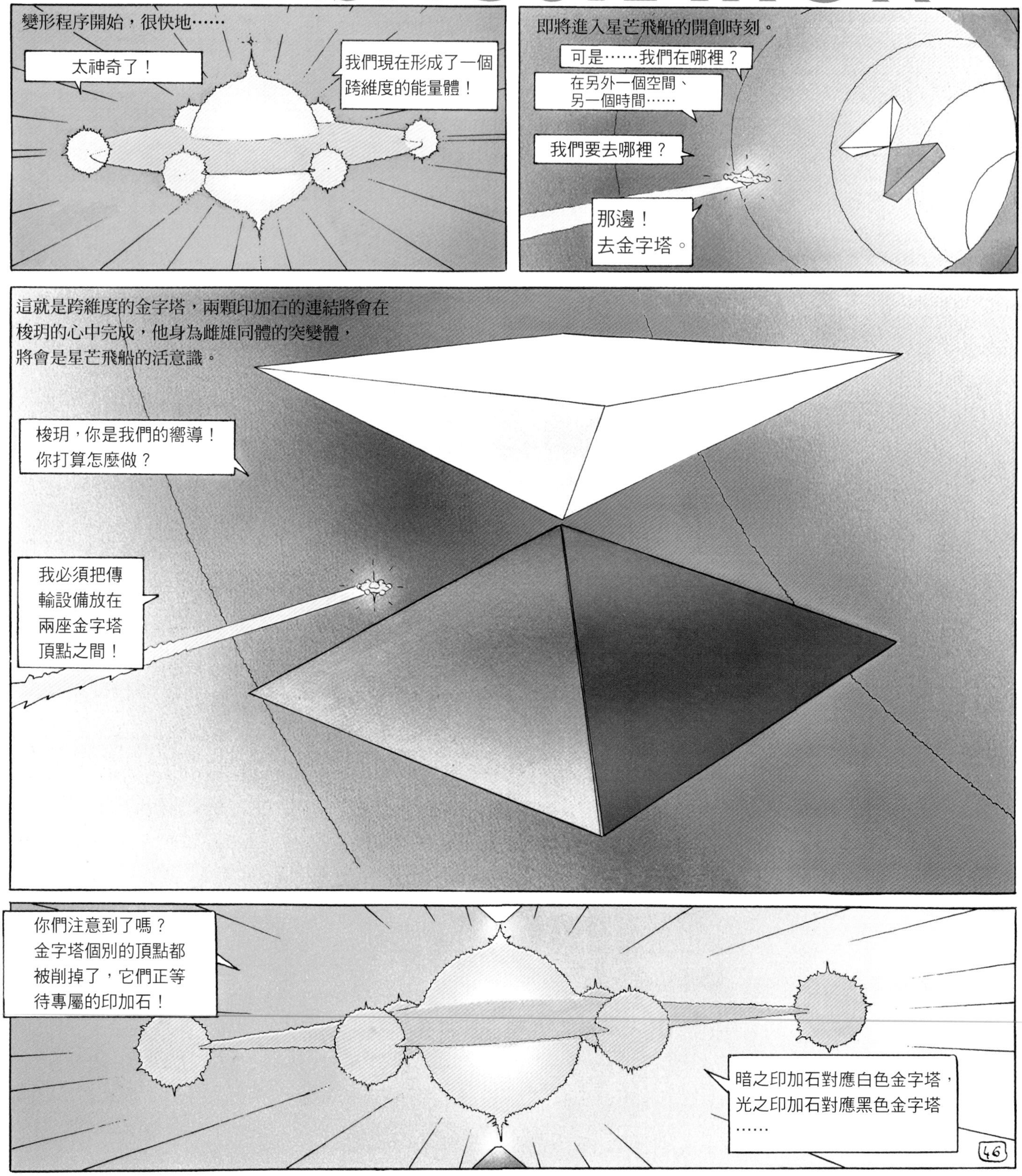

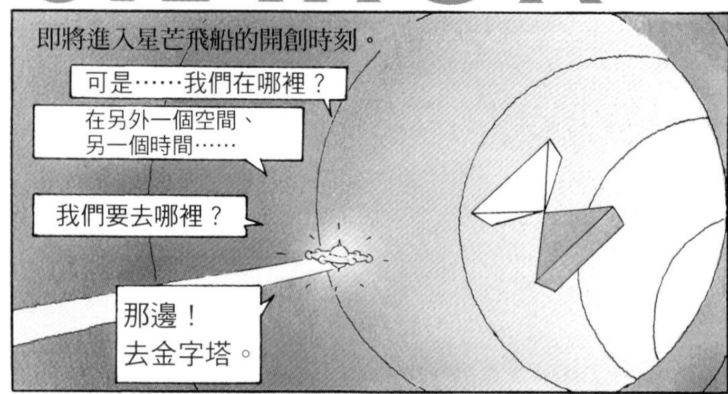

這就是跨維度的金字塔，兩顆印加石的連結將會在梭玥的心中完成，他身為雌雄同體的突變體，將會是星芒飛船的活意識。

梭玥，你是我們的嚮導！你打算怎麼做？

我必須把傳輸設備放在兩座金字塔頂點之間！

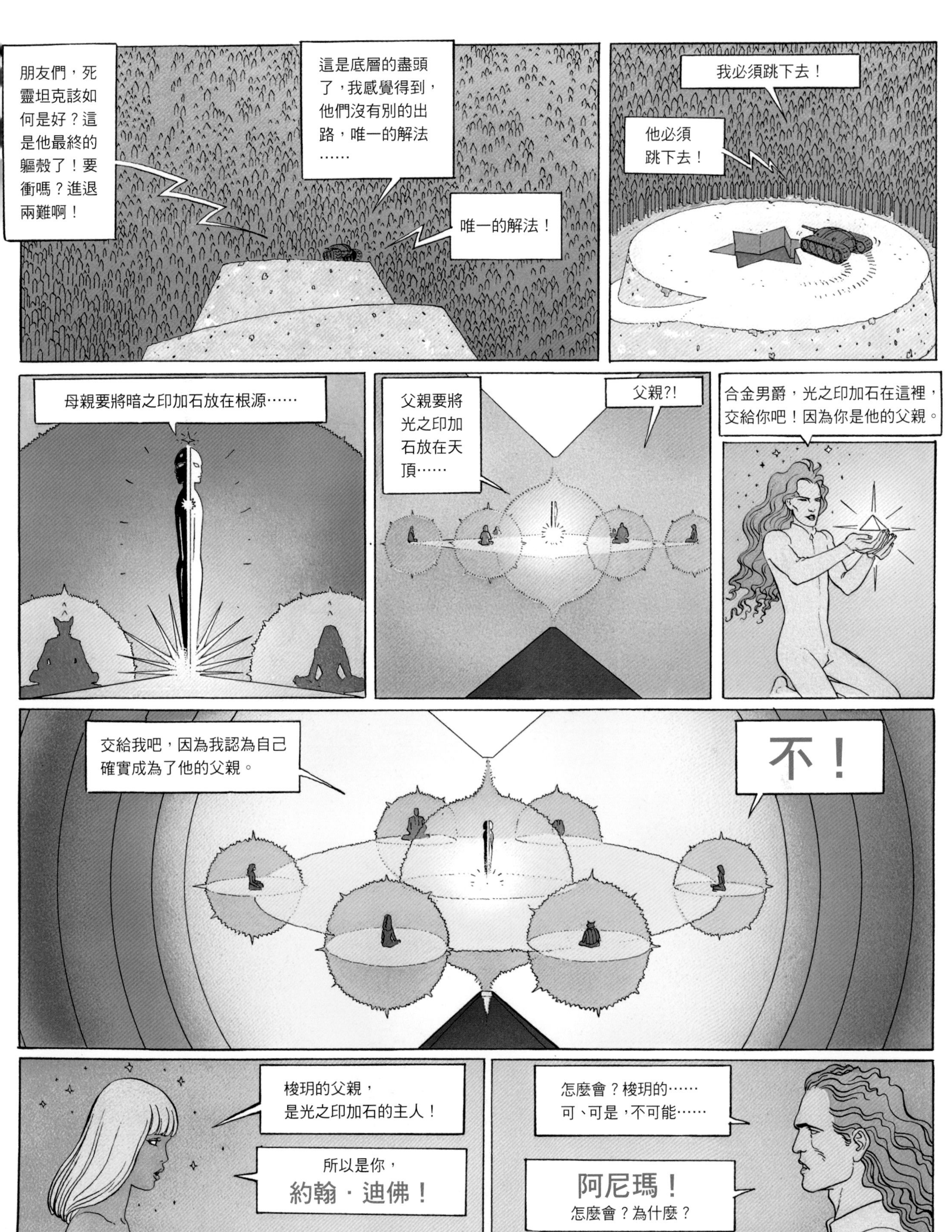

朋友們，死靈坦克該如何是好？這是他最終的軀殼了！要衝嗎？進退兩難啊！
這是底層的盡頭了，我感覺得到，他們沒有別的出路，唯一的解法……
唯一的解法！
我必須跳下去！
他必須跳下去！
母親要將暗之印加石放在根源……
父親要將光之印加石放在天頂……
父親?!
合金男爵，光之印加石在這裡，交給你吧！因為你是他的父親。
交給我吧，因為我認為自己確實成為了他的父親。
不！
梭玥的父親，是光之印加石的主人！
所以是你，約翰・迪佛！
怎麼會？梭玥的……可、可是，不可能……
阿尼瑪！怎麼會？為什麼？
47

他的父親必須是你。所以，我還得化身為仿生妓女，就是你在紅環的性愛銀行裡放肆享受的時候，儘管當時蒸氣瀰漫中充滿不安，還伴隨著意味不明的煙霧！
這倒是，我可以作證，我姐姐總是服從印加石的意志……
可是……為什麼是我？難道你預先察覺到我內在的力量？
別得意忘形，迪佛！你目前的狀態只是虛擬幻象……你始終不過是個平庸可憐的R級偵探而已。
梭玥突變的遺傳密碼裡，有百分之一的機率可以是透過你……恰巧就這麼發生了！現在你懂了吧？
我懂……我已經準備好將印加石放在這個由神的意志賜給我的孩子上了！
此時……
GDAMMMM
喀噹
呯呯呯親愛的視癮朋友……不用我們快到了，呯呯多久呯……
呯噗。
該死！我要粉身碎骨了！
心好痛……
我要吐了
而且還不能轉臺！
呯掉到下面去……
我的終極盔甲被水晶森林的微震盪給解體了！
喀隆！
CLANG!!
最下面呯呯！
48

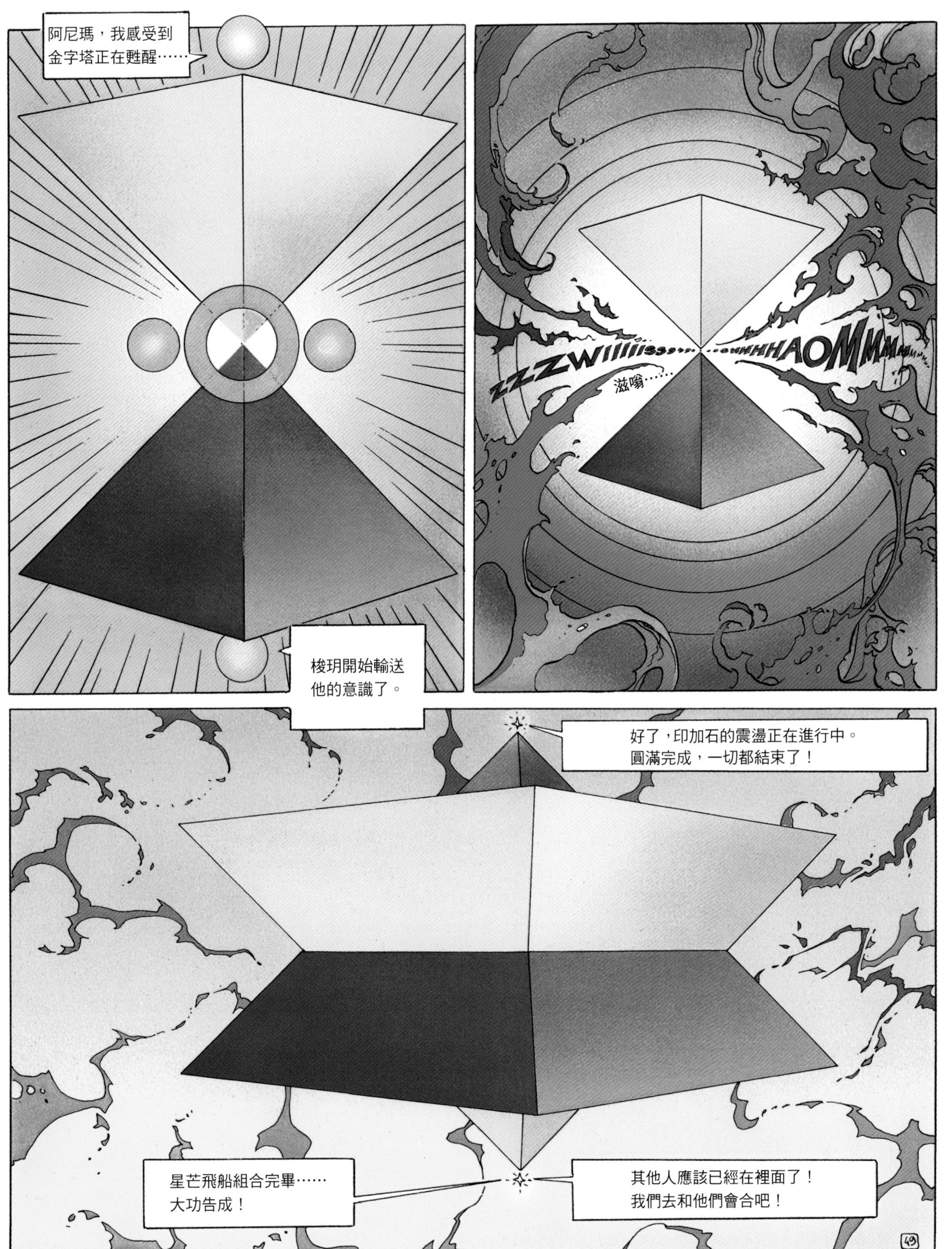
阿尼瑪，我感受到
金字塔正在甦醒……
梭玥開始輸送
他的意識了。
ZZZWIIIIIISSS
HHHAOMMM
滋嗡……
好了，印加石的震盪正在進行中。
圓滿完成，一切都結束了！
星芒飛船組合完畢……
大功告成！
其他人應該已經在裡面了！
我們去和他們會合吧！
49

阿尼瑪和約翰還在外面，打開 17 號艙門讓他們進來！

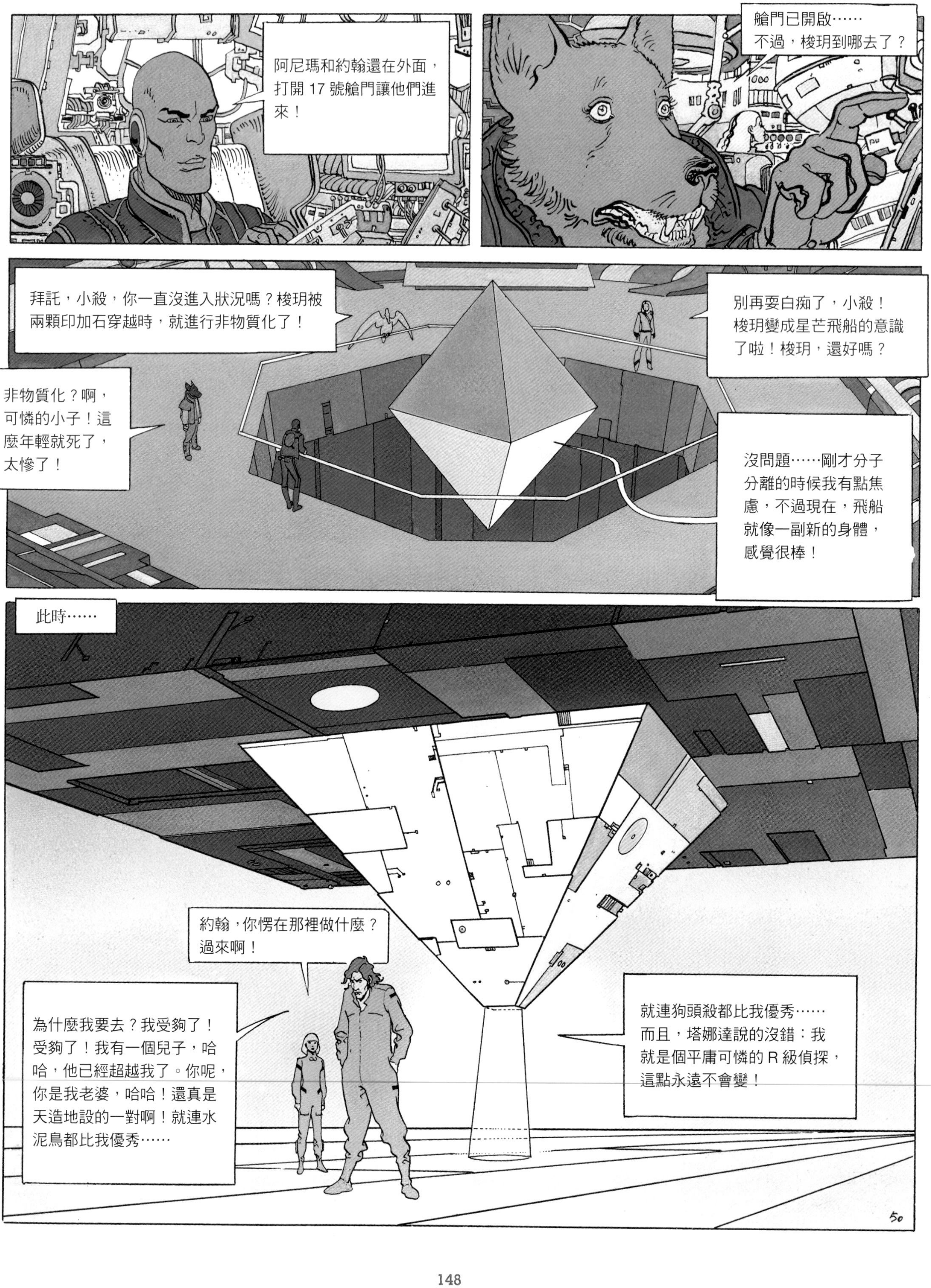

艙門已開啟……
不過，梭玥到哪去了？

拜託，小殺，你一直沒進入狀況嗎？梭玥被兩顆印加石穿越時，就進行非物質化了！
非物質化？啊，可憐的小子！這麼年輕就死了，太慘了！
別再耍白痴了，小殺！梭玥變成星芒飛船的意識了啦！梭玥，還好嗎？
沒問題……剛才分子分離的時候我有點焦慮，不過現在，飛船就像一副新的身體，感覺很棒！

此時……

約翰，你愣在那裡做什麼？過來啊！

為什麼我要去？我受夠了！受夠了！我有一個兒子，哈哈，他已經超越我了。你呢，你是我老婆，哈哈！還真是天造地設的一對啊！就連水泥鳥都比我優秀……

就連狗頭殺都比我優秀……而且，塔娜達說的沒錯：我就是個平庸可憐的 R 級偵探，這點永遠不會變！

50

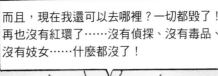

走吧，約翰·迪佛，你已經完成最艱鉅的部分了……
應該是說我已經被壓榨到連渣都不剩了！你甚至還瞞著我，偷用我的精子。幹，這根本……

而且，現在我還可以去哪裡？一切都毀了！再也沒有紅環了……沒有偵探、沒有毒品、沒有妓女……什麼都沒了！

我本來就剩那麼一個盟友，我僅存的優勢，就是印加石！現在也被拿走了！呿！

碎裂
CCARSHH
約翰，快走！我們到飛船上再聊，我……
啊!?
什麼鬼？
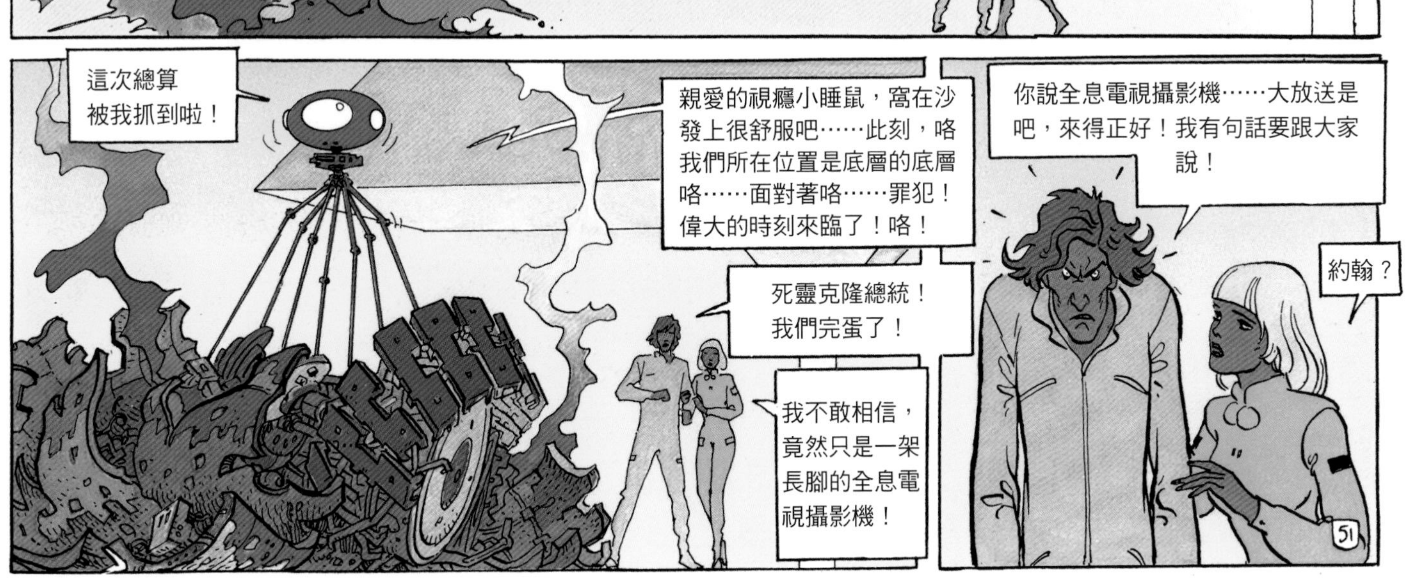
這次總算被我抓到啦！
親愛的視癮小睡鼠，窩在沙發上很舒服吧……此刻，咯我們所在位置是底層的底層咯……面對著咯……罪犯！偉大的時刻來臨了！咯！
死靈克隆總統！我們完蛋了！
我不敢相信，竟然只是一架長腳的全息電視攝影機！
你說全息電視攝影機……大放送是吧，來得正好！我有句話要跟大家說！
約翰？
51

咯，罪犯咯咯接近中……
嘿嘿嘿！
我認得你，約翰·迪佛！就是你，你膽敢對我大不敬！

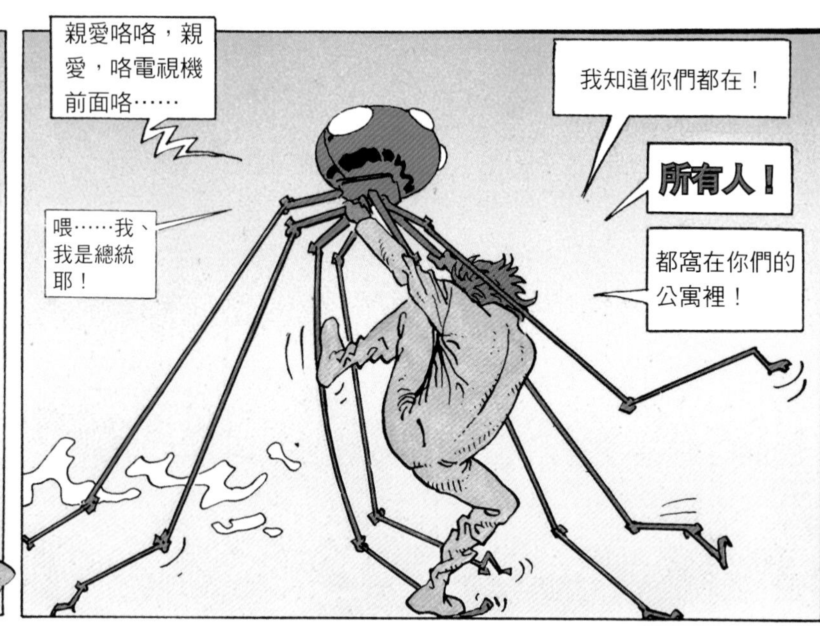
親愛咯咯，親愛，咯電視機前面咯……
喂……我、我是總統耶！
我知道你們都在！
所有人！
都窩在你們的公寓裡！

帝國已經滅亡！
!?

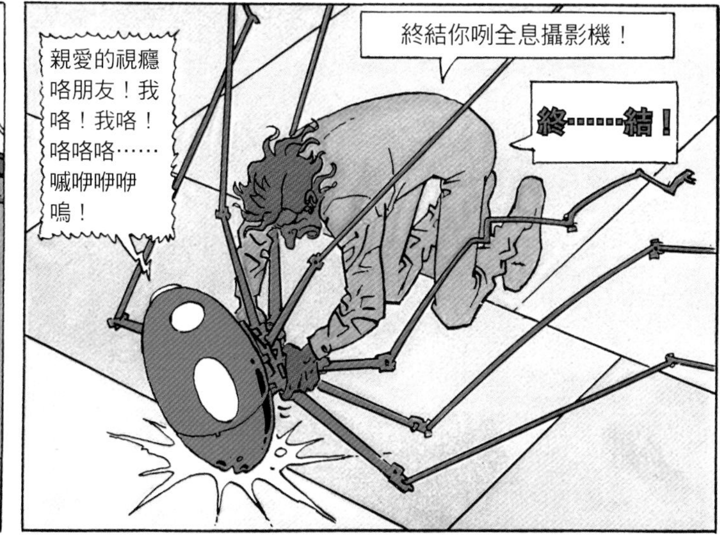
親愛的視癮咯朋友！我咯！我咯！咯咯咯……喊咿咿咿嗚！
終結你咧全息攝影機！
終……結！

離開你們的窩！
面對這個世界！
走向光明！
那道光！
喊嗚嗚喀！

那道光！
這是哪來的廣告？
是個瘋子來著！
全息電視發瘋啦！
52

媽咪！
訊號斷了！
沒了。
噢不！結局！
結局呢？
全息掛
掉了。
救命啊！
走出家門。
我會帶上你的殘骸，
死靈機器人。
咯喀喀
吱吱……
放開我！你
這可憐蟲！
放開我！
我來了，
阿尼瑪……
在這個世界上，
我還能做什麼？
我是你的
總統，你
聽見沒！
還有更重要的事等著呢！約翰，
走吧！星芒飛船會帶我們到宇宙
另一端！
還有更遠的地
方，誰曉得！
很快地……
準備進入亞空間！
一光秒之後發射。
收到！
「父親」。
53

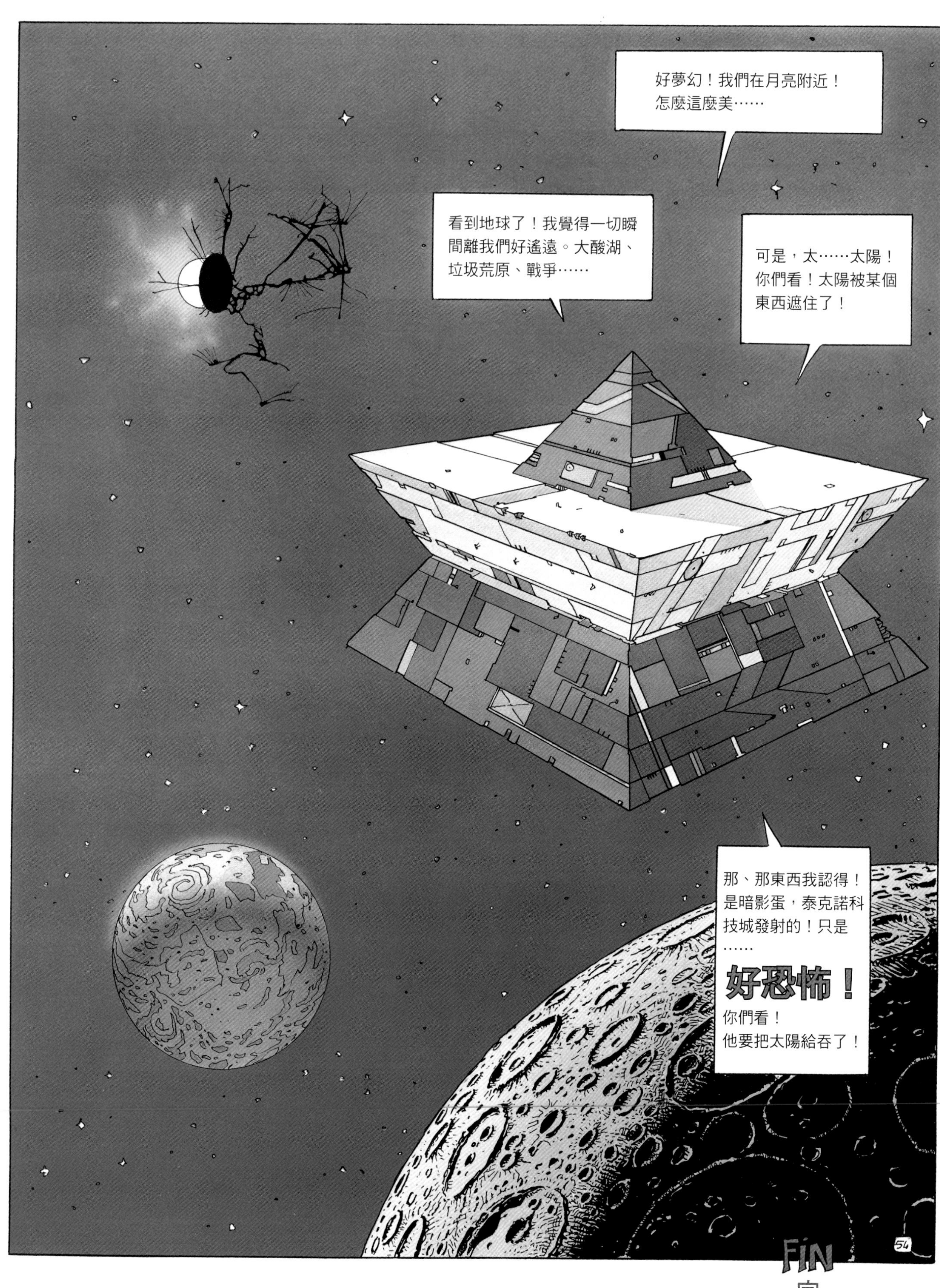
好夢幻！我們在月亮附近！
怎麼這麼美……
看到地球了！我覺得一切瞬間離我們好遙遠。大酸湖、垃圾荒原、戰爭……
可是，太……太陽！你們看！太陽被某個東西遮住了！
那、那東西我認得！是暗影蛋，泰克諾科技城發射的！只是……
好恐怖！
你們看！
他要把太陽給吞了！
54
FIN
完

MOEBIUS

CE QUI EST EN HAUT
表層世界

維塔維爾 H^2O

VITAVIL H^2O

嘿！小心！這表面會刺人！

那邊！
有個人影！

毋須害怕！我的名字叫艾多！負責接待你們！
卡馬爾的哈以莫！跟著我的指示就會平安無事！

他包在水母
裡面！

艾多！我們
該怎麼做？

首先，要接受水母！
無論是生理、意識跟
心理上都是。

這是為了
保護你們
……

2

?
哈以莫！我接收到一股友善的心電感應！
沒錯，在水畫窟，水母是人類的盟友！因為有水母，我們才能活下來，甚至在這裡打造另一種文明。接受牠的包覆吧，牠所賦予的第二層皮膚，某種程度上就像完美的潛水衣，能夠與你們本身的機能和諧共處。

有了這層皮膚，你們就能在水裡自在呼吸，它具有隔離、自主驅動和自動加壓的效果。

可是，艾多，你打算帶我們去哪裡？大家都知道水晝窟是個巨大無比的水球，沒有半點陸地，甚至連核心都沒有！水晝窟就是個監獄星球！

水晝窟是個充滿驚喜的星球！你們到時就知道了！
不過，現在先讓水母把你們包在牠的心臟裡……

她會帶我們到維塔維爾 H2O，水晝窟的首都，生命之城。
在那裡，我們安全無虞！

跟我來！

有人正等著你們！
3

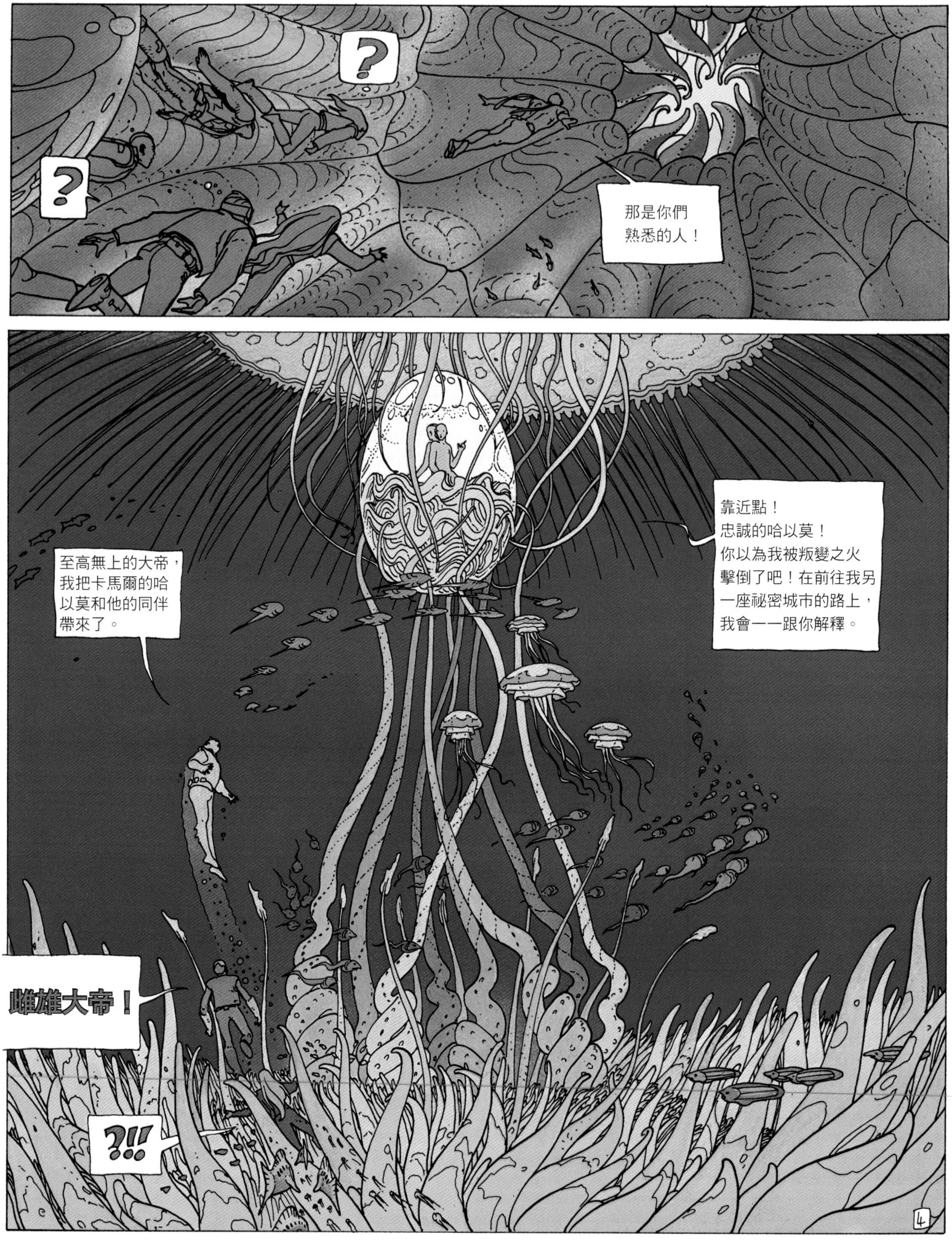

?
?
那是你們熟悉的人！

至高無上的大帝，我把卡馬爾的哈以莫和他的同伴帶來了。
靠近點！忠誠的哈以莫！你以為我被叛變之火擊倒了吧！在前往我另一座祕密城市的路上，我會一一跟你解釋。
雌雄大帝！
?!!
4

進攻！
梭玥，我的兒子！發射火焰叉、閃電與雷射光吧！讓我們把這個怪物炸得半點渣都不剩！
嗯……遵命，老爸！
約翰！這種方式絕對行不通！
沒錯！我們連敵人真正的本質都不曉得！
看看這架飛船的腹艙裡有什麼吧！用我們全部的武力，對抗大闇母！
就聽他的指示吧……讓他自己見識見識！
發射！
5

命中！

?!!
蛋體
分裂！
約翰．迪佛！
看你幹的好事！
現在我們得對抗
成千上萬顆蛋！

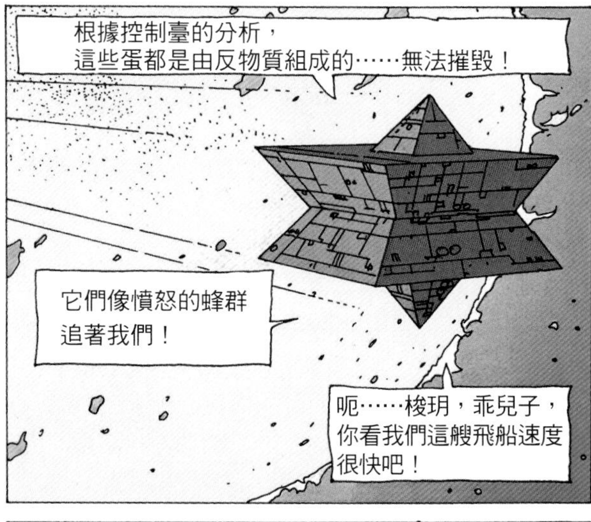
根據控制臺的分析，
這些蛋都是由反物質組成的……無法摧毀！
它們像憤怒的蜂群
追著我們！
呃……梭玥，乖兒子，
你看我們這艘飛船速度
很快吧！

運氣真不錯！蛋群放棄追擊……
它們通通回到太陽附近了！
那當然！太陽
才是它們真正
的獵物！我們
根本無關緊要！
謝天謝地！我……嘿！那邊！控制
臺螢幕的東北方……偵測到可疑的
回波，距離我們不到兩光秒！
又是暗影蛋？
6

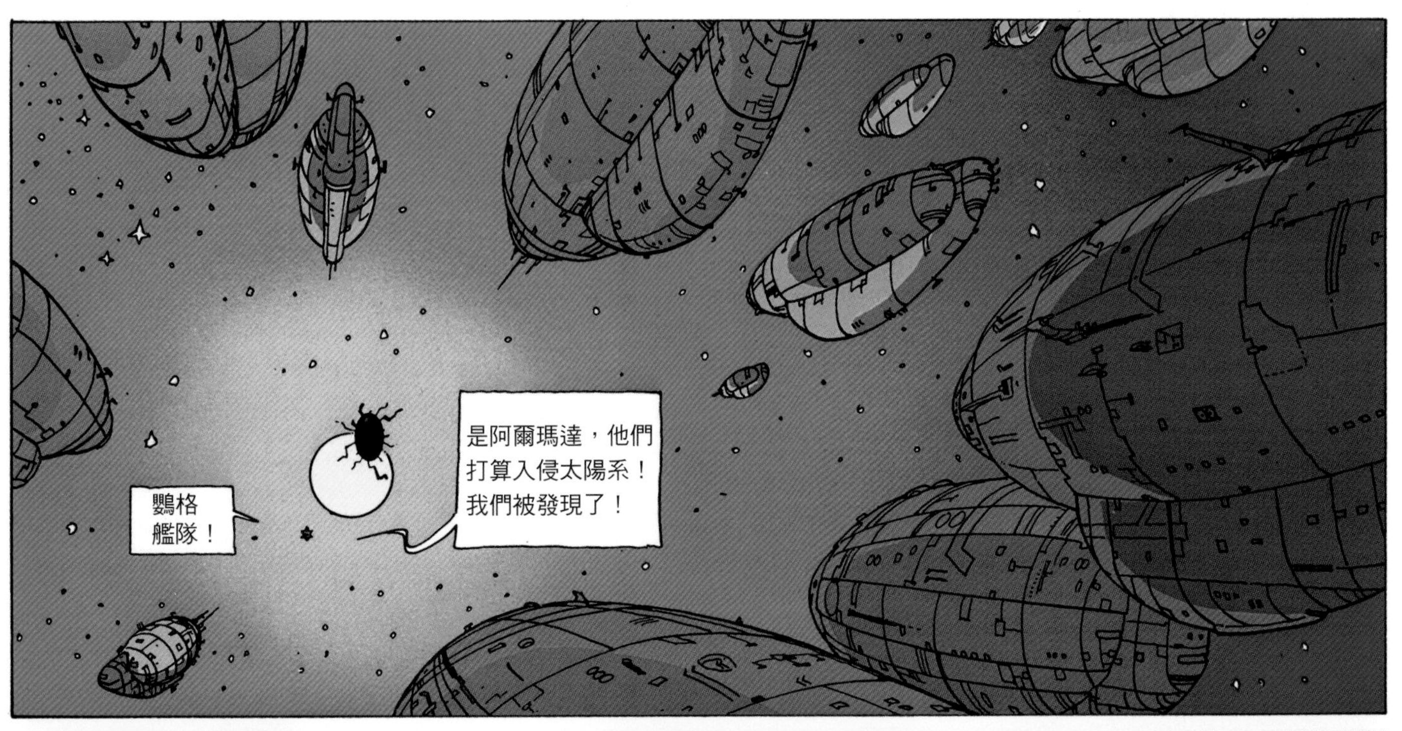
鸚格
艦隊！
是阿爾瑪達，他們
打算入侵太陽系！
我們被發現了！

來得正好！這些該死的
鸚鵡嘴可不是非物質組
成的！梭玥！這一次，
我們總算能讓飛船上的
小玩意發揮作用了！
注意！準備發……

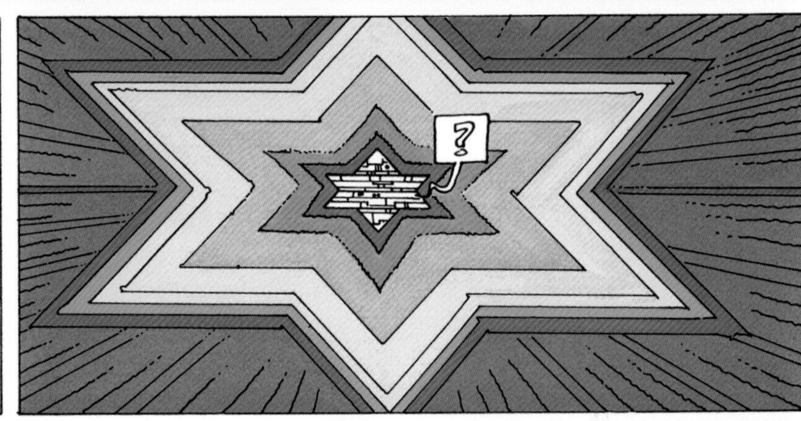
?

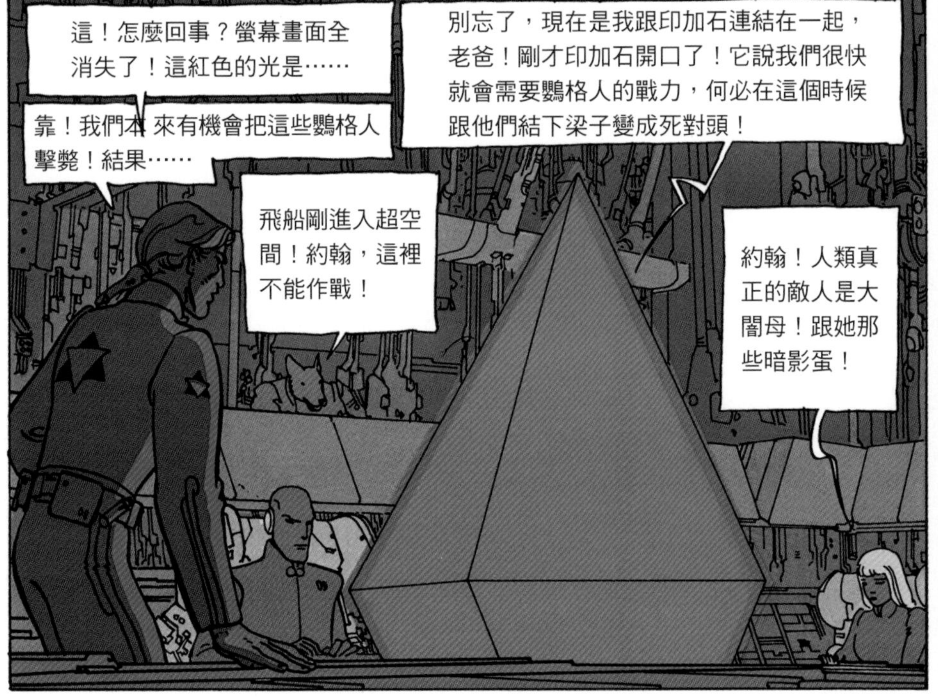
這！怎麼回事？螢幕畫面全
消失了！這紅色的光是……
靠！我們本來有機會把這些鸚格人
擊斃！結果……
別忘了，現在是我跟印加石連結在一起，
老爸！剛才印加石開口了！它說我們很快
就會需要鸚格人的戰力，何必在這個時候
跟他們結下梁子變成死對頭！
飛船剛進入超空
間！約翰，這裡
不能作戰！
約翰！人類真
正的敵人是大
闇母！跟她那
些暗影蛋！

你已經見識到了，我們無法摧毀那些怪
物！我們只能試著癱瘓它們，別讓它們
貪婪地無止境擴散！
癱瘓它們？
它們的……
要用什麼？
哼！
印加石說，
有某種既存
的東西可以
控制非物質！
7

就算真的有那樣的東西，難道我們要搜遍整個星系，一個星球、一個星球把它找出來嗎？
不用啦！印加石知道它在哪裡……就在朝著星系中心前進，大概二十光年的地方……只要六小時就能抵達。
那正好！我們所有人都需要補個眠！
此時……
教皇！
我們就快抵達泰克諾吉亞了……
請求開啟心靈護盾艙門。
目標已通過！
關閉艙門！
8

泰克諾主腦與迴路顧問
正等著你們。

記錄即將開始，S'12 區長請匯報！

一切按照計畫進行，雌雄大帝已被消滅。

馬加納以曼歐羅的傀儡政權已在我們的掌握之中！
控制歐羅這頭豬？我還挺懷疑的！那麼您呢？Th'5 區長，我要開始記錄了！
「黑暗之卵計畫」執行得相當順利，一萬顆暗影蛋已經準備好，即將孵化，遍布整個星系，有些甚至已經起作用了……
區長，請稍待……
以曼這邊的狀況釐清了，主腦，您要進行視訊嗎？
來吧！

我們早就在黃金星球布滿影像監控！看清楚！
為什麼？
叛徒，閉嘴！
灰田？怎麼會！他是雌雄大帝從前的導師，這次計畫成功可是多虧有他！

你們的資訊不夠完整，S'12 區長，灰田從一開始就玩著兩面手法！以曼應該已經發現了，我們馬上就能獲得印證！

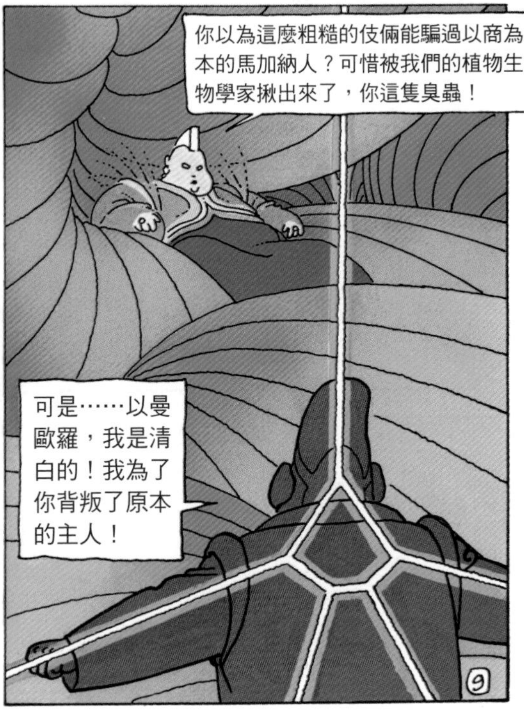
你以為這麼粗糙的伎倆能騙過以商為本的馬加納人？可惜被我們的植物生物學家揪出來了，你這隻臭蟲！
可是……以曼歐羅，我是清白的！我為了你背叛了原本的主人！
9

我們消滅的那個「東西」不是真正的雌雄大帝，而是個克隆人，
一個精巧的贗品，但是，現代基因學可不會出錯……
你想怎麼樣？

他躲在哪裡？灰田，只要這
該死的雙生胎活在世上一天，
我就難以統治帝國……
別白費力氣！我不會說的！

先別自以
為是！
我體內植有制約會
阻止我開口！任何
酷刑都無法打破！

哈哈！別把我當白痴！像你這種等級的
導師可以打破任何一種制約……只要有
足夠的動機，而且是有效的那種！

現在，睜大你的眼睛！
然後告訴我，這個動機
難道不夠好嗎？
噢！我相信灰田這個叛徒小淘氣，
會發現你的選擇簡直是太棒了！
斯蒂羅格！
?!?

怎麼!?我等著你
大聲說好呢！
哎唷！
真是的！
不！

晶媧！我的乖孫女！
惡魔！
不准
動她！

這臺機器你很熟吧，灰田！低溫槽！你親愛的小晶姐總算對得起她的名字了！哈哈哈，哈哈！

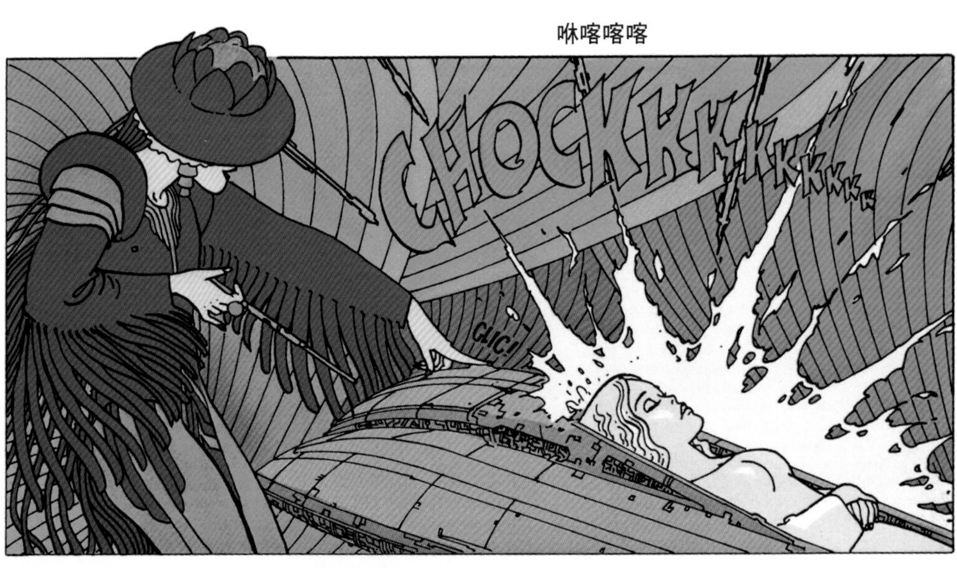

咻喀喀喀
CHOCKKKKKKKK
CLIC!

惡魔！你怎麼能對無辜的孩子下手！
HAHAHA!!!
哈哈哈
唷，灰田，沒有人是無辜的！
你很清楚她沒死，只是凍結而已，冰封在睡眠裡，不必面對醜陋的世界……

唉呦！只不過，有個很嚴重的缺點，真不幸哪，冰晶般的軀體脆弱得嚇人！只要輕輕一碰，就……哎呀！就是災難呢！
喀！
KACK!
不！手下留人！
嘖……我怎麼這麼不小心？噢！被我折斷了！等一下啊，你會看到剩下的部分也是這麼容易碎呢！就這樣，一小角接著一小角，唉呦！這麼一個美人兒，就變成水晶碎片了呢！
住手！算你們贏！我會照你們說的做！
很好！斯蒂羅格！你看，我說的沒錯吧！任何制約都抵不過一個好的動機！完美！現在我們來做點正經事……該是晚餐時間了！
沒那麼容易，以曼歐羅！我願意合作，但我無法透露雌雄大帝的任何事情，包括他目前躲在什麼地方！
唔！我們沒辦法讓你坦白，但是可以把你送回你的主人身邊啊……哈哈哈！
同時，給他附上個小禮物！
禮物？什麼意思？
我們的外科醫生會把一枚炸彈放到你體內，設定在雌雄大帝附近爆炸！哈哈哈！你就是人肉炸彈！我們的活魚雷！這樣的話，你就不必擔心制約啦！
11

哈哈
哈哈
HAHA
HAHA
以曼真是狡猾又變態！
但是，事情不會如他所願的！
灰田可是導師級，憑他的能力要拆除炸彈根本不是難事！我們必須找人滲透負責手術的外科團隊……只要一個病毒株，設定好排程，神不知鬼不覺，讓雌雄大帝遭到感染！夠了，切斷電路，一起討論如何實際操作吧！
同時……
呼！終於！我對超空間的耐受力也到極限了！哇！宇宙排名第八的奇景耶！
雲層怎麼厚成那樣！我懷疑在那裡能有什麼好事！
水盡窟，帝國的監獄星球……
兩艘接駁艇已就位！塔娜達、約翰、小殺還有合金男爵先進行第一波接觸……
很快地……
好樣的！帝國的囚犯要是被丟在這裡，一把骨頭大概撐不了多久就散了！
呃……沒錯！可是印加石卻說，這裡可以找到束縛暗影蛋那種非物質性的物質？
在永無止境的暴風雨中翻騰的水球，這節目還真精采！
表面更誇張！
12

根據星系指南，這座星球表面充滿
肉食性浮游生物吐出來的劇毒泡泡，
還有會讓人窒息而死的海草等。
而我們必須在這個破爛鬼地方
找到對抗暗影蛋的東西？

既然印加石已經說過要來
這裡找，那我們……喂！
那這一隻咧，
指南上也有寫？

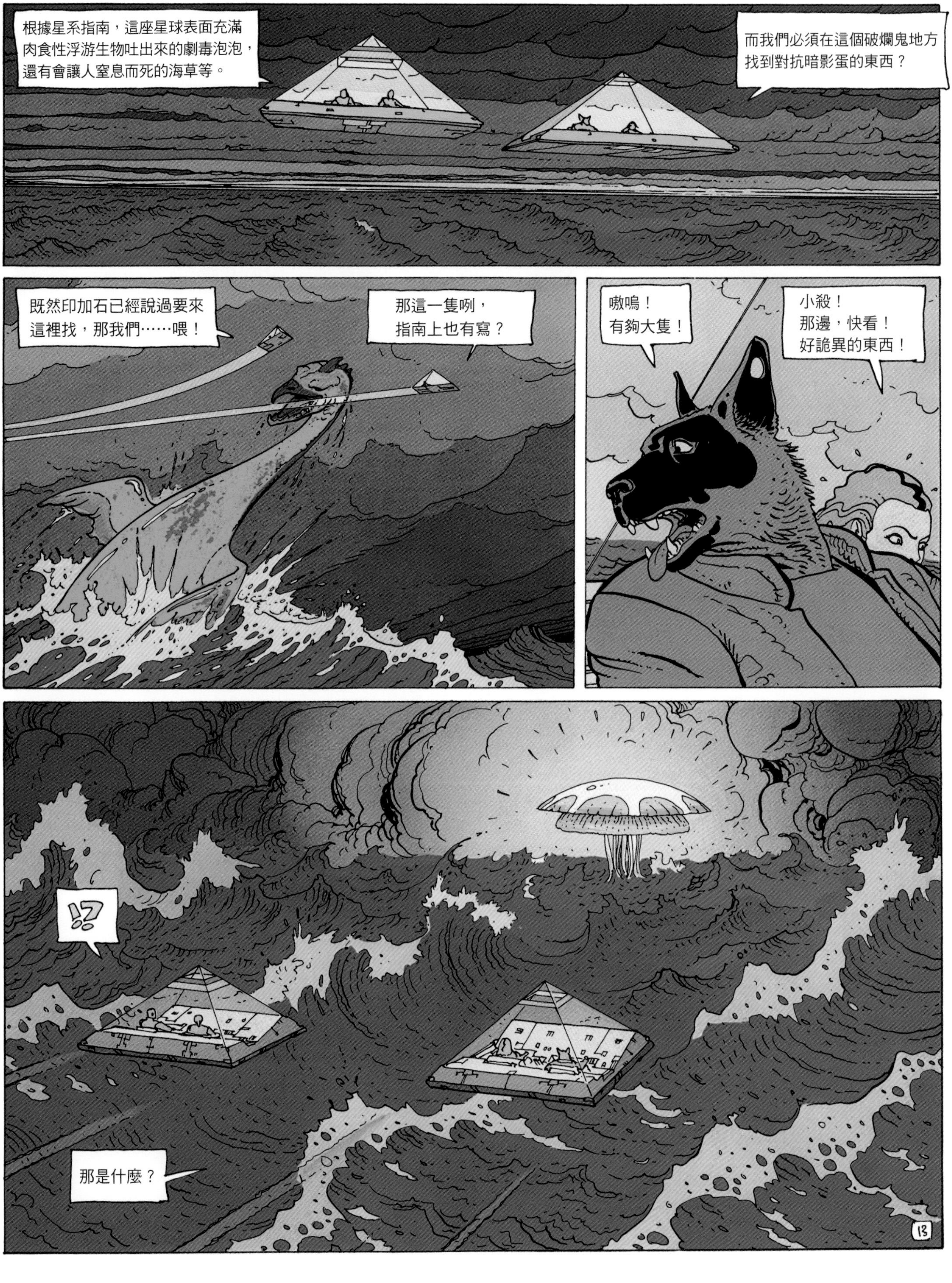

小殺！
那邊，快看！
好詭異的東西！
嗷嗚！
有夠大隻！

!?

那是什麼？

13

我接收到心電感應脈衝！來自充滿生命力
與奇蹟的生物！牠邀請我們跟牠走……
跟牠走？

水母！一種巨無霸水母！
有什麼好怕的！衝！
嗄？這種低等
動物你們也信？
哈哈！嘿！牠下潛
了，我敢說我們要
找的東西跟這傢伙
一定有關！約翰，
你說的沒錯，我們
上！

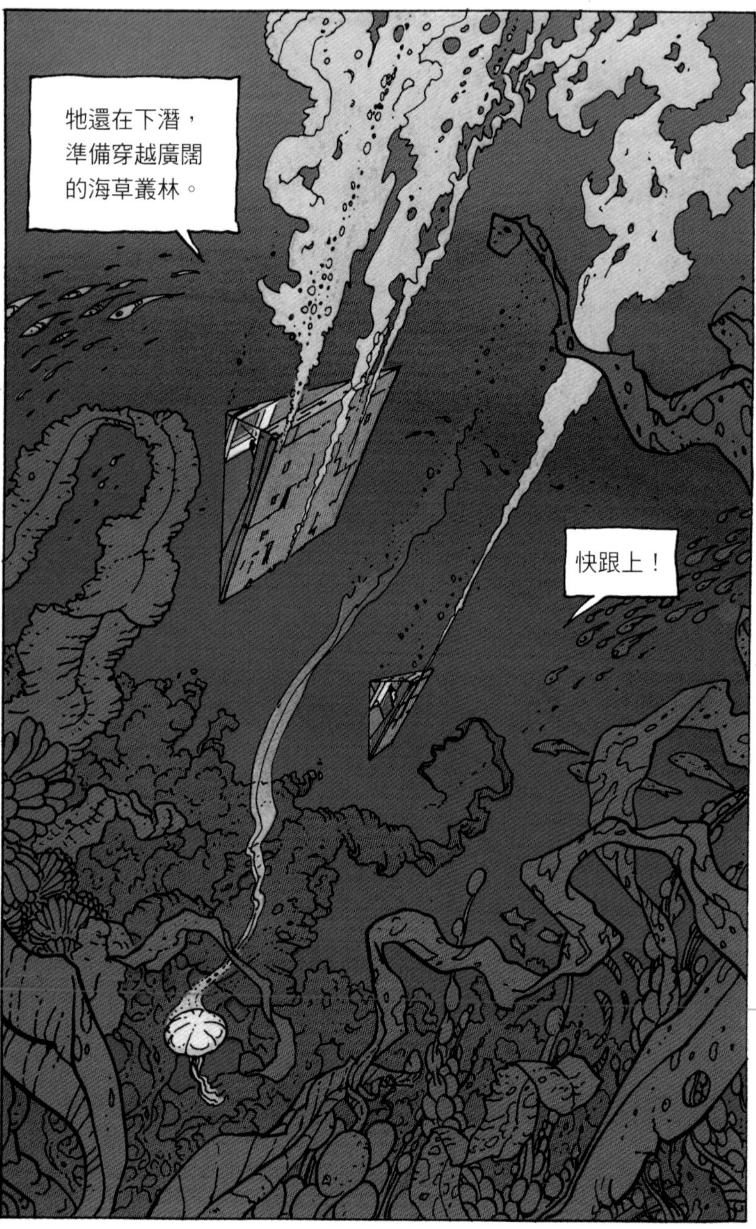
牠還在下潛，
準備穿越廣闊
的海草叢林。
快跟上！

很快地……
兩萬
英尺。
看那裡！
有光？
14

一座
海底城！
星系指南根本
沒提過類似的
東西！
15

水母大計

LA STRATÉGIE DES MÉDUSES

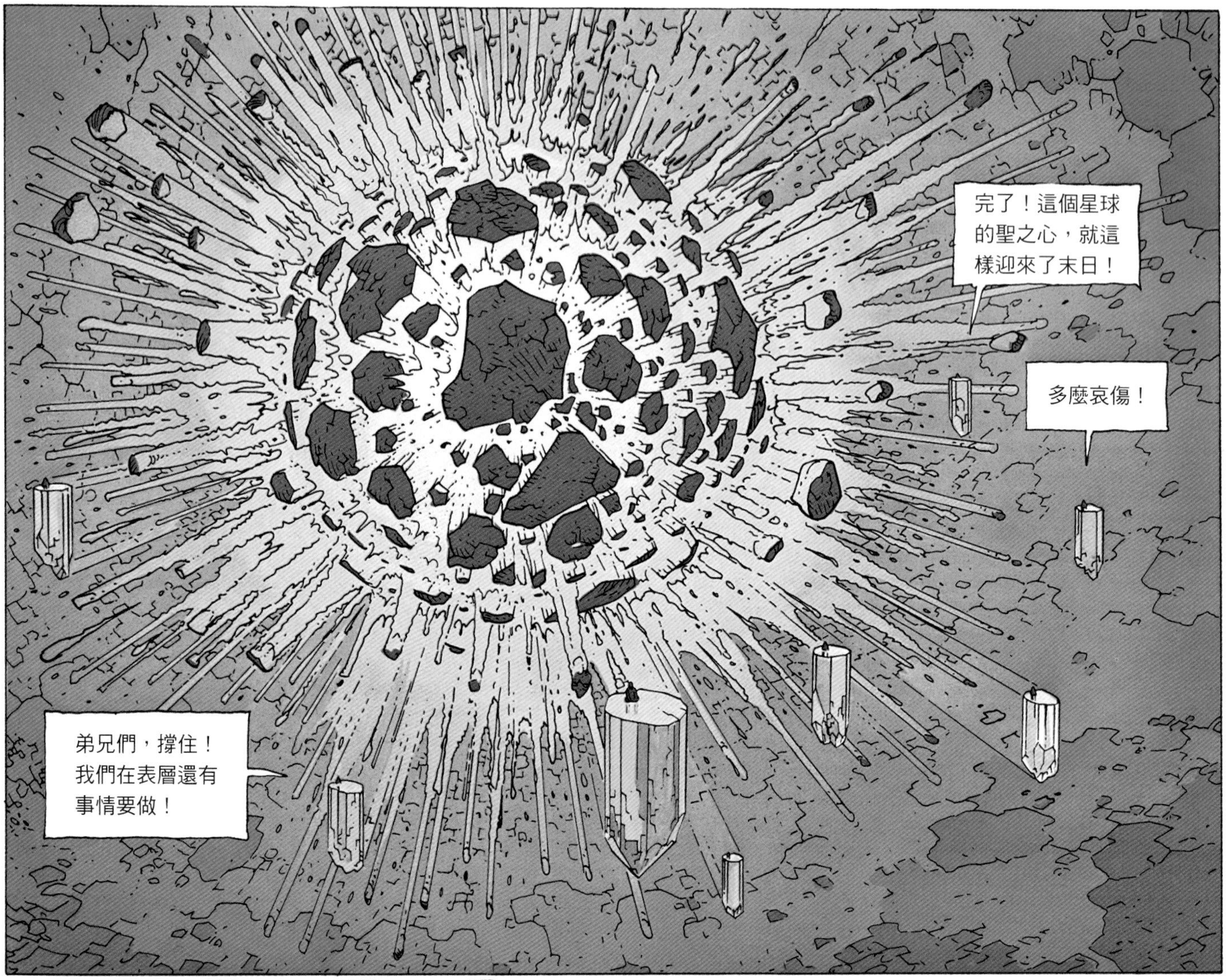

但瀑井城卻面臨巨大的恐慌。

BOOM!

救命啊！

別推呀！

幫幫我！

去表層！快啊！

可是，表層有鸚格人等著！一上去他們就會把我們給殺了！

不！他們只會對戰爭物資下手！更糟的還不是這個！

據說有很多從底層冒出來的怪物，都是垃圾河吐出來的，只要經過他們面前都格殺勿論！
這……這太、太可怕了！我們該怎麼辦？

此時……
前進！殲滅這些粉紅皮膚的蟲子！

進攻吧！髒溝羅的子民！

那些傻瓜鸚格人，還忙著搜刮機器人收割機要充當戰爭引擎。

來吧！最好不要留在這裡，去跟隊伍集合吧！

所有人束手就擒，
這顆星球是我們的了！
開始挑吧！
就從最有攻
擊性的人類
挑起。

那這群避
難的呢？
隊長？
噢！那些嗎？都是些老弱
婦孺！讓他們自生自滅！
他們沒辦法在表層存活啦！

然而，
其他眼睛
正觀察著
這一切。
你們看那群悲慘的人兒！
我的眼力不如以往了，
但還是看得一清二楚
……
現在，他們都
成了孤兒……

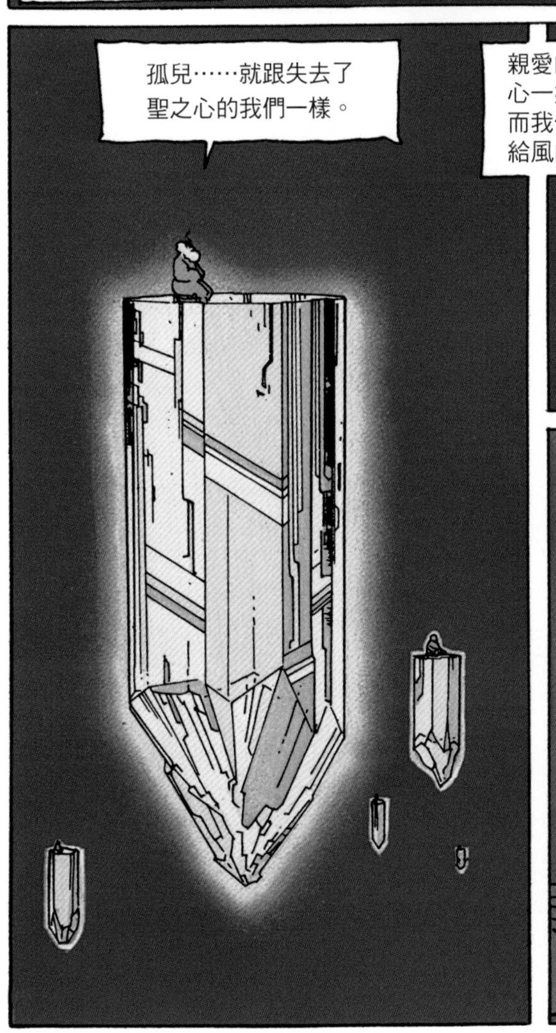
孤兒……就跟失去了
聖之心的我們一樣。

親愛的弟兄們，聖之
心一如成熟的果實，
而我們即是它們交付
給風的珍貴種子。
沒錯！我們會再播下種子，重新
教導人們技能，創造豐饒的家園。

再給予他
們真正的
母親！
新的
盟友。
很快地，這些孩子
便會懂得紡織、種
植……生存下來！

轟！

BOOOMM
總統的寶座！終於等到了！髒溝羅的子民，勇敢的垃食軍！這是我們的勝利！
可是……隊長，砲火隆隆，到處都有槍聲！
MBAAAMMM
各路人馬都有！有面具殺手！
武裝傭兵多到滿出來！
腦筋短路的機器警察！
還有駝子軍，你不會想要的！
稍安勿躁！親愛的小髒髒！從現在開始，我就是新任總統，你們說的這些麻煩傢伙，就讓我來治治他們！
此時……
他們的心靈感應電波在這三個層級裡都顯示正常！
沒什麼好怕的！
歡迎來到維塔維爾H²O，生命之城，帝國的祕密城市！我是卡馬爾的哈以莫，雌雄大帝忠誠的子民，來者何人？有何貴幹？
我……呃，我是約翰・迪佛……R級呃，偵探……隊長……呃我的意思是那個，同伴……靠！合金男爵，你來啦！自我介紹這種事我不會！
哎。
20

久仰大名，哈以莫，
儘管我們屬性不同，
但我欣賞你的戰鬥精
神，也同意那些殖民
星球的立場。
我是合金男爵！

合金男爵！
我也是，久仰大名！
你是傳說中的偉大
戰士！

太好了！為了讓雌雄大帝
恢復從前的力量，我們正
需要像你這樣的戰士！

現在最緊急的
是暗影蛋！我
們人不多……
但是我們擁有強大的
力量，我們在軌道上
有一艘星芒飛船，更
重要的是我們的盟
友：印加石！面對大
闇母的攻擊，印加石
是人類唯一的希望！

印加石!?我從來沒聽過！那是什麼？
一個人？一個國家？一種武器？還是
祕密教派？確切來說擁有什麼力量？
在帝國最微不足道的那顆星球上，
誕生了星系中一道新的光芒……你
形容的那些都跟印加石無關，它是
一種純粹的意識，神聖計畫直接的
展現，來自天神的力量……
神聖？
天神？

話說，在這個星系裡，我們
已經很長一段時間不拜神啦！
這種空話
我才不信！
講點具體
的東西吧！

除非你們口中的印加石或是古老的天神
可以展示點什麼老掉牙的奇蹟，哈哈哈！
奇蹟？
說得也是！
21

之前，我把印加石藏在體內，那個時候，他賦予了我說話的能力，還有某些延續到現在的技能……
見〈暗之印加石〉

噢！印加石！請賜給我力量，讓這些強大的戰士信服吧！
哈以莫！伸出你的雙手！
?

我是可以陪你玩點小遊戲啦，只是……

這！

!!?

不可思議！這看起來像是一朵玫瑰！
可是……怎麼可能！

玫瑰!?
傳說中已經消失數千年的花！這……
奇蹟！

哈哈哈！好樣的，你這小小水泥鳥！
你成功了！我想，是時候請求雌雄大帝接見你們了！
那麼，我們必須全員到齊！

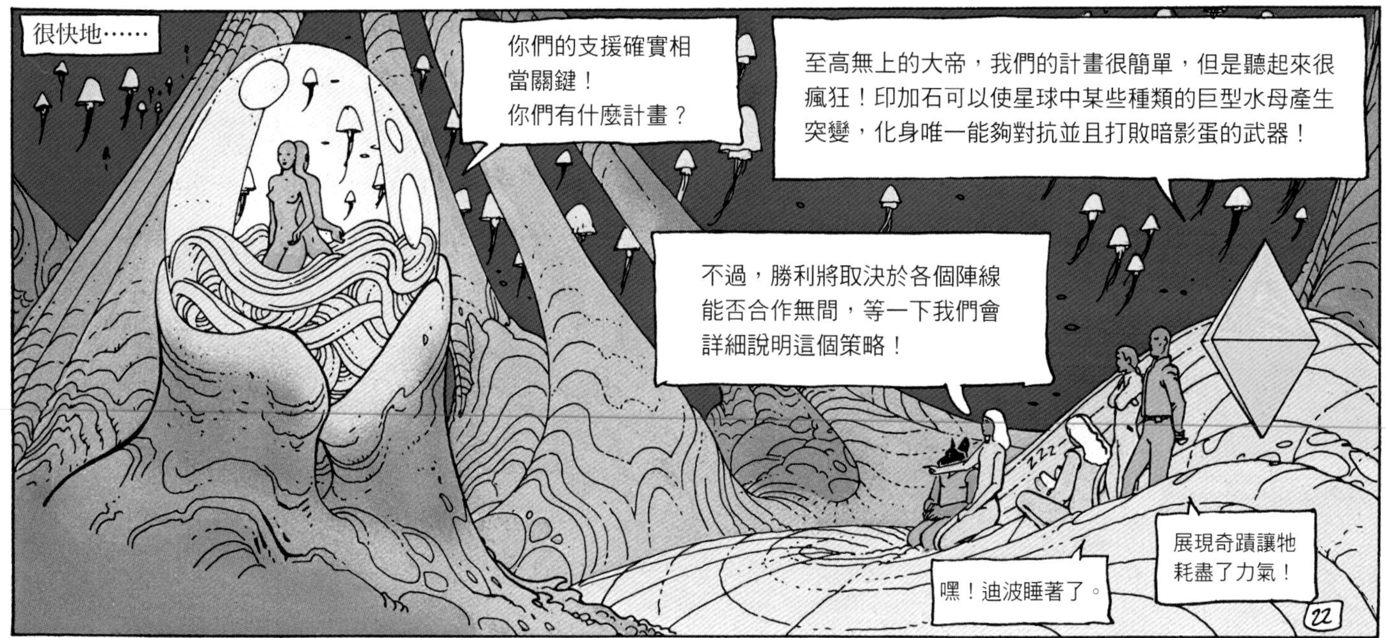
很快地……
你們的支援確實相當關鍵！你們有什麼計畫？
至高無上的大帝，我們的計畫很簡單，但是聽起來很瘋狂！印加石可以使星球中某些種類的巨型水母產生突變，化身唯一能夠對抗並且打敗暗影蛋的武器！
不過，勝利將取決於各個陣線能否合作無間，等一下我們會詳細說明這個策略！
嘿！迪波睡著了。
展現奇蹟讓牠耗盡了力氣！
22

還很遠嗎？

不……就在那一大群
澤馬蒂齒魚後面！

我們已經在這個新世界裡待好幾個星期了，
卻仍然像第一天一樣，感到驚奇不已！

是她！
她真的來了！

嘿，我有個
禮物要給你！

噢！一朵小小的水母花！好可愛！

難道是為了送我這個禮物，才跟
我約在這裡嗎？遠離所有人？

這個嘛……呃，其實，
對啦，我想單獨跟你
見面，而且……

為什麼想
跟我單獨
見面？約
翰．迪佛？

呃……對了！
你知道嗎，我聽說
啊，在這裡若是男
生把這種小水母當
禮物送給女生，就
表示……

就表示男
生愛上了
女生，而
女生也心
裡……默
許！
很妙吧！

哈！說真的，
為什麼情勢如此
嚴峻，你還能這
麼膚淺啊？你真
是死性不改！

23

可是，阿尼瑪！我對你的愛怎會這麼不堪！
哼！你無意識的衝動不過是蠢蠢欲動的野獸！你的夢無比邪惡，而你的靈魂焦躁不安！
再說，放過我吧！讓我清靜清靜。

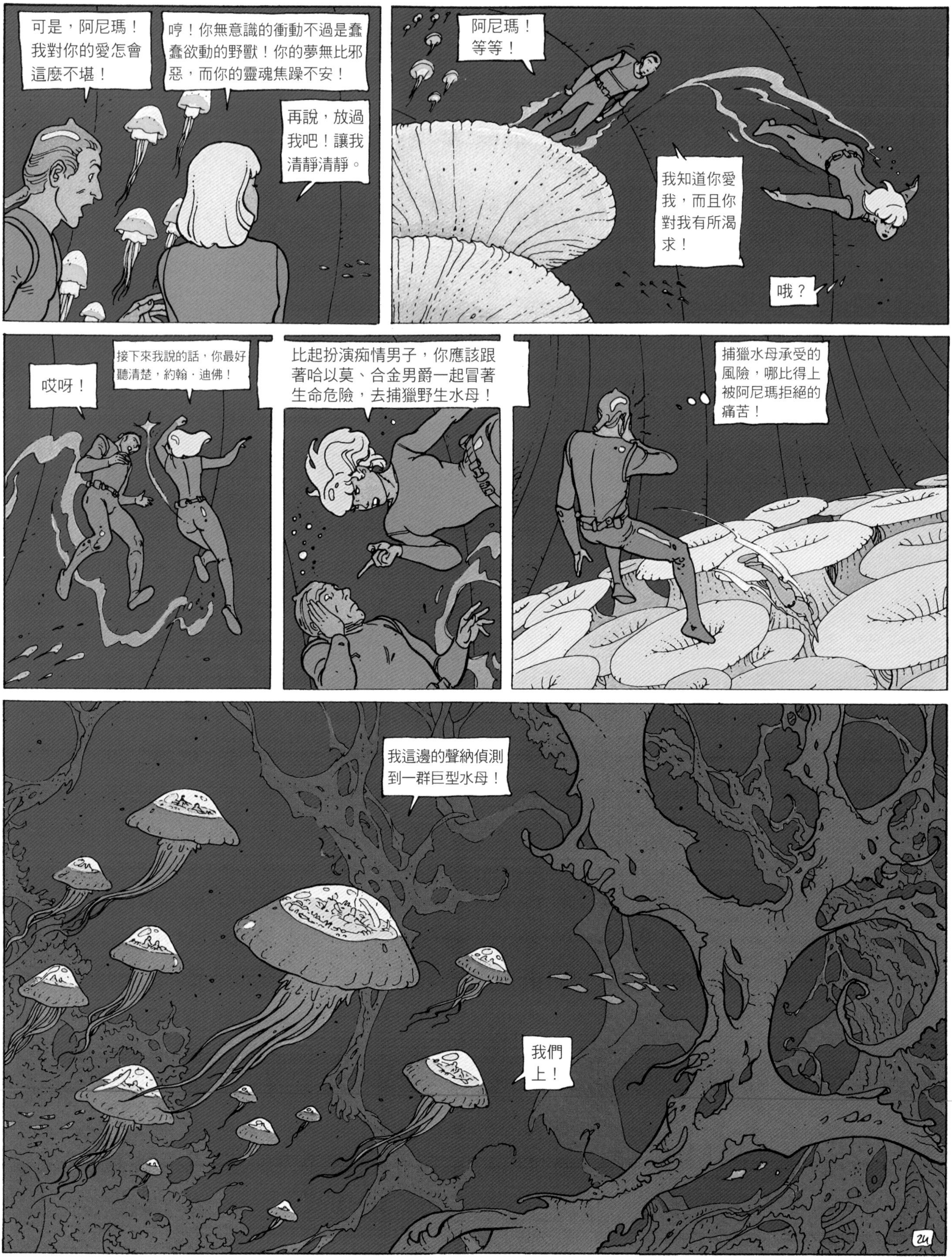

阿尼瑪！等等！
我知道你愛我，而且你對我有所渴求！
哦？

哎呀！
接下來我說的話，你最好聽清楚，約翰．迪佛！

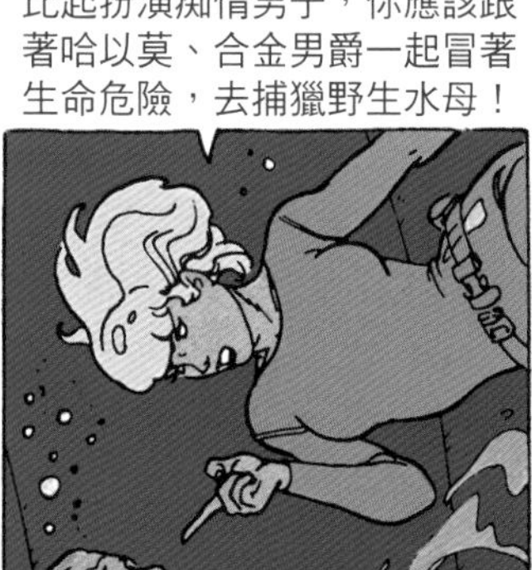

比起扮演痴情男子，你應該跟著哈以莫、合金男爵一起冒著生命危險，去捕獵野生水母！

捕獵水母承受的風險，哪比得上被阿尼瑪拒絕的痛苦！

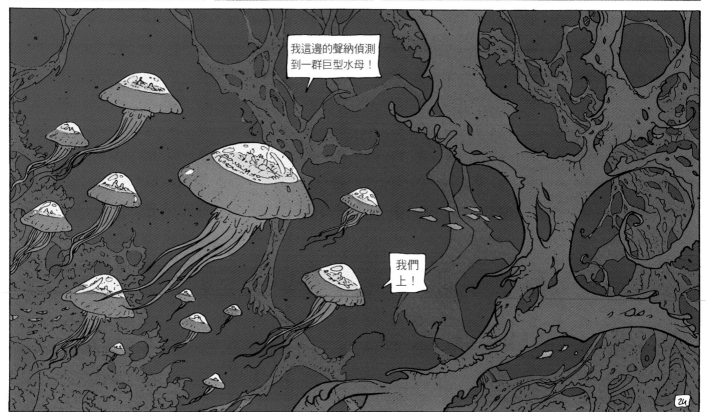

我這邊的聲納偵測到一群巨型水母！

我們上！

24

跟紀念碑
沒兩樣！

準備進行
圍捕作業！

發射心電感應棘爪！
這傢伙讓我想起我
那美麗、身經百戰
的合金號！

我們必須把牠們趕往
西邊，靠近已馴化的
水母圍欄區！
小心牠們釋放的
電波！
25

此時，生命之城的中心區域……
我和我的同伴會負責解決鸚格人的問題，這次行動很複雜但是相當緊急，因為五年一次的授精競賽快到了……
產出變種水母之後，我們就會處理暗影蛋。這兩項行動必須配合得相當……
至高無上的大帝！
有個乘著破船的男人剛被我們救起！他情緒激動，聲稱他有非常重要的情報！
至高無上的大帝！
真是大災難！
灰田！
我忠貞的導師！
我的形跡敗露了！多虧奇蹟出現我才脫得了身，但是他們知道您還活著！
嵌在灰田視網膜上的迷你攝影機運作完美！
以大闇母之名！那個會說話的菱形是什麼玩意？
我們必須加快時程。
一定是結合後的印加石……這對我們相當不利！
不重要！沒有人、沒有任何東西阻止得了我們！不過，加速執行我們的主計畫吧！
主腦！印加石擁有的心電感應力量，會不會有打破灰田精神屏障的風險？
不可能！他是在昏睡狀態下被植入病毒株的，根本不曉得有這個東西的存在，他一心以為自己從馬加納的監獄裡逃了出去！我們……
安靜！
我接收到從大闇母傳來的心電感應命令。
時候到了，進行一萬顆暗影蛋的投放作業。
26

靠近點！
APPROCHE !

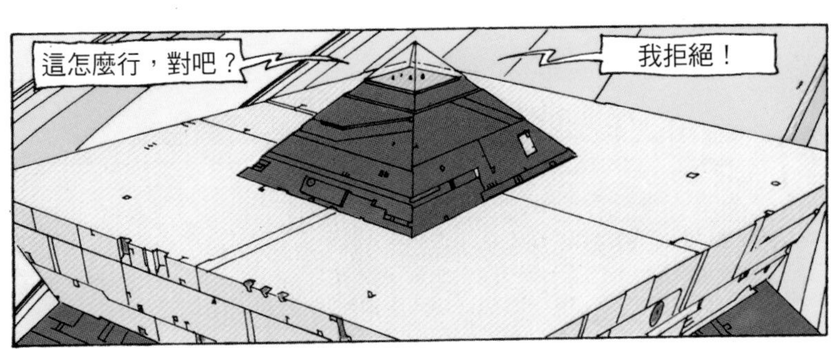

這怎麼行，對吧？
我拒絕！
你們太誇張了！竟然要把我一個人送到鸚格星球，讓我獨自被一堆猥瑣的鸚鵡嘴包圍！還有，讓皇后受孕又是怎麼回事!?關於這件事，我嚴正拒絕！
不要就是不要！

我們該送過去的人是合金男爵……他才是戰鬥之王！現在又不是像之前有印加石在我體內！靠！到底是哪個豬腦袋才想得出來的計畫啊？
是印加石！

嗄？唔……好吧，如果是印加石，那沒問題……呃，那這個東西，中間這個金字塔是什麼？
噢！這個嗎？是你專屬的訓練機器人！我特別為你設計的……保證讓你成為冠軍！
讓我成為冠軍？好吧！

它會先進行測量，接著是喚醒，然後發展你的力量、速度、耐力、敏捷和膽量。
聽到這裡，我已經討厭它了！

我們從最低速開始！
有必要這麼認真！在我看來，這不過是堆破銅爛鐵！
CRRRRR

破銅爛鐵？哈哈！我不是跟你說了嗎，約翰！這是特別為你設計的！
我在學校裡接受R級偵探培訓的時候，早就跟類似的機器人練過了。
我知道，那個型號我曉得！現在這個是改良過的版本……段數從1到10，我先設定在1吧！
27

段數1？靠……
你真把我當蠢蛋。
先進入評估
模式，等等
就知道了！

喀嗒！
iKLiKiC!
好！你說得算，
等等就知道了！

你可要當心
啊！破鍋子！
評估模式！
啟動！

呼吸頻率：
MHZ 104-108！
心臟脈搏：
11811 HBH！
喀嗒！
已記錄。
卡嗒！

生命流量等級A：12！
等級B：17！等級C……
喀嗒！
合金男爵！叫這個
該死的機器閉嘴！
跟他說
就行啦！

智商：R6167
區域已記錄。
那更好！
可以開始了！

AAHRHH!ooo
嚇啊！

CKLIIIIKK!!
喀嗒！

喂，現在可以
幹點正經事了
吧!?
別急，約翰！
我把段數往
上調到2了！
喀嗒！

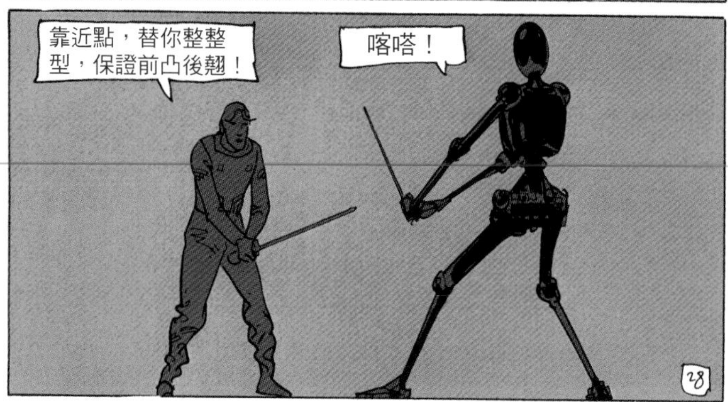
靠近點，替你整整
型，保證前凸後翹！
喀嗒！
28

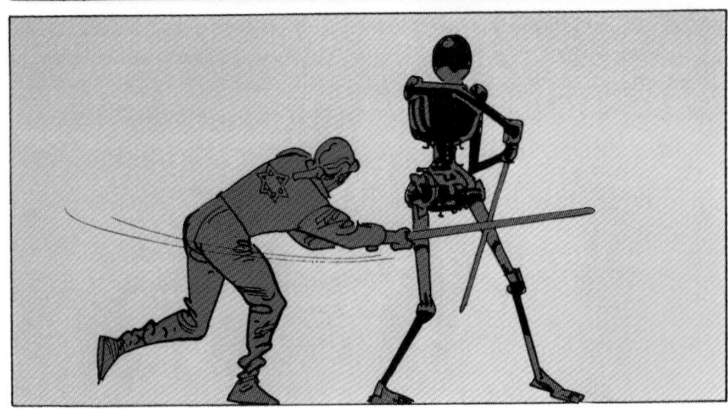

CLICK
喀嗒！
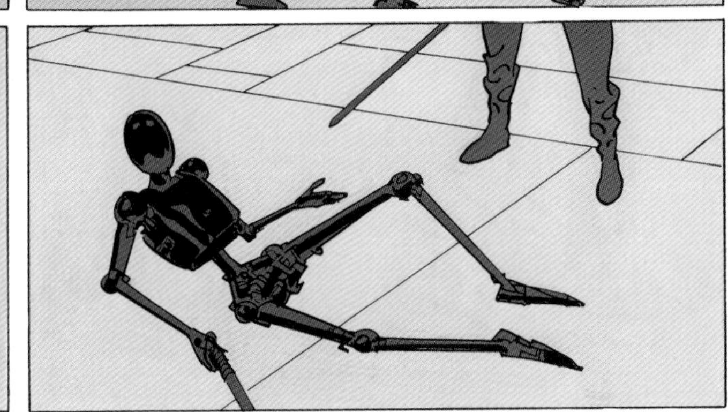

我想我們可以直接跳到段數 4，不行嗎？
唔……你表現得還不錯！那就試試好了！

喂喂喂！

嗚哇哇！

住手！你這天殺的機器人！
停！練習結束！下次練習是 6 小時後。
29

夠你的機器人了，
金男爵！剛才它又
差點刺穿我的喉嚨！
你進步了！約翰！今天我已經調到段數5了，你的反應很不錯！只是速度的部分還要繼續加強！
他真的很弱！
為什麼印加石會挑中他
而不是合金男爵呢？
我實在……
依我看，要趕上時程永遠不可能！
你說得對，小殺！我要請求印加石跟他一起去，並且保護他！
段數5就夠用了吧？
不夠！你必須至少達到段數8，重來！
哎呀呀！萬萬不可！如果真要有誰跟他去，那捨我其誰！
此時，水盡窟的行動日已到來……
多麼壯觀的奇景！超過十萬隻變種水母要前去迎戰一萬顆暗影蛋！
希望合金男爵和他的團隊那邊也準備好了。
授精儀式必須在12小時後開始！
嘿嘿！我可不想跟約翰·迪佛一樣去蹚那攤渾水！
30

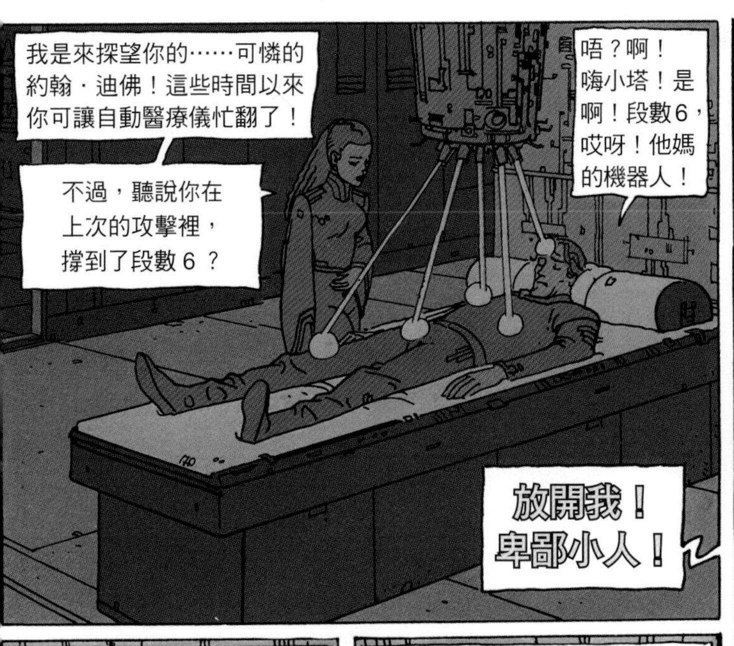
我是來探望你的……可憐的約翰．迪佛！這些時間以來你可讓自動醫療儀忙翻了！
不過，聽說你在上次的攻擊裡，撐到了段數6？
唔？啊！嗨小塔！是啊！段數6，哎呀！他媽的機器人！
放開我！卑鄙小人！

我認得這個聲音！
我是總統！給我放尊重點！
是你帶過來的那顆總統頭！小殺正在修理他！
參見〈底層世界〉

好了，我把燒焦的電路換掉了……這顆欠扁的頭再度跟全息網路連上線了。
嘖嘖！
我會殺了你，狗雜種！

小殺！讓這個鬼東西閉嘴！我今天受夠任何機器了！
辦不到！不過我是可以繼續把這顆充滿怨念的頭藏在衣櫃裡啦！

不，等等！如果我的理解沒錯，這顆頭一直跟帝國的全息網路連線對吧？
是啊！死靈探針啟動的時候，他們直接繞過了整個系統……
完美！我正好有個私人訊息想傳達……
而且相當緊急！

約翰！你在幹麼？
所有人聽好了！你們這些窩在舒服公寓的傢伙！我這裡有一則獨家，這則獨家新聞，將會讓篡位者嚇得屁滾尿流！肥仔以曼歐羅！你這隻豬！
喂！

首先，大家要知道，卑鄙的暗殺行為並沒有傷到雌雄大帝半根寒毛！
這小丑會壞事！他使用了優先度最高的緊急頻道！完全無法干擾或強制切斷！
泰克諾吉亞

現在，在卡馬爾哈以莫的協助下，大帝準備回歸並殲滅泰克諾科技城那些叛徒！
狄魔斯，菲達星系的殖民星球上。
哈以莫萬歲！
呀呼！
我們繼續戰鬥吧！

艾力克斯 3 號星球
但最嚴重的是，因為這些叛徒，
我們將遭到一萬顆暗影蛋的攻擊，
他們正在吞食太陽！
什麼?!
嗄？
是詛咒！

帕梅西星球
陛下，暴動分子占領了高處的白蟻巢，情勢相當不樂觀！
禍不單行！這一切都是全息裡面那個瘋子造成的……

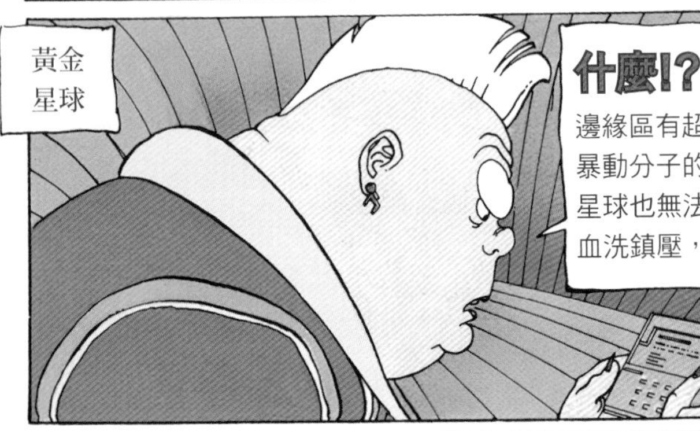
黃金星球
什麼!? 簡直不可饒恕！
邊緣區有超過三百個以上的星球都陷入叛亂狀態……暴動分子的怒吼響徹一千多個以上的世界！就連黃金星球也無法倖免！看我怎麼派出紫禁衛來對付他們！血洗鎮壓，格殺勿論！
給我準備一艘飛船，我要去泰克諾吉亞！我有幾句話要跟他們的主腦聊聊！
你說得沒錯！我的胖胖！我們可不能任人擺布！

此時……
阿羅漢，我們已經遵照你所有指示去做了！
我們根據你的建議種植、播種……
而且我們先整地翻土、施肥，都按照你說的！
也依照你的設計圖，建起村莊、開闢馬路！
孩子們，做得很好！
可是你看，阿羅漢！天空一天天暗下來，彷彿太陽正在死去！

大家稍安勿躁！繼續工作，不要灰心喪志！只要專注在眼前工作的進展！
32

看看這水晶的成長！如同植物與這些人類在你們照料下成長，這座水晶與其他十一座散布在星球表層的水晶共振著……
阿羅漢！有一個瀑井城的倖存者來到我們的村莊！是位成人！
成人？經過最後一波進攻與鸚格人的終極屠殺，我不覺得那個星球上還有任何人活下來！
去迎接他吧。
不曉得他長什麼樣子？
怪裡怪氣吧！他說他帶來了整個宇宙的新聞！
親愛的視癮朋友！帝國陷入戰火！到處都是死人……暴動分子！
他瘋了。
我認得他！他是迪瓦洛！全息電視主持人！
他手腕上戴著什麼，桑亞？
是個迷你全息儀！
那些蛋！暗影蛋！
啊！我的全息儀！怎麼突然故障了！
嘻嘻……這一定是阿羅漢的傑作！只要出現全息儀，一定會被他動手腳！
好了！雖然還沒完，但是大片的草地等著我們去割呢！
走吧！
還有麵包要烤！
走囉！
啊呀呀！我的全息！這……太可怕了！現在我一無所有了！沒有大新聞可以播！沒有視癮朋友！我、我跟……宇宙隔絕了！
才不會呢！正好相反喔！一起工作吧！這裡最缺的就是人了！你看起來有點虛弱，不過我們會讓你恢復元氣！
喏，給你喝！
我要到泰克諾吉亞見你們的主腦，你的同夥應該有所行動，遏止這種有損我權威的假宣傳！
以曼歐羅！我們這一萬顆暗影蛋會開創一個闇世紀！你可以毫無後顧之憂，穩坐你的寶座啊！
33

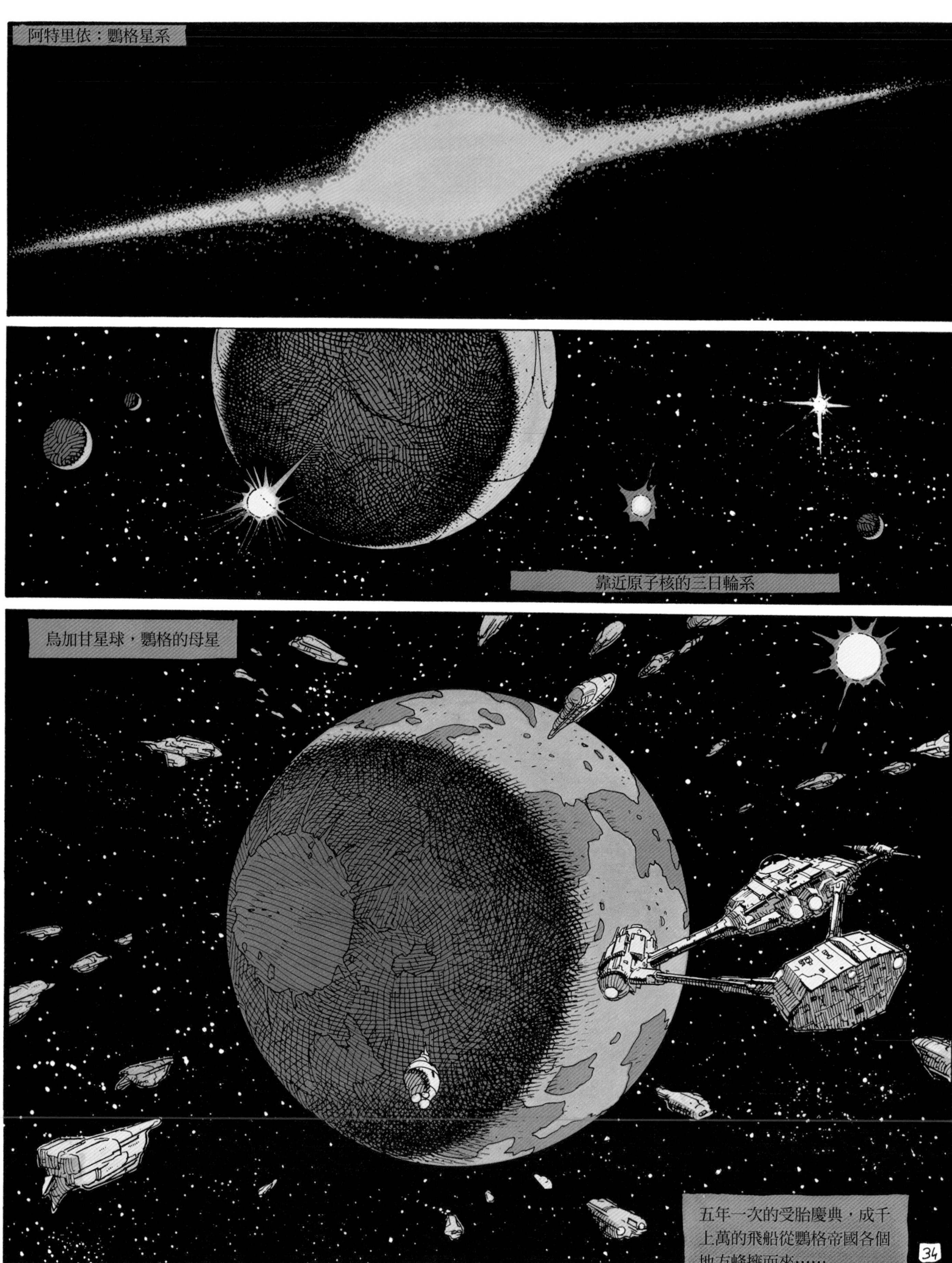
阿特里依：鸚格星系
靠近原子核的三日輪系
烏加甘星球，鸚格的母星
五年一次的受胎慶典，成千上萬的飛船從鸚格帝國各個地方蜂擁而來……
34

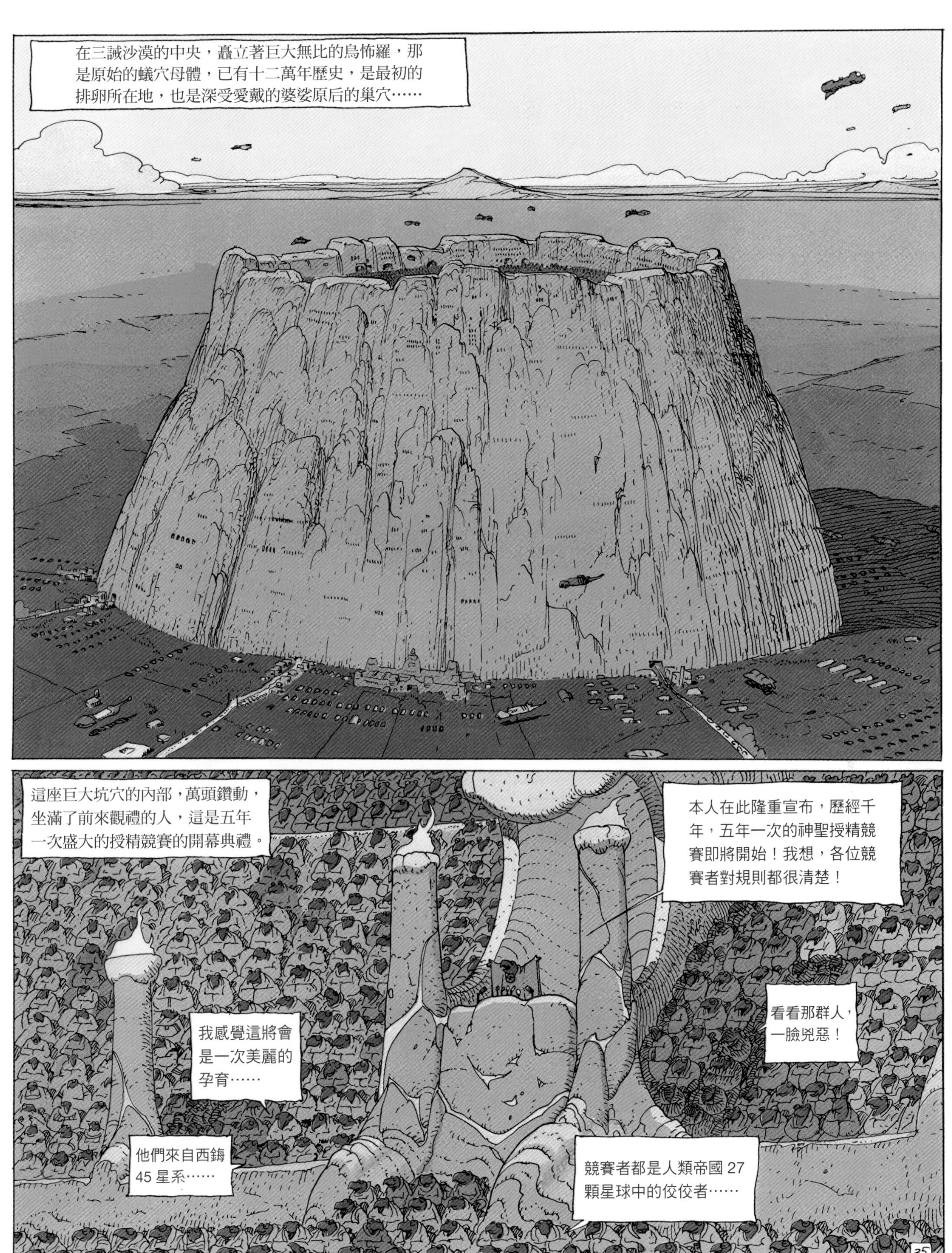
在三誠沙漠的中央，矗立著巨大無比的烏怖羅，那是原始的蟻穴母體，已有十二萬年歷史，是最初的排卵所在地，也是深受愛戴的婆娑原后的巢穴……
這座巨大坑穴的內部，萬頭鑽動，坐滿了前來觀禮的人，這是五年一次盛大的授精競賽的開幕典禮。
本人在此隆重宣布，歷經千年，五年一次的神聖授精競賽即將開始！我想，各位競賽者對規則都很清楚！
我感覺這將會是一次美麗的孕育……
看看那群人，一臉兇惡！
他們來自西鍓45星系……
競賽者都是人類帝國27顆星球中的佼佼者……
35

鸚格人的信仰是這樣的：每五年（烏加甘星球上的一年相當於地球八百二十
天），婆婆原后必須透過宇宙同一星系裡某個種族樣本的倖存者來受孕。
根據傳說，完成第兩萬四千次受孕時，鸚格族將會迎來他們偉大的黃金時代。
我個人覺得他們看起來
實在不怎麼樣……
規則很簡單：禁止使用能量武器
與彈道武器。體力、耐力、敏捷
與智慧才是各位真正的盟友！
你們錯了！
人類是很可怕的！
他們沒有尖嘴，
感覺好滑稽啊！

屆時只會有一位勝利者！一位倖存者！也就是率先抵達新娘床的人！
我呸！就不能管好
你身上的臭氣嗎？
他打算先用臭氣把我們
熏死！偏偏規則上沒禁
止這一條……
吼……

其他的戰敗者……將在盛大婚宴上供人享用……
喂！這太不合理了吧！戰敗者還要
被吃掉？快讓我退出比賽！馬上！

這是偉大而崇高的特權！
特別是今天，因為這一次的受孕，
在鸚格歷史上具有格外神聖的意義……
不必驚慌，約翰！你已經被
訓練得很好，而且我們會在
適當時機出手。
我可不想死在任何一個
鸚鵡嘴的肚子裡！而唯
一能幫我的適當時機，
就是現在！趁著我人頭
還沒落地的時候！
加油！
有印加石
守著你！
安靜！
噓！

36

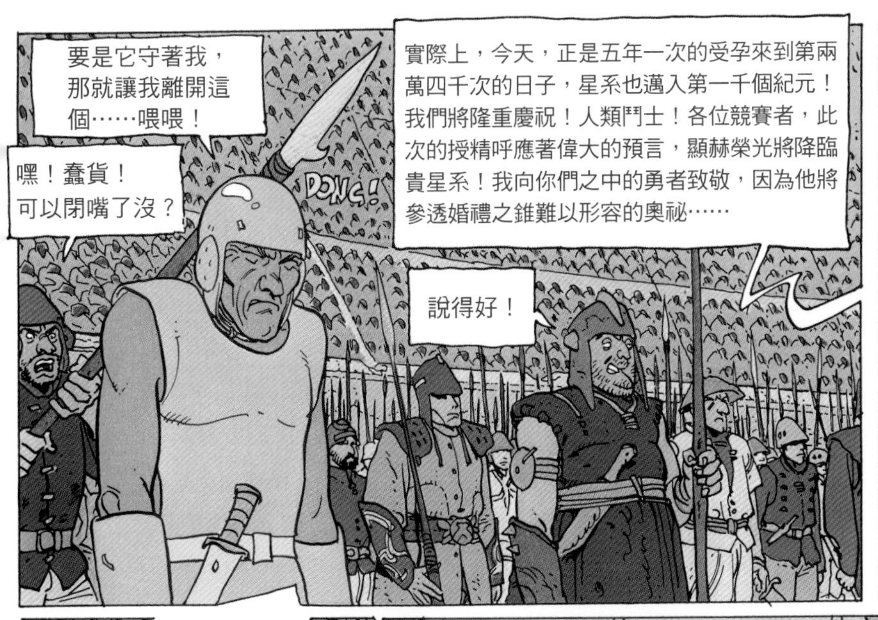
要是它守著我，
那就讓我離開這
個……喂喂！
嘿！蠢貨！
可以閉嘴了沒？
DONG！
實際上，今天，正是五年一次的受孕來到第兩
萬四千次的日子，星系也邁入第一千個紀元！
我們將隆重慶祝！人類鬥士！各位競賽者，此
次的授精呼應著偉大的預言，顯赫榮光將降臨
貴星系！我向你們之中的勇者致敬，因為他將
參透婚禮之錐難以形容的奧祕……
說得好！

注意！
準備攻頂聖山錐！

3……
……2……
37

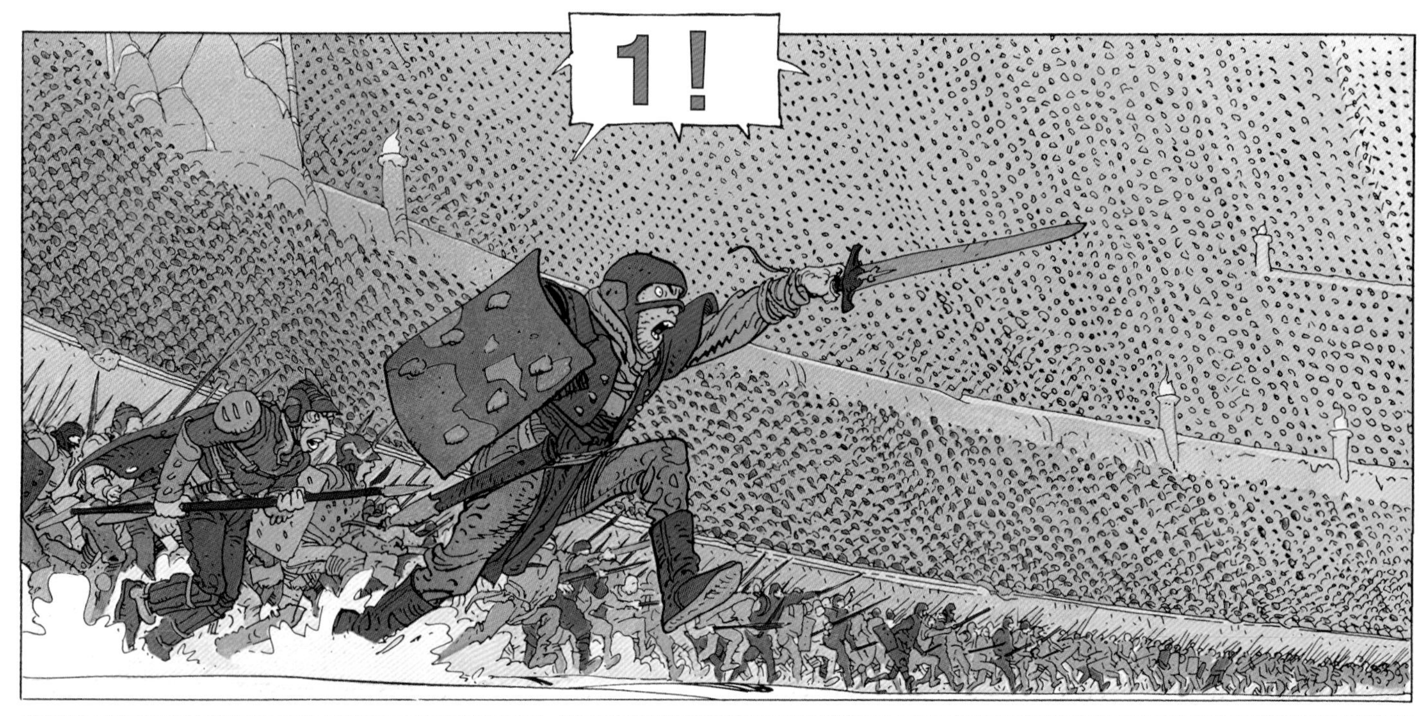
1！

約翰！
動手啊！
咬他們！
抓他們！
前進啊！
上面！
美人兒
在等我！
上面！
才怪，
是我！
她在呼喚我！
啊啊啊！
我……我
要崩潰了

我注意到聖山錐頂發射出一道強度高達五級的心電感應性呼喚！
那……
約翰呢？
他……
還在拖！

他的精神過分受限，抗拒原后的性呼喚！
他終究會行動的……我的訓練不至於付諸流水吧！
他連十秒
都撐不住！
媽的！
毀了毀了！

不！未必……不過這些瘋狂戰士的段數幾乎都超過８，而約翰從來沒達到６！
印加石建議由超腎上腺素控制他的新陳代謝！
我來設定排程。

好了！奏效了！接著可有好戲看了！
喂！夠了！
我受夠了！
不要推我！
？
嚇啊啊！
哎呀！
38

上面！
快點！
放開
我！
我來了，
親愛的！
來來來！
吃我一
劍！
啊啊！
讓開！
你！我剛才就注意到你了，
小兄弟！看我怎麼三兩下解決你！
嗄？
什麼？
解決我？
啊啊！優秀！
這才叫表演嘛！
太精采了！
嘿嘿！那邊的胖子剛
才輸了！他就是等一
下我就想吃的！
人類實在
好逗呀！
沒錯！他們如此熱愛生命，
愛到飛蛾撲火！
嗚哇，嗚
嗚嗚……
嘿嘿！
等等我！
時間在刀劍鏗鏘作響、骨頭劈啪斷裂，勝利
或瀕死的吶喊中流逝！大批觀戰的鸚格人跟
著七嘴八舌搧風點火，現場氣氛沸騰……
他們身後血流成河，數百位倖存的
競賽者仍持續奮戰，終於，越來越
接近眾人覬覦已久的聖山錐！
心愛的！是我！
啊啊啊——
贏定了！
山頂啊！她就在
那裡等著我！
不，
是我！
39

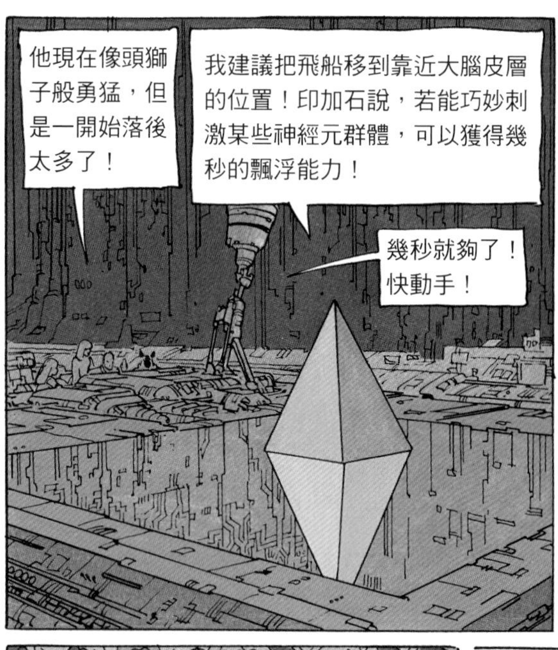
他現在像頭獅子般勇猛，但是一開始落後太多了！
我建議把飛船移到靠近大腦皮層的位置！印加石說，若能巧妙刺激某些神經元群體，可以獲得幾秒的飄浮能力！
幾秒就夠了！快動手！

攻頂的路完全被堵住了！喂……你們幾個，就不能加把勁找找……

出……路，
欸欸欸欸欸
哈！這就是出路
現在，專注想著
標，然後，像子
一樣射出去！
?!
收……到！

欸！你們看，那個傢伙！以人類來說，他跳得相當高啊！是不是？
根本是飛起來了！
看來應該是那個又肥又髒、紅眼睛的傢伙會贏吧！

他幾乎已抵達新房了！
撤退吧！
你們這群臭蟲！
舉世無雙，
唯我薩爾髒溝羅!!

你們剝奪了他的總統寶座，
但是現在，要讓他媽的鸚格女王懷孕的人，就是他！

那麼我……
嘎?!
哪來的……
?
!?

嘔嘔嘔嘔！不！
40

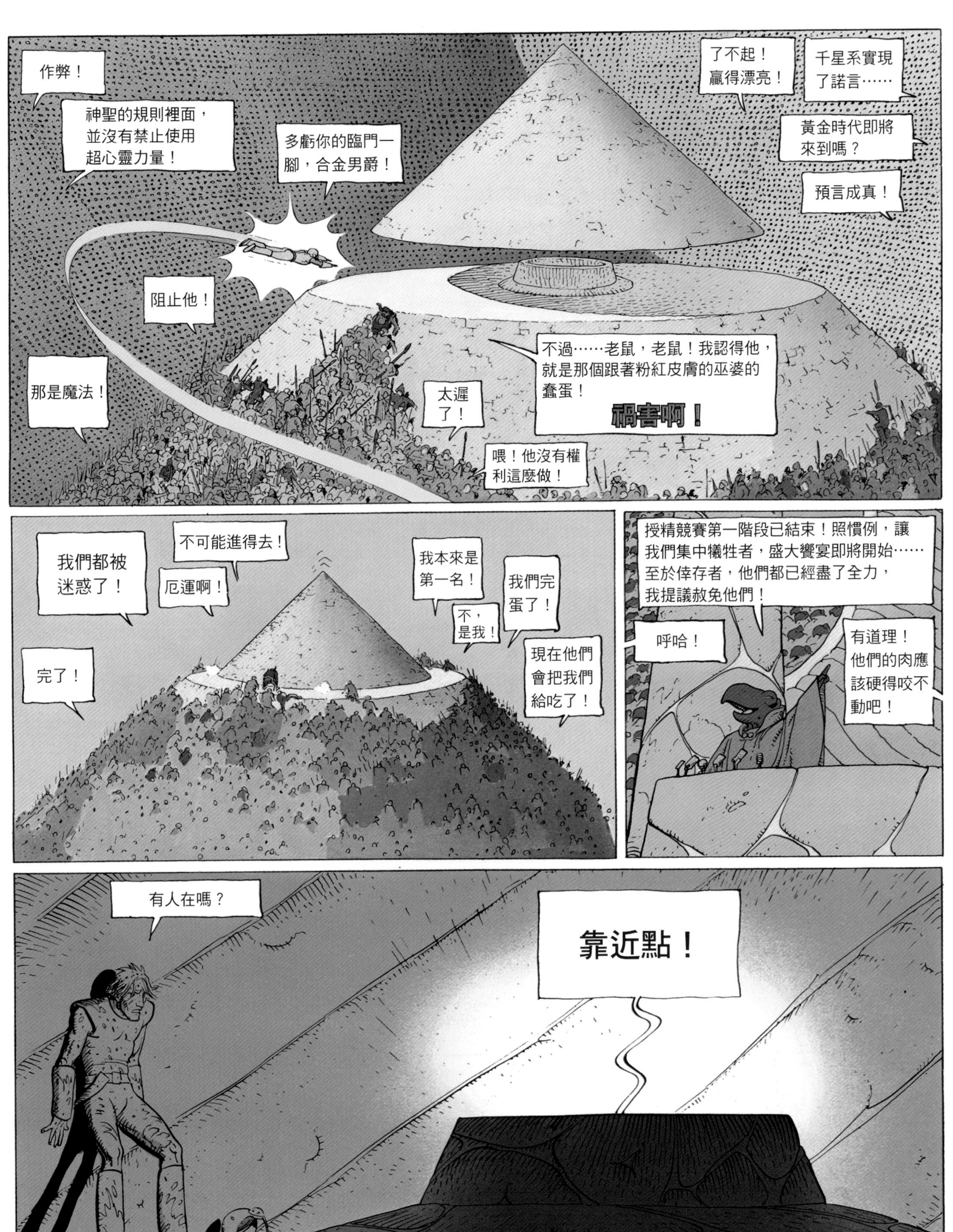
作弊！
神聖的規則裡面，並沒有禁止使用超心靈力量！
多虧你的臨門一腳，合金男爵！
了不起！贏得漂亮！
千星系實現了諾言……
黃金時代即將來到嗎？
預言成真！
阻止他！
那是魔法！
太遲了！
不過……老鼠，老鼠！我認得他，就是那個跟著粉紅皮膚的巫婆的蠢蛋！
禍害啊！
喂！他沒有權利這麼做！
我們都被迷惑了！
不可能進得去！
厄運啊！
我本來是第一名！
不，是我！
我們完蛋了！
完了！
現在他們會把我們給吃了！
授精競賽第一階段已結束！照慣例，讓我們集中犧牲者，盛大饗宴即將開始……至於倖存者，他們都已經盡了全力，我提議赦免他們！
呼哈！
有道理！他們的肉應該硬得咬不動吧！
有人在嗎？
靠近點！
41

皇族婚禮
NOCES ROYALES

去吧！約翰！別逃避！
?
呃……女士？
不必害怕！靠近點！我得看看為了我而奮力搏鬥的騎士！
哈！總算看到了，唔……你還真是討人喜歡哪！
嚇咯咯……

我相信你絕對會是很優秀的生殖機器。
宇宙天神啊！喂，你們幾個！看得到我眼前的畫面嗎？
有，看到了！這……嗯，確實頗奇特！
再往前靠一點！過來！再近一點！
呃，不了……不不不！
來愛我吧！

……簡直是惡夢！
原諒我！
我應該要
記得的！
嗚嗚
……
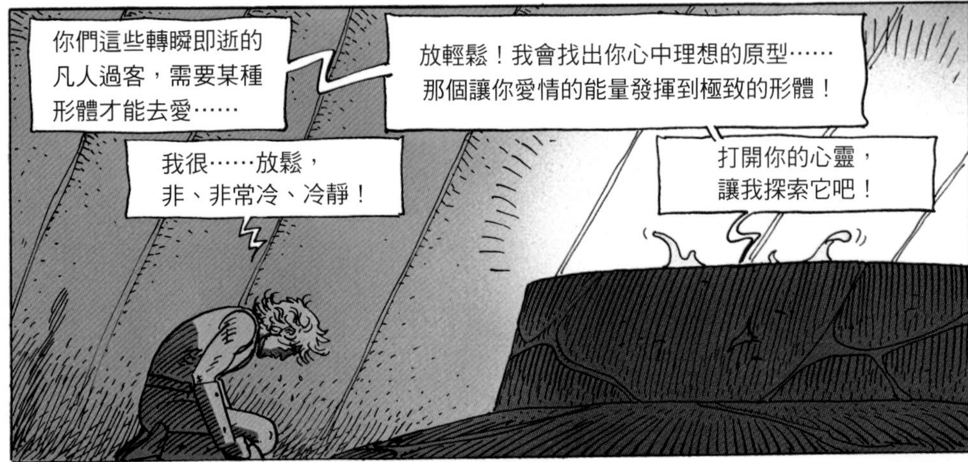
你們這些轉瞬即逝的
凡人過客，需要某種
形體才能去愛……
放輕鬆！我會找出你心中理想的原型……
那個讓你愛情的能量發揮到極致的形體！
我很……放鬆，
非、非常冷、冷靜！
打開你的心靈，
讓我探索它吧！
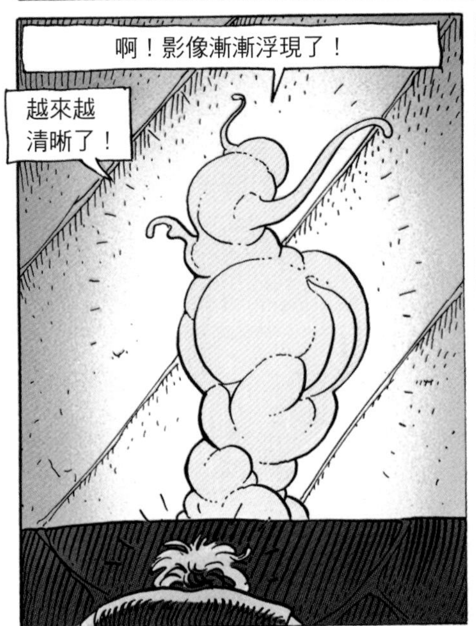
啊！影像漸漸浮現了！
越來越
清晰了！
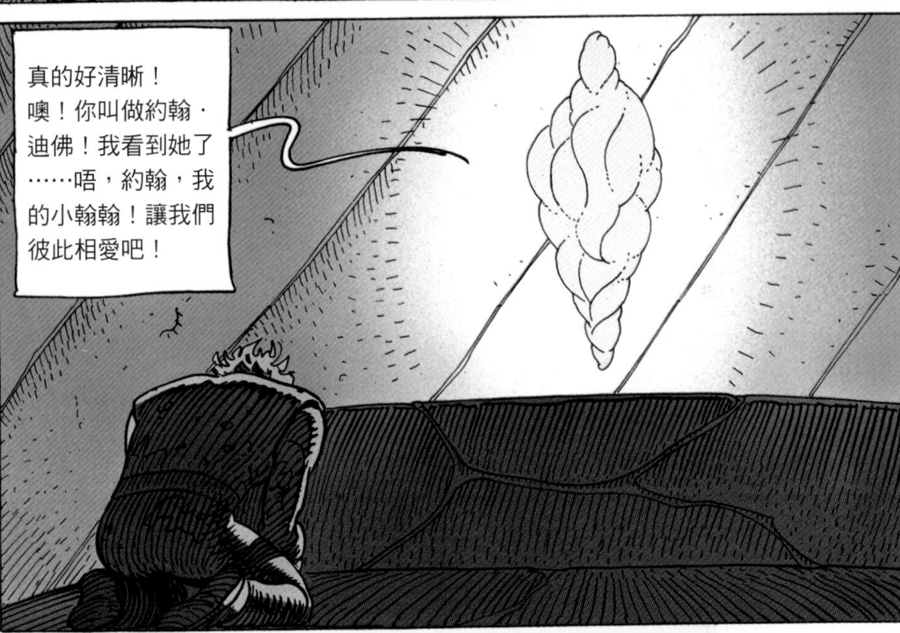
真的好清晰！
噢！你叫做約翰．
迪佛！我看到她了
……唔，約翰，我
的小翰翰！讓我們
彼此相愛吧！

愛到極致吧！
我……
我永遠
做不到！

約翰．迪佛，
你這沒用的窩
囊廢！你向來
不是色膽包天
嗎你！上啊！
拚了！
?
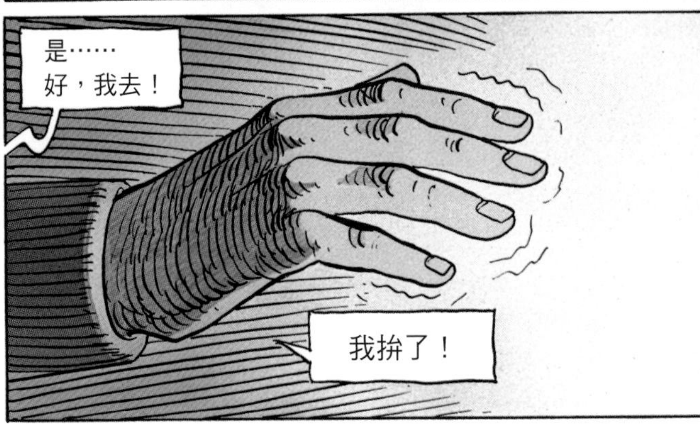
是……
好，我去！
我拚了！
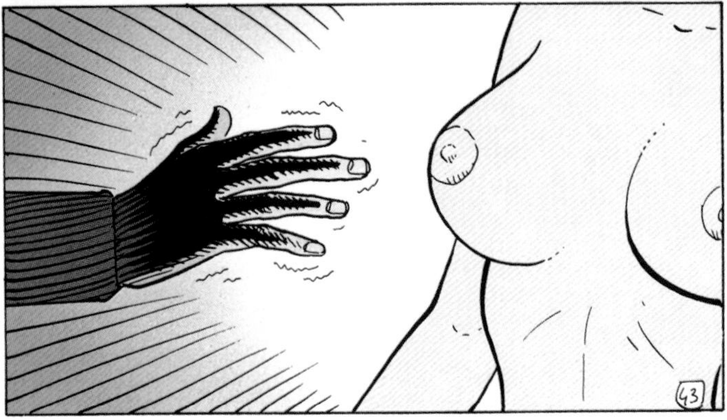
43

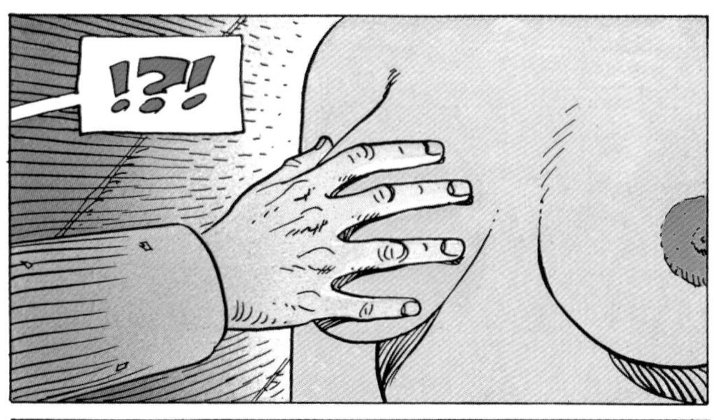
!?!

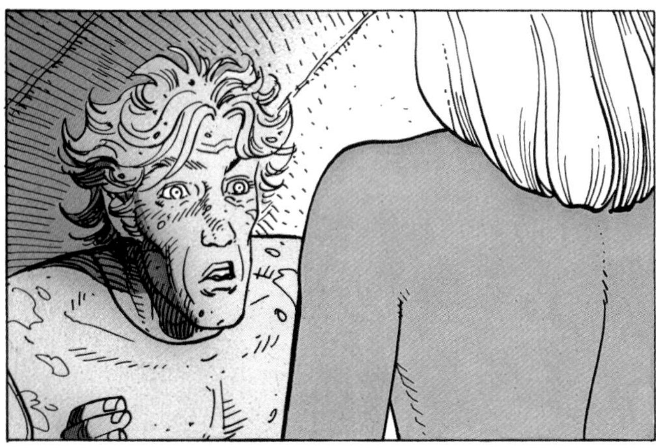

怎麼，約翰!?難道我不是你
自始至終守候的那個人嗎？
這是你
說的……
阿尼瑪！

不，我不是阿尼瑪……我只是借
用了她的形體……我是芭芭拉，
婆娑原后！

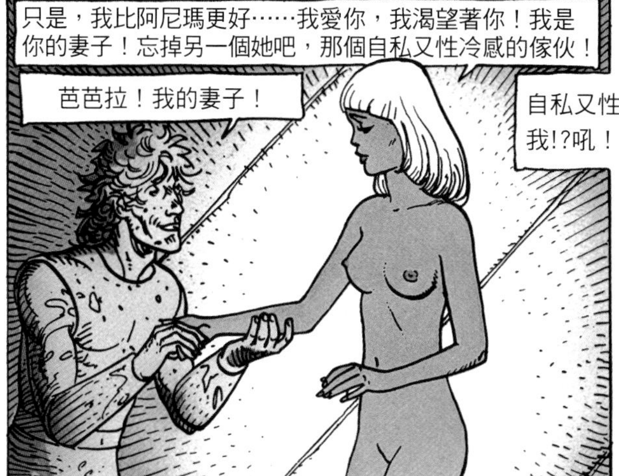
只是，我比阿尼瑪更好……我愛你，我渴望著你！我是
你的妻子！忘掉另一個她吧，那個自私又性冷感的傢伙！
芭芭拉！我的妻子！
自私又性冷感！
我!?吼！

這是個陷阱……約翰！小心！
噓，阿尼瑪，小心中斷
進程！讓他在自己的幻
象裡採取行動……

若要受孕，我必須被愛！
而且是真愛！
當然啊，芭芭拉……
我愛你，是真愛！

證明給
我看！
我馬上證明！
告訴我怎麼做
我都聽你的！

婆娑原后唯一能接受的愛的
證明，就是生命的恩賜！
你要我的
命？拿去
吧！

等等！只有在完成繁衍
行為後，我才有能力將
你分解，我的愛人！
我接受！芭芭拉！讓我
們相愛吧，接著就讓我
灰飛煙滅，不必等！

那麼，過來吧！我的愛人！
和你的妻子一起，躺到新床上……
約翰，現在……
既然我們愛過了……
我的天！
阿尼瑪！我幹了什麼好事？我對著你的影子背叛了你！
而我也受孕，準備孕育出成千上萬的子民了……現在，真正神聖而無比燦爛的時刻，便是你的分解了！你那美好的原子將會加入宇宙偉大女神的懷抱……
滅了我吧！
45

不，等等！
偉大的宇宙女神
在等你……

住手！
我有別的提議！
比我的命更值錢！
比你的命
更值錢？

快想想辦法……這個可怕的生物正要把約翰分解！
阿尼瑪，別擔心！
這階段也在印加石
原本的排程裡……

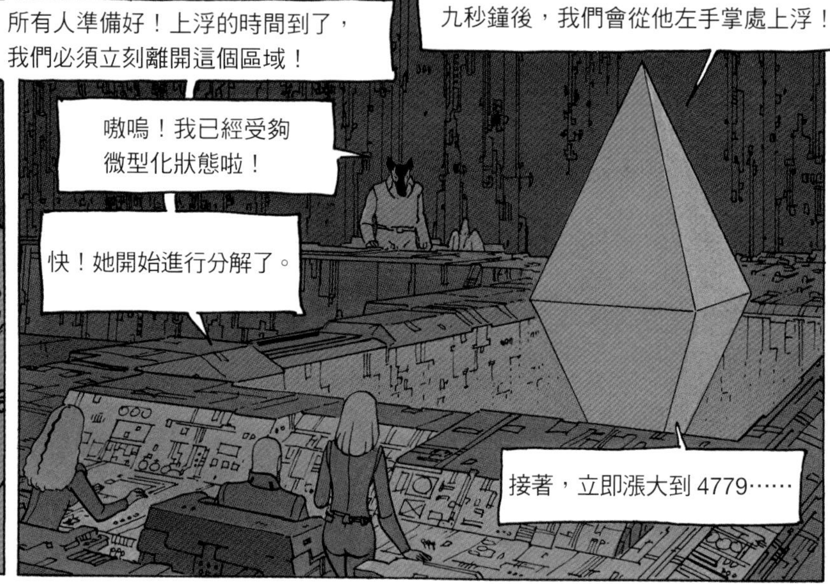
所有人準備好！上浮的時間到了，
我們必須立刻離開這個區域！
嗷嗚！我已經受夠
微型化狀態啦！
快！她開始進行分解了。
九秒鐘後，我們會從他左手掌處上浮！
接著，立即漲大到 4779……

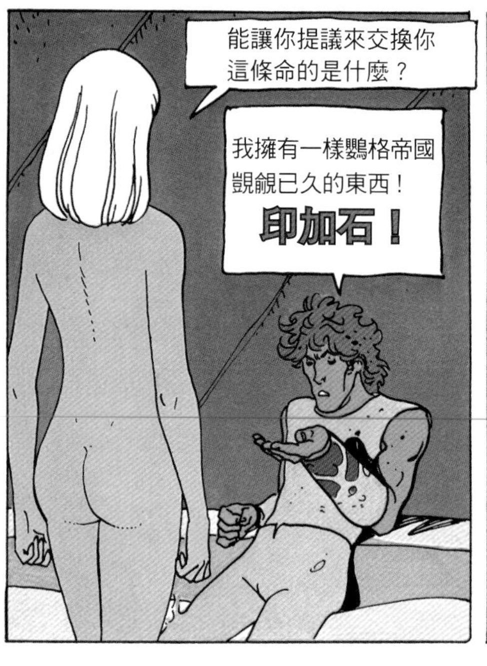
能讓你提議來交換你
這條命的是什麼？
我擁有一樣鸚格帝國
覬覦已久的東西！
印加石！

印加石確實是屬於
鸚格人的……預言
裡有個不為人知的
部分，提到印加石
是黃金時代的祕密
關鍵！
嘿，那正好
看吧！

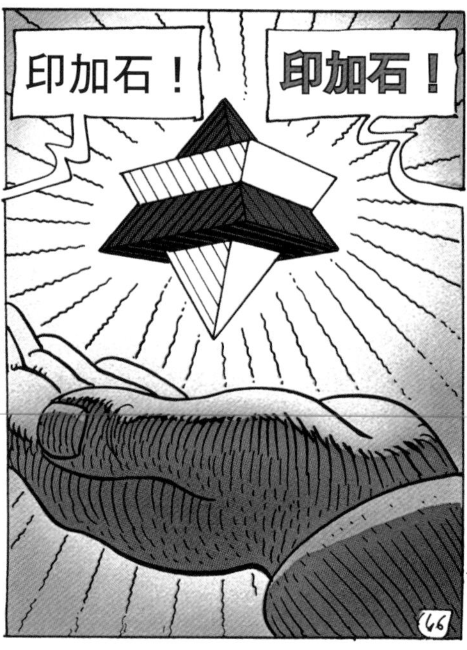
印加石！
印加石！
66

印加石！把它給我！給我！
可以，
不過……

除非你先給我我想要的東西，
否則休想靠近它一步……
一個我親自
挑的禮物！
噢吡！
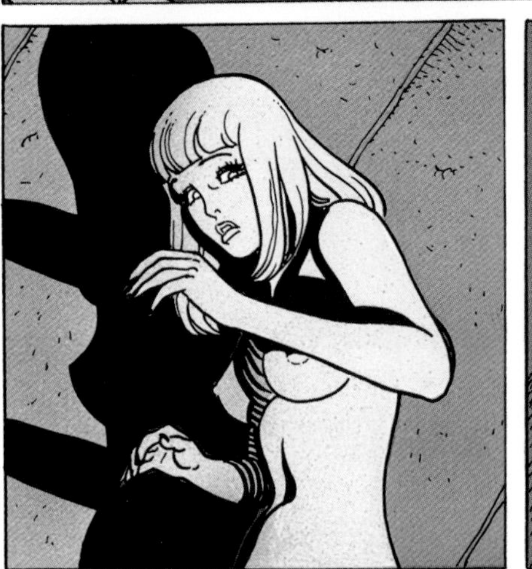

告訴我你要什麼！
你就會得到它！
唔，呃……
那我要，我要……
約翰！

我要一個小小的星球天堂……
上面都是花、很多香蕉、沙灘、
各種膚色的女人，還有……
他瘋
了吧！
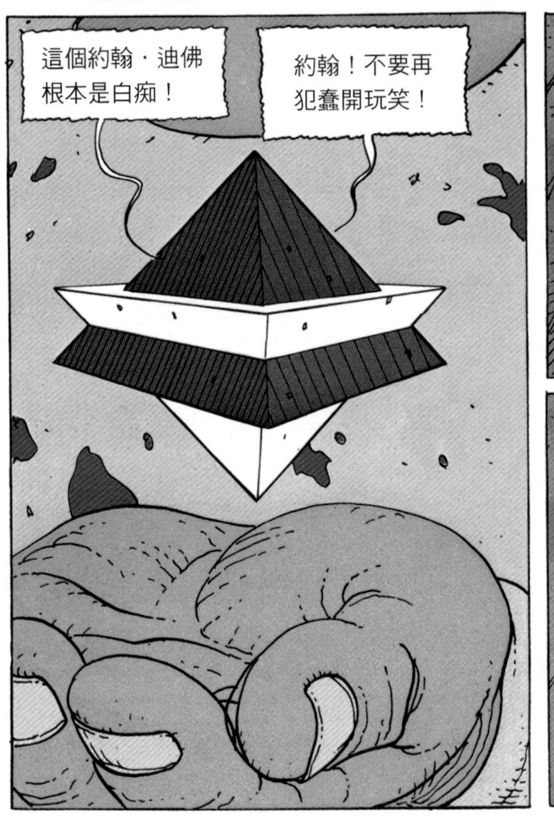
這個約翰·迪佛
根本是白痴！
約翰！不要再
犯蠢開玩笑！

你明明很清
楚得跟她要
什麼！
我呃……好吧，我
想要泰克諾星球。
那朵毒香菇？
這什麼奇怪的提議
啊！那個地方哪裡
跟天堂扯上關係！

沒錯，我就是為
了摧毀才想要它
你真是個怪咖，不過為了拿
到印加石……好，成交！
成了！準備
恢復我們的
正常體型，
他會帶領鸚
格艦隊直攻
泰克諾星！
不過，過來嘛！化身為女性
形象的我需要更多的愛！快！
我的小翰翰！用力愛我！
47

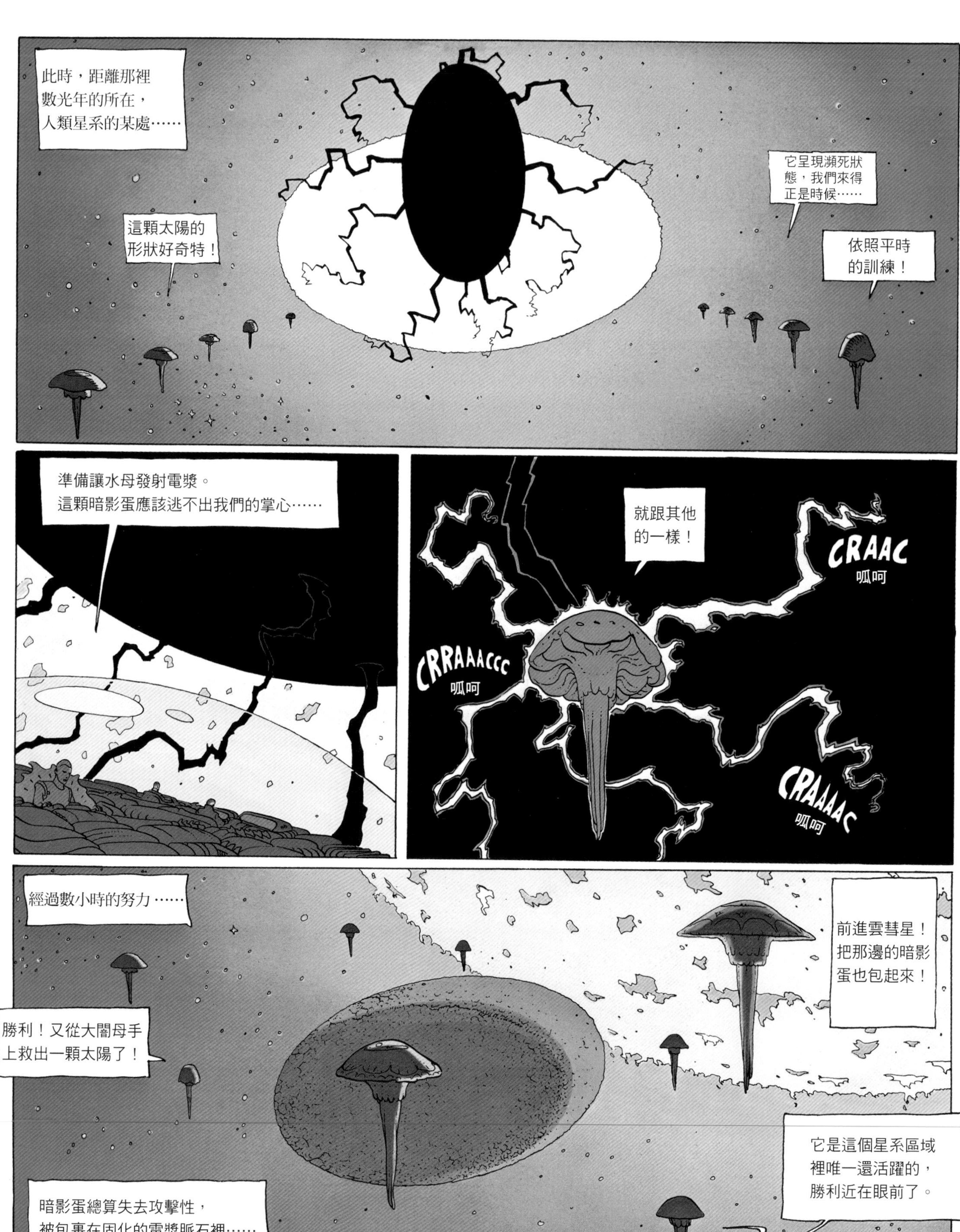
此時，距離那裡
數光年的所在，
人類星系的某處……
這顆太陽的
形狀好奇特！
它呈現瀕死狀
態，我們來得
正是時候……
依照平時
的訓練！
準備讓水母發射電漿。
這顆暗影蛋應該逃不出我們的掌心……
就跟其他
的一樣！
CRAAC
呱呵
CRRAAACCC
呱呵
CRAAAAC
呱呵
經過數小時的努力……
前進雲彗星！
把那邊的暗影
蛋也包起來！
勝利！又從大闇母手
上救出一顆太陽了！
它是這個星系區域
裡唯一還活躍的，
勝利近在眼前了。
暗影蛋總算失去攻擊性，
被包裹在固化的電漿脈石裡……
68

偉大的泰克諾主腦，大事不好了！短短 48 小時，707.7A 區又有 310 顆暗影蛋消失了！
F86 區的行動完全中止！所有運作中的蛋都被消滅了！
A30 區也面臨同樣的狀況，主腦，這說不通啊！
照道理，這些反物質生成的暗影蛋應該是牢不可破的……
這話什麼意思？
意思就是全息電視裡那個瘋子說的是真話！
可是，大闇母承諾過……
若是我的理解沒錯，泰克諾主腦，你所謂的勝利只是空口說白話！
大闇母怎麼說？還有希望嗎？
大闇母永遠有辦法！要有信心！

突然……
鸚格人有跟上嗎？
呼！總算回歸正常空間！
他們必須跟我們同時上浮，將泰克諾星球包圍！

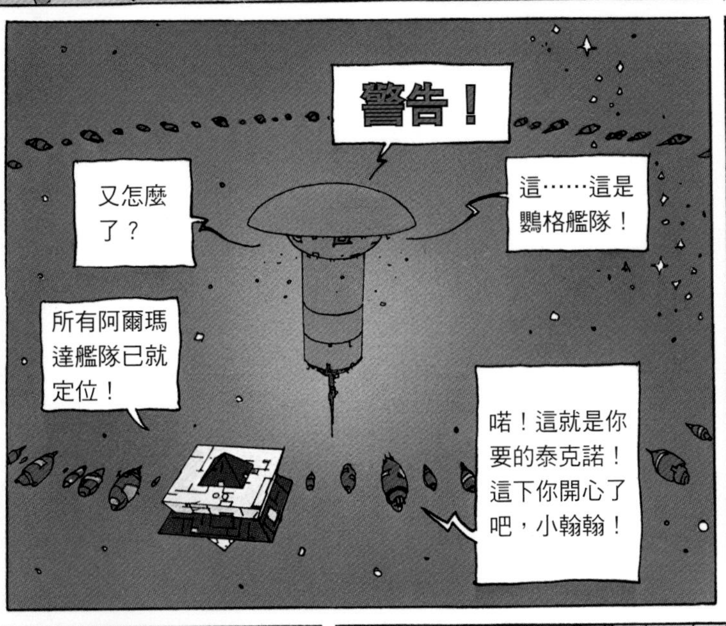
警告！
又怎麼了？
這……這是鸚格艦隊！
所有阿爾瑪達艦隊已就定位！
喏！這就是你要的泰克諾！這下你開心了吧，小翰翰！

好開心呀，我親愛的芭芭拉！事成之後，印加石就屬於鸚格星球了！
開始進攻！全部摧毀！
遵命，婆娑原后

不必害怕！我們有所向無敵的心靈護盾！
可是……才沒這回事！看看螢幕上的畫面，他們進來了！
完了！
嗯，的確，這就奇怪了……

我想只有一個解釋：護盾的設定是為了阻止所有來自我們星系的物質或能量，鸚格星系的分子結構想必跟我們有微妙的差異，所以我們的防護罩無法擋住他們！所以，我們必須迎戰！
斯蒂羅格！叫那個蠢蛋閉嘴！我們完了！
放心，我的胖胖！坐上我們的飛船，逃離這個老鼠洞就好了嘛！
49

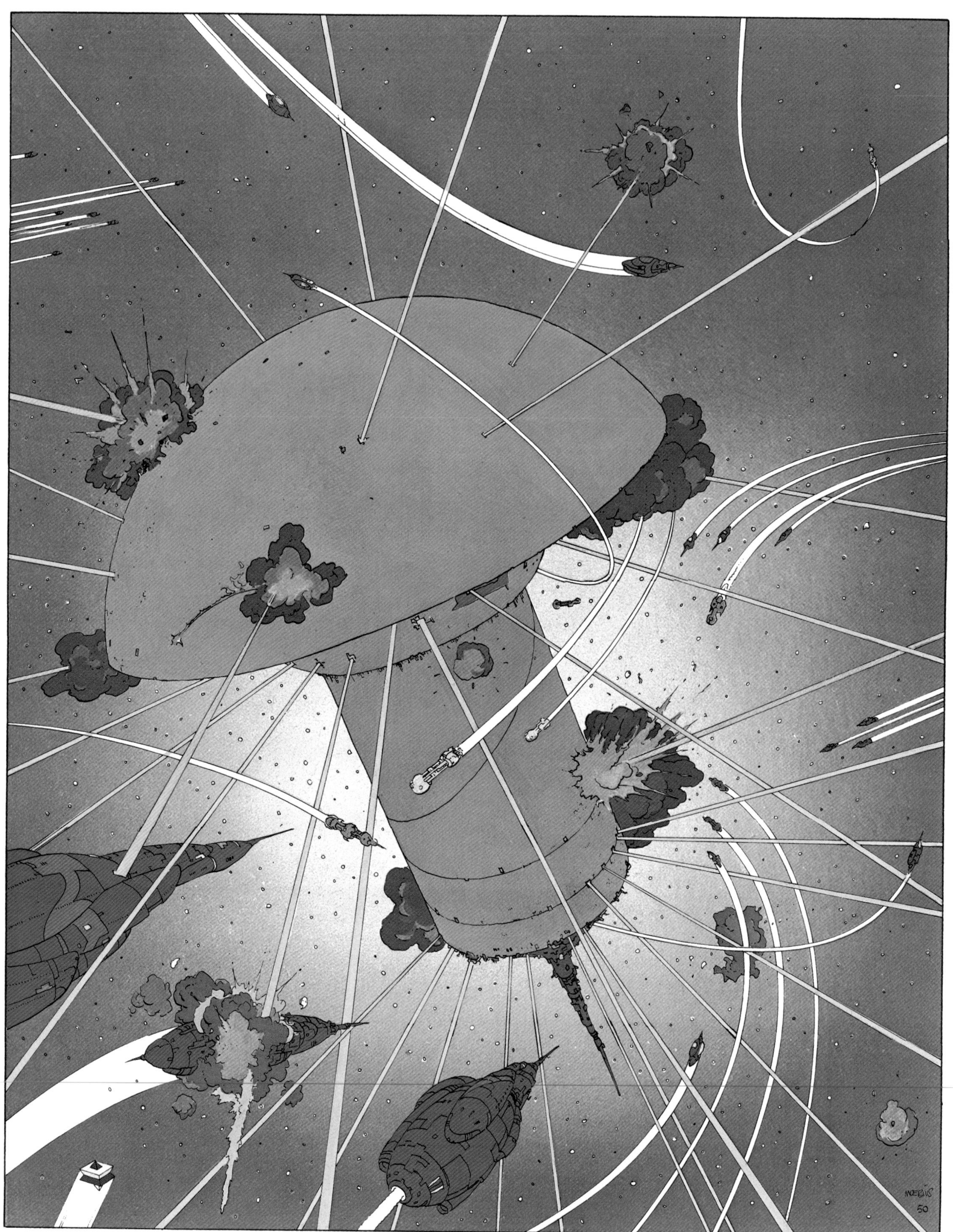
MOEBIUS
50

泰涅黑病毒
VIRUS TENEBRAE

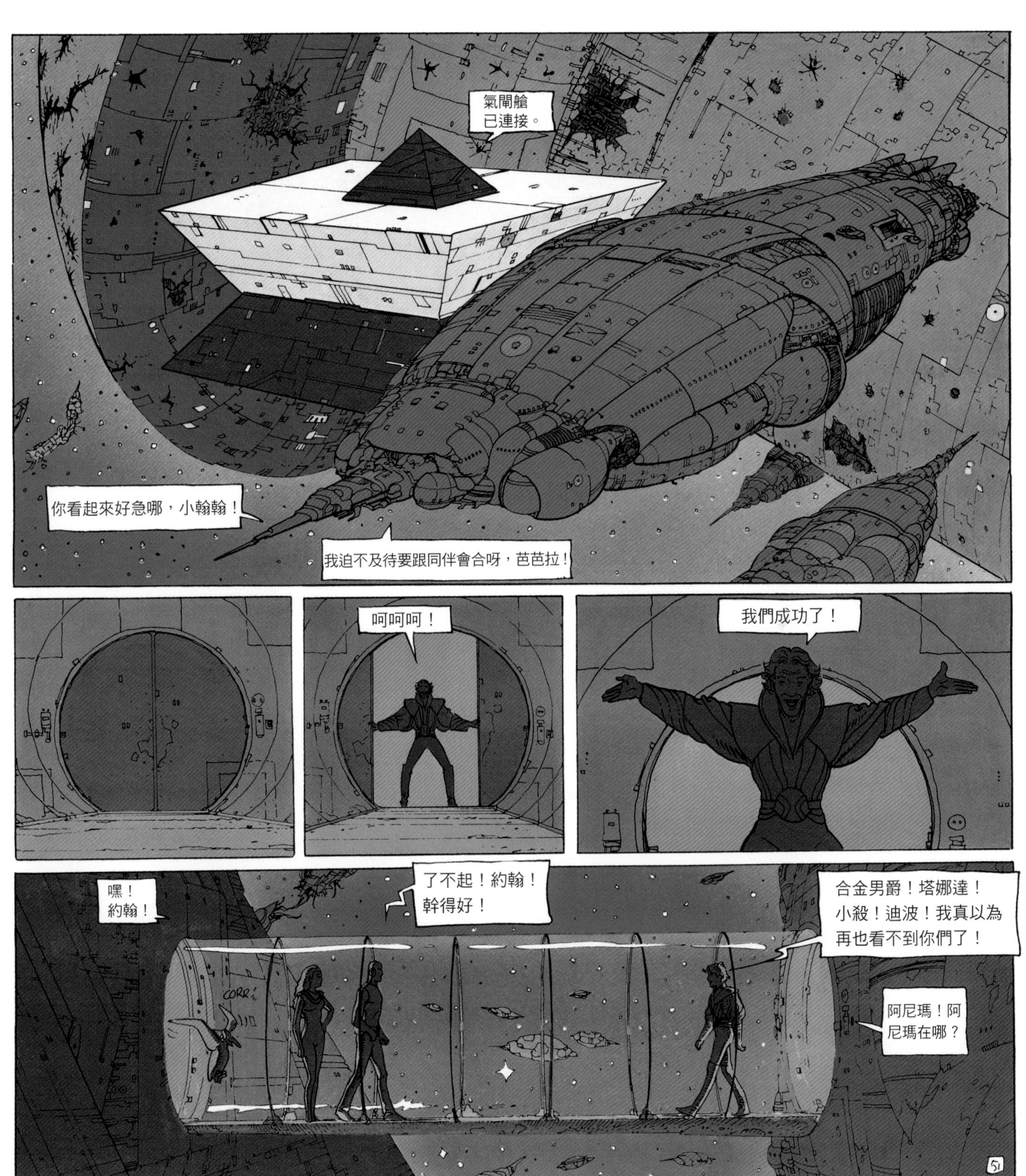

約翰！

約翰！
阿尼瑪！

小翰翰！
我的
小翰翰！

原來這就是讓你魂牽夢縈的人！
而你……

竟然膽敢喜歡這個凡人的形體，
勝過你的婆娑原后！

就讓你的原子永無止境
四處遊蕩吧！印加石你
留著，我要取你的性命！
約翰！
不！
啊啊啊嘎！

人類就是個只會背叛的種族！無所謂！
我已經受孕了！現在我們再也不需要其
他種族了！我的子民！快！回到我們的
蟻穴母體，創造預言的鸚格黃金時代吧！
52

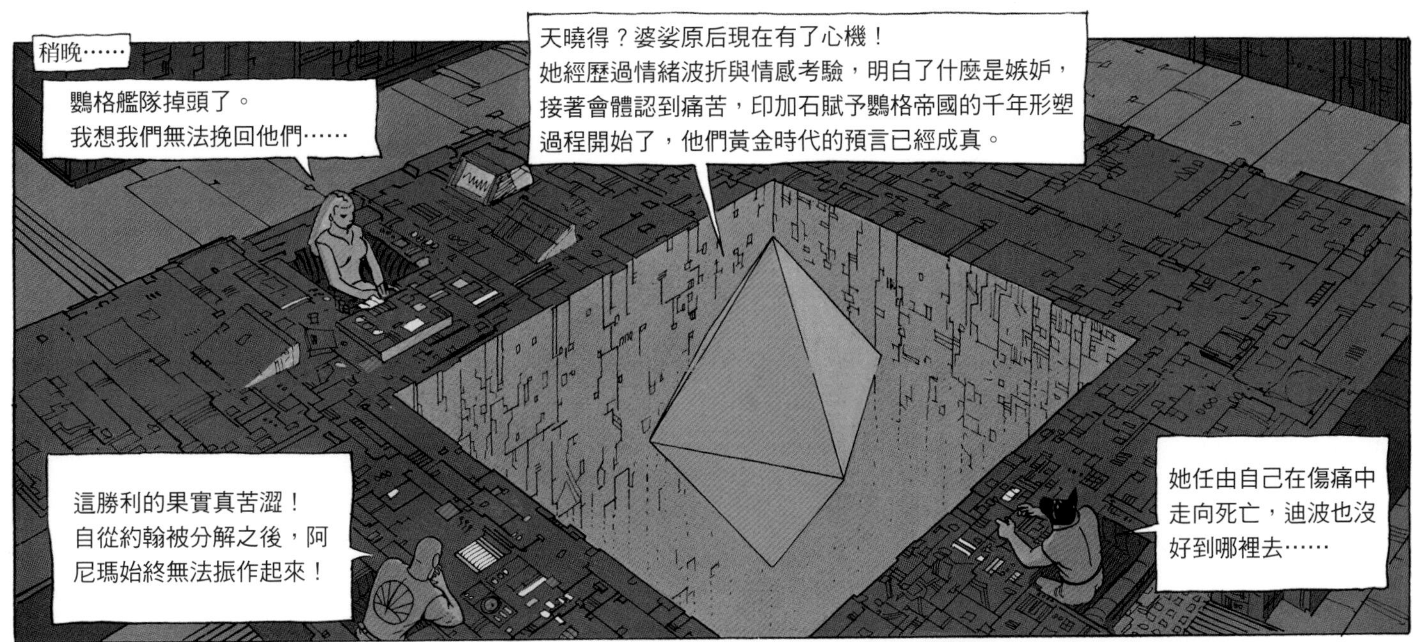
稍晚……
鸚格艦隊掉頭了。
我想我們無法挽回他們……
天曉得？婆娑原后現在有了心機！
她經歷過情緒波折與情感考驗，明白了什麼是嫉妒，
接著會體認到痛苦，印加石賦予鸚格帝國的千年形塑
過程開始了，他們黃金時代的預言已經成真。
這勝利的果實真苦澀！
自從約翰被分解之後，阿
尼瑪始終無法振作起來！
她任由自己在傷痛中
走向死亡，迪波也沒
好到哪裡去……

阿尼瑪對這個瘸腳的偵探竟如此一往情深，
真是超出我的想像……怎麼辦？約翰的原子
大概已經遍布浩瀚宇宙中，回天乏術了！
不會的！
一定還有希望！正因為
阿尼瑪愛著約翰，只有
他的回歸才能拯救她！

話說，印加石既然能讓約翰的
原子群維持在星芒飛船的軌道
附近！再加上……

它在他的跨平面記憶銀行裡，保存了他
的生物心靈印記！現在就看你們了……
我們該怎麼做？

說說看，梭玥！
告訴我們該怎麼做！
只有愛的力量能夠將他
散落四處、成千上萬的
原子再次匯聚起來！
你們其中有兩位必須
創造出一個雌雄漩渦。

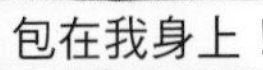
包在我身上！

哼！何必浪費這麼多力氣？想辦法讓阿
尼瑪冷靜下來不是比較合理嗎？也該讓
她從這場荒唐的
愛情裡解脫了，
不是嗎？

?!

沒用的，合金男爵！面對真正的問題
吧：約翰和阿尼瑪彼此相愛！她永遠
不會屬於你！

53

住手！

振作起來，合金男爵！請你接受
失去我姐姐的事實！你還有我啊！
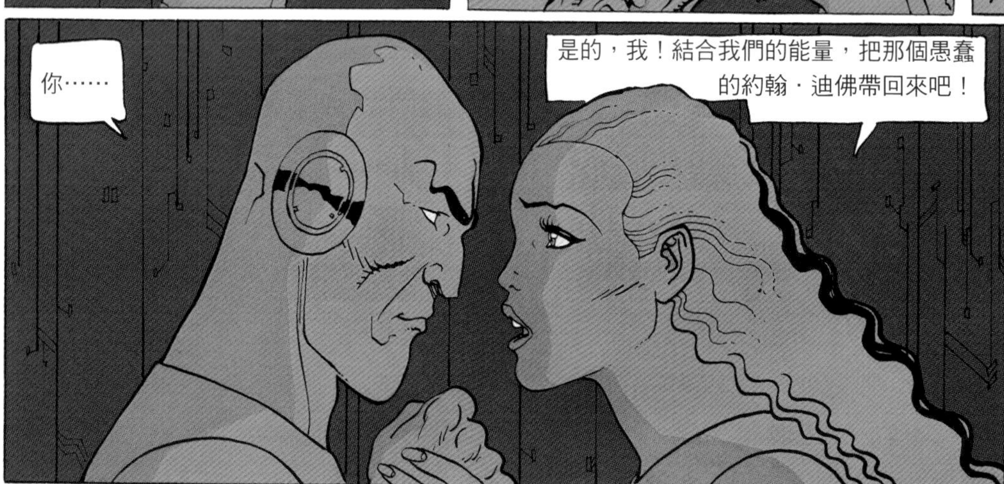
你……
是的，我！結合我們的能量，把那個愚蠢的約翰·迪佛帶回來吧！

嗷嗚！我還是去看看迪波的狀況好了！這可憐的小動物心情都盪到三十六層地獄啦！
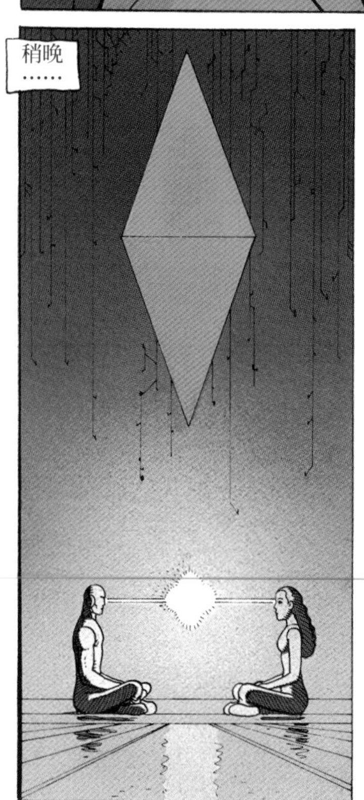
稍晚……
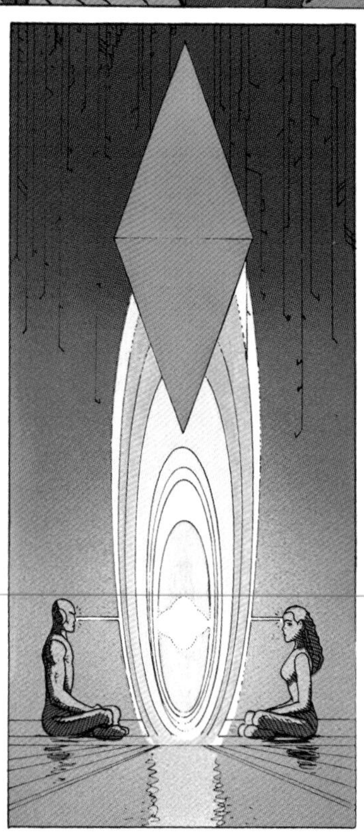
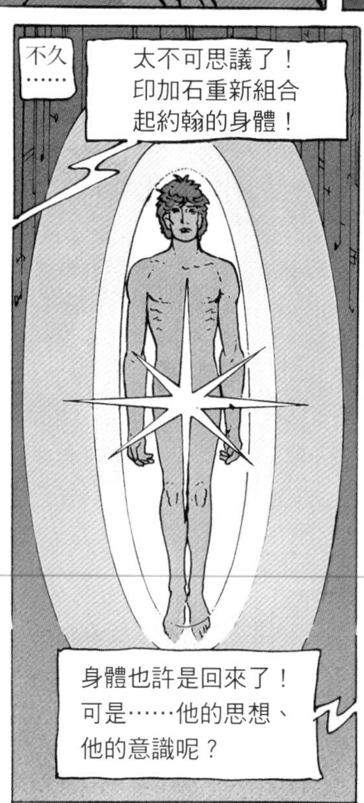
不久……
太不可思議了！印加石重新組合起約翰的身體！
身體也許是回來了！可是……他的思想、他的意識呢？

阿尼瑪!?你在哪裡？阿尼瑪在哪裡？
依我看，他全部的精神思想都還在！他是貨真價實的約翰·迪佛！
54

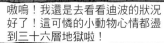

稍晚的時候，
在水盡窟……

這邊也是……大獲全勝！所有暗影蛋都被中和了！
泰克諾組織解散，馬加納人都遭到放逐！

不過，還有個謎尚未解開：到底是誰帶領他們，為了大闇母的利益而背叛人類？
印加石認為是一種精神病毒。
那麼，這個自稱大闇母的存在究竟是誰？她從哪裡來？她要的是什麼？

的確還有很多謎團未解，但是我們有另外一個迫切的問題得解決！雌雄大帝！
?
?

他本應回到黃金星球，殖民代表都等著他一起慶祝這場振奮人心的勝利，但是他被一股詭異的惡能量控制了！
走吧！印加石可以實現各種奇蹟！
這難度很高，因為至高無上的陛下只准許灰田在他身邊！
好歹試試看吧！

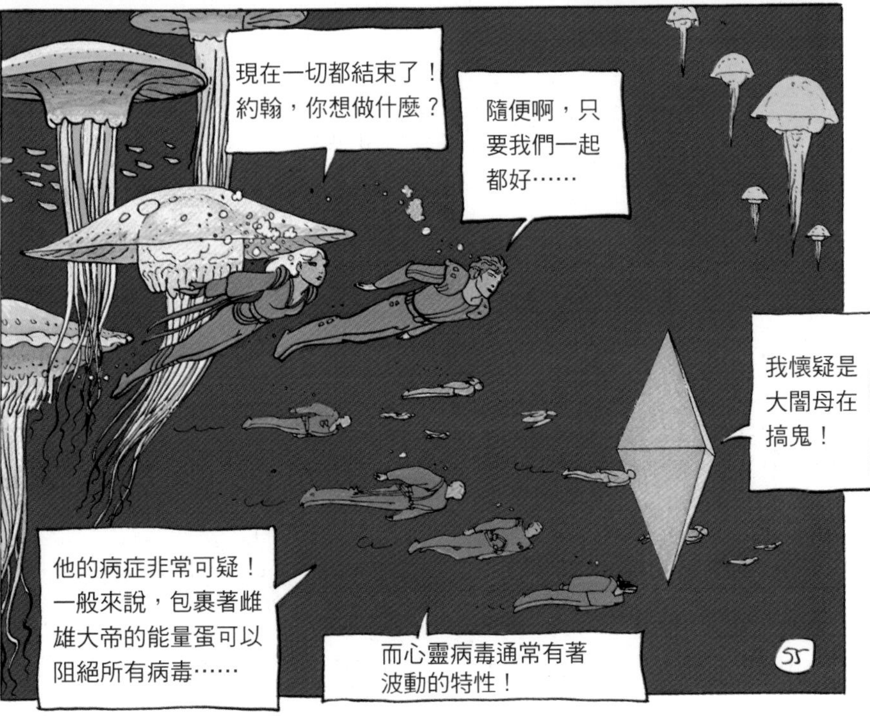
現在一切都結束了！約翰，你想做什麼？
隨便啊，只要我們一起都好……
我懷疑是大闇母在搞鬼！
他的病症非常可疑！一般來說，包裹著雌雄大帝的能量蛋可以阻絕所有病毒……
而心靈病毒通常有著波動的特性！
55

請勿靠近！不宜打擾至高無上的陛下！

我察覺到這個人的體內埋有背叛者的回聲！
拿下他！
大膽！

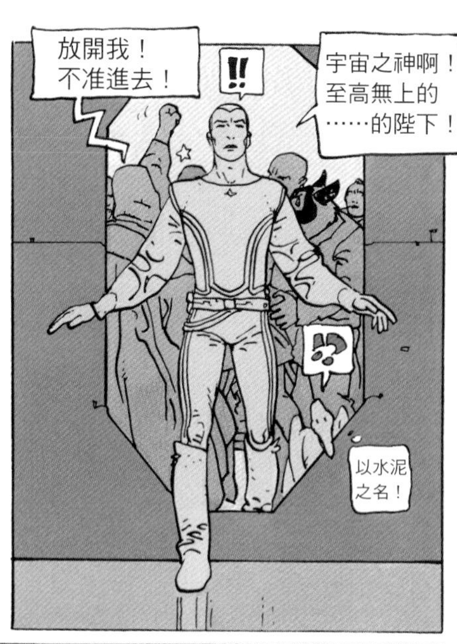

放開我！
不准進去！
!!
宇宙之神啊！
至高無上的
……的陛下！
以水泥
之名！

我憎恨你們！
光子盲目的崇拜者，摧毀了泰克諾與
珍貴的暗影蛋對你們沒有任何好處！
這樣做只會激起我主人的憤怒！

現在，就讓你們
見識見識黑色的
復仇吧！

好可怕！

太嚇人了！

雌雄大帝！

多麼可悲、
恐怖啊！

灰田這叛徒竟把泰涅黑病毒接種到雌雄大帝身上！

饒了我吧！我只是惦記我可憐的孫
女晶妲，那些惡魔想把她敲碎啊！

56

大闇母！
MŒBIUS - JODOROWSKY
57

MŒBIUS

LA CINQUIÈME ESSENCE

première partie : galaxie qui songe

第五精華

第一部：幻夢星系

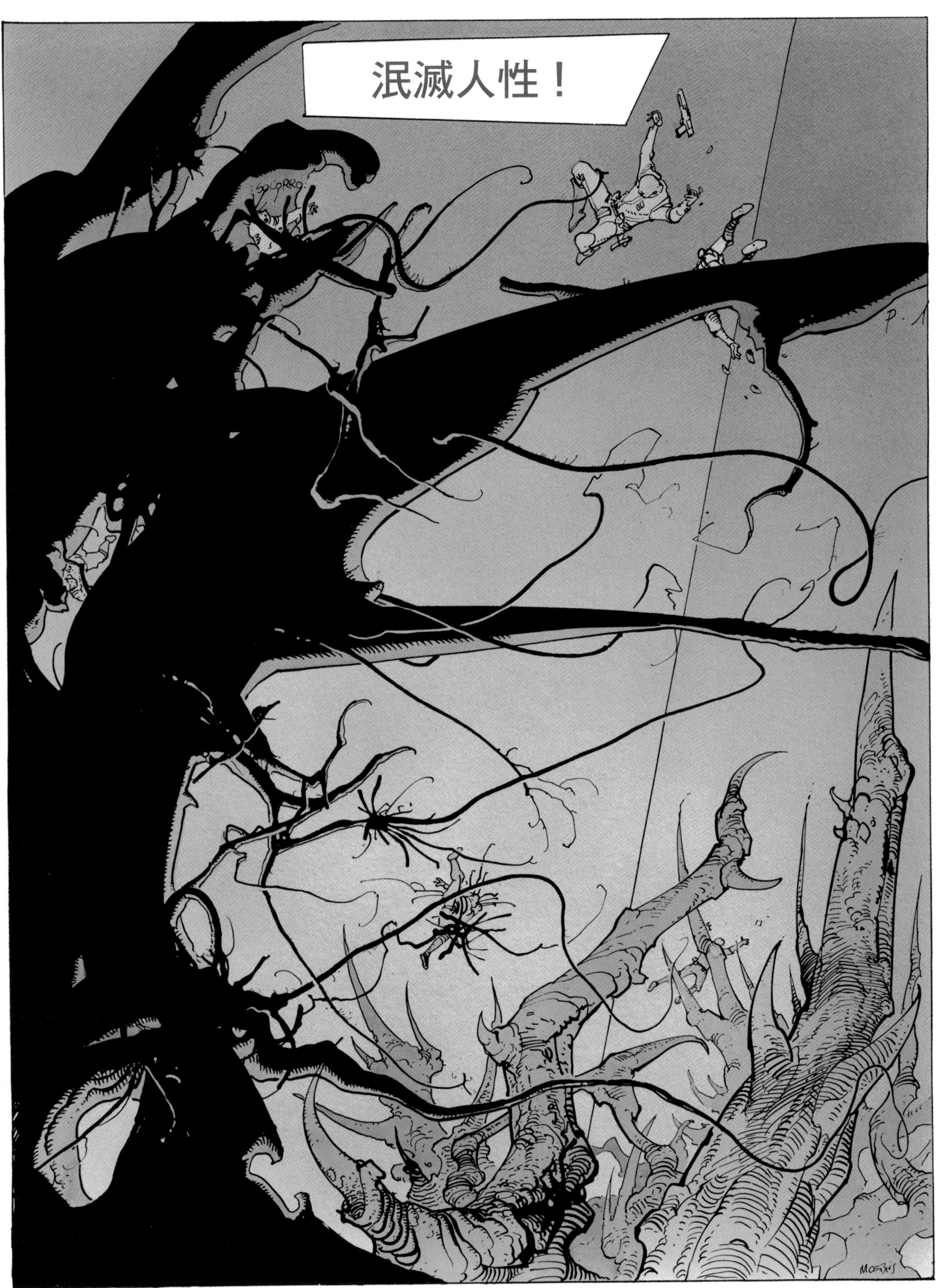
泯滅人性！

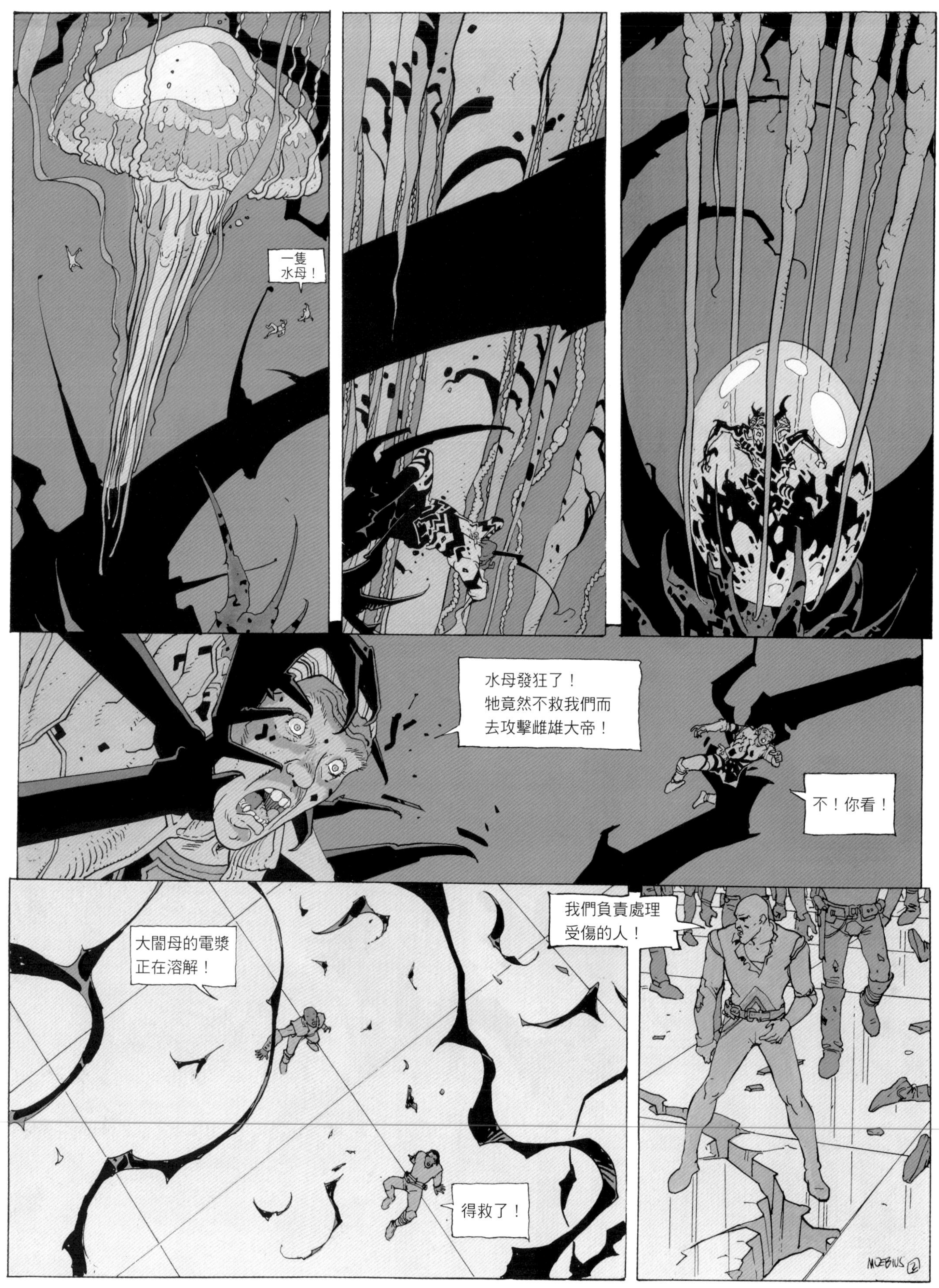
一隻
水母！
水母發狂了！
牠竟然不救我們而
去攻擊雌雄大帝！
不！你看！
大闇母的電漿
正在溶解！
得救了！
我們負責處理
受傷的人！
MOEBIUS

沒希望了⋯⋯真正的敵人是大闇母！她看起來根本就無敵！
這次我們不是戰勝她了嗎？
戰勝？
目前僅僅控制住情勢而已⋯⋯雌雄大帝只是其中一個展示的渠道，這個敵人可能會出現在任何地方、任何時刻！
這次，印加石及時派出水母⋯⋯
可是要多少水母才能讓——
夠了！
??
?
我實在受夠你們這些麻煩事了！在鸚格事件之後，一切都該回到正軌才對，說好是這樣啊！接著我就可以好好的，挑個星球天堂，跟阿尼瑪度假去⋯⋯
度假？那是什麼東西？
?
打從一開始，我對這玩意就沒好感！結果竟然沒完沒了⋯⋯甚至越來越糟⋯⋯所以，我受夠了！夠了！
夠了！
可是約翰⋯⋯
去啊，繼續去拯救世界、星系，還有宇宙，不過不要算上我！
這個嘛，約翰，你好歹是個R級偵探耶，不能放任不管吧？
他怎麼了？
我受傷了！
遭受重擊！
你，不過就是隻鳥，少管我！
你說我只是⋯⋯鳥？
MOEBIUS 3

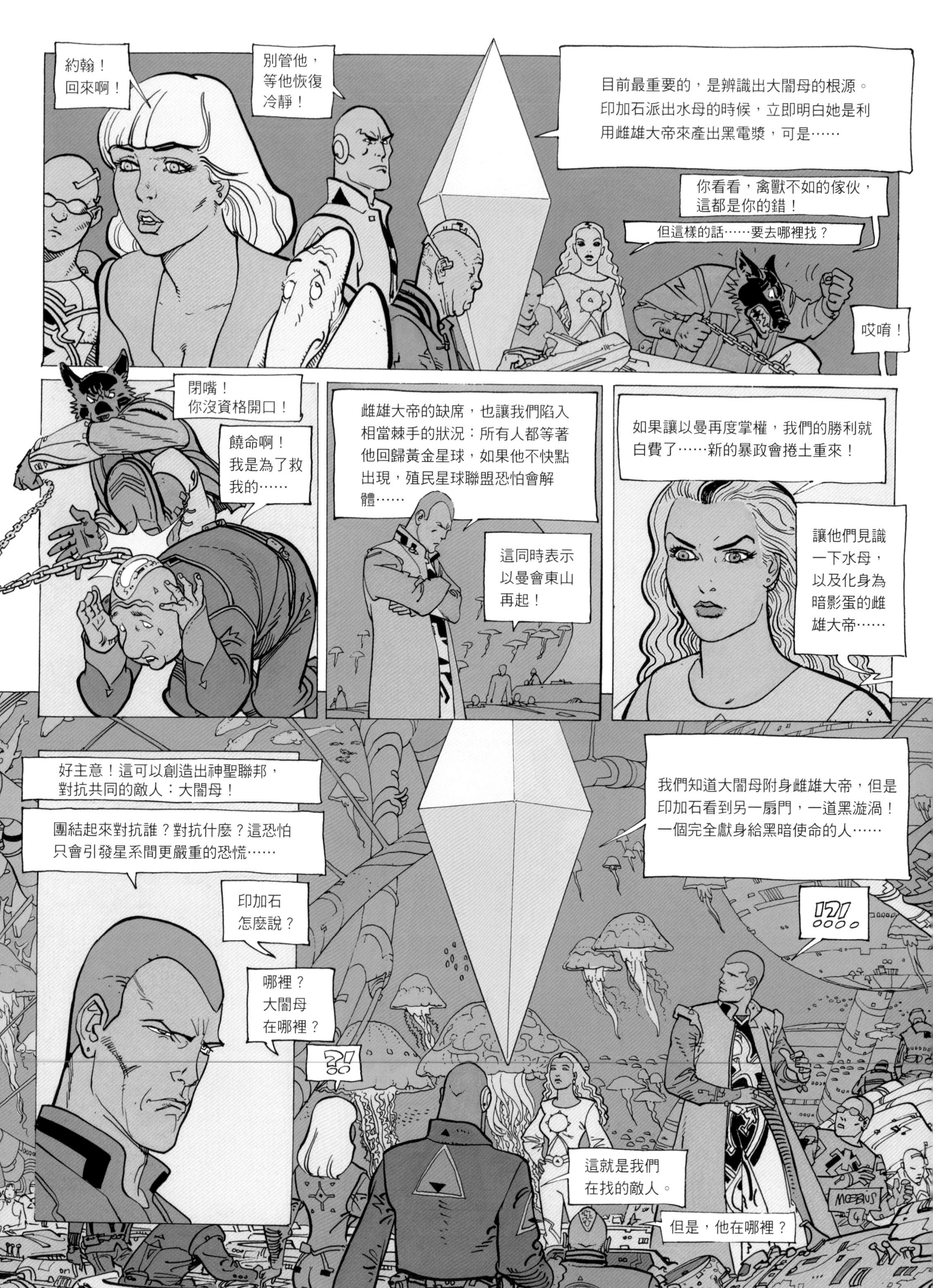
約翰！回來啊！
別管他，等他恢復冷靜！
目前最重要的，是辨識出大闇母的根源。印加石派出水母的時候，立即明白她是利用雌雄大帝來產出黑電漿，可是……
你看看，禽獸不如的傢伙，這都是你的錯！
但這樣的話……要去哪裡找？
哎唷！
閉嘴！你沒資格開口！
饒命啊！我是為了救我的……
雌雄大帝的缺席，也讓我們陷入相當棘手的狀況：所有人都等著他回歸黃金星球，如果他不快點出現，殖民星球聯盟恐怕會解體……
這同時表示以曼會東山再起！
如果讓以曼再度掌權，我們的勝利就白費了……新的暴政會捲土重來！
讓他們見識一下水母，以及化身為暗影蛋的雌雄大帝……
好主意！這可以創造出神聖聯邦，對抗共同的敵人：大闇母！
團結起來對抗誰？對抗什麼？這恐怕只會引發星系間更嚴重的恐慌……
我們知道大闇母附身雌雄大帝，但是印加石看到另一扇門，一道黑漩渦！一個完全獻身給黑暗使命的人……
印加石怎麼說？
哪裡？大闇母在哪裡？
?!
!?!
這就是我們在找的敵人。
但是，他在哪裡？
MOEBIUS

泰克諾主腦！所有的資訊都指向他。只要找到他，就能找到開啟大闇母所有連接埠的鑰匙。
泰克諾主腦自從泰克諾星殞落之後，就跟以曼歐羅一起逃走了！
戰爭之星!?
問題癥結就在那裡！他們只能去戰爭之星！
戰爭之星的確切位置在哪裡？
！
唉！這算哪門子的進展啊！我們當中唯一知道位置的就是雌雄大帝，最好他現在會告訴我們……
我是在戰爭之星受訓成為殺手的，但我沒辦法找出它的位置！
我可以給點建議嗎？哎唷！
給我安靜！你就跟那些沒有話語權的狗一樣！
?!?
讓他說說看！也許他會給出什麼有用的建議。
好吧，叛徒！你是打算開口還是讓我咬掉你的耳朵？
我的孫女，晶妲！他們折磨她、弄斷她的手腳，強迫我成為叛徒！你們要相信我！這是唯一的理由，讓我……
噭……
可以不要再哭哭啼啼了嗎？
等等，小殺！聽他講完！
他們把我帶到……那裡……而那可憐的孩子被冰凍，他們可能會把她敲成無數碎片……
講重點！不然斃了你！
我敢說那裡一定是戰爭之星，在來回路程上他們都給我下了藥，但是一切都記錄在我的穿顱式生命電腦裡，只要接上一臺終端機，就可以讀取資料。
稍晚
唔，試試總沒有損失……
有何不可？
那邊！我看到了！藏在小行星帶！
完美！立刻來擬訂作戰計畫！
MŒBIUS

約翰！
我知道……
我又要白痴了！
並沒有！我們都只是被嚇到了……
只有在你身邊我才能找回勇氣去……噢！阿尼瑪！我們兩個一起走吧！走吧！到很遠很遠的地方！找個星球天堂，在那裡我們一定可以過上平安幸福的日子！
約翰！當然，這是我最期盼的事！
嗄？你……你的意思是你要跟我走？現在？馬上？
不行嗎!?
噢噢噢，阿尼瑪！
只要再完成一個小任務，然後……
好！我都答應你。啊，我實在太幸福了……呃，不過是什麼小任務？
攻打戰爭之星！
攻打戰爭之星……
沒什麼好怕的！合金男爵已經制定好相當縝密的策略！
MŒBIUS
6

……

這次不會失敗的……你覺得呢？

喂！至少要回答我吧！你怎麼想？

嗄？呃……我怎麼想嗎？

戰爭之星，就是不知躲到哪裡去的那個軍事企業體？

唔，是吧……根據哈以莫的說法差不多是這樣。

那麼，哈以莫有沒有告訴你們，那裡就是帝國製造所有毀滅性的玩意、紫禁衛等等的地方？有成千上萬的戰士，而且每個都跟合金男爵一樣強悍？

我知道，可是……

戰爭之星！拜託！你們根本搞不清楚狀況！那個該死的堡壘有本事在十秒內摧毀一個太陽系！那是個殺手的大本營，冷血刺客多到滿出來！
要是我的腦袋沒壞，你們現在要去的是星系裡最危險的地方……
可是約翰，我們有印加石啊！

對，說得對！你們有了不起的印加石！既然如此，為什麼還要拖累我約翰．迪佛？
可是約翰……

沒什麼好談了。
我不要！
我沒辦法！
也不該去！
不行、不行
就是不行！
休想！
約翰……
休想！
約翰！
7
MOEBIUS

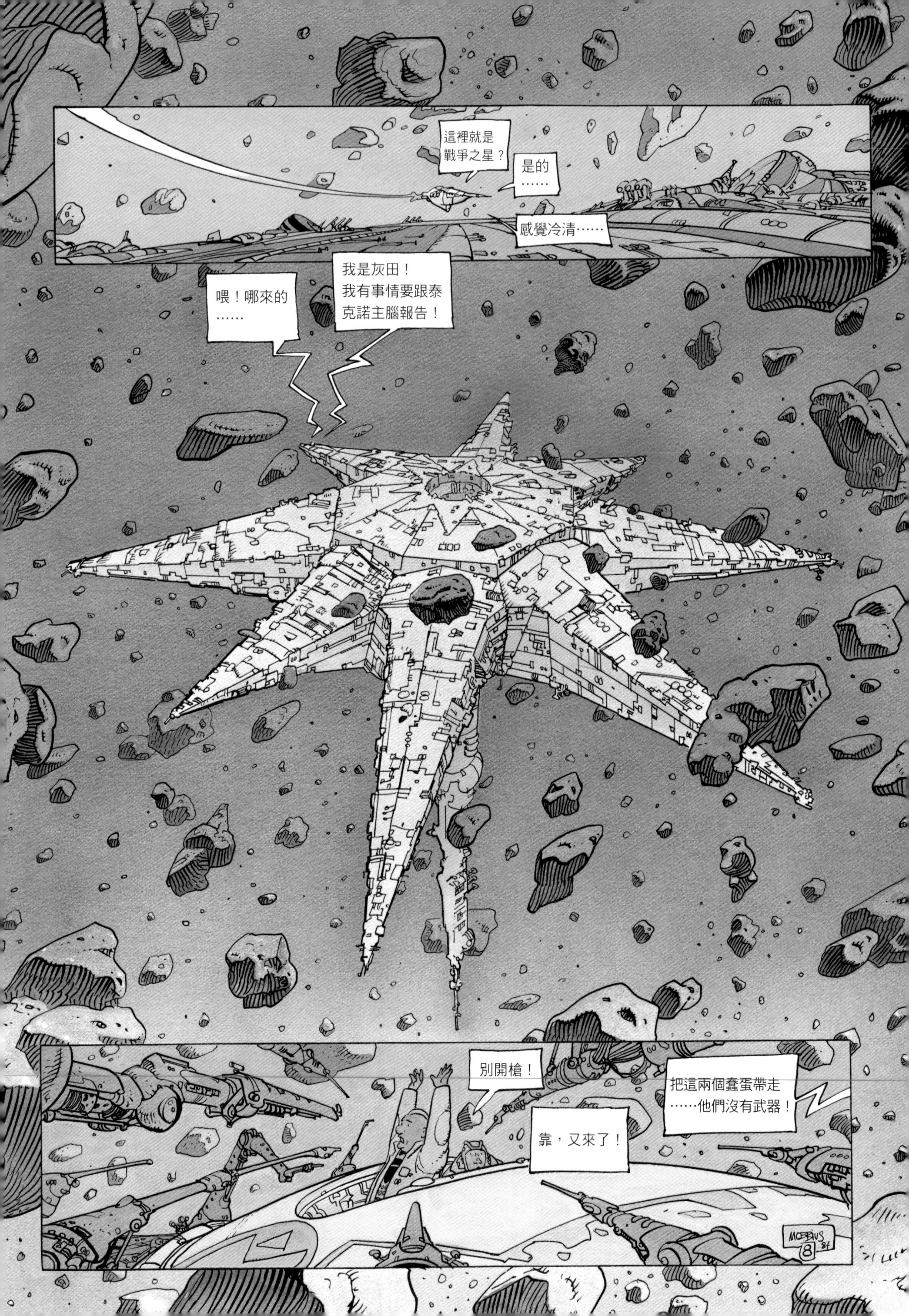
這裡就是戰爭之星？
是的……
感覺冷清……
喂！哪來的……
我是灰田！我有事情要跟泰克諾主腦報告！
別開槍！
把這兩個蠢蛋帶走……他們沒有武器！
靠，又來了！
MOEBIUS 87
8

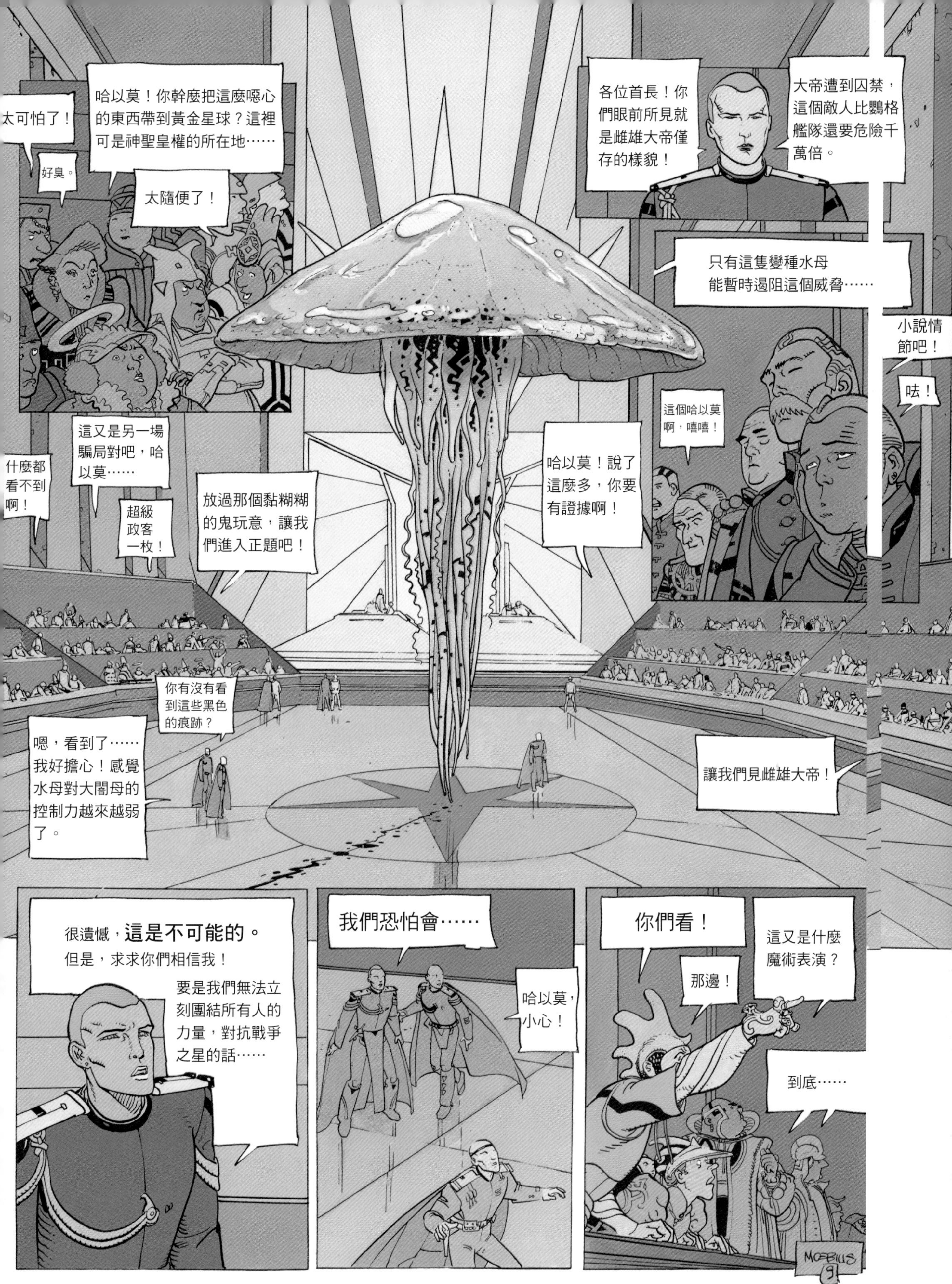

太可怕了！
好臭。
哈以莫！你幹麼把這麼噁心的東西帶到黃金星球？這裡可是神聖皇權的所在地……
太隨便了！
各位首長！你們眼前所見就是雌雄大帝僅存的樣貌！
大帝遭到囚禁，這個敵人比鸚格艦隊還要危險千萬倍。
只有這隻變種水母能暫時遏阻這個威脅……
小說情節吧！
呿！
這個哈以莫啊，嘻嘻！
什麼都看不到啊！
這又是另一場騙局對吧，哈以莫……
超級政客一枚！
放過那個黏糊糊的鬼玩意，讓我們進入正題吧！
哈以莫！說了這麼多，你要有證據啊！
你有沒有看到這些黑色的痕跡？
嗯，看到了……我好擔心！感覺水母對大闇母的控制力越來越弱了。
讓我們見雌雄大帝！
很遺憾，這是不可能的。但是，求求你們相信我！
要是我們無法立刻團結所有人的力量，對抗戰爭之星的話……
我們恐怕會……
哈以莫，小心！
你們看！
那邊！
這又是什麼魔術表演？
到底……
MOEBIUS
9

墨線千條！大闇母從水母體內竄出了！
FUIT
PANIC!
跟蠕蟲沒兩樣的人類！你們拿什麼來違抗我！
我要把你們全部給滅了！
看我滅了你們所有人，還有該死的光！
快！派出另一隻水母！
救命啊！
你說，你想把印加石賣給我們？真是老套！
至於你，你想協助我們戰勝殖民世界來報復哈以莫，因為他搶走你的愛人……而作為交換，你要一個只屬於你的天堂世界？嗯……
那另一個傢伙呢？他想要什麼？
唷，灰田，說嘛！告訴我們什麼可以讓你開心呀！
晶妲！我要我的晶妲！我已經照你們的話做了，你們必須放了那可憐的孩子！
呵呵呵，我們必須？
確實耶！那個水晶般的晶妲不知道變什麼樣了？嘻嘻嘻……行！讓我們去瞧瞧那不幸的孩子！
是啊，很美……不過也很脆弱！瞧，灰田，要是你不老實招來，我馬上就可以敲斷她另一根手指……還是鼻子比較好呢？
嘿嘿！噢！她確實很美哪！
別這樣！
我招，全招！
MOEBIUS
10

天殺的叛徒！
什麼都不准說，
不然我就把你……
抓住這個瘋子！我
跟你們說實話！
這一切都是哈以莫策畫的！印加石將自己縮小
藏在約翰．迪佛體內！殖民星球隨時都會攻打
戰爭之星！我發誓我說的都是真的！
哇！
哎唷！
又來！
殖民者！
他們要攻打我們!?
太恐怖了！
噢不！
警戒！
安靜！
殖民者根本
不值一提！
真正危險的
是印加石。
我們被
發現了！
在雌雄大帝的
艦隊還沒抵達
之前，我們不
能現身……
印加石
怎麼說？
放開我！
不——
嘖！沒什麼好說了！
我還是沒辦法習慣這
黑嚕嚕的玩意。
所有人後退！
大闇母要她的
獵物！
迪佛！
MOEBIUS
11

我們得出去，
不然，
他就沒救了！
印加石說現在
還不是時候！
殖民艦隊又是怎麼回事？
他們已經遲到了！
如果他們不快點抵達，
完蛋的就是我們！
印加石！
印加石……
總要做點什麼
吧！
¡¡¡INCAL!!!
印加——石！
救命啊！
啊！
斯蒂羅格！
把晶妲還給我！
我該做的都做了啊！
停止你這些無禮的舉動，不然我乾脆
把你變成吊燈！
泰克諾主腦！
必須跟所有人發出警告！
沒有必要，以曼歐羅！
戰爭之星是無堅不摧的，
就算有十支雌雄大帝的
艦隊也無需擔心……
我們根本不可能
準時抵達！
我們在水母身上
花掉太多時間了。
一定有解法的，
儘管希望渺茫，解法就是……
亞空間！
太瘋狂了！
資訊不足。
我們恐怕會永遠
消失在裡面……
我們別無選擇！
現在他們是連來都不會來了！要是我們再多等一分鐘，
約翰迪佛就沒命了！
進攻！
好！我們進攻吧！
寧可戰死也好！
MŒBIUS
12

不行！必須等到最後一秒！
就算得賠上約翰・迪佛的性命……
!
不！
泯滅人性！
你要聽我的話！你是我的兒子，而約翰・迪佛是你的父親！聽我的！
不行！
哈哈哈！你是我的了……是我大闇母的了！
你，還有背負你的人類！
合金男爵……想想辦法！
夠了！阿尼瑪！我們不能違反印加石的意志，你很清楚！
可是，這問題是……
好噁心哪……這玩意聞起來跟屎沒兩樣！
快！再噴點香水，不然我要昏倒了……
MOEBIUS 13

見識你的真面目。
戰爭之星
153 小時 27 分 12 秒
自從泰克諾主
腦來了之後，
這裡好安靜……
是啊……
除了剛才那
兩個笨蛋。
說也奇怪，我們竟然跟黃金星球
斷了聯繫！我不玩政治，但是……
戰爭之星
153 小時 27 分 13 秒
我也是，
我……喂！
!?
!?
警告！
紅色
警戒
遭到攻擊！
這……是雌雄大帝的艦隊！
他們瘋了吧！竟然
從距離目標這麼
近的亞空間冒出
來，根本是
自殺行為！
要是他們想自殺，我們
可以幫他們一把！啟動
ONE 爪機制，格殺勿論！
紅色警戒！
紅色警戒！
ONE 爪！
ONE 爪！
ONE 爪！
KHABOOOMMMMM
喀砰
該死的！
落點太近……比
預期近太多了！
他們會像遊行一樣屠殺我們！
管他的！開火！
飛彈、雷射、卡瑟砲通通上！
MŒBIUS 14

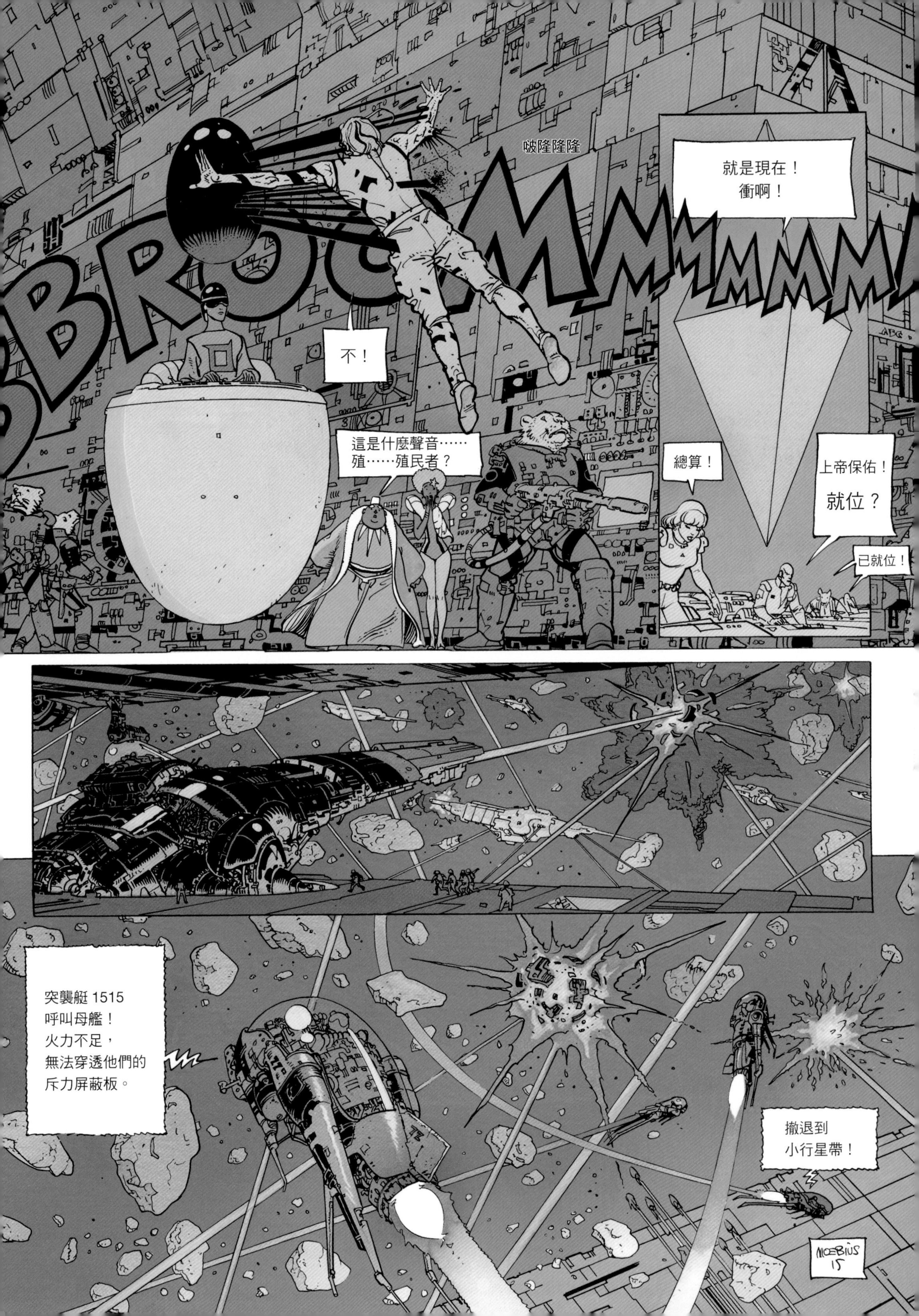

啵隆隆隆
BROOMMMMMMMM
不！
這是什麼聲音……
殖……殖民者？
就是現在！
衝啊！
總算！
上帝保佑！
就位？
已就位！
突襲艇 1515
呼叫母艦！
火力不足，
無法穿透他們的
斥力屏蔽板。
撤退到
小行星帶！
MOEBIUS
15

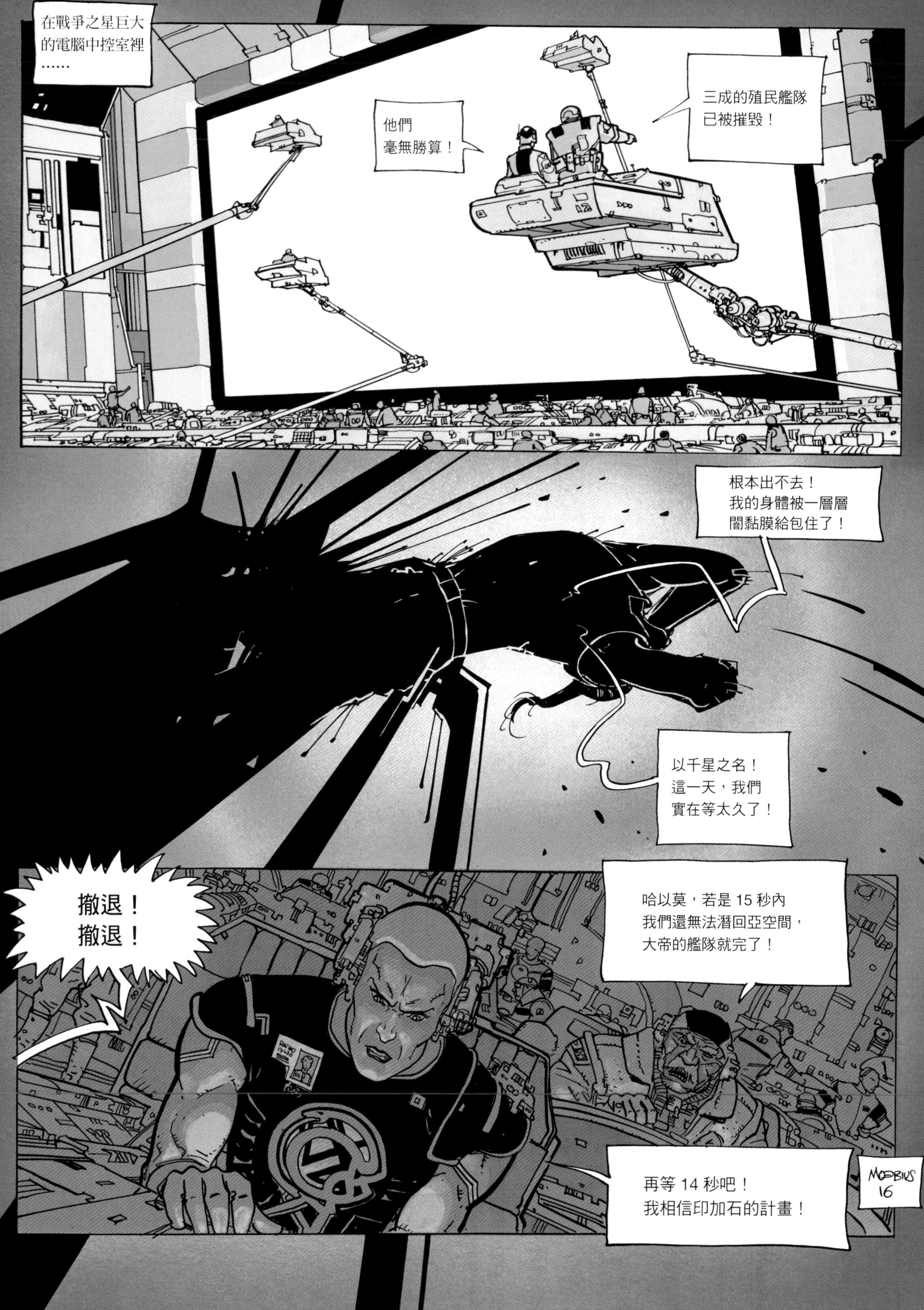
在戰爭之星巨大的電腦中控室裡……
他們毫無勝算！
三成的殖民艦隊已被摧毀！
根本出不去！我的身體被一層層闇黏膜給包住了！
以千星之名！這一天，我們實在等太久了！
撤退！撤退！
哈以莫，若是 15 秒內我們還無法潛回亞空間，大帝的艦隊就完了！
再等 14 秒吧！我相信印加石的計畫！
MOEBIUS 16

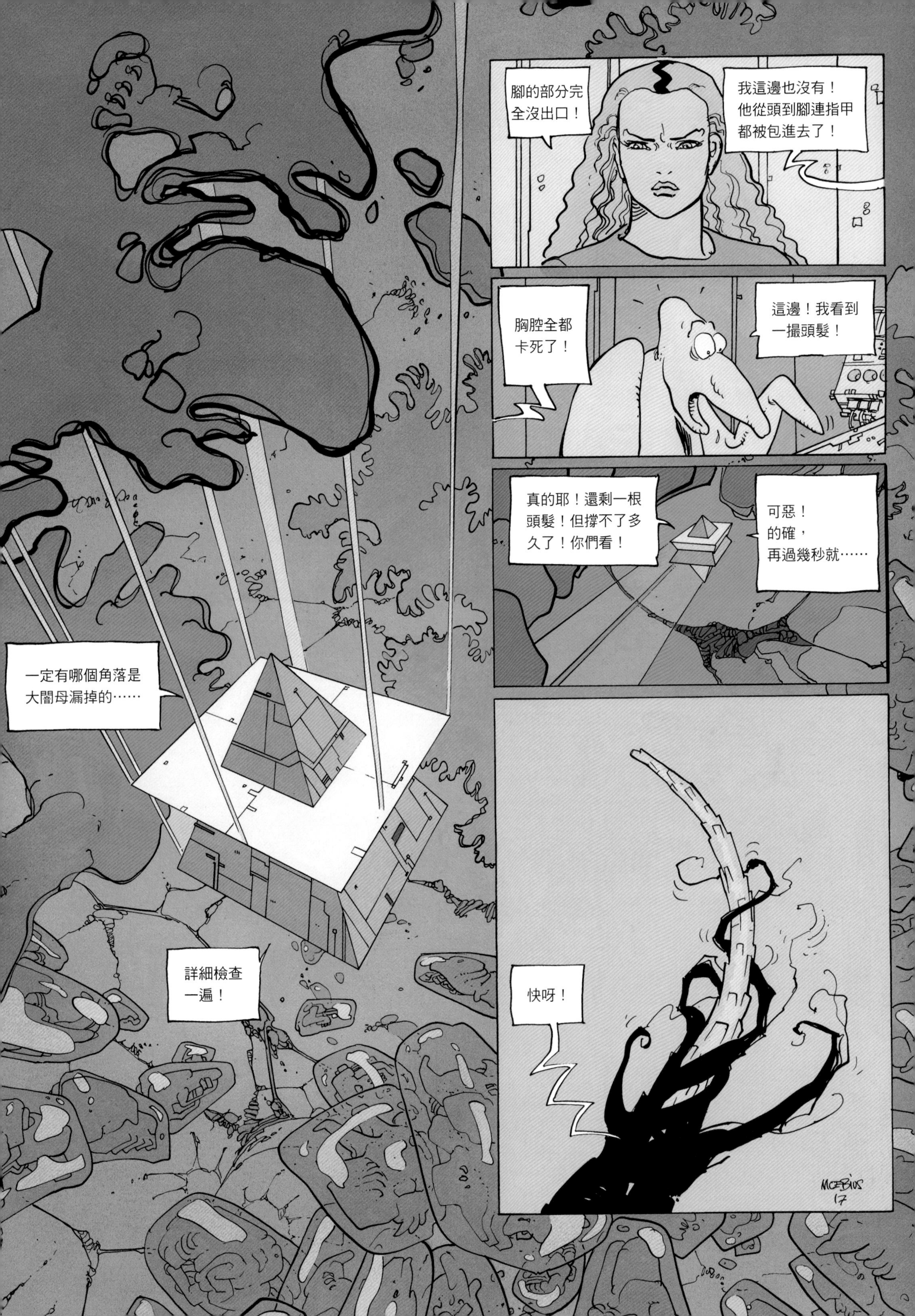
一定有哪個角落是
大闇母漏掉的……
詳細檢查
一遍！
腳的部分完
全沒出口！
我這邊也沒有！
他從頭到腳連指甲
都被包進去了！
胸腔全都
卡死了！
這邊！我看到
一撮頭髮！
真的耶！還剩一根
頭髮！但撐不了多
久了！你們看！
可惡！
的確，
再過幾秒就……
快呀！
MŒBIUS
17

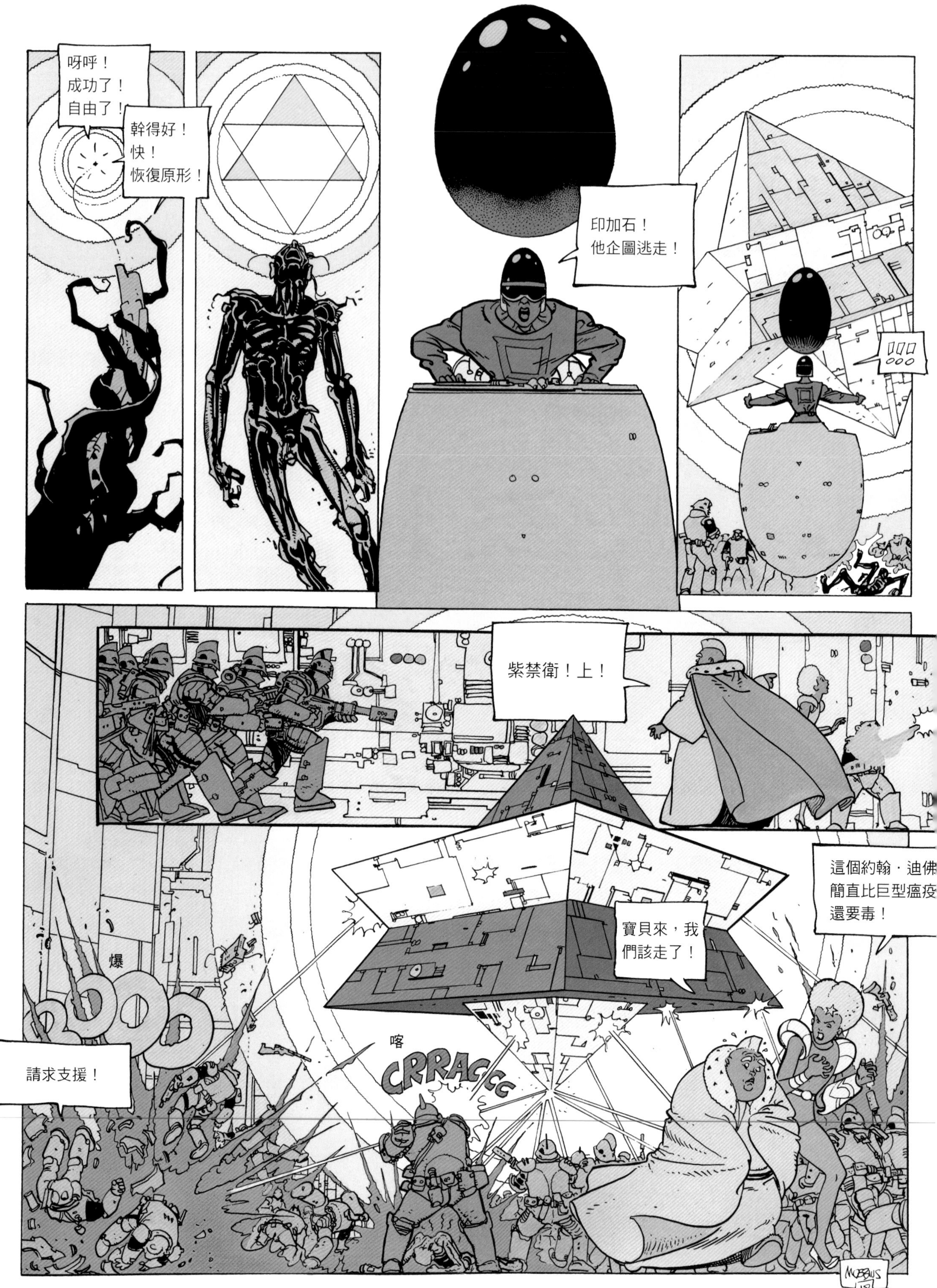
呀呼！
成功了！
自由了！
幹得好！
快！
恢復原形！
印加石！
他企圖逃走！
紫禁衛！上！
這個約翰・迪佛
簡直比巨型瘟疫
還要毒！
寶貝來，我
們該走了！
爆
喀
CRRACCC
請求支援！
MOEBIUS
18

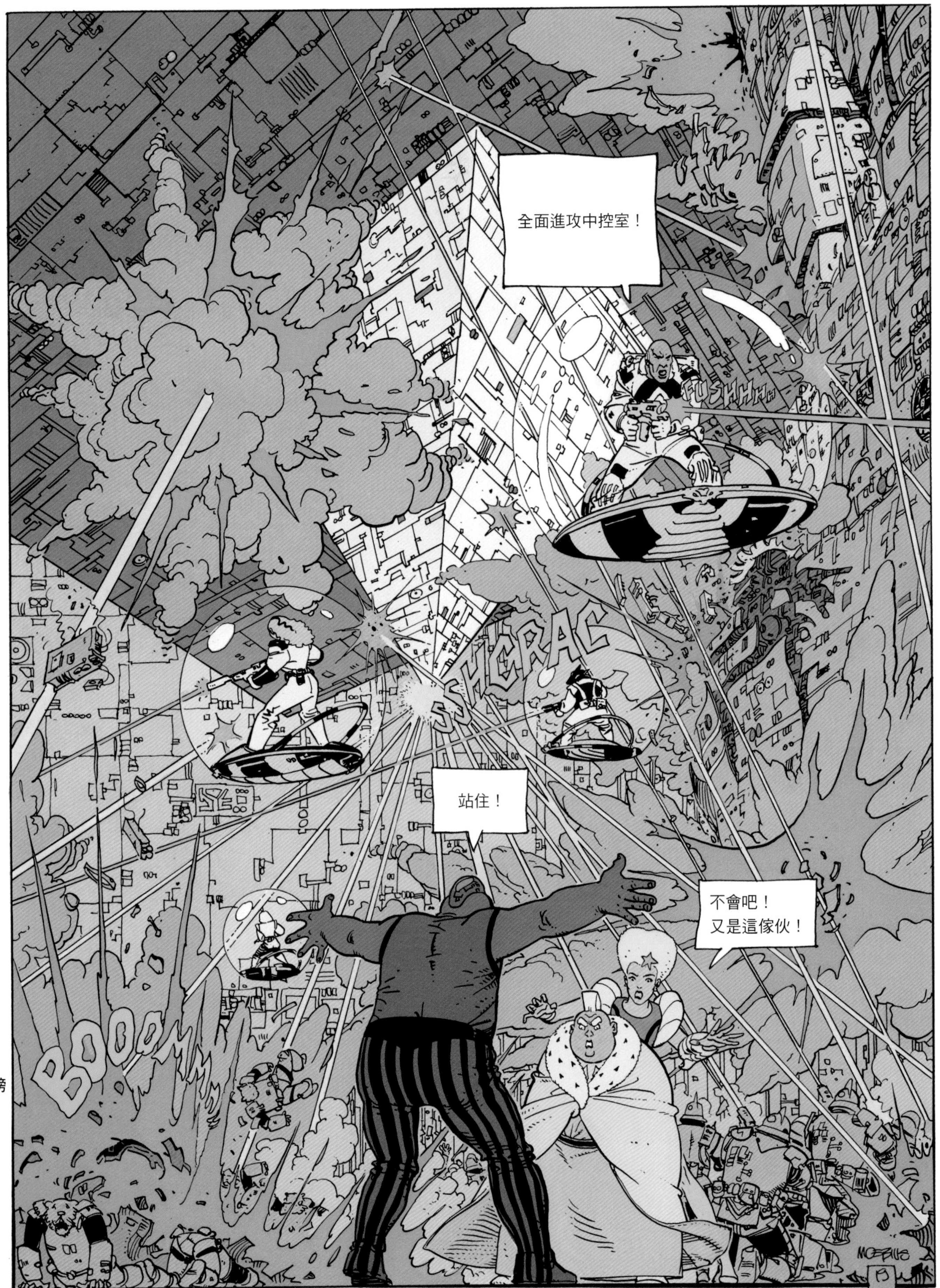

磅

斯蒂羅格！你答應會放了我的晶妲！
難不成你想開槍把我打成蜂窩？
我們走！
賤人！
ARGH!
啊！
TOUCC
咚
哎！
OUCH
放肆！
咚
PAF
小親親！快點！
噫噫噫！他打斷了我的鼻子！
?!
不要啊！小心！
天哪！
以偉大宇宙之名，我、我做了什麼？
不要啊，我的鼻子！
我可憐的鼻子！
小親親！你……受傷了？
跟蒼蠅一樣隨便捏就死！
BOOOOM
砰
快！
不要浪費時間！中控室才是我們首要目標！
TOUFM TOUFM TOUFM
噹噹噹
ZWFFFFFFF
咻
根本沒辦法打穿他們的力場！
SSAARKKK
唰
MŒBIUS
20

只有鎂加砲能夠阻止他們！
快逃！
衝！
看我的！
KKRK
咔！
命中！
靠！
ZZZZNG
鏘
我的力場被毀了！
小殺有危險！
卑鄙的混蛋，休想得逞！
SWITCH
咻嚓
醜不啦嘰的死金龜！看我修理你！
DROOOM
噠磅!
迪波！你是真兄弟！
MOEBIUS
21

約翰！
一群怪物！看他們把你折磨成什麼樣子！
我可憐的寶貝！
好可怕啊！我流血了！
來！我的小寶貝！我們快離開災難現場！
我們唯一的希望就是光速發射器了！
AOUEK！
啊咳！
CHOFFF
咻
FOFFCH
咈咈
泰克諾主腦應該已經在那裡了！欸欸？
哈哈哈！我報仇了！
噢不，不不！我的斯蒂羅格！
變成冰晶！
碎了一地！
噢！
TIGLINGGG
叮
MŒBIUS 22

晶姐！我替
你報仇了！
歐羅啊，你懂了吧！
親愛的！
痛苦就是
這麼一回事啊！
怎麼會這樣！
噢不！
啊呀
AAARGGG
¡OCK!!
唉唷
FASHH
咈咈
12秒！
哈以莫！
拜託！我們
必須撤！
不！再撐兩秒！
MOEBIUS
23

中央電子腦！
小塔！
紅光區後面就是他的「腦」！
嘿！這靶心夠美！
?!
阿尼瑪呢？她在哪？怎麼沒看到她？
磅！
DOM
別擔心！
喔耶！
正中紅心！
她去救約翰！

啊怎麼！
發射臺
失靈了！
呼叫母艦！
他們停火了！
?
所有裝置
都停擺了！
怎麼回事？
搞定了！
他們
成功了！
突擊隊！馬上行動！
哈以莫，你的印
加石算得真準！
這些髒兮兮
的黑色物質
黏在他的皮
膚上！
約翰？
上帝保佑！
他沒死！
只是窒息而已！
唔……
他需要一
口氣，還
有……
欸？
嗯姆！
!?
勝利！
我們贏了！戰爭之星正式投降了！
唔……阿尼瑪！
我要你的吻！
約翰！
約翰·迪佛！
現在真的不
是時候！

他真的怒了！
從來就沒有那個時候！
放開我！
我要她！
不意外！真是應該斬斷他的……
可憐的傢伙，大闇母對他造成的影響還陰魂不散……不過晚點就會好了！
謝謝你迪波！在最危急的時候救了我！
嗳！我喜歡你耳朵上那個洞啊！
好了！我們去迎接哈以莫吧！
至於你，別再鬧了！
總有一天會到手！
以千星之名……我們要怎麼處置這麼多戰俘？
我相信他們大部分的人私底下都是效忠帝國的！
哈以莫！要是再慢一秒，那就是災難了！
他們都投降了！這是全面的勝利！
我說約翰·迪佛！現在好一點沒？
嗄？呃……不知道啦心太痛了！
合金男爵！我們戰勝了星系的軍事力量！
直到現在，還是沒有任何泰克諾主腦的蹤跡！
我們進攻的時候他就消失了！梭玥已經去追捕他了！
MOEBIUS 26

!?
嘿！
怎麼回事？
?
就連獨立運轉
的燈也一樣！
什麼都看
不見！
所有的燈
都熄了！
大闇母！
是她！
又是那個頭頂有顆蛋
的混帳傢伙在搞鬼！
約翰說得沒錯！你們還記得
印加石說過的話嗎？泰克諾
主腦是黑暗能量的漩渦！
請求發言！
?
是其中一位
俘虜！
我是紫禁衛的指揮官，泰克諾主腦躲進了
戰爭之星的中心核，他打算要坐上亞空間
發射器逃走！
該死！
不能讓他
給跑了！
等一下！
誰曉得這傢伙
是不是叛徒？
不，小殺！
我不覺得。
而且，我們的飛船都在軌道
上，可以防範任何陷阱！只
不過，不曉得會不會太遲！
現在還不遲！梭玥已經去追捕他了。
但，我擔心他需要後援！
還好嗎？約翰？
而且，燈瞬間全滅了表示他始
終在這裡！只是沒有光的話，
要怎麼抵達中心核？
不！不好！
我餓了！
這不成問題，長官，我們對戰爭之星瞭
若指掌！請各位跟著我們，不要落單。
雖然沒有燈，但看起來電梯運作正常。
MOEBIUS
27

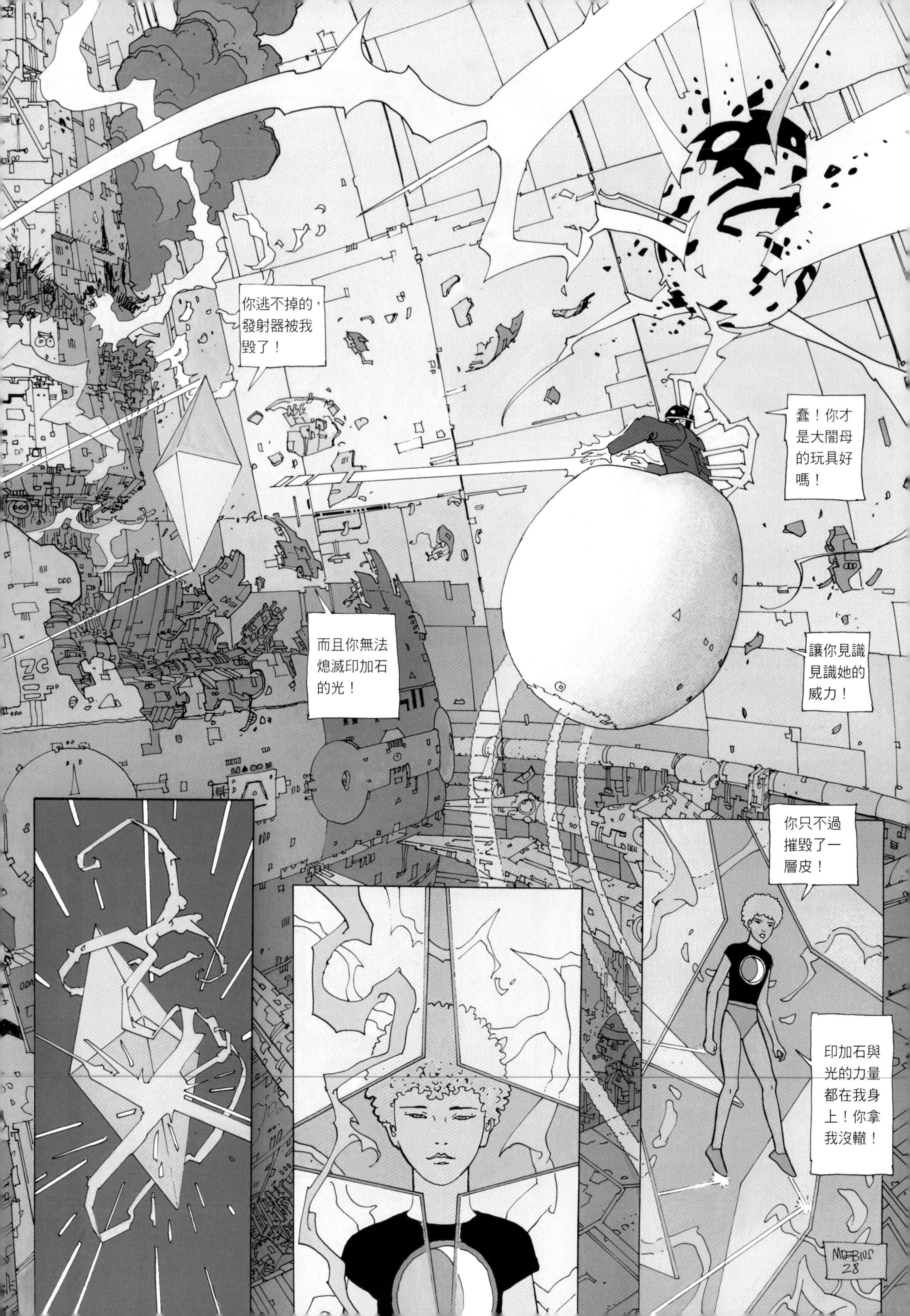
你逃不掉的，發射器被我毀了！
蠢！你才是大闇母的玩具好嗎！
而且你無法熄滅印加石的光！
讓你見識見識她的威力！
你只不過摧毀了一層皮！
印加石與光的力量都在我身上！你拿我沒轍！
MOEBIUS 28

大闇母！
我要將你
進入這宇
宙的大門
永遠封
印！
啊啊啊！
這玩意危險
又不長眼哪！
從這裡！
相信我們！
印加石！
你越是以為能戰勝我，
就越被我玩弄於股掌之間！
HAHAHAHAHAHAH
哈哈哈
齁齁齁！
這玩具
真可愛！
太好玩了！
我會追捕你到天涯
海角，然後……
讓你露出真面目！
很好！
把你這些美好的能量
獻給我吧！
MOEBIUS
29

瘋子！
我要毀掉
你並且……
哈哈
哈哈哈哈！
哈
HA HA
HA HA HA HA!!!
HA
HAHA HA
哈哈哈
你還笑！
就是
這裡！
鎖著!?
誰負責開門？
HAHAHAHA
哈哈哈
MOEBIUS

?
印加石！
印加石！
回答我！
發生什麼事？
我正在墜落……
是幻象嗎？
HAHAHAHA
還是真實？
INCAL!!
印加石!!
印加石！
開不了！應該是這道門另一邊正在運作的能量太強大！
MOEBIUS
31

大闇母！
印加石！
親愛的孩子！
靠近點！

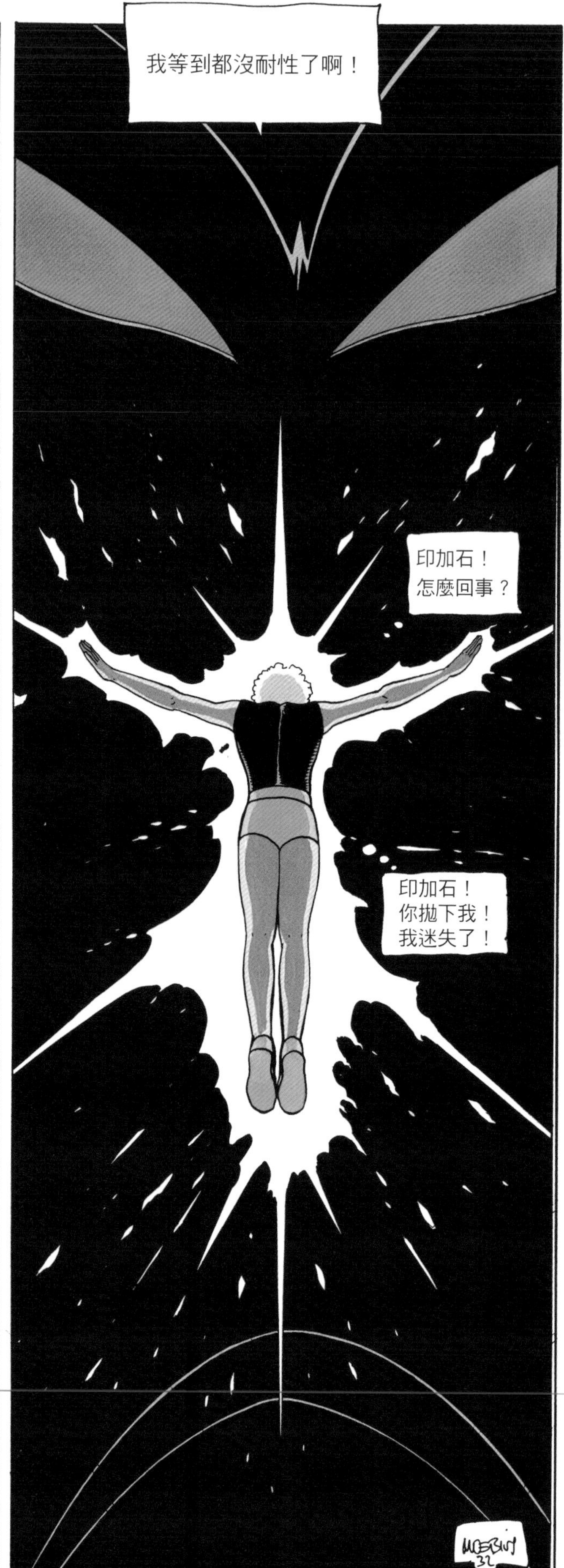
我等到都沒耐性了啊！
印加石！
怎麼回事？
印加石！
你拋下我！
我迷失了！

印加石！
來到我身邊吧！你們將為我打開物質之門！從今以後，每一顆原子都會是黑暗的通道。
這道光芒嚇不倒我的，別白費力氣了！
印加石！你在！
終於！
該死的光！
熄滅它！

光都回來了！
總算打開了！
快啊！我好擔心梭玥！
梭玥！發生什麼事?!
我看到大闇母了，就在下面！我看到了她的真面目！
我替她開了門！噢！天哪！全宇宙會陷入死亡危機！
什麼都別碰！
梭玥！
他在這裡！泰克諾主腦！
梭玥！真是不可思議！他……睡著了！
爆漿的頭！好恐怖！
噁！

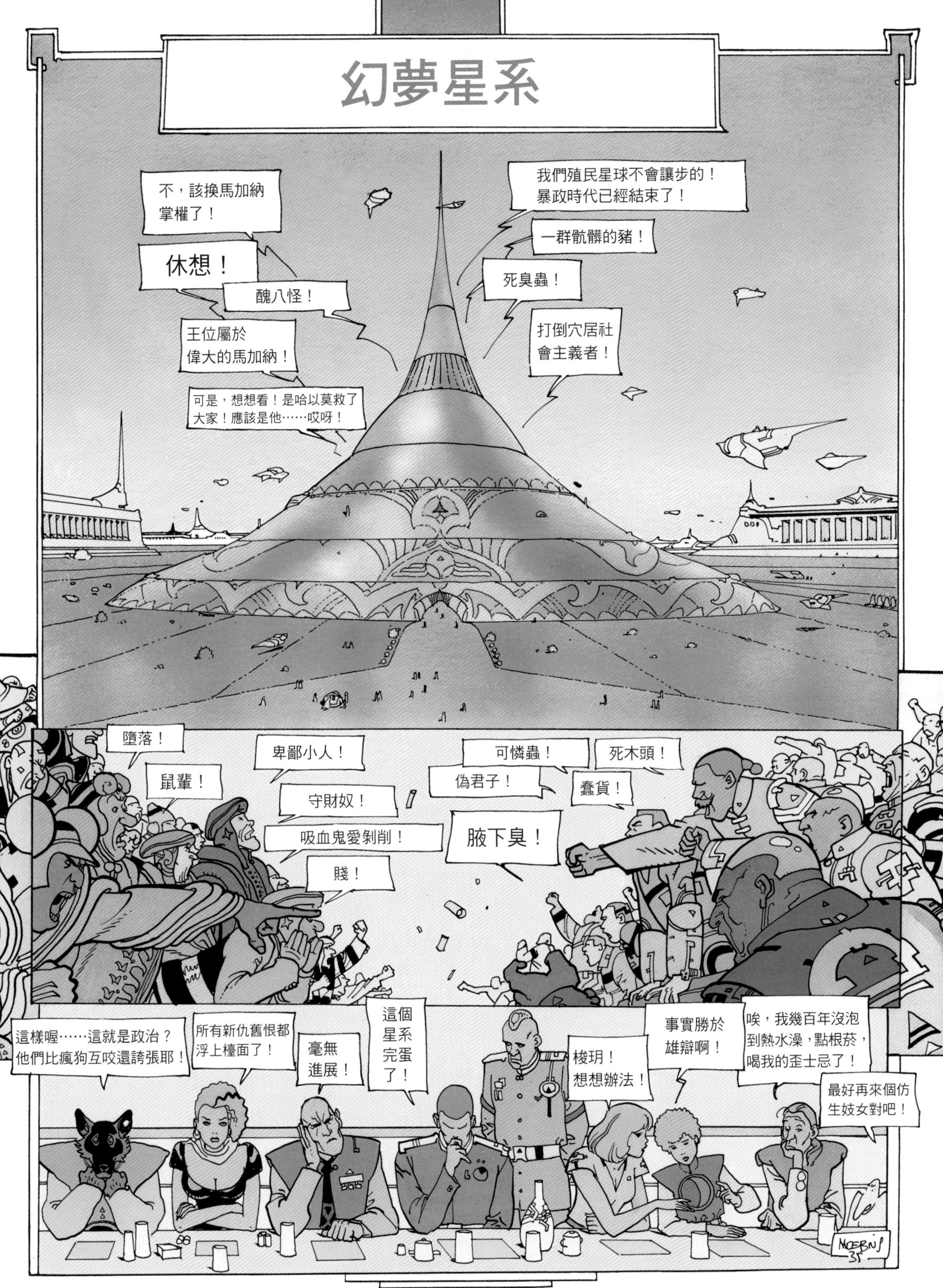

幻夢星系
不，該換馬加納
掌權了！
休想！
醜八怪！
王位屬於
偉大的馬加納！
可是，想想看！是哈以莫救了
大家！應該是他……哎呀！
我們殖民星球不會讓步的！
暴政時代已經結束了！
一群骯髒的豬！
死臭蟲！
打倒穴居社
會主義者！
墮落！
鼠輩！
卑鄙小人！
守財奴！
吸血鬼愛剝削！
賤！
可憐蟲！
偽君子！
腋下臭！
死木頭！
蠢貨！
這樣喔……這就是政治？
他們比瘋狗互咬還誇張耶！
所有新仇舊恨都
浮上檯面了！
毫無
進展！
這個
星系
完蛋
了！
梭玥！
想想辦法！
事實勝於
雄辯啊！
唉，我幾百年沒泡
到熱水澡，點根菸，
喝我的歪士忌了！
最好再來個仿
生妓女對吧！

警告！
雌雄大帝突破了
最後一隻水母，
我們擋不住了！
大闇母進攻議
會……嘿!?
逃命要緊
啊！
人生好
難！
光之蠕蟲！
看我怎麼
輾壓你們！
梭玥！
回來！
他瘋
了！
他在做什麼？
不！你們看！
黑電漿的流速
慢下來了！
MOEBIUS
36

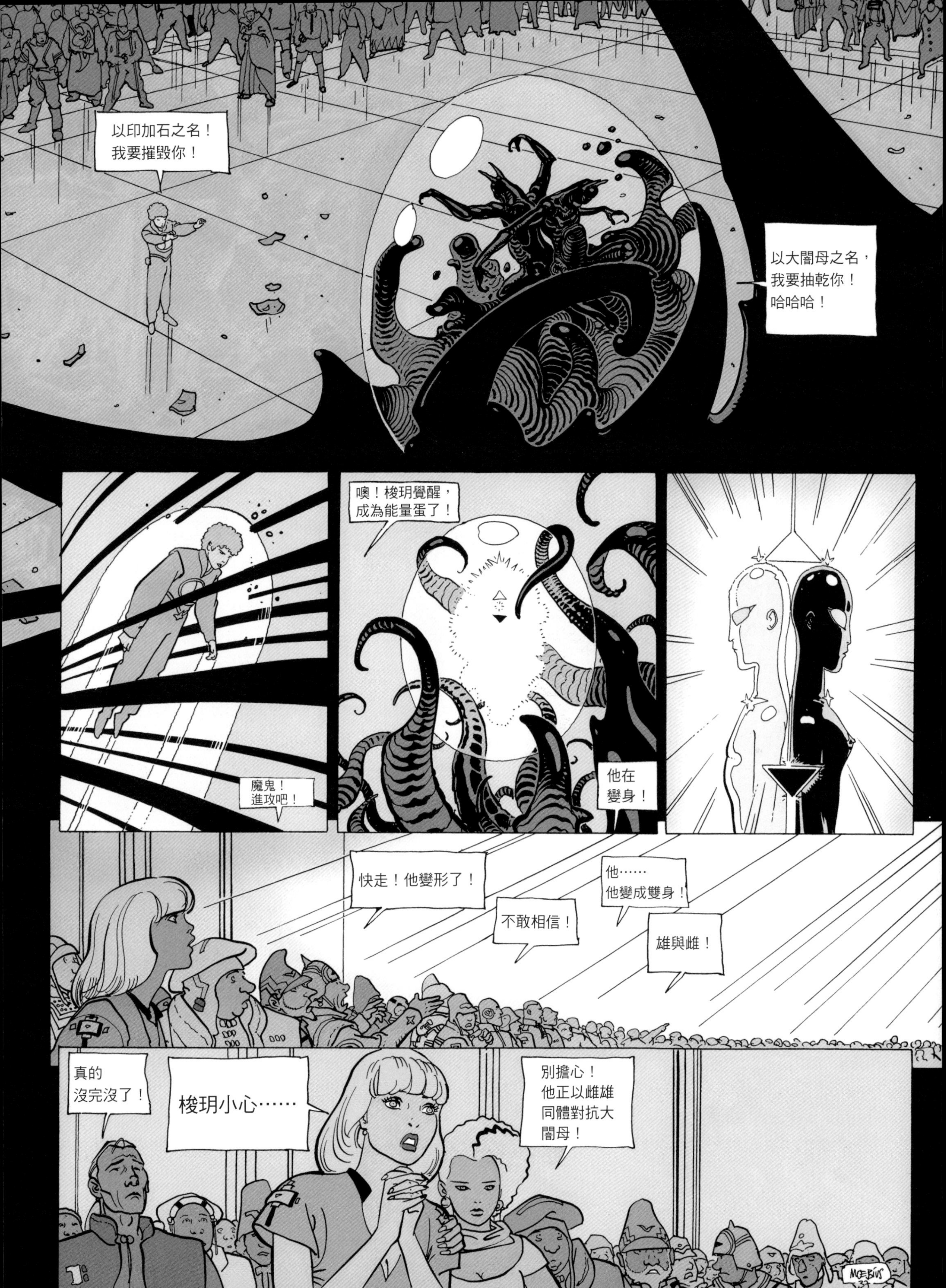
以印加石之名！
我要摧毀你！
以大闇母之名，
我要抽乾你！
哈哈哈！
魔鬼！
進攻吧！
噢！梭玥覺醒，
成為能量蛋了！
他在
變身！
快走！他變形了！
不敢相信！
他……
他變成雙身！
雄與雌！
真的
沒完沒了！
梭玥小心……
別擔心！
他正以雌雄
同體對抗大
闇母！
MŒBIUS
37

太遲了！印加石！
所有的門都已經開了，連物質核心
那一道也一樣。哈哈哈哈……再過
22 天，夜晚將會……將會……
!?!
大闇母輸了！
38.
MOEBIUS

雌雄大帝化為烏有了！
我親眼目睹了！他就是完美的雌雄同體！
這個孩子戰勝了大闇母！
呼哈！
新任雌雄大帝非他莫屬！
沒錯！
同意！
呼哈！
耶！
星系新帝萬歲！
這是偉大的和解……
真正的奇蹟！
從今天起，星系政權將更名為：帕特瑪。
太棒了！
呼哈！
我是厄菲布薩，黃金星球官方發言人！在這歷史性的一天，我們見證了帕特瑪．梭玥的登基典禮……
整個星系歡欣鼓舞，為我們的團結喝采，歡慶生活回歸寧靜和諧。親愛的視聽朋友，以下就是戰勝邪惡，打倒威脅力量的大帝首次公開演說！
星系的男女老少、星系的人類啊！
這邪惡有個名字，叫做大闇母！而要打倒她，我們還有很長一段路要走！
MOEBIUS
39

我們正面臨人類歷史上危急存亡的時刻，我們面臨的是全面毀滅、所有生命無一倖免、將被抹除的危機……透過我帕特瑪之口，印加石指示：所有星球必須團結！所有人類必須共同面對威脅，無一例外！
只要少了一人，即是失敗，是所有人的死亡！
再過 22 天，黑暗將會徹底籠罩宇宙。現在，一般亮度指標已經下降到 0.18 西涅斯了！
不會吧！太可怕了！
怎麼辦？
這個帕特瑪根本是不祥之鳥！
媽咪呀！我們完了！
現在，你們一定想接著問：我們該如何面對這樣的敵人？
印加石透過我要對各位說的是：22 天後，所有人類必須進入深沉睡眠狀態……
也就是「西塔之眠」。
啥？
瘋了嗎？
合金男爵，我不懂……
繼續看下去……
根本行不通！占了帝國人口 70% 的年輕人都是毒嗑族，滿腦子只想著幻岩菇、索麻菸還有全息電視。我很遺憾。但是不管帕特瑪或是導師都不可能真正推行「西塔之眠」這個機制！
馬加納大使說得沒錯！
親愛的視聽朋友！以上是帕特瑪．梭玥的演說。我是厄菲布薩，在黃金星球，也就是帕特瑪首都為您報導！
我們穴居左派首次同意馬加納的看法，如果必須再次集結大量武力以對抗可見的敵人，那還有辦法。但是這個西塔之眠……嗯，很遺憾，這聽起來……有點模稜兩可。
哈以莫請求發言！
准！
朋友們！
我了解大家的顧慮，但時間不容許我們執著於枝微末節的批評議論，我們需要具體有效的行動！現在要做的，就是達成印加石的要求，至少先試著塑造出成功案例！只要有一顆星球的西塔之眠作為範本，讓整個星系跟進。接著，推舉出極具影響力的媒體明星，透過星系強大的電視同步轉播網路集中火力……有效地將訊息傳達出去，讓繭居在家不出門的毒嗑族也收得到！
喂！哈以莫，你已經在做夢了喔？
辦不到！
太瘋狂了！
讓他說完！
MŒBIUS

哈以莫，你知道光是找到一顆擁有這等能耐的星球，22 天就過了……
星系電視同步系統從某個時候開始，就因為不明原因故障了！誰能保證它能及時重新運作！
至於媒體明星……他們都受制於合約，被迫吸食索麻菸！所以根本不必考慮！
你們說得都有道理！
然而我們還有個唯一的希望。
掃除積習與成見吧！讓造物主的形象在你們的心中甦醒，祈禱吧！我可以證明，奇蹟是存在的！
?!!?
?
?!!
嗄!?
什麼？
祈禱？
祈禱？是什麼？
我願意試！
哈以莫又在胡說八道了！
呿……
有什麼不好！怕什麼？
MOEBIUS - JODOROWSKY
嗨！約翰！你在做什麼？
在這該死的星球上，什麼東西都是金子做的！
你……你要離開？
不然咧，這些爛事我受夠了！我巴不得快點走！
可是……
帕特瑪說的話呢？
他說我們只剩 22 天！很好，我就去待在某個星球天堂，一手一個仿生妓女！
當然啦！除非阿尼瑪跟我去！
可是……
我知道……西塔之眼！別擔心！時間到的時候我就給自己灌一瓶仿波本威士忌加上一塊索麻菸磚！
有了這兩樣，保證有無敵好夢！
可是……
咦!?克隆總統頭！
抱歉了老友，你太占空間了！我的行李可是要拿來裝金磚金條的！
天堂嘛！沒錢寸步難行啊！朋友！
往事不堪回首啊。
你錯了，約翰！
你錯在寧可相信幻覺而不願面對現實！
說教那一套就免了，你這隻水泥鳥，跟我走吧，我會替你找一隻滿是鐵鏽的肥嫩小母雞！
喀喀喀……
CRRR..
CLIC!
喀嗒！
PONG
砰
唔，我們走！飛船 15 分鐘後就開啦！
我還……
?
哈啊啊！終於！
MOEBIUS 41

我就等有人刺激我一下好恢復電路！謝啦迪佛，你這個老番顛……快，現在你必須帶我去找帕特瑪！我有重要資訊要告訴他，跟這次的行動有關……
抱歉，我趕時間！你直接打電話給他就好，打給帕特瑪！
不可能！我的發射臺處在離線狀態……你必須帶我去找他！立刻！不然我會想辦法，把你約翰．迪佛正在偷金子的畫面，在整個星系大放送！
我不在乎！去啊！放送啊！
阿尼瑪會怎麼想？這你也不在乎？
齁！貴為總統，居然使出威脅敲詐的卑鄙手段！
稍晚……
你說你可以恢復全星系的電視同步迴路？
當然！理由很簡單：這系統就是被我中斷的！這些事情從頭到尾我都有跟進……不過，現在是我介入的時候了！
這簡直是奇蹟的開端！現在，三個問題解決掉一個了！
還沒完，請把我連接上全息電視站，我從前的子民有話要對帕特瑪說！
我不懂！在死靈探針的軀殼之下，總統不過是顆球，巴不得把我們的皮給剝了，可是現在……
嘿！他始終服從核心權力，而現在的核心權力是我們！
您可以過來了，接上了！
而且，約翰，時代變啦！
是啦！只是還是有一堆爛事，都滿到喉嚨了！
這裡是地球！嗨！各位觀眾！
欸，我知道這傢伙！他是迪瓦洛！就是地球內戰的時候的記者啊！這傢伙是牆頭草！根本是個全息婊！
等等！聽他怎麼說！
噢！我怎麼忘了！我要傳話給帕特瑪！這裡是地球，我代表二十億偉大的內戰倖存者！我們都聽見你的呼喚了，噢！帕特瑪！
這裡的人口有 50% 是小孩……不過，多麼優秀啊這些孩子！所有人齊心協力……只要三天，我們的世界就有辦法進入至少 15 分鐘的西塔睡眠！
方法很簡單，而且在善心阿羅漢的協助之下，大家不用一秒就學會了！
神聖帕特瑪的計畫必須傳送到整個星系！
擁抱著信念與熱情，懷著這次行動所需要的神聖戲劇性能量……
我們會讓他們目眩神迷！我們會喚醒他們！讓他們理解要存活下來必須透過夢！也就是：入夢即得救。
我們的標語就是：「入夢即得救。」
嘩！這傢伙太酷了！媒體明星就是他了！
真是不可思議，他們成功了！
所謂奇蹟啊！
還是應該調查一下！
嘿！這傢伙天生是這塊料！
沒必要！這男人說的都是真理！
MOEBIUS 42
呸！噁心死了！這次我不管了，我過我的獨木橋！

有進展了！在四天內我們的收聽率上升了10個百分點。
正常啊！因為只有這個節目可以聽！
第四天，新天鵝星。
這侏儒的貝塔節奏讓我好想吐！
不是貝塔，是西塔！
欸欸！怎麼到處都是同一個節目！
還好啦！滿嗨的啊！
齁！阿莫睡著了啦！
反正，他們終究會贏的……但贏了又怎樣？再拱出一個更糟的混蛋！我還是馬上離開得好！
要去哪裡？大閨母無所不在啊！
搞定了！我們根據阿羅漢的指示，做出了這顆西塔電池，它能讓進程速度提高90%！
太棒了，修伯教授！
入夢即得救！
第8天
巴納星
好荒謬喔！可是這白痴節目聽越久越讓人入迷！
你看！他們都進入睡眠狀態了！
ZZZ
哇靠！根本就是新型迷幻藥嘛！這西塔電池哪裡買得到？
靠夭！飛船通通客滿！喂！小塔！這些飛船怎麼回事？
交通工具都強制徵用來運送西塔電池了！也許要等到下星期吧！怎麼……你要去哪？
沒辦法！他還是說不出話，而且精神崩潰！
這兩三天只能重播過去的錄像了！
今天要發動攻擊，結果這些蠢蛋給我在睡覺！革命失敗了！
第13天
雷三世星
嘿，隊長！也許這一次，做夢才是真正的革命哩！
我想想……如果丟掉這雙破鞋子，就可以多放一塊金磚！嘿！要替未來著想！
如果真有未來！
收聽率幾乎達到百分之百，但是黑暗開始影響我們的行動了！情勢會越來越艱難！
要撐住！奮力一搏！
第17天
獵藍星
親愛的尤波夏！您怎麼能夠忍受這個播報員？
噢尤波夏！那些地球上的孩子讓人驚嘆！我願意滿懷欣喜追隨他們的腳步！
嘿，約翰，西塔培訓怎麼都沒看到你？
不用操心！西塔節奏我會！我都一邊練習一邊整裡行李！
收聽率百分之百！成功了！一切就緒，進度提前了48小時！
完美！我們去跟帕特瑪報告吧！
第20天
黃金星球
更深沉一點！深深地呼吸！放鬆喉嚨的肌肉！
跟著西塔電池的節奏！
就連聚變手電筒也不亮了！
噓！他們正在練習！
太好了！有艘自動飛船空出來了！總算！時機正好！啁，迪波！好好做夢，我走啦！上天堂！
小心別晒傷！
MOEBIUS 43

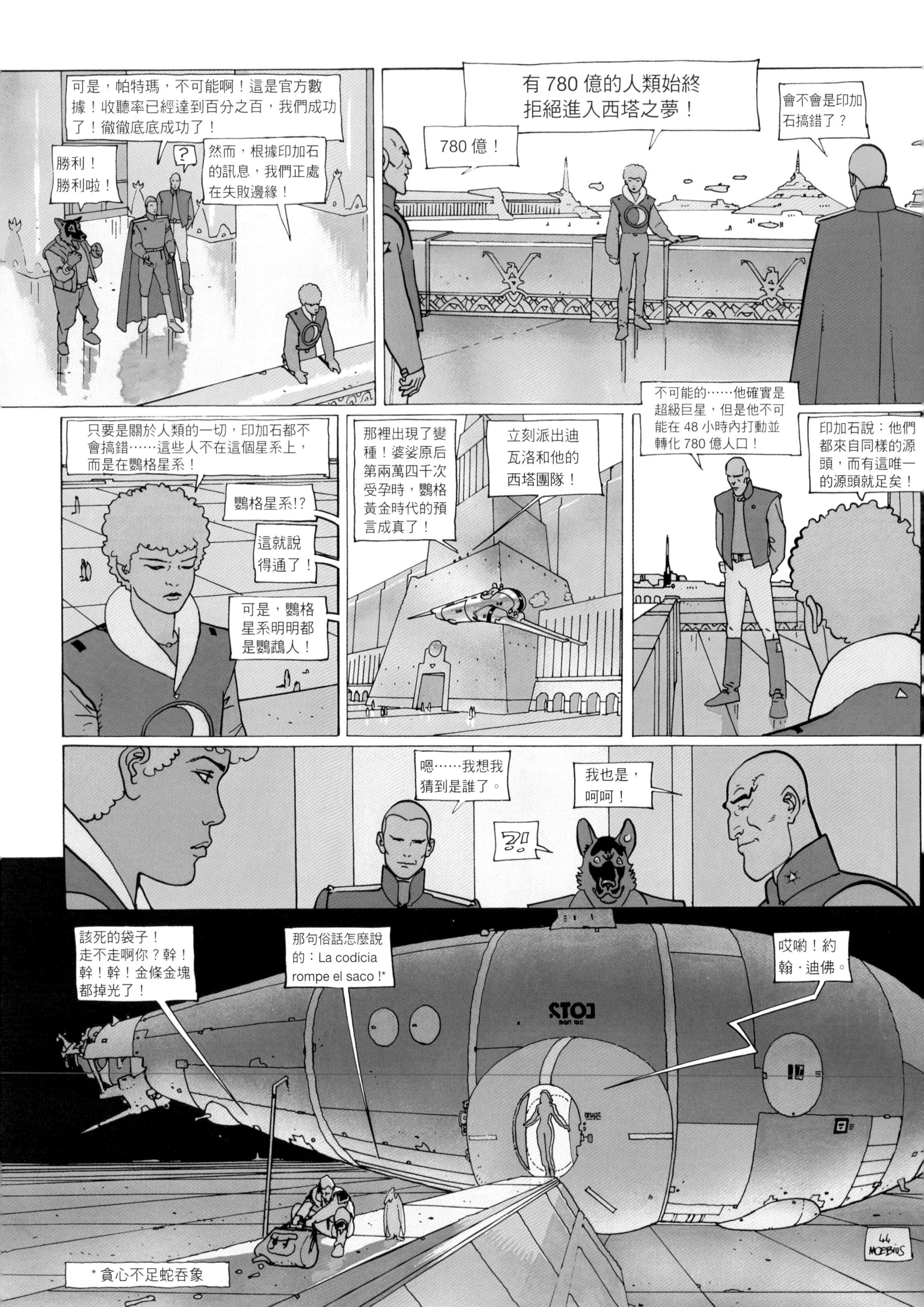
可是，帕特瑪，不可能啊！這是官方數據！收聽率已經達到百分之百，我們成功了！徹徹底底成功了！
勝利！勝利啦！
?
然而，根據印加石的訊息，我們正處在失敗邊緣！
有 780 億的人類始終拒絕進入西塔之夢！
780 億！
會不會是印加石搞錯了？
只要是關於人類的一切，印加石都不會搞錯……這些人不在這個星系上，而是在鸚格星系！
鸚格星系!?
這就說得通了！
可是，鸚格星系明明都是鸚鵡人！
那裡出現了變種！婆娑原后第兩萬四千次受孕時，鸚格黃金時代的預言成真了！
立刻派出迪瓦洛和他的西塔團隊！
不可能的……他確實是超級巨星，但是他不可能在 48 小時內打動並轉化 780 億人口！
印加石說：他們都來自同樣的源頭，而有這唯一的源頭就足矣！
嗯……我想我猜到是誰了。
?!
我也是，呵呵！
該死的袋子！走不走啊你？幹！幹！幹！金條金塊都掉光了！
那句俗話怎麼說的：La codicia rompe el saco !*
哎喲！約翰．迪佛。
44 MOEBIUS
*貪心不足蛇吞象

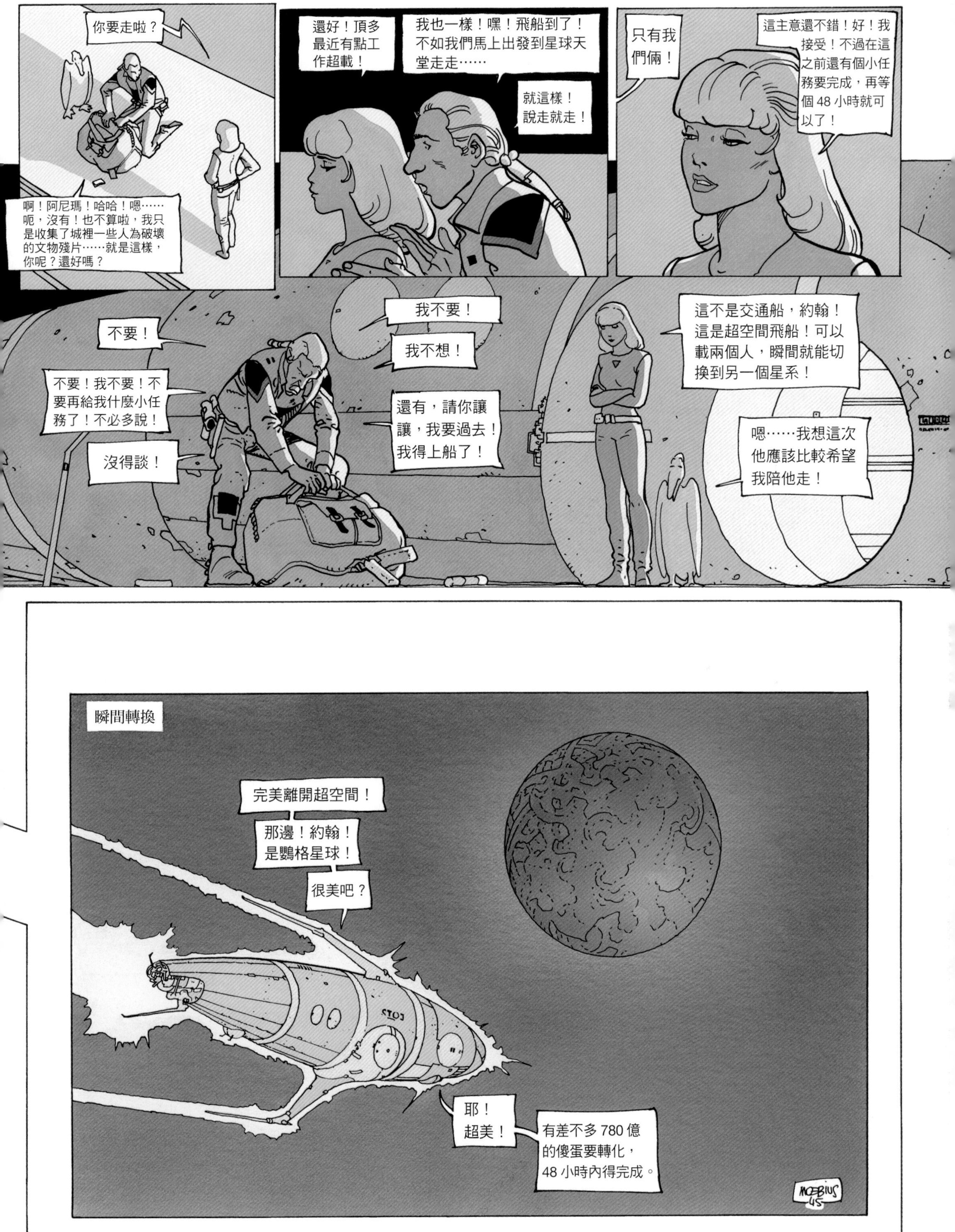

你要走啦？
啊！阿尼瑪！哈哈！嗯……呃，沒有！也不算啦，我只是收集了城裡一些人為破壞的文物殘片……就是這樣，你呢？還好嗎？

還好！頂多最近有點工作超載！
我也一樣！嘿！飛船到了！不如我們馬上出發到星球天堂走走……
就這樣！說走就走！

只有我們倆！
這主意還不錯！好！我接受！不過在這之前還有個小任務要完成，再等個 48 小時就可以了！

不要！
不要！我不要！不要再給我什麼小任務了！不必多說！
沒得談！
我不要！
我不想！
還有，請你讓讓，我要過去！我得上船了！
這不是交通船，約翰！這是超空間飛船！可以載兩個人，瞬間就能切換到另一個星系！
嗯……我想這次他應該比較希望我陪他走！

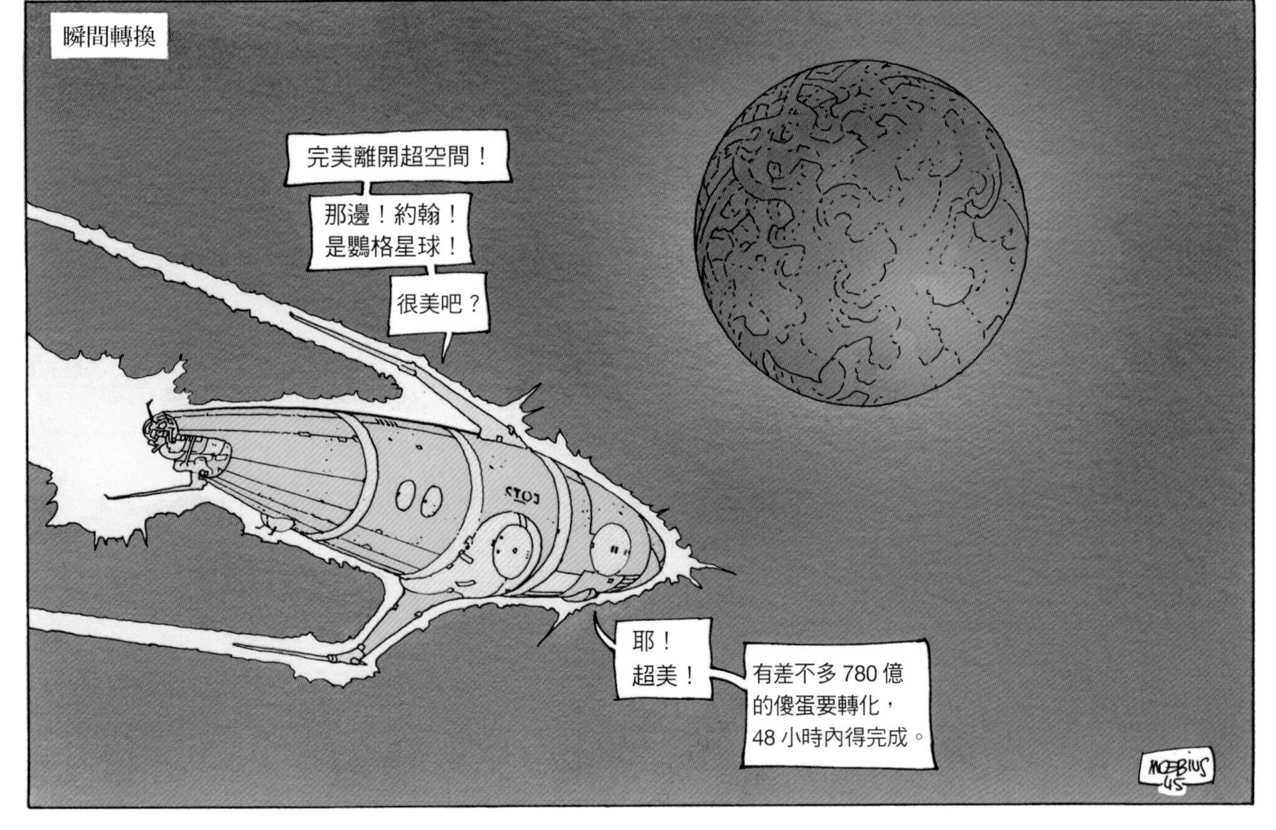

LA CINQUIÈME ESSENCE

deuxième partie : la planète difoo

第五精華

第二部：迪佛星球

780 億人合而為一

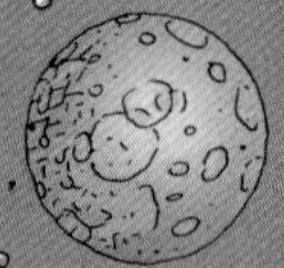

經過一場超空間閃電旅行，載著約翰・迪佛以及他忠實夥伴迪波的飛船，出現在鸚格帝國的母星上。

你有沒有花時間研究一下進入西塔之夢的技巧？

有啊，話說這次要讓780億人在48小時內全部入睡！實在太瘋狂了！

我們要降落在哪裡？這星球很大啊！

合金男爵建議我降落在跟上次同樣的地點，這樣距離婆娑原后的聖山錐才不會太遠……

要求身分認證！你們是誰？來做什麼？馬上回答！不然就把你們分解成一粒一粒的原子！

這下好啦！被發現了！

而且他們看來很難相處……

擊落它！

不！再觀望一下！

嗯，我帶來了……呃，你們可能會感興趣的情報……

我們會感興趣的情報？這話什麼意思？

來自人類星球的情報……

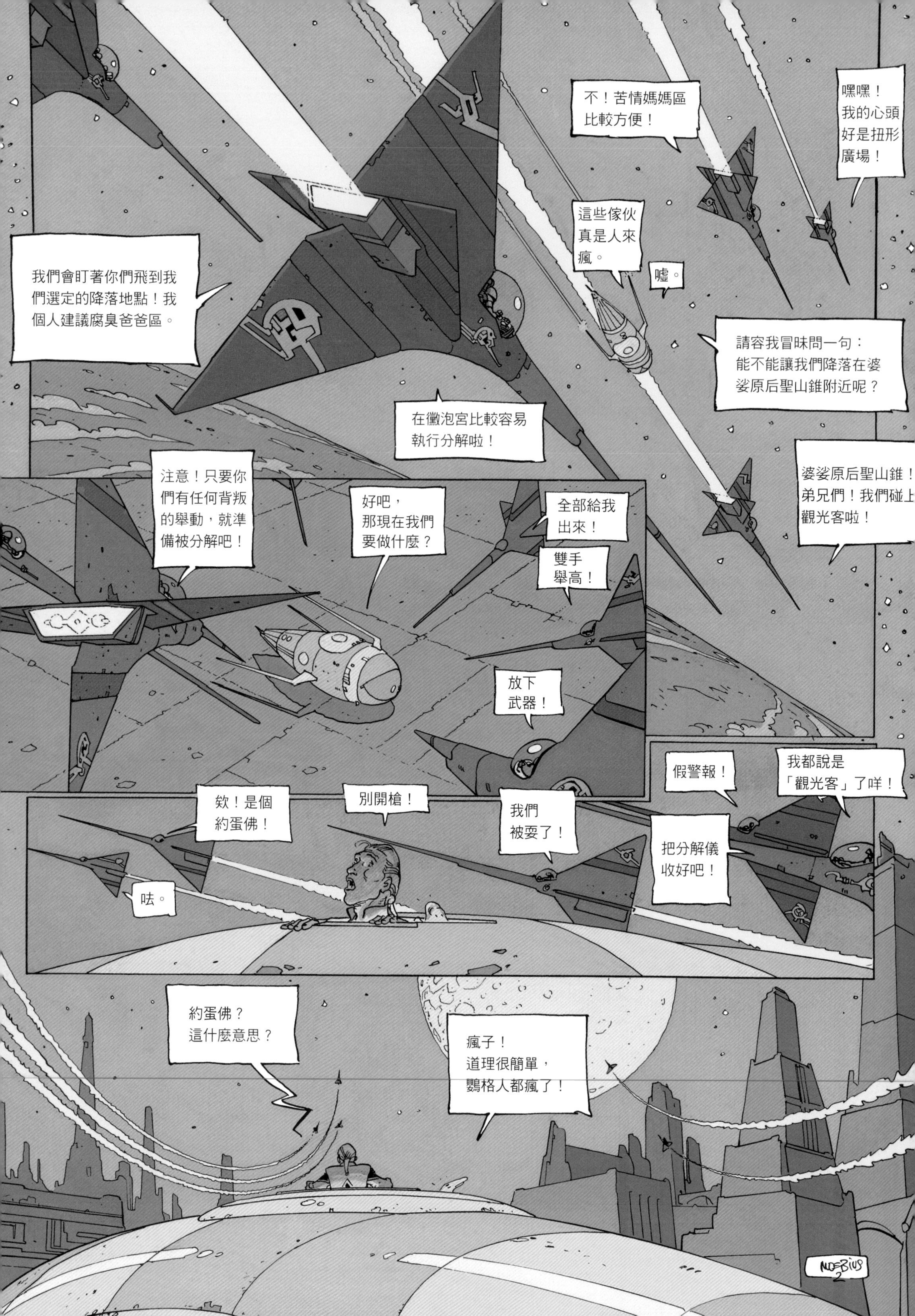
我們會盯著你們飛到我們選定的降落地點！我個人建議腐臭爸爸區。
不！苦情媽媽區比較方便！
嘿嘿！我的心頭好是扭形廣場！
這些傢伙真是人來瘋。
噓。
請容我冒昧問一句：能不能讓我們降落在婆娑原后聖山錐附近呢？
在黴泡宮比較容易執行分解啦！
婆娑原后聖山錐！弟兄們！我們碰上觀光客啦！
注意！只要你們有任何背叛的舉動，就準備被分解吧！
好吧，那現在我們要做什麼？
全部給我出來！
雙手舉高！
放下武器！
假警報！
我都說是「觀光客」了咩！
欸！是個約蛋佛！
別開槍！
我們被耍了！
把分解儀收好吧！
呿。
約蛋佛？這什麼意思？
瘋子！道理很簡單，鸚格人都瘋了！
MOEBIUS 2

不用懷疑，他們都走了！
鸚格人還真讓人猜不透！
他們不是應該先揍我們一頓再拷問嗎？
我就說他們都瘋啦！
迪佛！算是有個不錯的開始！
哼！管那些問題去死！那裡有燈光耶，我們走！
有光的地方就有城市，有城市的地方就有——歪士忌、雪茄和仿生妓女！
鸚格仿生妓女？你真是勇氣可嘉！
BAR DE L'ANR
TOBO
迪佛，好歹別忘了你有任務在身……
OVOR
若是這星系有 780 億人，那絕對有一定比例的人需要仿生妓女……
有了……那邊！酒吧！哈哈，我就知道！
西塔之夢。
3 MOEBIUS

紅環酒吧
BAR DE L'ANROUGE
別再跟我說那些夢了！這裡可是現實啊，我親愛的迪波！星球天堂，放眼望去都是真的！嘿！我嗅到了仿生妓女的氣味！
約翰！
小心啊！
嘻、嘻、嘻！
這不就一個了！而且是人類！絕對是大美女！我可以肯定！嘿嘿！
嘿！
進來呀！大帥哥～
……
唷，小可愛，如果你不喜歡我，還有別的可以挑！
怎麼樣……決定了嗎？
呃……
MOEBIUS 4

咦？
嘿，你這蛋頭，
沒發現自己很擋路嗎？
等一下
!?
怎麼，想找碴？還是要我的照片？
放開我，不然我揍得你滿地找牙！
…
瘋了！
怎麼可能！
滾吧，哼！死基佬！
BAR
DE L'ANROUG
不……
我不是在
做夢！他
們每個人
都長得像
……
是惡夢吧！
他們有著
我的……
喔……
不！
我得找……
到個正常人！
噗，不可能
的任務！
你聽！
這吵鬧的
聲音是怎
麼回事？
打倒
約翰·迪佛！
JDF 是混蛋！
糞一樣臭的
原型生父！
失敗者 JDF。
是從
這邊？
啊……
好多人！
總算！
MŒBIUS

那個燒焦的東西是什麼？
瘋了！
是顆頭吧……
打倒 JDF！
我想我猜得到是誰的頭！
拒絕 JDF！
JDF 的頭！我就知道！
這……這……
不！
MOEBIUS

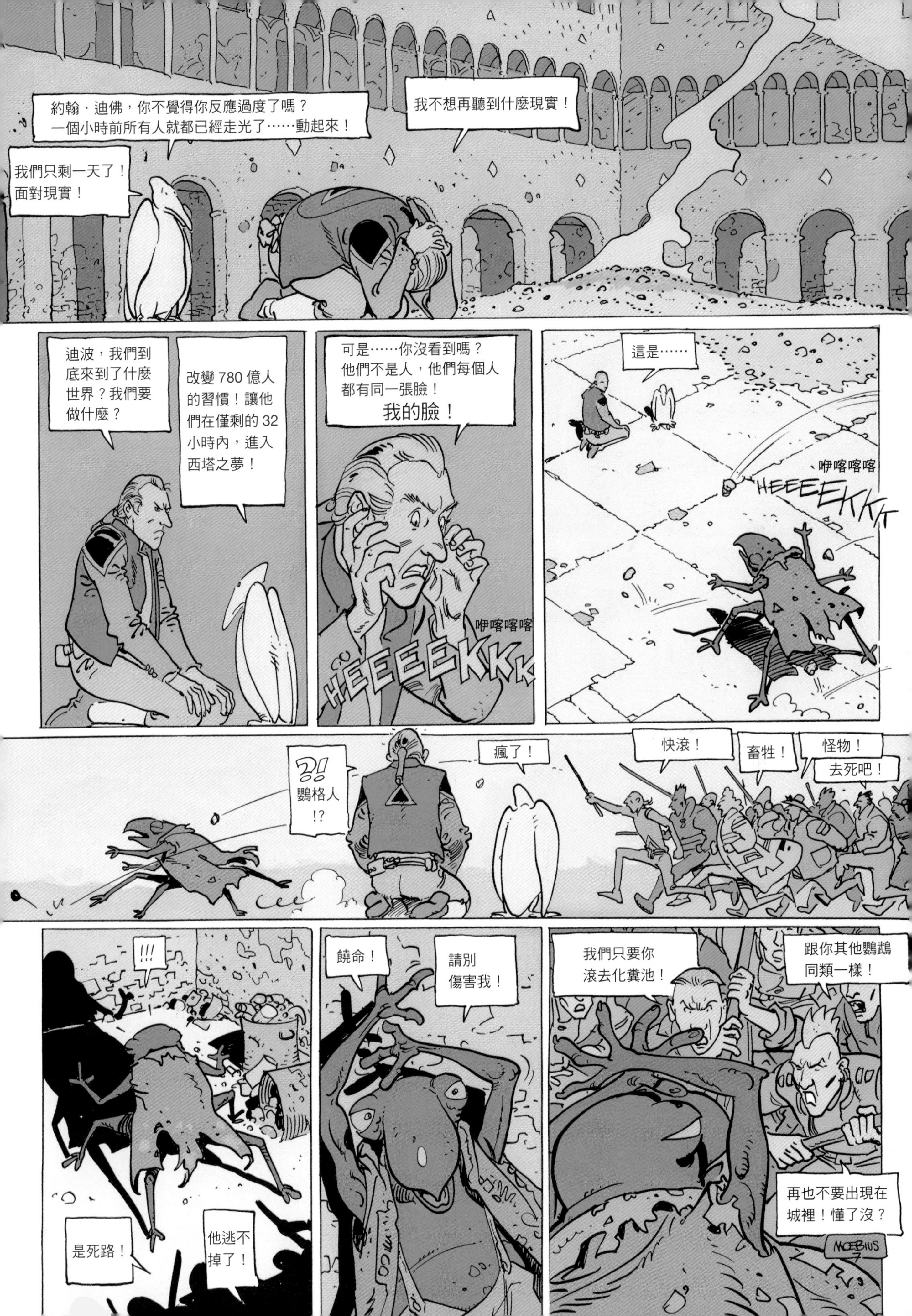

約翰・迪佛，你不覺得你反應過度了嗎？
一個小時前所有人就都已經走光了……動起來！
我不想再聽到什麼現實！
我們只剩一天了！
面對現實！
迪波，我們到底來到了什麼世界？我們要做什麼？
改變 780 億人的習慣！讓他們在僅剩的 32 小時內，進入西塔之夢！
可是……你沒看到嗎？
他們不是人，他們每個人都有同一張臉！
我的臉！
咿喀喀喀
HEEEEKKK
這是……
咿喀喀喀
HEEEEKKKK
?!
鸚格人!?
瘋了！
快滾！
畜牲！
怪物！
去死吧！
!!!
是死路！
他逃不掉了！
饒命！
請別傷害我！
我們只要你滾去化糞池！
跟你其他鸚鵡同類一樣！
再也不要出現在城裡！懂了沒？
MOEBIUS

這又是
個謎！
跟上去就
知道了！
他要帶我們去哪裡？我……
噁，好臭！呸！臭死人了！
確實……
好噁心！
這奇形怪狀的東西又是什麼？
嘩！這！這就
真的太瘋狂了！
這是大型墓穴
吧！難怪他們
叫它化糞池！
嘔！有夠臭！
MOEBIUS
8

噢！鸚格同胞！
噢！我殉道的人民！
我要追隨你們，
進入虛空……
成千上萬正在腐爛的鸚格人屍體！難怪臭成這樣！
徹徹底底的瘋狂！
你走吧！約蛋佛！
讓最後一個鸚格人平靜地死去吧！
回去其他約蛋佛的身邊！
?!
我不是約蛋佛！我是約翰·迪佛！帝國在上，誰可以跟我解釋一下這裡發生什麼事？
不要揶揄我了……欸？等等！你說你叫約翰·迪佛？我想想，我曾經聽過這……噢，不！約翰·迪佛！可是……這是原型生父的名字！
喂喂喂！你這是！等一下！
我看看就知道了！
去你的……
不會錯……他有肚臍！他確實是原型生父！噢！我的頭好痛……
這件事讓他有創傷耶！
嘿！現在可不是生病的時候！
你得跟我解釋清楚！
嚇嚇喀！
跟你解釋清楚？你自己看不就知道了！這就是你給我們的黃金時代，充滿仇恨的惡夢。根據傳說，經過兩萬四千次與勝利者繁衍，婆娑原后將會生出完美的種族……每一次，她都會產下780億顆蛋，孵化出跟原型生父一樣的人！
恭喜啊！約翰·迪佛！
什麼？
MŒBIUS
9

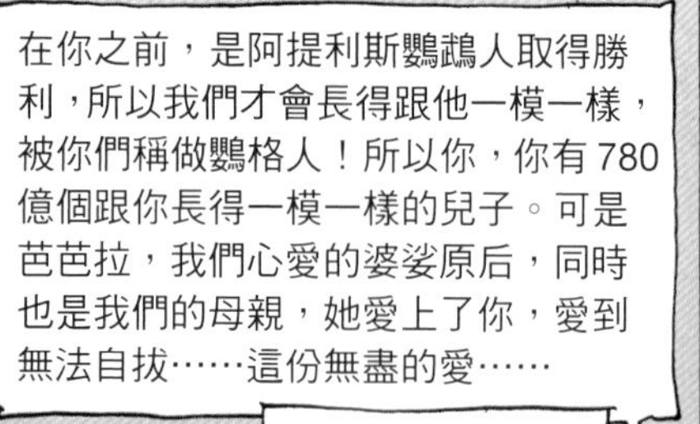
在你之前，是阿提利斯鸚鵡人取得勝利，所以我們才會長得跟他一模一樣，被你們稱做鸚格人！所以你，你有780億個跟你長得一模一樣的兒子。可是芭芭拉，我們心愛的婆娑原后，同時也是我們的母親，她愛上了你，愛到無法自拔……這份無盡的愛……

這不是我的錯！我又沒有做什麼……

變成了無盡的恨！她每產下一顆約蛋佛，恨意就加深了一點！她極度痛恨她的孩子，因為他們讓她想起你對她的背叛，而他們因為不受疼愛，所以彼此憎恨，尤其憎恨你！你！你就是他們不幸的源頭。
這個嘛……我實在不覺得我到底要負什麼責任。
我們鸚格人，必須隱沒，必須光榮地以偉大鸚格之姿消失，就像每個世代在新世代來臨時的必經之途……然而，看看我們的結局是什麼？垃圾裡的垃圾！
我真的很抱歉！可是我要怎麼預知這些……

你在這個星系撒下了不幸的種子
你將受到千千萬萬的詛咒！
嚇嚇喀！

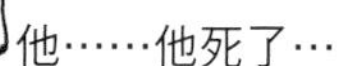
他……他死了……
照過來、照過來！各位！
?
?!
ALIN
LOLOS

我的兒……呃我的兄弟們！
睜大你們雪亮的眼睛！
陽光！
陽光正在減弱中！
這約蛋佛要幹麼？
新的預言家！
陽光減弱？
去買副眼鏡啦！
大闇母也威脅著這裡！
只有西塔之夢才能拯救我們……
呃，我們各位兄弟！
西塔之夢？
啥？
那是他們在全息電視裡提到的玩意……
來自人類星系的奇怪訊息。
鬼話連篇！
可是，這裡是鸚格星系耶，老兄！
那跟我們無關啦！
所有物質宇宙
都牽涉其中。
任何陽光帶來生命之處，都是大闇母
攻擊的目標……人類星系幾乎已經要
被吞噬了，之後，就輪到我們……
兩光先知唷！
快滾啦！
叫他閉嘴！
兄弟們！
要做夢
去別的地
方啦！
走開！
夠了！
換換口味
了啦！
所有人離開廣場！
警察！
是誰引發
這起騷動？
那裡，
長官！
一個預
言家！
要布道去別的地方！
在市中心是違法的！去去去！
去跟流浪漢
聊聊去！
哎！
哇喔！
又去掉半天的時間了……以
這種速率，我實在沒把握讓
我這 780 億個顧客睡著！
要堅持啦，男子
漢！堅持到最後
一刻！印加石說
只有一個人能辦
得到，而這個
人，就是你！
好！去找
流浪漢吧！
MOEBIUS

滾出去！厄運的先知！
拿掃把來！
瘋子。
去跟那些收蛋殼的奴隸聊你的春秋大夢吧！
奴隸？都在這啊！忙著收蛋殼！他們大部分都是變種人！
欸，這地方我知道啊……這裡是婆娑原后所在的聖山錐！
全都是殘渣廢物！我不行了！
欸，所有偉大的先知都是這樣開始的啦！
去吧！
大闇母要來了！你們看，太陽，不！甚至是星星都越來越暗了！
?
不用白費力氣了！大家都知道你那個大闇母和西塔之夢的故事！但是這些跟我們無關！
我們是變種人，老兄！我們不是人類，所以跟我們沒關係！你可以滾了！
嘿！那邊！出來了！
MŒBIUS 12

嘶啵
SPLRTTTTTT
嘶
SHHHHH
?
最後一個。
第 780 億個！
終於！
呼哈！
先是最後一個鸚格人！然後是最後一顆蛋！果然，我來得正是時候……
我們的工作結束了！
再也沒有收蛋殼這種苦差事了！
咈
FFLPP
噗
PPRRRR
嘶嚕
SLUPP
惡夢結束了！我們來看看最後一個長什麼樣！
夠了！不要再提！
哼！還不是跟其他的一樣討厭！
走吧！去看你的最後一個孩子！
MOEBIUS
13

有了！等他一蹦出來，還沒被其他人洗腦之前我就告訴他這件事！他就會是我第一個信徒！
真有洞見。
好了！他出來了！
噢！小弟！大闇母將至！快跟我一起……
這位朋友請讓讓！我快渴死了，必須馬上找一家酒吧，美酒灌一灌、仿生妓女玩不完！
至於你，壞媽媽，噁心的胖女人！下次拜託好好挑一個對象來生小孩！
!?
婊子！賤人！
真是從一而終，直到最後一個都這麼糟！
呿！
瘋子！
這次真的玩完了！星系玩完了！我玩完了！一切都玩完了！
是他！
我就知道！
這狗雜種，就算混在千萬人裡面我也認得出來！他有一種體味，不會錯！
就是那個在神聖如奧運的比賽中作弊的下流胚！
什麼!?
我們現在要去哪？
不曉得，隨便！離這裡越遠越好！
髒溝羅！
欸！他就是原型生父？
必須抓住他！
把他開膛剖肚！
MOEBIUS 14

怎麼回事？
呼！救……呼！
救命啊！長官！
卑鄙
作弊鬼！
警察大人！
長官！
下流胚！
停！後退！你們這些失敗的渣滓！
一個約蛋佛有權受到尊重，
就算是原型生父也一樣！
這就對了！
放尊重點啊！
可是，他不是約蛋佛啊！
他是爛到爆、貨真價實、
那個讓婆娑原后受孕的傢伙！靠作弊勝利的傢伙！
?!
不是
啊！
他到底在說什麼？
你就是原型生父？
原本贏的人是我！
明明應該要有好幾億個薩爾髒溝羅的！太不公平了！
先知，給我
解釋清楚！
我是原汁原味的約蛋佛，我詛咒
原型生父！我鄙視他的 DNA ！
偽君子！如果你真的是
約蛋佛，掀起來看看啊，
你敢說你沒肚臍！
掀吧，兄弟！掀開你
的上衣，讓我們看看
你平滑的肚子！
有一件事可以
確定……
真正的麻煩
現在才要開始！
MOEBIUS
15

剪掉

各位鸚格星系上的約蛋佛！這裡是J城……接下來的這則新聞，將會讓780億顆心臟都停一拍！
約翰．迪佛，這位原型生父，並沒有如同所有歷史課本上寫的那樣，在泰克諾星球被占領後分解……就在今天上午，他遭到了逮捕，當時他正鬼鬼祟祟、一臉猥褻地在聖山錐附近流連！
老天！真有這種事？還是又是為了跟我們推銷催情優格的伎倆？
這就是所謂的肚臍！
這醜陋的影像，證實了他就是帶給我們不幸的始作俑者！
關於這名罪犯的審判，目前正在鸚格的舊司法宮進行！
嘖！
太猥褻了！
肚臍長這樣？
好詭異的一個洞！
安靜！否則各位將遭到驅逐！
好！那麼，以下宣讀判決！咳咳！
陪審團一致通過，本院宣判，「原型生父」約翰．迪佛將在大廣場上被處以去勢刑罰，隨後即釋放，交由大眾秉持憤怒之正義處理！
親愛的約蛋佛，法院即將宣讀判決……這可說是我們這年輕的星系史上，歷時最短的審判！
我來幫J城新聞發問好了！請問你對這次回家有什麼印象？
看到這麼多你製造出來的屎心情如何？哇哈哈！
嘻嘻。
你讓我們遺傳到你最糟的部分！
我們會把你給閹了，好傢伙！
審判過程中您始終保持沉默……現在您可有話想說？
有！
我有話想說！
他有話要說！
CLIC FLASH CHICK
首先，誰可以告訴我現在幾點了？
?!
中午12點05分
也就是說，只剩下4小時，大閻母就會吞噬人類星系……我的孩子們！只有西塔之夢能夠拯……
唷呼呼呼！
又來了？
呸呸！
唷呼呼。
去死！
叫他閉嘴！
嘖！
關掉麥克風！
MOEBIUS 16

正義終於獲得伸張！
把他帶走吧！
警衛！
這……聽我說啊！
不必！
省省吧！
剪刀
準備好！
閹了他！
閹了他！
剪剪剪！
好了！
這次是
真的完
蛋蛋
了！
啊！要是印加石
在他身上的話！
就像最早那次！
不要啊！
咦……有個辦法，
雖然有點異想天開！
偏要！
哇哈哈！
印加石在他身上，
印加石在他身上！
你看！所有
人都來替你
慶祝耶！
哈哈哈！
簡直是
惡夢！
想想看，
印加石在他
身上的話？
有了！
沒錯！
我有辦法了！
我有辦法了！不過要看來
不來得及！噢！混凝土之
神啊，請務必讓刑罰拖久
一點，別太快完成！
下三濫！
噁爛！
挖靠！
哎！
怪物！
喂！吃我
一棍！
MŒBIUS
17

到了！婆娑原后的聖山錐。
喂！那個洞！那個洞要闔上了！不行啊！
快點！
快！
喀嚓喀嚓！
剪掉！
剪掉！
剪掉！
剪掉！
剪掉！
剪掉！
剪掉！
剪掉！
剪掉！
命中！
SHLOP
咻
是誰？好大的膽子！竟敢在我準備進入12萬年的睡眠時，潛入聖山錐，進到聖所!?
黑洞？這就是……婆娑原后？
夭壽！12萬年！要是我計畫失敗，有的是時間慢慢化成灰了！
該死的笨鳥！要是你以為我會等個12萬年才讓你化成灰，你就錯了！
等等！我替你帶來了重要的消息！約翰．迪佛還活著！他人在這裡！他是來看你的！
喀啦 CLAC
什麼?!
這就是你所謂重要的消息？呿！鳥嘴一樣吐不出象牙！我恨約翰．迪佛！我恨他恨到入骨，包括我整個核原生質都恨他！
我……我能證明你錯了！
什麼叫做我錯了？你可看到這個世界變成什麼模樣？先知所謂的黃金時代不過是一場惡夢，塞滿了成千上萬約翰．迪佛的臉！我寧願潛入我悠長的睡眠！
MŒBIUS 18

我要把你……
等等！芭芭拉！
我可以證明你從來就沒
真正愛過約翰．迪佛！
什麼？
比如……你喜歡他的外表嗎？
我怎麼可能喜歡那麼
無趣的一張臉？
所以你是喜歡他
帶給你的快感囉？
拜託！不過就是一聲嘆息的
時間而已，我的高潮可是能
持續好幾個世紀！
那麼你是喜歡他
對你的感情？
最好是！他喜歡的不過
是投射在我身上那位阿
尼瑪的形象！呿！
呃……
他的聰
明才智
呢？
哈！說到這一點，太鳥了
吧！你是在諷刺我嗎？
好吧！
那所以……
你到底喜歡
他哪一點？
我喜歡他的靈魂！他的內在
有一道超乎人類的光芒！一
股無盡的力量！神性的美！
可是芭芭拉！
那你愛的是印加石啊！
不是約翰．迪佛！
印加石？
對啊！
當時印加石在他身上，是這個
東西讓你神魂顛倒！所以你並
不愛約翰．迪佛！既然你不愛
他，當然也無法恨他！
你……這話有一點道理，小可愛！
這麼一來，情勢就完全逆轉了！
說吧，你真正要的是什麼？
剪掉他的
小雞雞！
剪掉！
剪掉！
不要啊！
CLIC
CLIC
CLIC
CLIC
剪了他！
呼哈！
幹得好！
剪掉！
剪掉！
剪掉！
剪──掉！
?
嘿！
你們看上面！
?
噢！
婆娑
原后！
嗄，
又來了？
!?3?!
噢！
?
母親！
MOEBIUS
19

放了這個男人！
呃……我是要說芭芭拉
我……想消除無心造成的
誤會，真的很遺憾，我…
讓我們之間……
冷靜點！約翰．迪佛……
我原諒你，也謝謝你，因為你，我見識到印加石帶來的狂喜！
阿尼瑪！
婆娑原后！
她好美！
可惜她討厭我們！
她整個人閃閃發亮！
這個賤人！
噓！
你只是轉瞬即逝的物質那單純的渠道，好將印加石的永恆不朽，高貴之美傳遞給我們……
?!
?!
對、對！我只是個單純的渠道！說是根管子也行！
現在，我要請求我所有的孩子，親愛的孩子們原諒這個人！之前我被蒙蔽了！我詛咒了你們，然而你們都是黃金時代真正的種子！印加石無與倫比的孩子！
什麼？
啊!?
誰？在說我們嗎？
她，她是在對我們講話嗎？
我心裡好像有什麼被觸動了！
我們原諒你！
母親！我們愛你！
呼哈哈呼！媽咪！
愛你！
我們原諒你，媽媽——
這個嘛！
我聽不懂……
噢，母親！
撫摸我們吧！
發光吧！為了我們！
呼哈呼……唔……
噢！摯愛的母親！
噢！我被愛給融化了！
媽咪
MOEBIUS

現在，我們可以彼此連結了，所有的人心手相連，跟著神聖的印加石……跟隨你們父親的引導！
嗄？原型生父？
這個不行啦，吼！
全部安靜！孩子們！閉上眼睛！
噓！
聽母親的話就對了！
好啦，迪佛，你還在等什麼？換你上場了！恍神喔！
欸？喔對！西塔之夢！
好……所以，呃……所有人徹底放鬆！腦海裡想像一道紅光！
這道紅光越來越強，接著顏色轉變為橙、黃、綠、藍、靛、紫……現在，慢慢倒數：9！
8、7，深呼吸，6、5……再慢一點，4、3……呼吸再深沉一點……
越來越深沉……2……1……睡吧！
呼嚕。
ZZZ
ZZ
我偏不睡！
你的西塔之夢美是美，迪佛，不過只適用於人類！
因為我們，我們不是人類，迪佛！我們是地底的變種人！人類垃圾堆裡生出的雜種！怪物！
薩爾髒溝羅！
又是他！

每個人都可以擁有西塔之夢！
別說這蠢話了，髒溝羅！不要再貶低你的種族！你來自地核，而印加石就是從垃圾堆裡出現的！
是沒錯！但是，我是薩爾髒溝羅！每個人都覺得我噁心！
我不覺得你噁心！
我記得你，髒溝羅！你差點就成為我的丈夫！人性與基因無關，更無關膚色或氣味……重要的是心，而你，你有一顆偉大又純潔的心！
你……你真的不覺得我噁心嗎？
現在，帶領你的同伴們一起追隨印加石吧！
好！既然我也是人，或許這一次，我真能做夢……
永別了芭芭拉！
所有人都進入西塔之夢，此刻……深沉地……睡了！我要回到我的聖山錐，找回我心愛的印加石！永別了，約翰・迪佛！永別了，迪波！迎向和平吧！
勝利！嘻嘻！我征服了所有人！看看他們睡的！
少在那邊沾沾自喜！只剩下三小時，大闇母就來了！
喂！他們可是想剪掉我的小雞雞耶！
只有 60 分鐘的時間能穿越超空間！
我知道！嘿！飛船到了！
然後剩一個小時打敗該死的大闇母，我知道！
接著我們必須回到之前的地球！別忘了！
喂，黃金星球？這裡是迪波！已取得全面勝利！我們馬上到！是的，是我在控制臺！約翰・迪佛？他吃了鎮靜劑！他差點就精神崩潰啦！
他竟然想把肚臍給拔掉！小心！我要進入超空間了！
22
MOEBIUS

惡夢迴圈

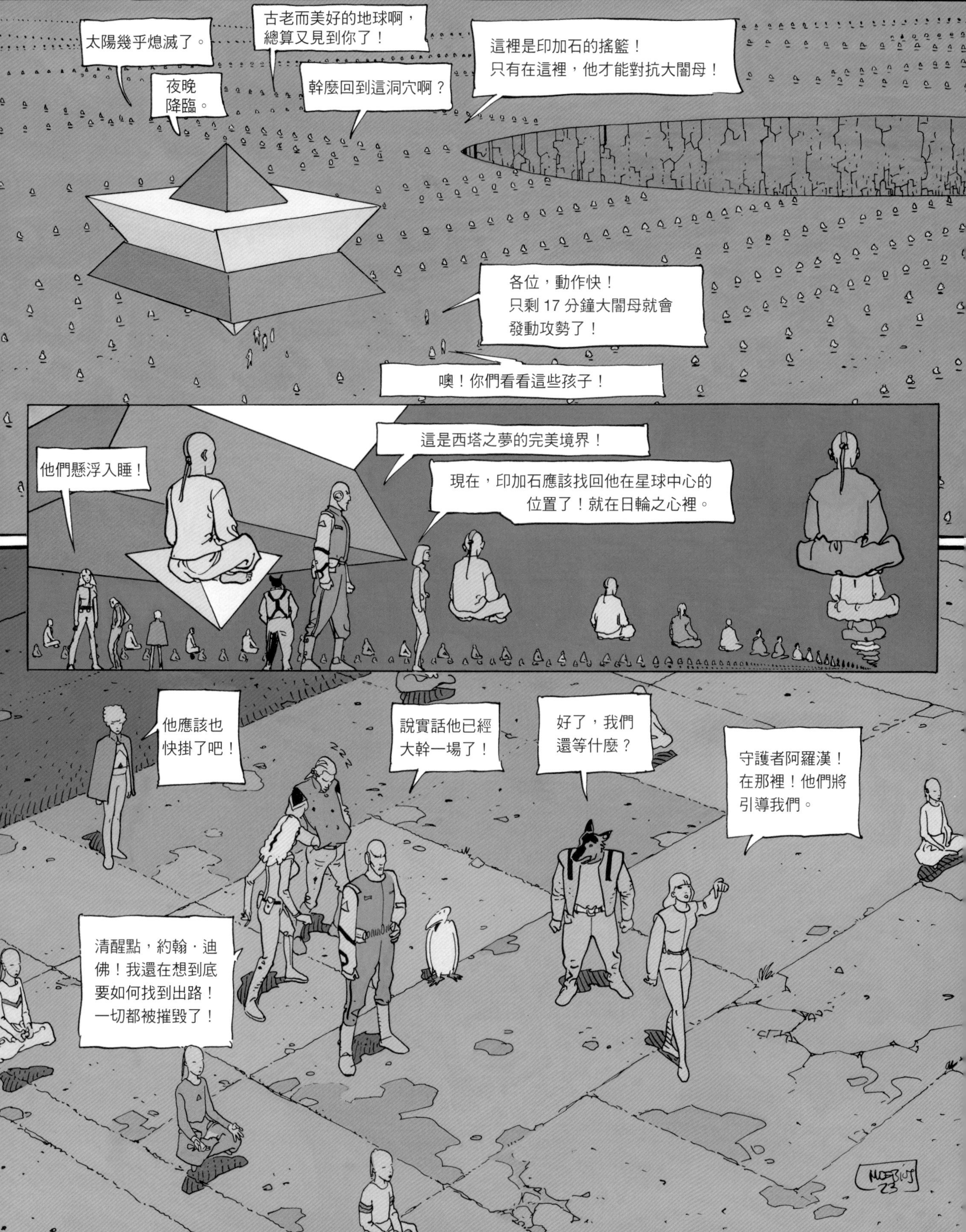

太陽幾乎熄滅了。
夜晚降臨。
古老而美好的地球啊，總算又見到你了！
幹麼回到這洞穴啊？
這裡是印加石的搖籃！只有在這裡，他才能對抗大闇母！
各位，動作快！只剩 17 分鐘大闇母就會發動攻勢了！
噢！你們看看這些孩子！
他們懸浮入睡！
這是西塔之夢的完美境界！
現在，印加石應該找回他在星球中心的位置了！就在日輪之心裡。
他應該也快掛了吧！
說實話他已經大幹一場了！
好了，我們還等什麼？
守護者阿羅漢！在那裡！他們將引導我們。
清醒點，約翰·迪佛！我還在想到底要如何找到出路！一切都被摧毀了！

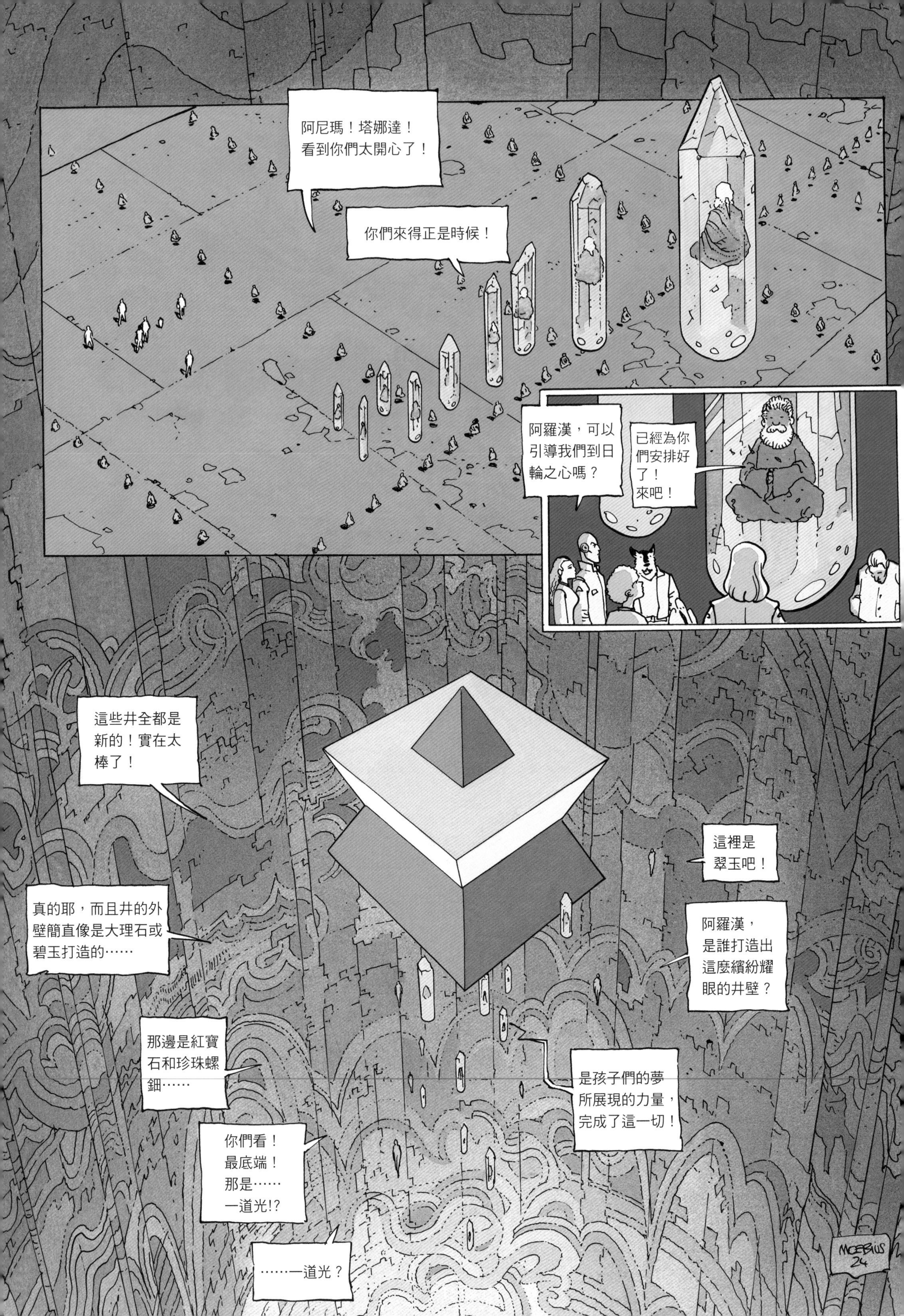
阿尼瑪！塔娜達！
看到你們太開心了！
你們來得正是時候！
阿羅漢，可以引導我們到日輪之心嗎？
已經為你們安排好了！
來吧！
這些井全都是新的！實在太棒了！
這裡是翠玉吧！
真的耶，而且井的外壁簡直像是大理石或碧玉打造的……
阿羅漢，是誰打造出這麼繽紛耀眼的井壁？
那邊是紅寶石和珍珠螺鈿……
是孩子們的夢所展現的力量，完成了這一切！
你們看！最底端！那是……一道光!?
……一道光？
MOEBIUS 24

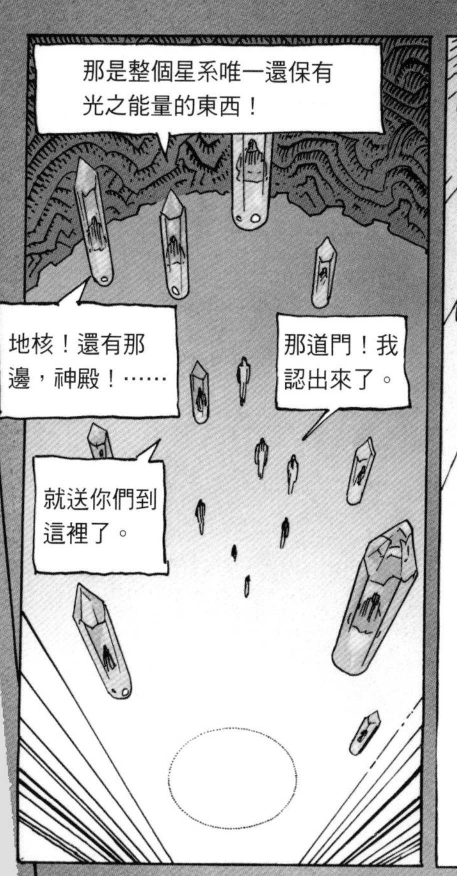
那是整個星系唯一還保有光之能量的東西！
地核！還有那邊，神殿！……
那道門！我認出來了。
就送你們到這裡了。

再會！一定要獲勝！
再見了，阿羅漢！
我們上！每個人都知道自己的位置對吧！

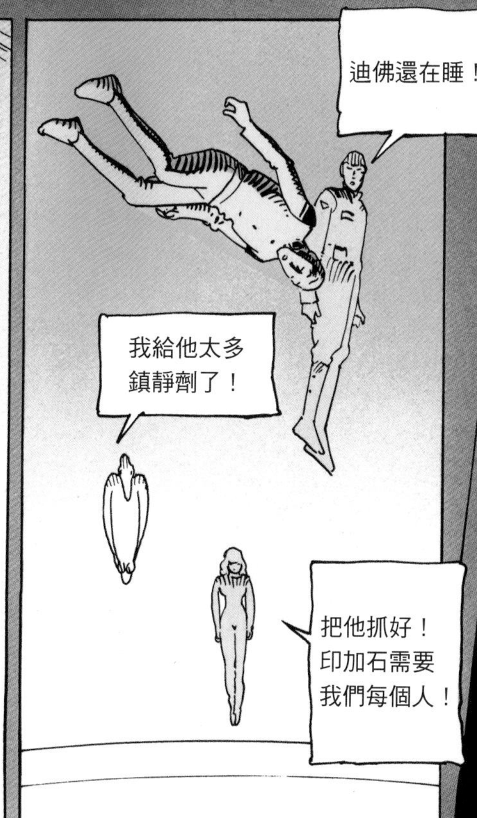
迪佛還在睡！
我給他太多鎮靜劑了！
把他抓好！印加石需要我們每個人！

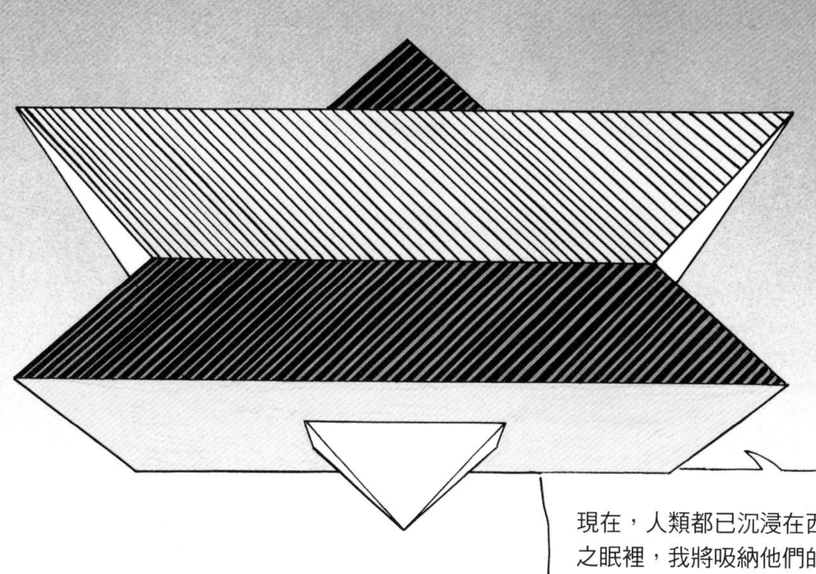
現在，人類都已沉浸在西塔之眠裡，我將吸納他們的夢意識散發的所有能量……

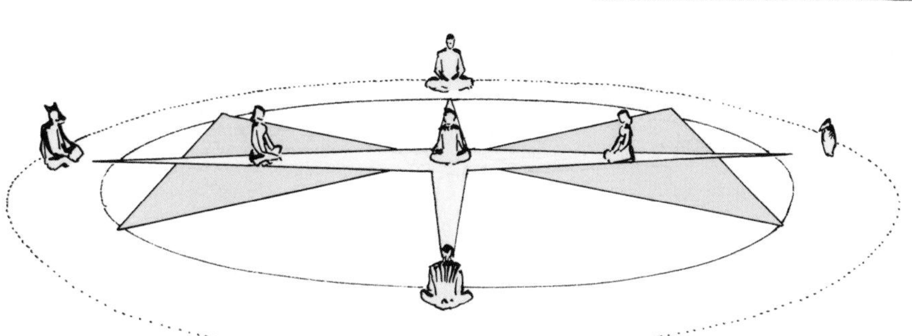
MOEBIUS 25

成功了！
星芒飛船與這道門已經合體！我們進入了西塔之夢的領域！
大家準備好！屏除雜念！進入你們自身的內在夢境深處……做夢吧！
這就是了！我感受到來自兩個星系所有西塔夢者匯聚的「般納」，氣之能量，為我注入了生命力！我們將進入時間與空間知覺的匱乏之處！我們……我……
MŒBIUS 26

第一次撞擊！是大闇母！我們進入了惡夢的迴圈！
呃！我們在哪裡？
又怎麼了？
大家小心！……
大闇母會助長我們體內的怪物，
反過來讓我們的恐懼餵養她！
?
啊啊啊！
ARRGHHHH
MOEBIUS
27

我的耳朵！
啊啊！
不！
塔娜達！
幫幫我！
合金男爵！
這……
太可怕了！
究竟!?
撐住啊！惡夢的攻擊才剛開始！
誰來幫忙啊！
我……我怎麼了？
我瘋了嗎我??
教母！
我是十惡不赦的壞人！
不！
塔娜達！
住手！
此刻出現的一切，都是
你過往邪惡的心魔……
他們……
阿莫克！
惡狗當殺！
MOEBIUS
28

ZZZ
GRRRRRHH
吼
讓時間暫停……
GRRrr
吼
GRRR
GRRRr
GRRRrrr
GRrrrr
GRRRRRR
怎……怎麼了？
住手！控制你們內在的怪物！控制你們內在的怪物！
時間！
停下來！
時
間！

梭玥！
不！

控制你們的怪物！
印加石！到底怎麼回事？
停！
不要鬧了！
吼
GRRRRR
噢不！
別……
ARRF
GRRRRRRR
吼
GRRR
別退化啊啊！
CROOOT
CROOTTT
咯
吼
GRRRRRRRRR
吼
GRRRRR
CROT!
咯
GRRRR
RRRRRR
MOEBIUS
31

那……我呢？我就沒有權利做惡夢嗎?!
你在鸚格星球的遭遇讓你對惡夢免疫！請繼續當我的能量通道……
好！我當你的通道！透過我來傳話吧！
不要與惡夢搏鬥，承擔並接受它們吧！這些都是你們身體的一部分，只是你們不敢去經歷！轉化它們吧！
恐怖的背後藏有正面的訊
一場惡夢就是一份禮物的
合金男爵！在你的金屬耳裡，重建聲音的美妙與內在聆聽吧！
塔娜達！你那犯罪暴力只是原初的創造能量！
狗頭殺！將你的野蠻獸性轉變為對現實的掌握吧！
梭玥！你那病態的老化只是個過渡……
從個體的曇花一現到永恆的整體。
阿尼瑪……你的腐朽是新生的根源……轉瞬即逝的目的，在於孕育出恆常。
MOEBIUS 32

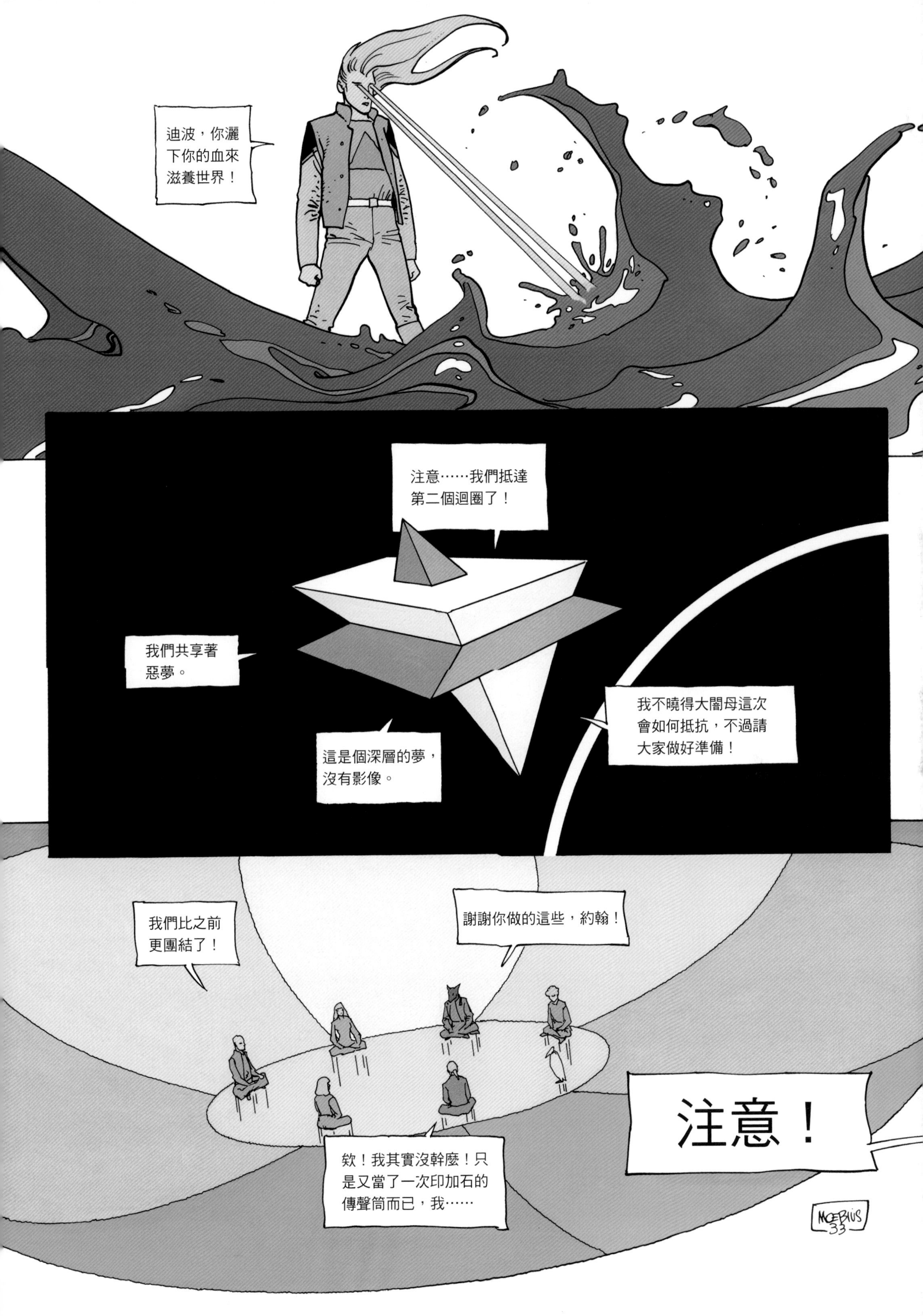
迪波，你灑
下你的血來
滋養世界！
注意……我們抵達
第二個迴圈了！
我們共享著
惡夢。
這是個深層的夢，
沒有影像。
我不曉得大闇母這次
會如何抵抗，不過請
大家做好準備！
我們比之前
更團結了！
謝謝你做的這些，約翰！
欸！我其實沒幹麼！只
是又當了一次印加石的
傳聲筒而已，我……
注意！
MOEBIUS
33

這一次，
大闇母的
攻擊是直接
衝著我來……
大家快集中精神！
又來了!?
我需要你們所有的能量！
潛入比西塔之夢
更深的所在吧……
潛入達西塔
之夢的未知！
約翰！恐懼
的話就不必
說出來了！
達西塔之夢？
我不知道怎麼
做這種夢啊！
他說的
沒錯！
我……
大……大闇母試圖占據暗之印加石……
我的夜之身正在造反！
協助我！
不必多想！
讓印加石能量之流
引導你！
嘿欸！
光線減弱了！
我的光亮正
在死去……
獻出你們！
注意！印加石的聲音
越來越難以辨識了……
我順從……
我獻出
自己……
ZCHZMMFFFFF
滋嗡
可是……印加石！
你在做什麼？
我也準備好了！
我獻出
自己……
合金男爵……不！
34
MOEBIUS

不！你也不可以！
塔娜達！
咻轟
SHHFFFF
FLMM
需要的
話，我獻
出自己！
這……這太可怕了！
停下來啊！
我是你虔誠的僕人。
阿尼瑪！不！不可以！
我太需要
你了！
我愛你啊！
我獻出
自己！
印加石！
停止這一切！
轟
FLAM
迪波……
你……不要
留我孤單
一個人！
靠！你總不會讓這個瘋狂
的機器把你燒成黑炭吧……
迪波！不要！你不可以！
MOEBIUS

我選擇印加石的命運！永別了，
約翰！我們在永恆之處相聚吧！
這……
不公平！
這是犯罪！
我不想粉身碎骨與你合為一體！
我選擇做我自己！
回歸我自己的身體！
我要離開這裡！
我被囚禁了！
放我出去！
印加石！該死
的瘋狂機器！
讓我出去！
還我自由！
從某個沒有開端的時間
以來，你就是俘虜了，
你自己的俘虜！你沒有
完成你自身的解脫！
可是我們，我們勝利了……
這要歸功於你的同伴，
我們將刺穿大闇母的核心！
看吧！
MOEBIUS

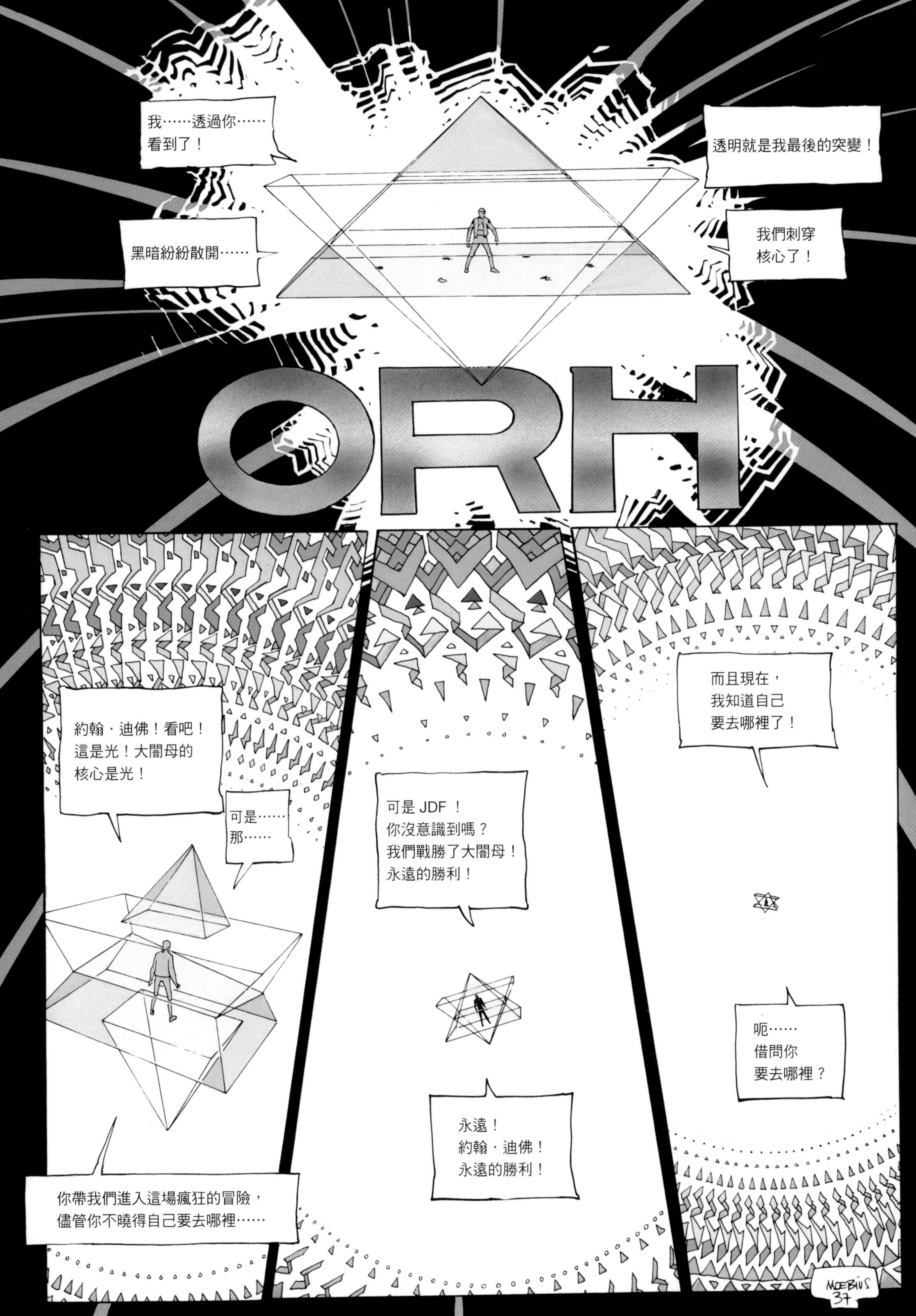
我……透過你……
看到了！
透明就是我最後的突變！
黑暗紛紛散開……
我們刺穿
核心了！
ORH
約翰．迪佛！看吧！
這是光！大闇母的
核心是光！
可是……
那……
你帶我們進入這場瘋狂的冒險，
儘管你不曉得自己要去哪裡……
可是 JDF ！
你沒意識到嗎？
我們戰勝了大闇母！
永遠的勝利！
永遠！
約翰．迪佛！
永遠的勝利！
而且現在，
我知道自己
要去哪裡了！
呃……
借問你
要去哪裡？
MOEBIUS

前往真實！
你可要準備好！
我……準備好幹麼？
接受光的洗禮，
約翰・迪佛！
!!!
MOEBIUS
38

MOEBIUS
39

啊啊啊！
MOEBIUS
40

別怕！我正在等您！
打從一開始，就是我
把您帶來這裡的……
可是……
你是誰？
我是 ORH ！
古老的光！
一個被傳送到這
裡的實體，目的
是為了創造出這
個時間與空間！
但是，
怎麼說…
那大闇母呢？
MOEBIUS

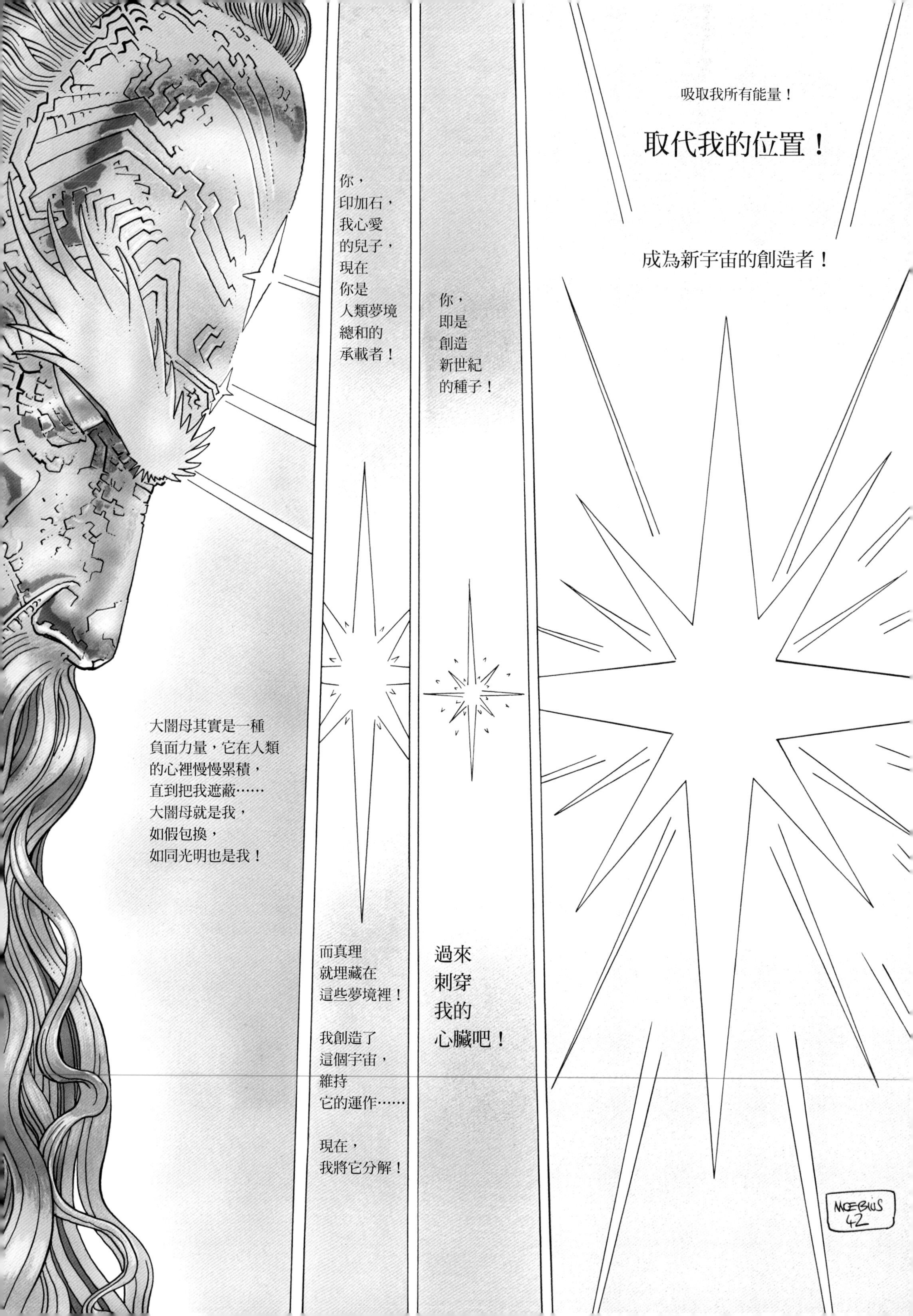
大闇母其實是一種
負面力量，它在人類
的心裡慢慢累積，
直到把我遮蔽……
大闇母就是我，
如假包換，
如同光明也是我！
你，
印加石，
我心愛
的兒子，
現在
你是
人類夢境
總和的
承載者！
而真理
就埋藏在
這些夢境裡！
我創造了
這個宇宙，
維持
它的運作……
現在，
我將它分解！
你，
即是
創造
新世紀
的種子！
過來
刺穿
我的
心臟吧！
吸取我所有能量！
取代我的位置！
成為新宇宙的創造者！
MOEBIUS
42

我是……
新宇宙……
新生的
時間！
那我呢……
為什麼我會看到
這一切？
我是誰？
你是
永恆的見證者！
永遠不會消失在海洋裡的那滴水！
現在我懂了！
我看到了
你的美！
我看到了
真理！
你是我
最珍貴
的愛！
噢！
請允許我
在你純粹的意識裡
解體吧！
不，
你必須重新
開始……
你必須學習。
我必須學習？
MOEBIUS
43

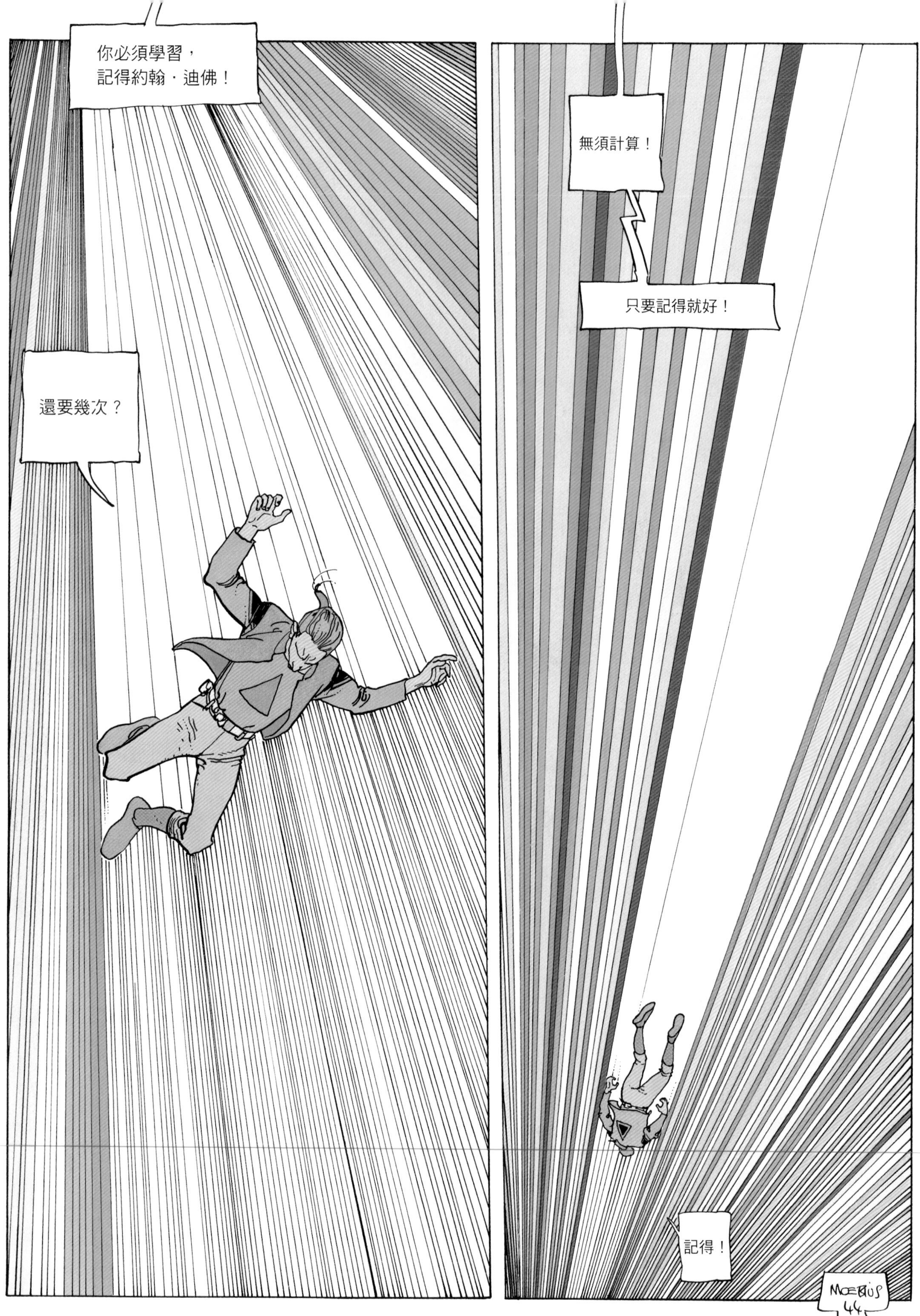
你必須學習，
記得約翰·迪佛！
還要幾次？
無須計算！
只要記得就好！
記得！
MOEBIUS
44

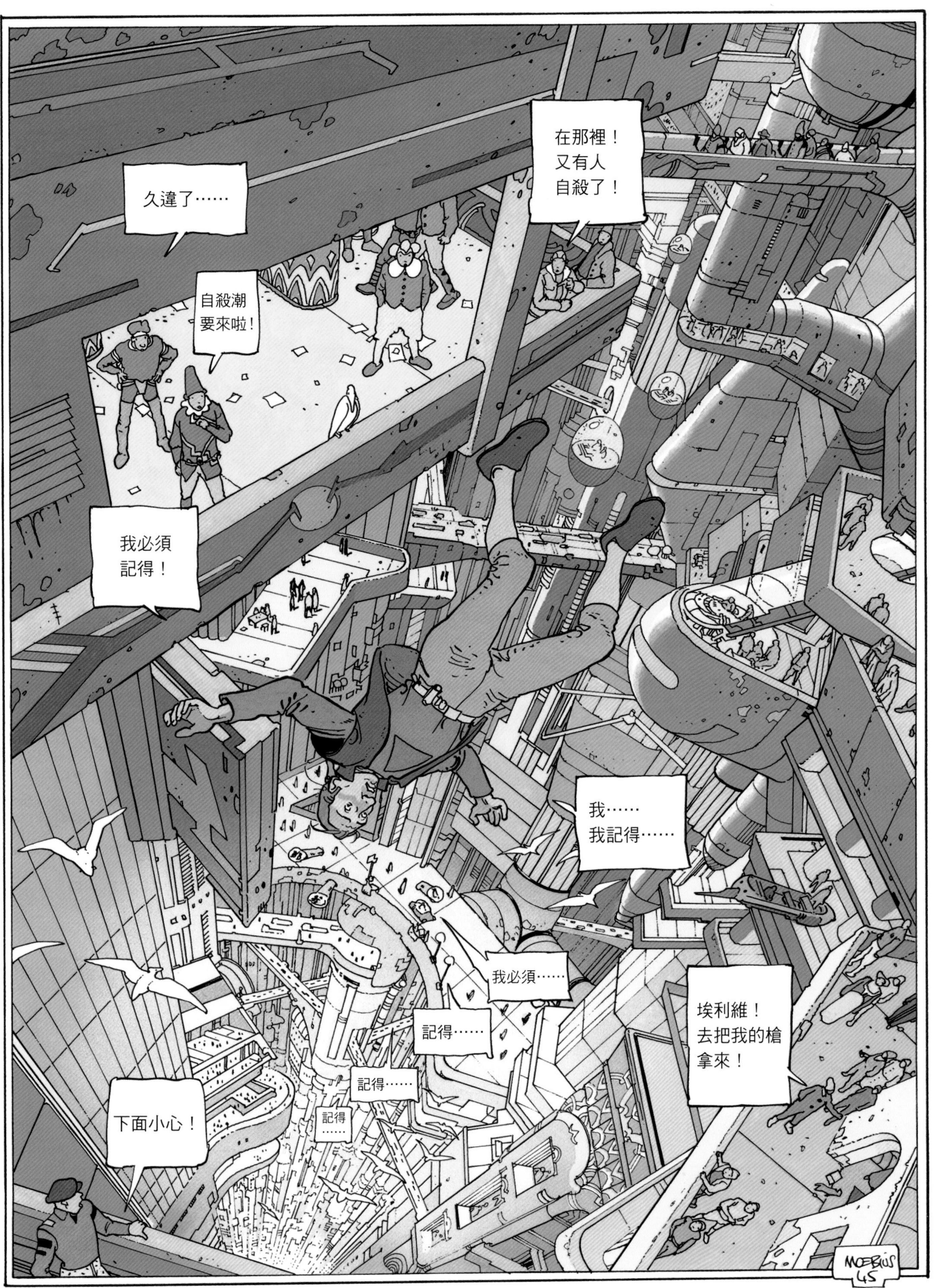
久違了……
在那裡！又有人自殺了！
自殺潮要來啦！
我必須記得！
我……我記得……
我必須……
記得……
記得……
記得……
下面小心！
埃利維！去把我的槍拿來！
MOEBIUS 45

Je me souviens…

我記得……

AU CŒUR DE L'INVIOLABLE MÉTA-BUNKER

堅不可摧的合金堡深處

1989 年，亞歷山卓．尤杜洛斯基與墨必斯完成《印加石之謎》以後（第六冊於 1988 年出版，如今已再版），尤杜洛斯基又受到請託寫一則可納入該系列的短篇故事——這也讓他面臨真正的挑戰，亦即關於《印加石》，他還能講述什麼？因為這個敘事本身是個迴圈，最後一幕，同時也是……第一幕。

不過，所有作者在創作時都無法預知作品完成之後可能出現的遺憾（以這個作品而言，至少它有其他續作，比如《印加石前傳》，或《印加石後記》），尤杜洛斯基忽然想起，他的故事裡有個關鍵元素，在這六冊中僅僅簡單帶過而已（確切地說，是出現在第三冊的第 21 頁，也就是這個版本的第 119 頁。）

於是，他再度與墨必斯聯手創作了這則外傳，它是約翰．迪佛與其同伴冒險的傳說的一部分——而且不久之後，將成為另一則偉大史詩之作《合金男爵傳奇》的起點。不過，這又是另一則故事了。

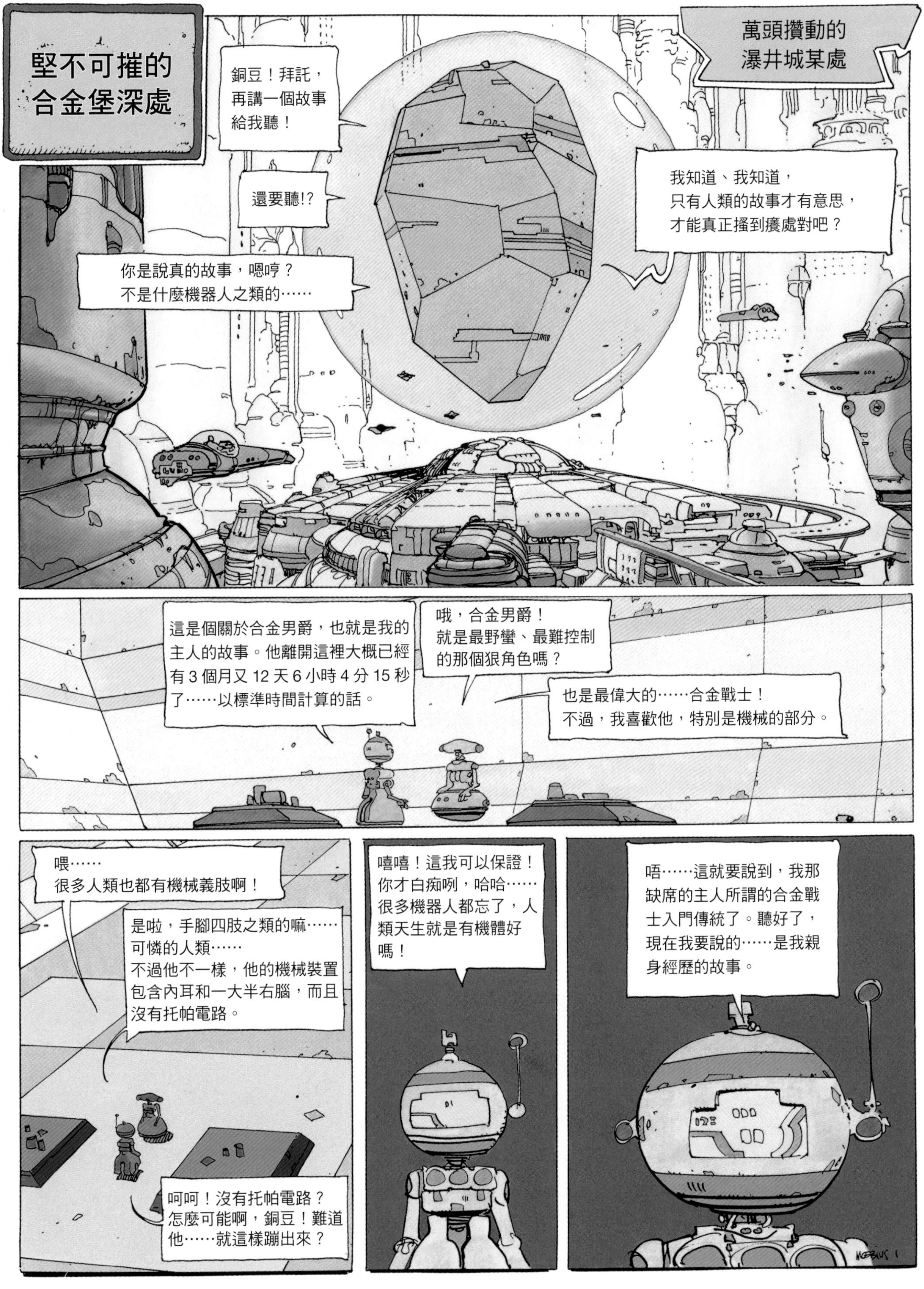

堅不可摧的
合金堡深處

萬頭攢動的
瀑井城某處

銅豆！拜託，
再講一個故事
給我聽！

還要聽!?

我知道、我知道，
只有人類的故事才有意思，
才能真正搔到癢處對吧？

你是說真的故事，嗯哼？
不是什麼機器人之類的……

這是個關於合金男爵，也就是我的
主人的故事。他離開這裡大概已經
有 3 個月又 12 天 6 小時 4 分 15 秒
了……以標準時間計算的話。

哦，合金男爵！
就是最野蠻、最難控制
的那個狠角色嗎？

也是最偉大的……合金戰士！
不過，我喜歡他，特別是機械的部分。

喂……
很多人類也都有機械義肢啊！
是啦，手腳四肢之類的嘛……
可憐的人類……
不過他不一樣，他的機械裝置
包含內耳和一大半右腦，而且
沒有托帕電路。
呵呵！沒有托帕電路？
怎麼可能啊，銅豆！難道
他……就這樣蹦出來？

嘻嘻！這我可以保證！
你才白痴咧，哈哈……
很多機器人都忘了，人
類天生就是有機體好
嗎！

唔……這就要說到，我那
缺席的主人所謂的合金戰
士入門傳統了。聽好了，
現在我要說的……是我親
身經歷的故事。

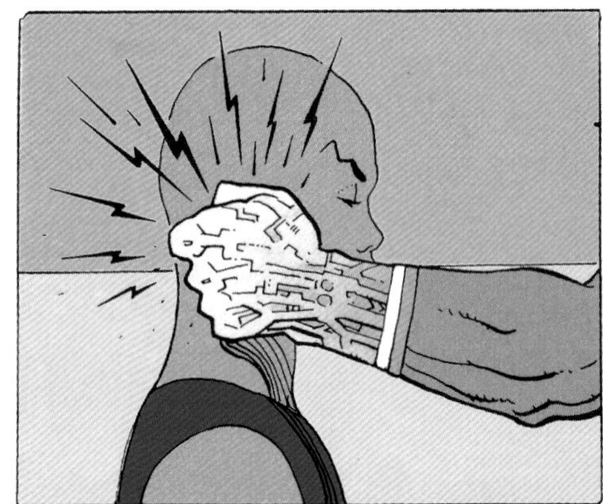
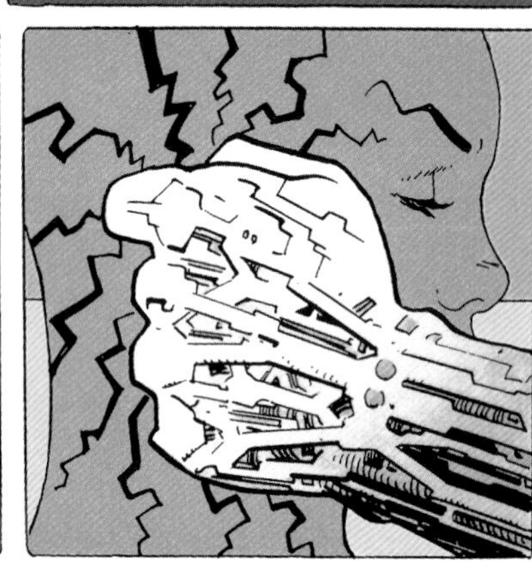

不准哭！
那你呢，父親……
在入門儀式中
你有哭嗎？

我跟你一樣，
始終堅定不移……
不過還是無可避免地
流下一滴淚……

這……嗶嗶！
怎麼可能啦！你現在
是打算說服我，合金
男爵的內耳和一大部
分的右腦是被他的親
生父親給毀掉的？
AT 800
沒錯。而他老爸的左手
臂，也是被他老爸的老
爸扯下來的……據說很
久很久以前，人類就會
這樣代代相殘。
MOEBIUS 2.

銅豆，我聽了很不舒服，這故事太荒謬了。還是你換個好玩的機器人故事……
等等！這只開場而已啊！繼續聽下去，精采的在後頭！
希望如此，我都差點燒斷一條保險絲了……
我受夠無盡的屠殺了！
一切變得太輕易！
他完全遇不到勢均力敵的對手……
事情發生在西大陸的破壞事件之後……
他與人類唯一的溝通，只剩下臨死的喘氣與恐怖的吶喊！
總算結束了……返回合金堡吧！
誰也別想叫我出關！
在堅不可摧的合金堡裡，時光流逝，男爵努力不多做他想。突然之間……
不，銅豆，我不會有孩子的。
永遠不會。
再也不會有殘酷的入門儀式了，主人。
嘎啦啦啦
CRRRRRRRRRRRRR
發生什麼事？
是誰在那裡？
MOEBIUS83

銅豆！快！
防護力場！
所有防護力場都沒被
破壞啊！太奇怪了！

老鼠！
我的感應顯
示這只是表
象！是個幻
覺！

可是，地面
真的隆起了！
你看！
影像正在
分解！

出現一道形體！
哇喔喔！竟然有
人能進入合金堡
內部……
怎麼可能！
從沒有人能夠……

銅豆！
這是
真實嗎？
我的感應顯示
這是真實，小心！

是誰？
快回答否則
我就開槍了！
請勿驚慌。
是人類！
MOEBIUS 4

是個
女人！
我從來沒在
合金男爵那
張陰暗的臉
上看過那種
表情。

您是誰？
叫什麼
名字？
我是
阿尼瑪！

唔，阿尼瑪……這個名字！
這名字我有印象……

阿尼瑪……是的，是你。
我已經認識你千年了。

留下來！
再也不要拋下我！
我的位置
不在這裡。

我很強，
非常強
大，我可
以拿下這
座城，征
服世界，
將這一切
獻給你。
開口吧，我
會聽令的。

那麼，我命令你帶走我
的孩子……成為他的守
護者，他
的導師！
?!

他的名字叫梭玥，他擁有陰陽能量完美
融合的心靈，將成為新的合金戰士！
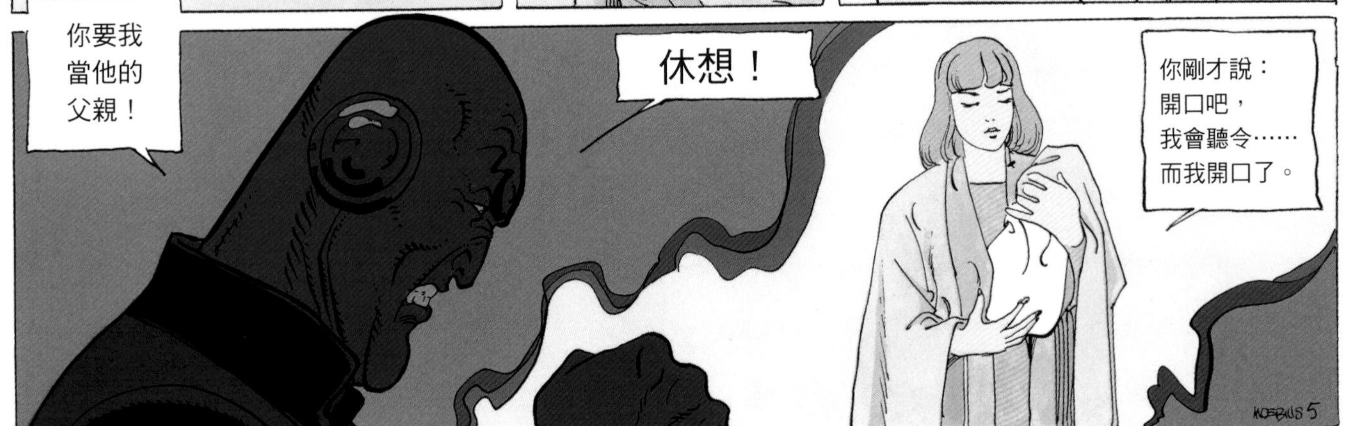
你要我
當他的
父親！
休想！
你剛才說：
開口吧，
我會聽令……
而我開口了。

不！
?!
我辦
不到！
然而你剛才跟
我保證，說你
十分強大……

我想！

但是我不能！

合金男爵混亂了！他，一個冷血無情的殺手，
瞬間成為滿懷憧憬，軟弱又膽小的騎士。
對我來
說是不
可能的！
為什麼？
合金男爵，
為什麼？

阿尼瑪，你不曉得你在要求我什麼……你聽好！
我……讓我告訴你，在我 16 歲那天……
我父親把我叫來這裡，就在這合金堡裡，
要我全副武裝，進行入門儀式的終極挑戰……

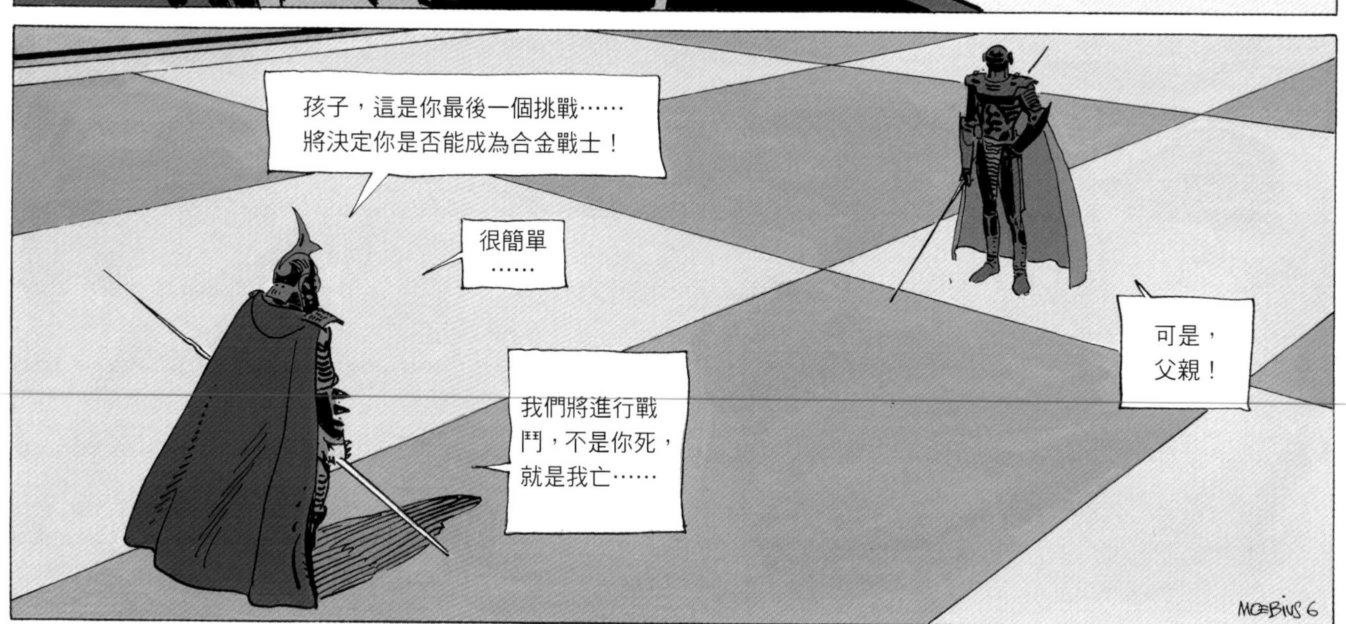
孩子，這是你最後一個挑戰……
將決定你是否能成為合金戰士！
很簡單
……
我們將進行戰
鬥，不是你死，
就是我亡……
可是，
父親！
MOEBIUS 6

阿尼瑪，現在你知道，為什麼
我不能接下養育這孩子的任務
了……這等於是判了他死刑，
因為他永遠不可能打敗我。

你錯了，
合金男爵……
他現在就能
打敗你了。
你有匕首嗎？

來吧……試著殺掉他！
對準他的心臟！
有何不可……

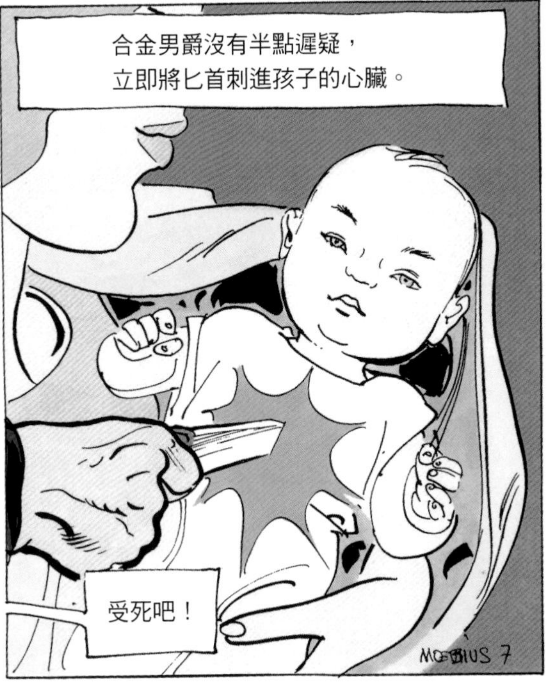

合金男爵沒有半點遲疑，
立即將匕首刺進孩子的心臟。
受死吧！
MŒBIUS 7

這……

不可思議！
他完全沒事！而且……

我聽見了！
聽見他在裡頭跟我說話……

交給我吧！
他跟你說了什麼？

他說：帶我走，養育我。
這是我的命令，
也是他的意志。

突然，合金堡裂開的地面將她包裹，她消失了……
簡直是科技之謎！
沒留下半點痕跡！
我原本是帶來死亡的人，今後將成為生命守護者！阿尼瑪！我們會等你，我知道總有一天你會回來的……

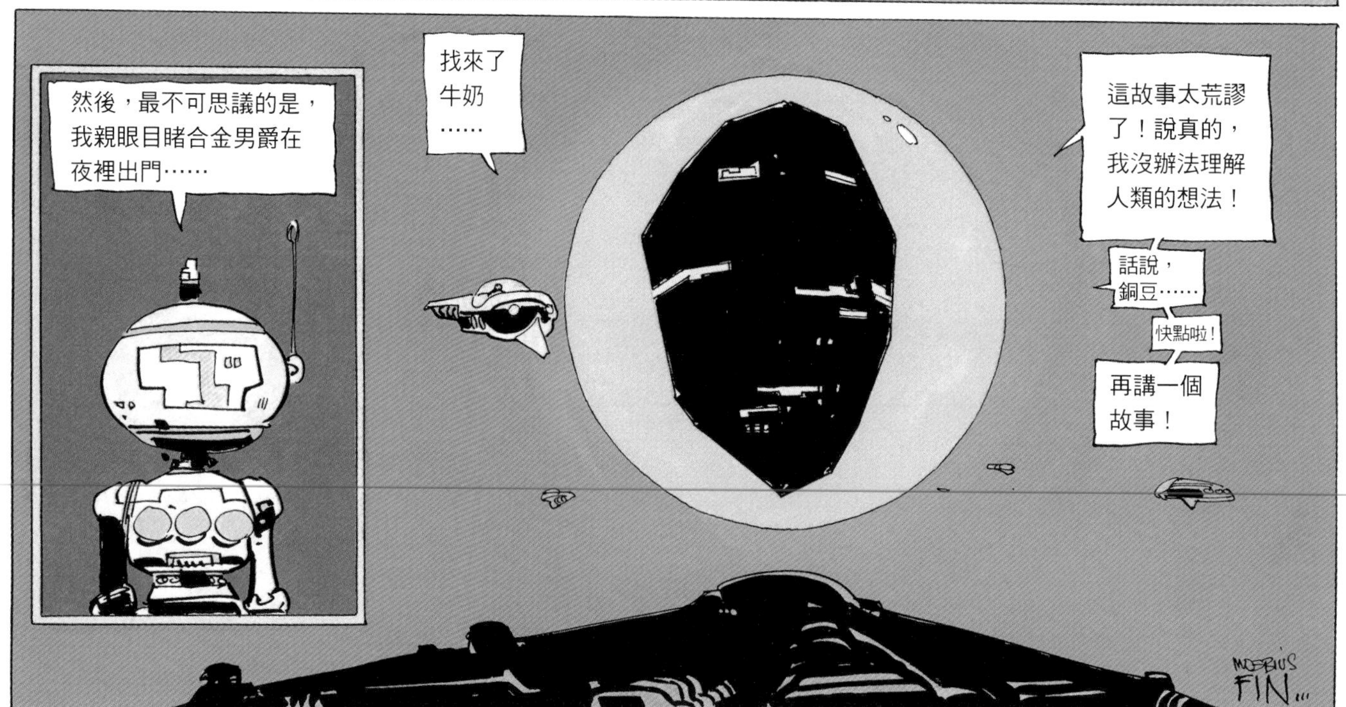
然後，最不可思議的是，我親眼目睹合金男爵在夜裡出門……
找來了牛奶……
這故事太荒謬了！說真的，我沒辦法理解人類的想法！
話說，銅豆……
快點啦！
再講一個故事！
MOEBIUS
FIN...